La estrella del diablo

La estrella del diablo

Jo Nesbø

Traducción de
Carmen Montes y Ada Berntsen

ROJA Y NEGRA

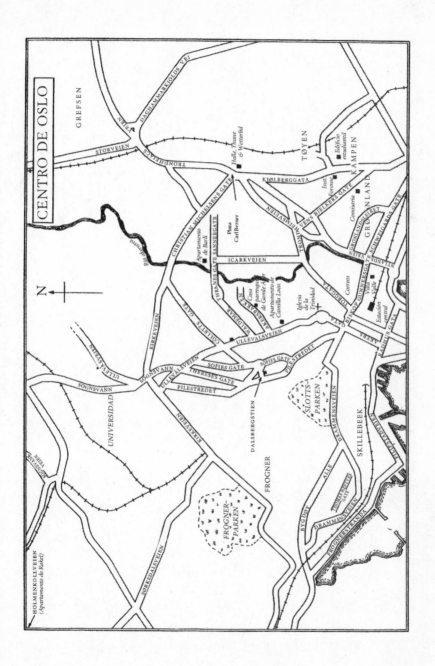

CENTRO DE OSLO

GREFSEN

TØYEN

KAMPEN

GRØNLAND

UNIVERSIDAD

FROGNER

SKILLEBEK

FROGNER-
PARKEN

SLOTTS-
PARKEN

HOLMENKOLLVEIEN
(Apartamento de Rakel)

N

PRIMERA PARTE

1

Viernes. Huevos

El edificio se construyó en 1898 sobre un suelo de arcilla que había cedido levemente por la parte oeste, de modo que el agua pasaba por el umbral también por ese lado, hacia el que estaba descolgada la puerta. Desde allí discurría hasta el suelo del dormitorio dibujando en el parqué de roble una línea húmeda, siempre hacia el oeste. En su fluir se posaba un momento en una hendidura del parqué, hasta que una nueva onda de agua la desplazaba empujándola por detrás y haciéndola correr como a una rata asustada hasta el listón de la pared. Una vez allí, se deslizaba hacia ambos lados, buscando y olisqueando por debajo del listón antes de encontrar una ranura en el ángulo que formaba la pared con el extremo de los listones de parqué. En la ranura había una moneda de cinco coronas acuñada con el perfil del rey Olav en 1987, un año antes de que la moneda cayera del bolsillo del carpintero. Pero eran tiempos de prosperidad, había que rehabilitar rápidamente muchos áticos y el carpintero no se había molestado en buscar la moneda perdida.

El agua no precisó mucho tiempo para encontrar el camino por el que atravesar el suelo, bajo el parqué. Salvo una fuga registrada en 1968, el mismo año en que se renovó el tejado del edificio, los maderos llevaban secándose y encogiéndose ininterrumpidamente desde 1898, con lo que la ranura entre los dos maderos de

11

pino interiores ya casi medía medio centímetro. Y bajo la ranura, el agua caía sobre una de las vigas que la llevaba hacia el oeste, hasta la parte interna de la pared exterior. Y desde allí, se filtraba por el enlucido y el mortero que, más de cien años atrás, preparó Jacob Andersen, albañil y padre de cinco hijos. Al igual que los otros albañiles de la época, Andersen mezclaba su propio mortero y su propio enlucido. Y no solo componía una mezcla única de cal, agua y arena, sino que incluía además dos ingredientes especiales: cerdas de caballo y sangre de cerdo. En opinión de Jacob Andersen, las cerdas y la sangre aglutinaban, y eso aportaba a la mezcla una fuerza añadida. Al ver la actitud incrédula de sus colegas, Andersen les aseguraba que no se trataba de una invención suya. Su padre y su abuelo, ambos escoceses, habían utilizado los mismos ingredientes, pero de cordero. Y pese a haber renunciado a su apellido escocés y haber adoptado el de su maestro de albañilería, no veía razón alguna para despreciar seiscientos años de experiencia. Algunos de los albañiles opinaban que aquello era inmoral; otros, que parecía una práctica diabólica, pero la mayoría de los colegas simplemente se burlaban de él. Con toda probabilidad, fue uno de ellos el que puso en circulación la historia que llegó a circular de boca en boca por aquella ciudad en vías de crecimiento, entonces conocida como Kristiania. Un cochero de Grünerløkka se casó con una prima suya de Värmland y la pareja se mudó a la calle Seilduksgata, a un pisito de una habitación y cocina, de uno de los edificios en cuya construcción había participado Andersen. El primer hijo del matrimonio tuvo la mala suerte de nacer con el cabello rizado y oscuro y los ojos marrones. Dado que ambos progenitores eran rubios y de ojos azules, el marido, de talante particularmente celoso, llevó a su mujer al sótano una noche y la emparedó. Las gruesas paredes de ladrillo de doble capa entre las que quedó atada y aprisionada ahogaron sus gritos con suma eficacia. El marido pensó sin duda que moriría por falta de aire, pero si algo eran capaces de hacer bien los albañiles era conseguir que este circulara. Al final, la pobre mujer intentó derribar la pared con los dientes. Sus esfuezos habrían podido dar resultado, pues el escocés Andersen pensaba que, ya que utilizaba sangre y cerdas, bien podía ahorrar en la cal de la mezcla, que era más cara, con lo que sus paredes resultaban porosas y se deshacían bajo los duros ataques de aquellos dientes de Värmland. Por desgracia, las ansias de vivir de la mujer la empujaron a morder bocados de mortero y ladrillo demasiado grandes. Hasta que llegó un momento en que no pudo masticar, tragar, ni escupir, y la arena, las lascas y el lodo le taponaron el esófago. Se le puso la cara azul, el corazón empezó a latir despacio y dejó de respirar.

Estaba lo que la mayoría de las personas llamarían muerta.

Sin embargo, según el mito, el sabor a sangre de cerdo hizo que la desgraciada creyera que seguía con vida, de modo que se deshizo sin dificultad de las cuerdas que la tenían atada, atravesó la pared y echó a andar como un fantasma. Algunos ancianos de Grünerløkka aún recuerdan la historia que oían en su infancia sobre aquella mujer con cabeza de cerdo que se paseaba con un cuchillo para cortarles la cabeza a los niños pequeños que andaban por la calle a altas horas de la noche, porque necesitaba el sabor de sangre en la boca para no desvanecerse del todo. Pocos conocían, sin embargo, el nombre del albañil y Andersen siguió haciendo su singular mezcla sin inmutarse. Tres años después de haber terminado el edificio por el que ahora discurre el agua, Andersen se cayó de un andamio y dejó por toda herencia doscientas coronas y una guitarra. Todavía tendrían que transcurrir casi cien años para que los albañiles empezaran a utilizar fibras artificiales parecidas al pelo en sus mezclas de cemento y para que en un laboratorio de Milán descubrieran que los muros de Jericó estaban reforzados con sangre y cerdas de camello.

La mayor parte del agua no se filtró por la pared, sino que fluyó hacia abajo. Porque el agua, la cobardía y el deseo buscan siempre el fondo más abismal. Las primeras cantidades de agua las absorbió la arcilla grumosa que había entre las vigas, pero el líquido elemento seguía filtrándose, la arcilla empezaba a saturarse y el agua terminó por penetrarla y por mojar el periódico *Aftenposten* del 11 de julio de 1898 que había quedado atrapado en el interior de la pared y que informaba de que, seguramente, la buena racha de la construcción en Kristiania había alcanzado ya el límite y de que cabía esperar que a los especuladores inmobiliarios carentes de escrúpulos se les avecinaran tiempos menos prósperos. En la página tres decía que la policía continuaba sin tener pistas sobre el asesinato de una joven costurera a la que habían encontrado apuñalada en su baño la semana anterior. Ya en mayo habían sacado del río Akerselva el cadáver de una joven asesinada y mutilada de la misma forma, pero la policía no quería pronunciarse sobre la posibilidad de que existiese alguna relación entre ambos casos.

El agua se filtró, pues, desde el periódico por entre las tablas de madera de debajo y traspasó el techo. Y puesto que ya lo habían perforado en 1968 para localizar la fuga, el agua rezumaba por los agujeros formando gotas que se quedaban adheridas a la pintura hasta que adquirían el peso suficiente como para que la gravedad venciera la resistencia de la adhesión a la superficie, momento en el que se soltaban para caer desde una altura de tres metros y ocho centímetros, sin encontrar obstáculos en su camino. Y allí aterrizaba y se detenía el agua. Sobre más agua.

Vibeke Knutsen chupó el cigarrillo con fuerza y exhaló el humo por la ventana abierta del cuarto piso. Era por la tarde y el aire templado que ascendía desde el asfalto del patio caldeado por el sol se llevaba el humo hacia arriba a lo largo de la fachada azul claro, sobre cuya superficie terminaba disipándose. Al otro lado del tejado se oía el ruido de algún que otro coche que pasaba por la calle Ullevålsveien, por lo general muy transitada. Ahora, sin embargo, en el periodo vacacional, la ciudad había quedado prácticamente vacía. Una mosca yacía patas arriba tumbada en el alféizar, no había tomado la precaución de escapar del calor. Hacía más fresco en aquella parte del apartamento, que daba a la calle Ullevålsveien, pero a Vibeke Knutsen no le gustaba esa panorámica. El cementerio de Nuestro Salvador. Lleno de celebridades. De celebridades muertas. En el bajo había un local comercial donde vendían «Monumentos», según rezaba la placa, es decir, lápidas. Proximidad al comprador, dicen que se llama.

Vibeke apoyó la cabeza en el fresco cristal de la ventana.

Se había alegrado cuando llegó el calor, pero la alegría no tardó en esfumarse y ya echaba de menos que las noches fuesen más frescas y que hubiese gente por la calle. Cinco clientes habían entrado ese día en la galería antes de la hora de comer, y después del almuerzo, solo tres. Se había fumado un paquete y medio de tabaco de puro aburrimiento, sufría palpitaciones y le dolía tanto la garganta que apenas podía hablar cuando la llamó el jefe para preguntar qué tal iban las cosas. Aun así, no había hecho más que llegar a casa y poner una olla de agua a hervir para cocer patatas cuando de nuevo sintió ganas de fumar.

Vibeke había dejado de fumar hacía dos años, cuando Anders entró en su vida. Y no porque él se lo hubiese impuesto, al contrario. Cuando se conocieron en Gran Canaria, él le mendigó un cigarrillo. Solo por diversión. Y un mes después de regresar a Oslo, cuando se fueron a vivir juntos, una de las primeras cosas que dijo fue que su relación debería cargar con la culpa de que Vibeke lo convirtiera en un fumador pasivo, que los investigadores del cáncer seguramente exageraban un poco y que, con el tiempo, se acostumbraría a que su ropa oliese a tabaco. Vibeke tomó la decisión al día siguiente y unos días más tarde, cuando él le dijo mientras almorzaban que hacía mucho que no la veía con un cigarrillo, ella le contestó que nunca se había considerado fumadora. Anders se inclinó y le acarició la mejilla con una sonrisa.

—¿Sabes qué, Vibeke? Eso me parecía a mí.

Vibeke oía el agua hervir a borbotones en la cacerola, a su espalda, y miró el cigarrillo. Tres caladas más. Dio la primera. No sabía a nada.

No recordaba bien cuándo había empezado a fumar otra vez. Quizá el verano anterior, cuando las ausencias de Anders por viajes de trabajo empezaron a prolongarse. ¿O fue después de Año Nuevo, cuando Anders empezó a hacer horas extra casi todas las noches? ¿Era porque se sentía desgraciada? ¿Acaso era desgraciada? Nunca discutían. Tampoco hacían el amor muy a menudo, pero eso, según le dijo Anders, dando así el tema por zanjado, era por lo mucho que él trabajaba. Tampoco es que ella lo echara tanto de menos. Las escasas ocasiones en que hacían el amor, sin mucho entusiasmo, era como si él no estuviera allí. De modo que Vibeke había decidido que ella tampoco tenía por qué estar presente.

Sin embargo, no discutían. A Anders no le gustaba que se levantara la voz.

Vibeke miró el reloj. Las cinco y cuarto. ¿Dónde estaría? Por lo menos solía avisar cuando se retrasaba. Apagó el cigarrillo y lo dejó caer al suelo del patio interior, se dio la vuelta y le echó un vistazo a las patatas. Pinchó la más grande con un tenedor. Casi listas. Unos pequeños grumos negros flotaban en el agua que hervía a borbotones. ¡Qué raro! ¿Serían de las patatas o de la cacerola?

Intentaba recordar para qué la había utilizado la última vez cuando oyó la puerta de entrada y enseguida una respiración jadeante y el ruido de alguien que se quitaba los zapatos. Al cabo de un instante, Anders entró en la cocina y abrió el frigorífico.

—¿Qué tenemos? —dijo.

—Hamburguesas.

—Vale.

Anders elevó el tono al final, como marcando una interrogación cuyo significado ella conocía aproximadamente: «¿Otra vez carne? ¿No deberíamos comer pescado más a menudo?».

—Seguro que está rico —dijo Anders sin convicción, y se inclinó sobre los fogones.

—¿Qué has estado haciendo? Estás empapado de sudor.

—No voy a poder entrenar esta tarde así que he recorrido en bicicleta el trayecto de ida y vuelta al lago Sognsvann. ¿Qué son esos grumos negros que flotan en el agua?

—No lo sé —dijo Vibeke—. Acabo de verlos.

—¿Que no lo sabes? ¿No decías que estuviste a punto de ser cocinera?

Dicho esto, cogió raudo uno de los grumos entre el índice y el pulgar y se lo metió en la boca. Ella se le quedó mirando la nuca. El pelo fino y castaño que tanto le gustaba al principio. Corto y bien cuidado. Con la raya al lado. Tenía un aspecto tan formal. Como de alguien con futuro. Para más de una persona.

—¿A qué sabe? —preguntó Vibeke.

—A nada —dijo Anders aún inclinado sobre la placa—. A huevos.

—¿A huevos? Pero si fregué bien esa cacerola la última vez…

Vibeke se interrumpió de pronto.

Él se dio la vuelta.

—¿Qué pasa?

—Está… goteando —dijo señalándole la cabeza con el dedo.

Anders frunció el entrecejo y se pasó la mano por el cogote. Entonces los dos levantaron simultáneamente la vista al techo, de donde colgaban dos gotas. Vibeke, que era un poco miope, no habría distinguido las gotas si estas hubieran sido transparentes. Pero no lo eran.

—Parece que Camilla tiene una fuga —dijo Anders—. Tendrás que subir a avisarla mientras yo busco al portero.

Vibeke entornó los ojos con la vista aún en el techo y luego observó los grumos en la cacerola.

—Dios mío —susurró sintiendo otra vez las palpitaciones.

—¿Qué pasa ahora? —preguntó Anders.

—Tú vete a buscar al portero. Y luego vais los dos a casa de Camilla. Entretanto, yo llamaré a la policía.

2

Viernes. Lista de vacaciones

La Comisaría General de Grønland, sede principal del distrito policial de Oslo, está situada en la loma que se extiende desde Grønland hasta Tøyen, con vistas a la zona este del centro de la ciudad. Se construyó en acero y cristal y la terminaron en 1978. No presenta ninguna inclinación, se halla perfectamente nivelada y les valió un diploma a los arquitectos Telje, Torp y Aasen. El montador de telecomunicaciones responsable del cableado de los dos largos pasillos flanqueados de despachos en los pisos séptimo y noveno recibió una pensión y una bronca de su padre cuando se cayó del andamio y se fracturó la columna.

—Nuestra familia lleva siete generaciones de albañiles que se pasaron la vida haciendo equilibrios entre el cielo y la tierra, hasta que la gravedad ha terminado siempre por aplastarnos contra el suelo. Mi abuelo intentó escapar a la maldición, pero esta lo persiguió y cruzó con él el mar del Norte. Así que el día que tú naciste me prometí que no permitiría que sufrieras el mismo destino. Y creí que lo había logrado. Montador de telecomunicaciones. ¿Qué coño hace un montador de telecomunicaciones a seis metros del suelo?

En cualquier caso, precisamente a través del cobre de los cables instalados por el hijo del albañil pasó aquel día la señal que, desde la central de emergencias, atravesó los empalmes entre las plantas construidas con una mezcla de cemento de fabricación industrial, hasta alcanzar el despacho de Bjarne Møller, jefe de la sección de Delitos Violentos, situado en el sexto piso. Justo en aquel momento cavilaba Møller sobre si le hacía o no ilusión pasar las inminentes vacaciones en la cabaña que la familia había alquilado en Os, a las afueras de Bergen. En el mes de julio, Os significaba, con un alto grado de probabilidad, un tiempo de perros. En realidad, Bjarne Møller no tenía inconveniente en cambiar por algo de lluvia la ola de calor anunciada en Oslo, pero entretener a dos chiquillos muy activos cuando caían chuzos de punta sin más medios que una baraja a la que le faltaba la jota de corazones era todo un reto.

Bjarne Møller estiró aquellas piernas tan largas que tenía y escuchó el mensaje mientras se rascaba detrás de la oreja.

—¿Cómo lo descubrieron? —preguntó.

—La vecina tenía una gotera —respondió la voz de la central de emergencias—. El portero y el vecino fueron a su casa y nadie les abrió. Sin embargo, la puerta no estaba cerrada con llave, así que entraron.

—Bien, enviaré a dos de nuestros hombres.

Møller colgó, soltó un suspiro y pasó el dedo por la lista de turnos de guardia que tenía debajo del cartapacio de plástico del escritorio. La mitad de la sección estaba ausente, como era habitual durante las vacaciones de verano, lo que no significaba que los habitantes de Oslo corriesen mayor peligro, ya que, al parecer, a los malos de la ciudad también les gustaba disfrutar de algún descanso en julio, un mes que, decididamente, era temporada baja para los delitos que correspondían a su sección.

El dedo de Møller se detuvo en el nombre de Beate Lønn. Marcó el número de la científica, cuyas oficinas se hallaban en la calle Kjølberggata. Nadie contestó. Esperó hasta que transfirieron la llamada a la centralita.

—Beate Lønn se encuentra en el laboratorio —dijo una voz clara.

—Soy Møller, de Delitos Violentos. Búscala.

Y se dispuso a esperar. Fue Karl Weber, el recién jubilado jefe de la policía científica, quien se había llevado a Beate Lønn de

Delitos Violentos a la científica. Møller lo consideró otra prueba más de la teoría de los neodarwinistas que promulgaba que el único impulso del individuo es perpetuar sus propios genes. Y al parecer, en opinión de Weber, Beate Lønn los tenía de sobra. A primera vista, Karl Weber y Beate Lønn podrían parecer muy diferentes. Weber era taciturno e irascible; Lønn, en cambio, era una joven tranquila y discreta que, cuando llegó de la Escuela Superior de Policía, se sonrojaba en cuanto alguien le dirigía la palabra. Pero sus genes policiales eran idénticos. Ambos pertenecían al tipo del policía pasional que, cuando huele una presa, es capaz de aislarse de todo y de todos y de concentrarse solo en una pista técnica, en un indicio, en una grabación de vídeo, en una descripción vaga, hasta que, al final, empieza a verle alguna lógica. Las malas lenguas difundían la opinión de que el lugar idóneo para Weber y Lønn era el laboratorio, más que el trabajo con personas, donde los conocimientos del investigador sobre la naturaleza humana eran, pese a todo, más importantes que una huella de pisada o una fibra.

Weber y Lønn estaban de acuerdo en lo del laboratorio y en desacuerdo en lo de las huellas y las fibras.

−Aquí Lønn.

−Hola, Beate. Soy Bjarne Møller. ¿Estás ocupada?

−Por supuesto. ¿Qué pasa?

Møller le refirió brevemente el motivo de su llamada y le dio la dirección.

−Yo también enviaré a dos de mis chicos −dijo.

−¿A quién?

−Pues a ver a quién encuentro, ya sabes, las vacaciones.

Møller colgó y siguió pasando el dedo por la lista.

Se detuvo en el nombre de Tom Waaler.

La casilla de vacaciones no estaba marcada. Bjarne Møller no se sorprendió. Uno podía pensar que el comisario Tom Waaler nunca cogía vacaciones, incluso que prácticamente no dormía. Como investigador, era una de las mejores cartas de la sección.

Siempre disponible, siempre en acción y casi siempre aportaba resultados. Y, a diferencia del otro as del grupo de investigación, en Tom Waaler se podía confiar. Su hoja de servicios era intachable y contaba con el respeto de todos. Resumiendo, una joya de subordinado. A ello se unían sus indiscutibles dotes de mando: las cartas predecían que, llegado el momento, él ocuparía el puesto de Møller como jefe de sección.

La señal de llamada de Møller sonaba a través de los tabiques.

—Aquí Waaler —contestó una voz sonora.

—Soy Møller. Tenemos…

—Un momento, Bjarne. Tengo que terminar otra conversación.

Bjarne Møller se puso a tamborilear con los dedos en la mesa mientras esperaba. Tom Waaler podía llegar a ser el jefe de la sección de Delitos Violentos más joven de la historia. ¿Era su edad lo que infundía en Møller cierta inquietud al pensar que aquella responsabilidad recaería precisamente en Tom? ¿O quizá eran los dos tiroteos en los que se había visto envuelto? El comisario Waaler había hecho uso del arma en dos ocasiones durante sendas detenciones y, puesto que era uno de los mejores efectivos del cuerpo, había acertado fatalmente las dos veces. Sin embargo, Møller sabía también que, paradójicamente, esos dos episodios podrían resolver la elección del nuevo jefe a favor de Tom. La investigación llevada a cabo por Asuntos Internos no había descubierto nada que refutase que Tom hubiese disparado en defensa propia, al contrario, concluyeron que Waaler había demostrado buen juicio e iniciativa en situaciones críticas. ¿Y qué mejor calificación podría otorgarse al solicitante de un puesto de jefe?

—Lo siento, Møller. El móvil. ¿Qué puedo hacer por ti?

—Tenemos un caso.

—Por fin.

El resto de la conversación duró diez segundos. Ahora solo faltaba decidir el último.

Møller había pensado en el agente Halvorsen, pero en la lista ponía que estaba de vacaciones en su casa de Steinkjer.

Continuó con la lista en orden descendente. Vacaciones, vacaciones, baja por enfermedad.

El comisario dejó escapar un hondo suspiro cuando el dedo se detuvo en un nombre que había deseado evitar.

Harry Hole.

El solitario. El borracho. El *enfant terrible* de la sección. Pero, junto con Waaler, el mejor investigador del sexto piso. De no ser por esa circunstancia, y por el hecho de que, a lo largo de los años, Bjarne Møller había desarrollado una inclinación perversa a jugarse el cuello por ese gran agente alcoholizado, Harry Hole habría sido expulsado del cuerpo de policía hacía tiempo. En condiciones normales, Harry habría sido el primero al que Møller habría llamado para un trabajo como aquel, pero las condiciones no eran normales.

O, mejor dicho, eran más anormales que de costumbre.

Las cosas terminaron por complicarse del todo cuatro semanas atrás. En efecto, desde que el pasado invierno retomó el viejo asunto del asesinato de su colega Ellen Gjelten, muerta a golpes a orillas del río Akerselva, Hole había perdido el interés por todos los otros casos. El problema era que el caso de Ellen llevaba ya mucho tiempo cerrado, pero Harry se mostraba cada vez más obsesionado hasta el punto de que Møller empezó a preocuparse por su salud mental. La situación había llegado al límite hacía un mes, cuando Harry se presentó en su despacho y le expuso su teoría sobre una espeluznante conspiración. Sin embargo, en resumidas cuentas, resultó que no disponía de pruebas que hicieran plausibles sus fantasiosas acusaciones contra Tom Waaler.

A partir de aquel momento, Harry desapareció sin más. Al cabo de unos días, Møller llamó al restaurante Schrøder, donde le confirmaron lo que ya temía, que Harry había recaído de nuevo. Møller incluyó a Harry en la lista de los que estaban de vacaciones, para encubrir su ausencia. Una vez más. Por regla general, Harry terminaba dando señales de vida a la semana de ausentarse. En esta ocasión habían transcurrido cuatro. Se le habían terminado las vacaciones.

Møller miró el auricular del teléfono, se levantó y se colocó junto a la ventana. Eran las cinco y media y, aun así, el parque que se extendía ante la comisaría estaba casi vacío, con la única presencia de algún amante del sol ocioso que desafiaba al calor. En la plaza Grønlandsleiret no había más que unos comerciantes solitarios bajo los toldos de los quioscos con las verduras por toda compañía. Hasta los coches —cero atascos en hora punta— circulaban más despacio. Møller se alisó el pelo hacia atrás, una costumbre de toda la vida, aunque su mujer le había advertido que debía dejarlo, porque la gente podía sospechar que estuviera colocándose bien la cortinilla. ¿De verdad que no tenía más alternativa que Harry? Møller siguió con la vista a un hombre que bajaba haciendo eses por Grønlandsleiret. «Apuesto a que intenta entrar en el Raven. Apuesto a que no se lo permiten. Apuesto a que terminará en el Boxer. El mismo lugar en que se puso punto final al caso de Ellen. Y quizá también a la carrera policial de Harry Hole.» Møller se sentía bajo presión, tenía que tomar una decisión sobre cómo resolver aquel problema llamado «Harry». Pero eso sería a largo plazo, ahora debía centrarse en el caso.

Møller cogió el auricular y pensó que estaba a punto de meter a Harry y a Tom Waaler en el mismo caso. Las vacaciones colectivas eran una mierda. El impulso eléctrico partió del monumento que Telje, Torp y Aasen habían erigido en honor al orden social y, en algún lugar donde reinaba el caos, empezó a sonar el teléfono. En un apartamento de la calle Sofie.

3

Viernes. Despertar

Ella gritó una vez más y Harry Hole abrió los ojos.

El sol brillaba entre las cortinas que aleteaban perezosas mientras el chirrido del tranvía al frenar en la calle Pilestredet iba muriendo despacio. Harry intentó orientarse. Estaba tumbado en el suelo de su propia sala de estar. Vestido, aunque no muy elegante. Y si no vivía, por lo menos estaba vivo.

El sudor le cubría la cara como una película de maquillaje húmedo y pegajoso y el corazón parecía comportarse de un modo ligero y frenético, como una pelota de ping-pong botando en un suelo de cemento. Lo peor era la cabeza.

Harry dudó un instante antes de decidirse a seguir respirando. El techo y las paredes le daban vueltas, pero no había en todo el apartamento un solo cuadro ni una sola lámpara de techo donde fijar la vista. En la periferia de su campo de visión atisbó una estantería Ivar, el respaldo de una silla y una mesa de salón verde de Elevator, que también daban vueltas. Pero por lo menos ya no tenía que seguir soñando.

Había sufrido la misma pesadilla de siempre. Se sentía clavado al suelo, sin posibilidad de moverse, e intentaba cerrar los ojos para ahorrarse la visión de aquella boca abierta y torcida en un grito afónico. Los ojos grandes y vacíos con una acusación muda. Cuando era niño, eran los ojos y la boca de Søs, su hermana pequeña.

Ahora, en cambio, eran los de Ellen Gjelten. Antes los gritos eran mudos, ahora resonaban como el lamento metálico de unos frenos. No sabía qué era peor.

Harry se quedó totalmente quieto mirando fijamente a la calle por entre las cortinas, contemplando el sol vibrante que parecía suspendido sobre las calles y los edificios de Bislett. Solo el tranvía quebrantaba el silencio estival. No parpadeaba. Se quedó mirando fijamente hasta que el sol se transformó en un corazón amarillo y saltarín que latía bombeando calor sobre el fondo de una fina membrana de un color azul lechoso. De pequeño, su madre le decía que a los niños que miraban directamente al sol se les quemaba la vista y se pasaban el resto de la vida con la luz del sol en el interior de la cabeza. Y eso era lo que intentaba conseguir ahora: que la luz del sol le inundara la cabeza y lo quemara todo. Que, por ejemplo, quemara la imagen de la cabeza de Ellen reventada a golpes en la nieve a orillas del río Akerselva con una sombra que se proyectaba sobre ella. Llevaba tres años intentando atrapar aquella sombra. Pero tampoco lo había conseguido. Cuando creyó que la tenía, se fue a la mierda de pronto. No había conseguido nada.

Rakel…

Harry levantó la cabeza despacio y miró el ojo negro y muerto del contestador. No había dado señales de vida en las semanas transcurridas desde que volvió a casa después de la reunión que celebró en el restaurante Boxer con el comisario jefe de la policía judicial y con Møller. Seguramente, eso también lo habría quemado el sol.

¡Mierda, qué calor hace aquí dentro!

Rakel…

Ahora se acordaba. En un momento del sueño la cara había cambiado por la de Rakel. Søs, Ellen, su madre, Rakel. Caras de mujeres que, en un movimiento constante, palpitante, pulsátil, cambiaban y se fundían unas en otras.

Harry soltó un suspiro y volvió a apoyar la cabeza en el parqué. Vio la botella que hacía equilibrios en el borde de la mesa, por encima de él. «Jim Beam from Clermont, Kentucky.» El contenido había desaparecido. Evaporado. Rakel. Cerró los ojos. No quedaba nada.

No tenía ni idea de la hora que era, solo sabía que era demasiado tarde. O demasiado pronto. Que, en cualquier caso, era la hora equivocada de despertarse. O, mejor dicho, de dormir. Uno debería estar haciendo otra cosa a aquella hora del día. Uno debería estar bebiendo.

Harry se puso de rodillas.

Algo le vibraba en los pantalones. Eso era lo que lo había despertado, ahora lo notaba. Una polilla atrapada aleteaba desesperadamente. Metió la mano en el bolsillo y sacó el móvil.

Harry caminaba despacio hacia la colina de St. Hanshaugen. El dolor de cabeza le bombeaba detrás de los globos oculares. La dirección que le había dado Møller se encontraba a un paso, se había refrescado la cara con un poco de agua, encontró algo de whisky en una botella que tenía en el armario, debajo del lavabo, y salió con la esperanza de que el paseo le despejara la mente. Harry pasó por delante del restaurante Underwater. Abierto de cuatro a tres, de cuatro a una los lunes y cerrado los domingos. No era un lugar que él frecuentara, ya que su sitio habitual, el restaurante Schrøder, estaba en la calle paralela, pero, como la mayoría de los alcohólicos, Harry tenía en el cerebro un fichero en el que se guardaban automáticamente los horarios de apertura de los bares.

Le dedicó una mueca a la imagen que le devolvían las ventanas ennegrecidas. Otra vez sería.

Cuando llegó a la esquina, giró hacia la derecha y bajó por la calle Ullevålsveien. A Harry no le gustaba pasar por aquella calle, era una vía apropiada para los coches, no para las personas. Lo mejor que podía decirse de la calle Ullevålsveien era que en la acera de la derecha había algo de sombra en días como aquel.

Harry se detuvo delante del número que le habían indicado y lo examinó despacio.

En el bajo había una lavandería con las lavadoras de color rojo. En el cristal del escaparate un letrero anunciaba que abrían todos los días de ocho a veintiuna horas y la oferta de un secado de veinte minutos al precio reducido de treinta coronas. Junto a uno de los tambores en movimiento, una mujer morena con un pañuelo en la cabeza miraba al infinito. En el local contiguo a la lavandería había una exposición de lápidas y, algo más allá, en un luminoso de color verde, se leía KEBABGÅRDEN, una combinación de quiosco de comida rápida y tienda de ultramarinos. Harry paseó la vista por la fachada mugrienta. La pintura aparecía agrietada en las viejas ventanas, pero los miradores del tejado indicaban que habían construido nuevos áticos sobre las cuatro plantas originales. Encima de los timbres recién instalados, junto a la puerta de hierro llena de óxido, habían montado también una cámara. El dinero de la parte oeste de la ciudad fluía lento pero incesante hacia la parte este. Llamó al timbre de arriba, donde se leía el nombre de Camilla Loen.

—¿Sí? —preguntaron por el interfono.

Møller le había avisado. Aun así, se sobresaltó al oír la voz de Waaler.

Harry quería contestar pero no conseguía que reaccionaran las cuerdas vocales. Carraspeó un poco y lo intentó de nuevo.

—Soy Hole. Ábreme.

Se oyó un zumbido y Harry agarró el picaporte de hierro negro, frío y áspero.

—¡Hola!

Harry se dio la vuelta.

—Hola, Beate.

Beate Lønn era un poco más baja que la media, tenía el pelo corto y rubio y los ojos azules, ni guapa ni fea. Resumiendo, nada en ella llamaba la atención, a excepción de la vestimenta, un mono blanco tipo astronauta.

Harry le sujetó la puerta para que pasara con dos maletines de acero.

—¿Acabas de llegar?

–No, he tenido que volver al coche para recoger el resto del equipo. Llevamos aquí media hora. ¿Te has hecho daño?

Harry se pasó el dedo por la costra de la nariz.

–Eso parece.

Harry la siguió por una segunda puerta que daba a las escaleras.

–¿Cómo están las cosas ahí arriba?

Beate dejó los maletines delante de la puerta verde del ascensor y le echó una rápida ojeada.

–Yo creía que uno de tus principios era mirar primero y preguntar después –dijo, y pulsó el botón de llamada.

Harry asintió con la cabeza. Beate Lønn pertenecía a esa parte de la humanidad que se acuerda de todo. Era capaz de recitar detalles de casos criminales que a él se le habían olvidado hacía mucho y que habían sucedido antes de que ella empezara en la Escuela de Policía. Además, tenía muy desarrollado el giro fusiforme, esa parte del cerebro que hace que recordemos las caras. Un giro fusiforme que había dejado atónitos a los psicólogos que lo habían puesto a prueba. Solo faltaba que se acordara también de lo poco que Harry había tenido tiempo de enseñarle mientras trabajaron juntos durante la oleada de atracos del año anterior.

–Sí, me gusta estar lo más receptivo posible la primera vez que veo la escena de un crimen –dijo Harry, que se sobresaltó cuando la maquinaria del ascensor reanudó la marcha de repente. Empezó a buscar el tabaco en los bolsillos–. Pero es que no creo que vaya a trabajar en este caso.

–¿Por qué no?

Harry no contestó. Sacó del bolsillo izquierdo del pantalón un paquete de Camel arrugado.

–¡Ah, sí! –dijo Beate con una sonrisa–. Me dijiste que esta primavera os ibais de vacaciones. A Normandía, ¿no? ¡Qué suerte tienes…!

Harry se puso el cigarrillo entre los labios. Sabía a mierda y tampoco le haría mucho bien al dolor de cabeza. Solo una cosa le ayudaría. Miró el reloj. Lunes. De cuatro a una.

–Lo de Normandía se anuló.

—¿Ah, sí?

—Sí, así que no es por eso. Es porque quien lleva este asunto es el que está ahí arriba.

Harry aspiró el humo con fuerza y señaló hacia arriba con la cabeza.

Beate lo miró con atención.

—Que no se convierta en una obsesión, Harry. Pasa página.

—¿Que pase página?

Soltó el humo.

—Hiere a la gente, Beate. Tú deberías saberlo.

Ella se sonrojó.

—Tom y yo tuvimos una relación breve, Harry. Eso es todo.

—¿No fue en la época en que llevabas aquellos moratones en el cuello?

—¡Harry! Tom nunca me…

Beate se dio cuenta de que había levantado la voz y se calló enseguida. El eco de las voces se elevó en el aire, pero se ahogó cuando el ascensor se detuvo ante ellos con un estruendo sordo.

—No te gusta —dijo Beate—. Por eso te imaginas cosas. Tom tiene algunos lados buenos que tú desconoces.

—Ya.

Harry apagó el cigarrillo en la pared mientras Beate abría la puerta del ascensor y entraba.

—¿No vas a subir? —dijo mirando a Harry, que se había quedado fuera con la vista clavada en algo.

El ascensor. Tenía en el lado interior de la puerta una verja corredera. Una verja de hierro negra y sencilla que había que ajustar y cerrar una vez dentro para que el ascensor pudiera arrancar. Y allí estaba el grito otra vez. Aquel grito mudo. Sintió cómo le brotaba el sudor por todo el cuerpo. El trago de whisky no había sido suficiente. Ni de lejos.

—¿Pasa algo? —preguntó Beate.

—No —dijo Harry con la voz bronca—. Es solo que no me gustan estos ascensores antiguos. Subiré por las escaleras.

4

Viernes. Estadística

Resultó que, en efecto, el edificio tenía áticos. Dos, para ser exactos. La puerta de uno de ellos estaba abierta, pero acordonada con una de las cintas de plástico naranja de la policía sujeta a cada lado. Harry flexionó el metro noventa y dos centímetros que medía, pasó por debajo y tuvo que apresurarse a dar un paso de apoyo cuando se incorporó al otro lado. Se vio en medio de una sala de estar con parqué de roble y techo abuhardillado con unas claraboyas pequeñas. Hacía tanto calor como en una sauna. El apartamento era pequeño y estaba decorado con un estilo minimalista, como el suyo, pero ahí terminaba el parecido. En efecto, en este el sofá era el más moderno de la tienda Hilmers Hus, la mesa de salón era de R.O.O.M., y el televisor, un Philips de quince pulgadas en plástico azul hielo transparente, a juego con el equipo de música. Harry echó una ojeada a la cocina y a un dormitorio cuyas puertas estaban abiertas. Eso era todo. Reinaba allí un silencio peculiar. Un policía de uniforme y con los brazos cruzados junto a la puerta de la cocina sudaba copiosamente mientras se balanceaba sobre los talones y observaba a Harry enarcando una ceja. Al ver que Harry iba a sacar la identificación, el hombre le dedicó media sonrisa y negó con un gesto.

«Todos conocen al mono de feria –pensó Harry–. El mono no conoce a nadie.» Se pasó la mano por la cara.

—¿Dónde está la científica?

—En el baño —dijo el agente, señalando con la cabeza al dormitorio—. Lønn y Weber.

—¿Weber? ¿Han empezado a recurrir a los jubilados?

El agente se encogió de hombros.

—Las vacaciones.

Harry echó un vistazo a su alrededor.

—De acuerdo, pero a ver si acordonan la escalera y la puerta. La gente entra y sale del edificio como quiere.

—Pero…

—Oye, la escalera y la entrada son parte de la escena del crimen, ¿de acuerdo?

—Ya, pero… —comenzó el agente con voz destemplada.

Harry comprendió que, con un par de frases, se había ganado un nuevo enemigo. La lista era larga.

—… he recibido órdenes estrictas de… —continuó el agente.

—De quedarte vigilando aquí —se oyó una voz desde el dormitorio.

Acto seguido, apareció en el umbral Tom Waaler.

A pesar del traje oscuro, no se le veía ni una gota de sudor bajo la espesa línea del nacimiento de su pelo negro. Tom Waaler era un hombre guapo. Quizá no exactamente atractivo, pero tenía las facciones regulares y simétricas. No era tan alto como Harry, pero, curiosamente, muchos dirían que lo era. Quizá debido a su porte altanero. O a esa relajada confianza en sí mismo, que no solo impresionaba a la mayoría de los que tenía a su alrededor, sino que además se les contagiaba haciendo que también ellos se relajaran y hallaran su lugar natural en el mundo. El aspecto de hombre guapo bien podía deberse a su condición física: no había traje capaz de ocultar cinco sesiones semanales de levantamiento de pesas y de kárate.

—Y ahí va a seguir vigilando —continuó Waaler—. Acabo de enviar a un tío al ascensor para que acordone lo que haga falta. Todo bajo control, Hole.

Pronunció la última frase tan bajito que uno podía elegir entre entenderlo como una constatación o como una pregunta.

Harry carraspeó.

—¿Dónde está?

—Aquí dentro.

La expresión de Waaler reveló cierta preocupación cuando se hizo a un lado para que Harry pasara.

—¿Te has dado un golpe, Hole?

El dormitorio era sencillo, pero estaba decorado con gusto y con un toque romántico. La cama, hecha para una persona pese a ser de matrimonio, estaba pegada a un pilar donde habían tallado algo que parecía un corazón sobre una figura triangular. «Tal vez la marca de un amante», pensó Harry. En la pared, sobre la cama, colgaban tres fotografías de desnudos masculinos, un detalle erótico y políticamente correcto, que se situaban entre una variante pornográfica suave y un elemento de arte popular. Ninguna fotografía familiar ni otros objetos personales, por lo que pudo ver.

Detrás del dormitorio se hallaba el cuarto de baño, con el espacio justo para un lavabo, un inodoro, una ducha con cortina y el cadáver de Camilla Loen. La mujer estaba tendida en el suelo de baldosas, con la cara vuelta hacia la puerta, pero mirando hacia arriba, a la alcachofa de la ducha, como si esperase que siguiera cayendo agua.

No llevaba nada debajo del albornoz abierto y empapado de agua que tapaba el desagüe. Beate sacaba fotos desde la puerta.

—¿Alguien ha verificado cuánto tiempo lleva muerta?

—El forense está en camino —dijo Beate—. Pero aún no presenta los rasgos típicos del rígor mortis y no está del todo fría. Calculo que, como mucho, un par de horas.

—¿Es verdad que el grifo de la ducha estaba abierto cuando la encontraron el vecino y el portero?

—Sí, ¿por?

—El agua caliente puede haber mantenido el calor corporal y haber retrasado la aparición del rígor mortis.

Harry miró el reloj. Las seis y cuarto.

—Creo que podemos decir que murió alrededor de las cinco.

Era la voz de Waaler.

—¿Por qué? —preguntó Harry sin volverse.

—No hay nada que indique que hayan trasladado el cadáver, así que podemos suponer que la asesinaron mientras se estaba duchando. Como ves, el cadáver y el albornoz tapan el desagüe. Eso fue lo que originó la inundación. El portero, que cerró la ducha, dijo que estaba abierta al máximo y yo he comprobado la presión del agua. Bastante buena para ser de un ático. En un baño tan pequeño, el agua no tardaría mucho en cruzar el umbral y llegar al dormitorio y tampoco en encontrar el camino hasta la casa del vecino. La señora de abajo dice que eran exactamente las cinco y veinte cuando detectaron la fuga.

—De eso no hace más de una hora —dijo Harry—. Y vosotros ya lleváis aquí treinta minutos. Parece que todo el mundo ha reaccionado con una rapidez excepcional.

—Bueno, no todos, ¿no? —preguntó Waaler.

Harry no respondió.

—Me refiero al forense —continuó Waaler con una sonrisa—. Ya debería estar aquí.

Beate dejó de sacar fotos e intercambió una mirada con Harry. Waaler la cogió del brazo.

—Avísame si hay novedad. Bajaré a la tercera planta para hablar con el portero.

—Vale.

Harry esperó hasta que Waaler hubo salido de la habitación.

—¿Puedo…? —preguntó.

Beate asintió con la cabeza y se hizo a un lado.

Las suelas de Harry chasqueaban al pisar el suelo mojado. El vapor se había condensado en todas las superficies planas del baño y ahora chorreaba hacia abajo. Parecía que el espejo hubiera estado llorando. Harry se puso en cuclillas, y tuvo que apoyarse en la pared para no perder el equilibrio. Respiró por la nariz, pero solamente notó el olor a jabón y ninguno de los otros olores que sabía que deberían estar presentes. Disosmia, había leído Harry que se llamaba, en el libro que le había prestado Aune, el psicólogo de la sección de Delitos Violentos. Había algunos olores que el cerebro sencillamente se negaba a registrar y, según el libro, esa pérdida parcial del olfato solía deberse a un trauma emocional. Harry no estaba muy seguro de que esa fuera la razón, solo estaba seguro de que era incapaz de reconocer el olor a cadáver.

Camilla Loen era joven. Harry calculó que tendría entre veintisiete y treinta años. Guapa. Rellenita. Tenía la piel lisa y tostada por el sol, aunque con esa palidez subyacente que los muertos adquieren enseguida. El pelo, ahora oscuro, se veía seguramente algo más rubio en cuanto se secara. Y presentaba en la frente un pequeño orificio que no se notaría cuando los de la funeraria hubiesen terminado su labor. Por lo demás, no tendrían mucho que hacer, solo un poco de maquillaje sobre algo que parecía una hinchazón en la cuenca del ojo derecho.

Harry se concentró en el orificio negro y redondo de la frente. El diámetro no era mucho mayor que el de una moneda de una corona. A veces le sorprendía lo pequeños que podían ser los agujeros que mataban a la gente. Claro que, a menudo, esos orificios resultaban engañosos, porque se contraían después. Harry opinaba que, en este caso, el proyectil era más grande que el orificio que ahora se apreciaba.

—Mala suerte que haya estado metida en agua —se lamentó Beate—. De lo contrario, quizá habríamos encontrado huellas dactilares del asesino, o restos de tejido o de ADN en el cadáver.

—Ya. La frente, por lo menos, ha estado fuera del agua y al parecer tampoco le ha caído tanta agua de la ducha.

—¿Y?

—El borde del orificio de entrada presenta un cerco de sangre oscura y coagulada, así como ennegrecimiento en la piel circundante a causa del impacto. Puede que este pequeño orificio nos cuente algunas cosas ahora mismo. ¿Una lupa?

Sin apartar la vista de Camilla Loen, Harry alargó la mano, sintió en ella el peso rotundo de la óptica alemana y empezó a examinar la zona alrededor de la herida de bala.

—¿Qué ves?

La voz queda de Beate le resonó cerca de la oreja. Siempre tan dispuesta a aprender. Harry sabía que, dentro de muy poco, no tendría nada más que enseñarle.

—El tono gris del ennegrecimiento de la entrada indica que el disparo se efectuó a poca distancia, pero sin contacto —explicó Harry—. Apuesto a que quien le disparó se encontraba a medio metro más o menos.

—¿Y qué más?

—La asimetría del ennegrecimiento revela que la persona que disparó se encontraba a más altura que ella y que apuntaba en diagonal hacia abajo.

Harry volvió cuidadosamente la cabeza de la víctima. La frente aún no estaba del todo fría.

—No hay orificio de salida —dijo—. Lo que corrobora la hipótesis de un disparo en diagonal. Es posible que estuviese de rodillas ante el asesino.

—¿Puedes deducir el tipo de arma que han utilizado?

Harry negó con la cabeza.

—Eso tendrá que determinarlo el forense, junto con los chicos de balística. Pero la intensidad del ennegrecimiento es decreciente, y eso apunta al uso de un arma corta. O sea, una pistola.

Harry empezó a recorrer metódicamente el cadáver con la mirada en un intento de registrarlo todo, pero se dio cuenta de que el aturdimiento parcial consecuencia del alcohol le impedía apreciar detalles que habrían podido serle útiles. O mejor, serles útiles *a ellos*. Aquel no era su caso. De todos modos, cuando llegó a la mano, se dio cuenta de que faltaba algo.

—El Pato Donald —murmuró inclinándose hacia la mano mutilada.

Beate lo miró sin comprender.

—Así lo dibujaban en los tebeos —explicó Harry—. Con cuatro dedos.

—Yo no leo tebeos.

Le habían amputado el dedo índice. Quedaban fibras negras de sangre coagulada y los hilos brillantes de los tendones. Era un corte limpio. Harry posó cuidadosamente la yema del dedo en el lugar donde se apreciaba un punto blanco en medio de la carne rosada. La superficie de la fractura era lisa y plana.

—Con unos alicates —dijo Harry—. O con un cuchillo muy afilado. ¿Habéis encontrado el dedo?

—No.

De repente, Harry sintió náuseas y cerró los ojos. Respiró hondo un par de veces y volvió a abrirlos. Podían existir muchas razones para amputarle un dedo a una víctima. No había motivo alguno para pensar en el sentido que se le estaba viniendo a la cabeza en ese momento.

—Puede que se trate de un cobrador —aventuró Beate—. A esos les gustan los alicates.

—Puede —murmuró Harry, que, al levantarse, descubrió sus propias pisadas en lo que él había creído que eran azulejos rosa.

Beate se agachó y sacó un primer plano de la cara de la víctima.

—Pues sí que ha sangrado.

—Es porque ha tenido la mano sumergida en agua —dijo Harry—. El agua evita que la sangre se coagule.

—¿Toda esa sangre solo de un dedo amputado?

—Sí, ¿y sabes lo que eso significa?

—No, pero tengo la sensación de que lo voy a saber muy pronto.

—Significa que a Camilla Loen le amputaron el dedo mientras la sangre aún circulaba, es decir, antes de que le pegaran un tiro.

Beate hizo una mueca.

—Bajaré a hablar con los vecinos —dijo Harry.

—Camilla ya vivía en el piso de arriba cuando nosotros nos mudamos —dijo Vibeke Knutsen echando una mirada rápida a su pareja sentimental–. No teníamos mucha relación con ella.

Estaban con Harry en el salón del cuarto piso, justo debajo del ático. Quien no los conociera podría pensar que el que vivía allí era Harry. La pareja estaba sentada algo tiesa en el borde del sofá, en tanto que Harry se había acomodado tranquilamente en uno de los sillones.

A Harry le pareció una pareja desigual. Ambos rondaban los treinta y tantos, pero Anders Nygård era delgado y nervudo como un corredor de fondo. Llevaba una camisa celeste bien planchada y el pelo recién cortado. Tenía los labios finos y un lenguaje corporal inquieto. Pese a lo extrovertido y juvenil de su semblante, irradiaba ascetismo y severidad. La pelirroja Vibeke Knutsen, en cambio, tenía unos hoyuelos muy marcados y un cuerpo lozano y exuberante que realzaba con un top muy ceñido con un estampado de piel de leopardo. Además, tenía pinta de haber vivido intensamente. Las arrugas que le marcaban el labio superior eran indicio de los muchos cigarrillos que había fumado y detrás de las arrugas de expresión que le rodeaban los ojos había sin duda muchas juergas.

—¿A qué se dedicaba? —preguntó Harry.

Vibeke miró a su compañero, pero al ver que este no respondía dijo:

—Que yo sepa, trabajaba en una agencia de publicidad. En algo de diseño o algo así.

—Algo así… —repitió Harry mientras anotaba en el bloc con desinterés.

Era un truco al que recurría cuando interrogaba a la gente. Al no mirarlos, ellos se relajaban más, y, si daba la impresión de que lo que decían le aburría, se esforzaban automáticamente por decir algo que despertara su interés. Debería haber sido periodista. Tenía la impresión de que la tolerancia era mayor para con un periodista que trabajaba bebido.

—¿Tenía novio?

Vibeke negó con la cabeza.

—¿Algún amante?

Vibeke se rió con nerviosismo y miró otra vez a su novio.

—No nos dedicamos a escuchar detrás de las puertas —dijo Anders Nygård—. ¿Crees que lo ha hecho un amante?

—No lo sé —dijo Harry.

—Comprendo que no sepáis nada.

Harry se percató de la irritación que desvelaba la voz de Anders Nygård.

—Pero comprenderás que los que vivimos aquí queramos saber si se trata de un asunto personal o si tenemos a un asesino loco merodeando por el vecindario.

—Puede que tengáis a un asesino loco suelto por el vecindario —dijo Harry, que dejó el bolígrafo y aguardó la reacción.

Vio que Vibeke daba un respingo en el sofá, pero centró su atención en Anders Nygård.

Las personas que están asustadas se enfadan más fácilmente. Una enseñanza que se incluía en el plan de estudios del primer curso de la Escuela de Policía, como consejo para no provocar sin necesidad a las personas cuando tenían miedo. Harry había comprobado que a él le resultaba más útil lo contrario. Provocarlas. Las personas enfadadas decían a menudo cosas que no pensaban o, mejor dicho, cosas que no pensaban decir.

Anders Nygård lo miró inexpresivo.

—Pero es más probable que el culpable sea un novio —dijo Harry—. Un amante o alguien con quien estuviese manteniendo una relación y al que ella hubiese rechazado.

—¿Por qué? —preguntó Anders Nygård, y rodeó con el brazo los hombros de Vibeke.

Resultó algo cómico, ya que el hombre tenía el brazo bastante corto, mientras que los hombros de ella eran anchos.

Harry se retrepó en la silla.

—Cuestión de estadística. ¿Puedo fumar aquí?

—Intentamos que este sea un espacio libre de humo —dijo Anders Nygård con una débil sonrisa.

Harry observó que Vibeke bajaba la mirada cuando él volvió a guardar el paquete en el bolsillo del pantalón.

—¿Qué quieres decir con que es cuestión de estadística? —preguntó el hombre—. ¿Qué te hace pensar que puedes aplicarla a un caso aislado como este?

—Bueno, antes de responder a tus dos preguntas, ¿tú sabes algo de estadística, Nygård? ¿De distribución normal, significancia, desviación estándar?

—No, pero yo…

—Bien —lo interrumpió Harry—. Porque, en este caso, tampoco es necesario. Cien años de estadística delictiva a nivel mundial nos cuentan una única verdad básica: que lo hizo su pareja. Y si la joven no tenía pareja, que lo hizo aquel que habría querido serlo. Esa es la respuesta a tu primera pregunta. Y ahora la segunda.

Anders Nygård resopló y soltó a Vibeke.

—Eso carece de fundamento, tú no sabes nada de Camilla Loen.

—Correcto —dijo Harry.

—Entonces ¿por qué afirmas algo así?

—Porque tú me has preguntado. Y si ya has terminado con tus preguntas, quizá yo podría continuar con las mías, ¿no?

Nygård hizo amago de ir a decir algo, pero cambió de idea y miró contrariado hacia la mesa. Harry pensó que podía estar equivocado, pero creyó ver una sonrisa levísima entre los hoyuelos de Vibeke.

—¿Creéis que Camilla Loen tomaba drogas? —preguntó Harry.

Nygård alzó la vista de pronto.

—¿Por qué íbamos a creer tal cosa?

Harry cerró los ojos y esperó.

—No —dijo Vibeke en voz tenue y suave—. No creemos que tomara drogas.

Harry abrió los ojos y le sonrió agradecido. Anders Nygård la miró lleno de sorpresa.

—Su puerta no estaba cerrada con llave, ¿verdad?

Anders Nygård negó con la cabeza.

—¿No te resultó extraño? —preguntó Harry.

—No demasiado, puesto que ella estaba en casa.

—Ya. Vosotros tenéis una cerradura sencilla en vuestra puerta y me fijé en que tú…

Señaló a Vibeke con la cabeza.

—… has cerrado con llave cuando he entrado.

—Es un poco miedosa —dijo Nygård dándole a su pareja una palmadita en la rodilla.

—Oslo no es lo que era —dijo Vibeke.

Su mirada se cruzó fugazmente con la de Harry.

—Tienes razón —dijo Harry—. Y parece que Camilla Loen opinaba lo mismo. Su apartamento tiene doble cerradura y cadena de seguridad en el interior. No me parece el tipo de mujer que se metería en la ducha sin echar la llave.

Nygård se encogió de hombros.

—¿Y si quienquiera que fuese abrió la puerta con una ganzúa mientras ella estaba en la ducha?

Harry negó con la cabeza.

—Abrir una cerradura de seguridad con una ganzúa… Eso solo pasa en las películas.

—¿Y si ya había alguien con ella dentro de la casa? —dijo Vibeke.

—¿Quién?

Harry aguardó en silencio. Cuando comprendió que nadie llenaría aquel silencio, se puso de pie.

—Os citarán para testificar. Es todo por ahora, gracias.

Ya en la entrada se dio la vuelta.

—¿Quién de vosotros llamó a la policía?

—Fui yo —dijo Vibeke—. Llamé mientras Anders iba a buscar al portero.

—¿Antes de haberla encontrado? ¿Cómo sabías…?

—Había sangre en el agua que se filtró por el techo.

—¿Ah, sí? ¿Y cómo sabías que era sangre?

Anders Nygård soltó un suspiro de exasperación exagerada y le puso a Vibeke la mano en la nuca.

—Era roja, ¿verdad?

—Bueno —dijo Harry—. Hay otras cosas que son rojas y que no son sangre.

—Es verdad —dijo Vibeke—. Y no fue el color.

Anders Nygård la miró con sorpresa. Ella sonrió, pero Harry se dio cuenta de que trataba de evitar la mano del novio.

—Viví unos años con un cocinero y juntos llevamos un pequeño restaurante, así que aprendí algunas cosas sobre cocina. Entre otras, que la sangre contiene albúmina y que, si viertes sangre en una cacerola de agua a una temperatura superior a sesenta y cinco grados, se coagula y forma grumos. Igual que cuando rompes un huevo en agua hirviendo. Cuando Anders probó los grumos que había en el agua y dijo que sabían a huevo, comprendí enseguida que era sangre. Y que algo grave había pasado.

Anders Nygård se quedó boquiabierto. De pronto, él también palideció bajo el bronceado.

—¡Buen provecho! —murmuró Harry antes de marcharse.

5

Viernes. Underwater

Harry odiaba los bares temáticos. Bares irlandeses, bares de topless, bares de noticias o los peores, bares de famosos con fotos de clientes fijos notorios en las paredes. El tema del Underwater era una difusa mezcla marítima de submarinismo y nostalgia de barcos de madera. Pero cuando Harry iba por la mitad de la cuarta pinta de cerveza, los acuarios de agua verdosa y burbujeante, las escafandras y los interiores rústicos de madera crujiente dejaron de preocuparle. Podría haber sido peor. La última vez que estuvo en aquel establecimiento, la gente se levantó de pronto y se puso a cantar viejas arias de ópera, y, por un momento, Harry llegó a creer que los musicales por fin se habían impuesto en la vida real. Miró a su alrededor y constató con alivio que ninguno de los cuatro clientes que había en el local parecía que fuese a cantar, de momento.

—¿Ambiente de vacaciones? —le preguntó a la chica que había detrás de la barra cuando le puso la cerveza en la mesa.

—Es que son las siete —dijo ella, y le dio el cambio de cien coronas, en lugar de doscientas.

Si hubiera podido, habría ido al Schrøder. Pero tenía la vaga impresión de que le habían prohibido volver y no estaba de humor para ir a comprobarlo. No en un día como aquel. Recordaba fragmentos de un episodio que se había producido el martes. ¿O fue el miércoles? Alguien empezó a hablar de aquella ocasión en que él salió en la tele, cuando hablaron de él como de un héroe policial noruego, porque había disparado a un asesino en Sidney. Un tipo hizo algún que otro comentario insultante. Algunos dieron en el blanco. ¿Le afectaron aquellos comentarios? ¿Se enzarzó en una pelea? No podía descartarlo, aunque, por supuesto, las heridas que tenía en los nudillos y en la nariz cuando se despertó podían deberse a que hubiera tropezado y se hubiera caído en los adoquines de la calle Dovregata.

Sonó el móvil. Harry miró el número para constatar enseguida que en esta ocasión tampoco era el de Rakel.

–Hola, jefe.

–¿Harry? ¿Dónde estás? –Bjarne Møller sonaba preocupado.

–Bajo el agua. ¿Qué pasa?

–¿Agua?

–Agua. Agua estancada. Agua mineral. Pareces… ¿cómo diría…? Alterado.

–¿Estás borracho?

–No lo suficiente.

–¿Qué?

–Nada. Se me está agotando la batería, jefe.

–Uno de los policías que vigilaba el escenario del crimen amenazaba con escribir un informe sobre ti. Asegura que estabas visiblemente «intoxicado» cuando llegaste.

–¿Por qué «amenazaba» y no «amenaza»?

–Se lo quité de la cabeza. ¿Estabas bebido, Harry?

–Por supuesto que no, jefe.

–¿Seguro que ahora dices la verdad, Harry?

–¿Seguro que lo quieres saber, jefe?

Harry oyó a Møller suspirar al otro lado.

–Esto no puede continuar así, Harry. Tengo que decir hasta aquí hemos llegado.

–De acuerdo. Empieza por apartarme de este caso.

–¡¿Cómo?!

–Ya me has oído. No quiero trabajar con ese cerdo. Pon a otro en este asunto.

—No tenemos hombres suficientes para...

—Entonces, despídeme. Me importa una mierda.

Harry se metió el teléfono en el bolsillo interior de la chaqueta. Notó que la voz de Møller le vibraba débil cerca del pezón. En el fondo, era relativamente agradable. Apuró el vaso, se levantó y salió tambaleándose a la calurosa noche estival. Al tercer intento, un taxi se detuvo en la calle Ullevålsveien.

—A Holmenkollveien —dijo apoyando la nuca sudorosa en la piel fresca del asiento trasero.

Mientras avanzaban, Harry iba mirando por la ventanilla las golondrinas que cruzaban el pálido cielo azul en busca de comida. A aquella hora del día salían los insectos. Era el marco temporal de las golondrinas, su posibilidad de sobrevivir. Desde esa hora hasta que se ponía el sol.

El taxi se detuvo en la calle que conducía hasta un chalé de vigas de madera, grande y oscuro.

—¿Subimos? —preguntó el taxista.

—No, solo vamos a quedarnos aquí un rato —dijo Harry.

Miró hacia la casa. Le pareció ver a Rakel en la ventana. Supuso que Oleg estaría a punto de irse a la cama. En aquel momento seguramente estaría dando la tabarra para quedarse un poco más ya que era...

—Hoy es viernes, ¿verdad?

El taxista asintió despacio con la cabeza sin dejar de mirar por el retrovisor.

Los días. Las semanas. Dios mío, qué rápido crecen esos chicos.

Harry se frotó la cara en un intento de infundir algo de vida en esa máscara de muerte de un pálido otoñal que llevaba.

Aquel invierno la cosa no se había presentado con tan mala pinta.

Harry había resuelto un par de casos importantes, había encontrado un testigo en el caso de Ellen, no bebía y Rakel y él habían progresado y habían pasado de ser solo una pareja de enamorados a empezar a hacer cosas juntos como una familia. Y a Harry le gustaba. Le gustaban las excursiones a la cabaña. Las fiestas infantiles con él de cocinero delante de la barbacoa. Le gustaba invitar a su padre y a Søs a comer con ellos los domingos y ver cómo su hermana con síndrome de Down jugaba con Oleg. Y lo mejor de todo, seguían enamorados. Rakel había empezado a insinuar incluso que quizá fuese buena idea que Harry se mudara a vivir con ellos. Recurrió al argumento de que la casa era demasiado grande para ella y Oleg. Y Harry no se esforzó demasiado por encontrar argumentos en contra.

—Ya veremos cuando termine con el caso de Ellen —le dijo.

El viaje que habían reservado a Normandía, donde pasarían tres semanas en una vieja casa solariega y una semana en una barcaza, debería constituir la prueba que les confirmase si estaban preparados.

Y entonces empezaron a torcerse las cosas.

Él estuvo trabajando en el caso de Ellen todo el invierno. Fue un trabajo muy intenso. Demasiado intenso. Pero Harry no conocía otra forma de trabajar. Y Ellen Gjelten no había sido para él una simple colega, sino su mejor amiga y su alma gemela. Tres años habían pasado desde que ambos estuvieron tras la pista de un traficante de armas apodado «el Príncipe», y desde que un bate de béisbol acabó con la vida de Ellen. Los indicios hallados en el lugar del crimen apuntaban a Sverre Olsen, un viejo conocido de los círculos neonazis. Por desgracia, nunca pudieron oír su testimonio, ya que una bala le atravesó la cabeza cuando supuestamente iba a disparar contra Tom Waaler, que había ido a detenerlo. A pesar de todo, Harry estaba convencido de que el verdadero responsable del asesinato era el Príncipe, y había conseguido que Møller le permitiera llevar a cabo una investigación propia. Era algo sumamente personal que iba en contra de todos los principios de trabajo por los que se regía la sección de Delitos Violentos, pero Møller le concedió trabajar en ello un tiempo, como una especie de recompensa por los resultados que Harry había obtenido en relación con otros casos. Y aquel invierno, por fin, sucedió algo positivo. Un testigo había visto a Sverre Olsen en Grünerløkka, sentado en un coche rojo con otra persona, la noche del asesinato, a solo unos cientos de metros del lugar del crimen. El testigo era un tal Roy Kvinsvik, un tipo con antecedentes y un pasado que lo vinculaba a los círculos neonazis, ahora recién convertido a la Iglesia de Pentecostés de Filadelfia. Kvinsvik no era lo que nadie llamaría un testigo modelo, pero estuvo mirando largo y tendido la foto que Harry le enseñó y, al cabo de un buen rato, aseguró que sí, que aquella era la persona que había visto en el coche con Sverre. El hombre de la foto era Tom Waaler.

Harry llevaba tiempo sospechando de Waaler, pero aun así le impresionó ver confirmada la sospecha. Sobre todo porque eso indicaba que debían de existir más topos dentro del cuerpo. De lo contrario, al Príncipe le habría sido imposible cubrir tantos frentes. Lo que a su vez significaba que Harry no podía fiarse de nadie. Y por esa razón no le había revelado a nadie lo que le dijo Roy Kvinsvik, porque era consciente de que solo tendría una oportunidad, que la podredumbre había que arrancarla de un único tirón. Debía estar totalmente seguro de que la sacaría de raíz, si no, estaría acabado.

Por este motivo, y sin decir nada a nadie, Harry empezó a trabajar para conseguir que aquel caso fuera totalmente impermeable. Sin embargo, aquello resultó más difícil de lo que había imaginado. Dado que ignoraba en quién podía confiar, empezó a buscar en los archivos después de que los demás se hubieran marchado a sus casas y comenzó a entrar en la red interna y a imprimir correos electrónicos y listas de llamadas entrantes y salientes de las personas que sabía que eran amigos de Waaler. Se pasó tardes enteras sentado en un coche cerca de la plaza Youngstorget, vigilando la pizzería Herbert. Según la teoría de Harry, el tráfico de armas se llevaba a cabo a través del círculo neonazi que frecuentaba aquel establecimiento. Pero, viendo que aquello no lo conducía a ninguna parte, empezó a vigilar a Waaler y a otros de sus colegas. Se concentró en los que pasaban mucho tiempo manejando armas en el campo de entrenamiento de Økern. Estuvo un tiempo siguiéndolos de lejos y vigilando delante de sus casas muerto de frío mientras ellos dormían dentro. Llegaba a casa de Rakel de madrugada totalmente agotado y dormía un par de horas antes de ir a trabajar. Al cabo de un tiempo, ella le pidió que se fuese a dormir a su apartamento las noches que hiciese doble turno. No le había contado que aquel trabajo nocturno era *off the record*, *off* horas extraordinarias, *off* sus superiores y, en suma, *off* casi todo.

Y luego empezó a trabajar también *off* Broadway.

Empezó a pasarse por la pizzería Herbert. Primero una noche. Luego otra. Habló con los chicos. Los invitó a cerveza. Naturalmente, todos sabían quién era, pero una cerveza gratis era una cerveza gratis, así que los muchachos bebían, reían burlones y callaban. Poco a poco, Harry llegó a la conclusión de que no sabían nada. Aun así, siguió yendo. No se explicaba por qué. Tal vez le diera la sensación de que estaba cerca de algo, de que se encontraba cerca de la cueva del dragón, de que lo único que debía hacer era armarse de paciencia, debía esperar a que saliera el dragón. Sin embargo, ni Waaler ni ninguno de sus colegas aparecían nunca por allí, de modo que volvió a vigilar el edificio donde vivía Waaler. Una noche, a veinte grados bajo cero y con las calles vacías, un chico que llevaba una chaqueta corta y finita, se acercó a donde estaba su coche con ese paso entrecortado tan típico de los drogadictos. El joven se detuvo ante la puerta del edificio de Waaler y, después de echar una ojeada a derecha e izquierda, forzó la puerta con una palanca. Harry se quedó mirando sin hacer nada, consciente de que, si intervenía, lo descubrirían. Seguramente, el chico estaba demasiado colocado para atinar bien con la palanca, así que, al tirar, se soltó de la puerta una gran astilla de madera que emitió un ruido fuerte y desgarrador al tiempo que el joven se caía de espaldas, y aterrizaba en la nieve amontonada en el césped. Y allí se quedó. Se encendieron entonces las luces en algunas de las ventanas. En casa de Waaler se movieron las cortinas. Harry esperó.

No pasó nada. Veinte grados bajo cero. Las luces de Waaler seguían encendidas. El chico seguía sin moverse. Harry se preguntaría muchas veces con posterioridad qué coño debería haber hecho. El móvil se había quedado sin batería por el frío, así que tampoco podía llamar al servicio de urgencias médicas. Esperó. Los minutos pasaban. Mierda de drogata. Veintiuno bajo cero. Menudo drogata gilipollas. Por supuesto, podría haber ido a urgencias y dar el aviso. Entonces alguien salió por la puerta. Era Waaler. Tenía una pinta bastante cómica en albornoz, botas, gorro y manoplas. Se había bajado dos mantas. Harry observaba incrédulo mientras Waaler comprobaba el pulso y las pupilas del muchacho antes de envolverlo en las mantas. Luego Waaler se quedó moviendo los brazos para calentarse y aguzó la vista en dirección al coche de Harry. Unos minutos después la ambulancia se detuvo delante de la puerta.

Aquella noche, cuando Harry llegó a casa, se sentó en el sillón de orejas y se puso a fumar y a escuchar a Raga Rockers y a Duke Ellington, y se fue a trabajar sin haberse cambiado de ropa en cuarenta y ocho horas.

Rakel y Harry tuvieron su primera pelotera aquella noche de abril.

Él canceló a última hora la excursión a la cabaña y ella le advirtió que era la tercera vez en poco tiempo que él cancelaba una cita. Una cita con Oleg, precisó Rakel. Él la acusó de esconderse detrás de Oleg y de que, en realidad, le exigía que él diera prioridad a las necesidades de ella en lugar de dedicarse a encontrar a los que habían matado a Ellen. Ella le dijo entonces que Ellen era un fantasma y que se había encerrado con una muerta. Que eso no era normal, que se regodeaba en la tragedia, que era necrofilia, que no era Ellen quien lo impulsaba, sino su propio deseo de venganza.

—Alguien te ha herido —le dijo Rakel—. Y ahora hay que dejar de lado todas las consideraciones para que tú puedas vengarte.

Antes de salir pitando por la puerta, Harry vislumbró el pijama de Oleg y sus ojos llenos de miedo tras los barrotes de la escalera.

A partir de aquel día, dejó de hacer cualquier cosa que no estuviera encaminada a atrapar a los culpables. Se dedicó a leer correos electrónicos a la luz del flexo, a quedarse mirando fijamente las ventanas a oscuras de diversos edificios y casas unifamiliares, a la espera de personas que nunca salían. Y a dormir poco en el apartamento de la calle Sofie.

Los días empezaban a ser más claros y largos, pero él seguía sin encontrar nada.

Y de repente, una noche, volvió a invadir su sueño una pesadilla de la infancia. Søs. El pelo, que se le quedaba enganchado en algo. La cara de terror de su hermana. Su propia parálisis. Y ese sueño volvió la noche siguiente. Y la siguiente.

Øystein Eikeland, un amigo de la infancia que bebía en el bar de Malik cuando no llevaba el taxi, le dijo una noche que parecía muy cansado y le ofreció una anfeta barata. Harry rechazó la oferta y continuó su carrera, colérico y agotado.

Era cuestión de tiempo que todo se fuera a la mierda.

El desencadenante fue algo tan prosaico como una factura impagada. Estaban a finales de mayo y llevaba varios días sin hablar con Rakel cuando, sentado en la silla de la oficina, lo despertó el sonido del teléfono. Rakel le dijo que la agencia de viajes reclamaba el pago de la casa solariega en Normandía. Les daban de plazo hasta final de la semana; si no pagaban, les ofrecerían su periodo de alquiler a otras personas.

—El viernes se acaba el plazo —fue lo último que dijo Rakel antes de colgar.

Harry se fue al aseo, se echó agua fría en la cara y se encontró con su propia mirada en el espejo. Debajo del pelo rubio mojado cortado al cepillo vio unos ojos enrojecidos sobre unas profundas ojeras y un par de mejillas demacradas. Intentó sonreír. Y se enfrentó a dos hileras de dientes amarillos. No se reconocía a sí mismo. Y comprendió que Rakel tenía razón, que se acababa el plazo para él y Rakel. Para él y Ellen. Para él y Tom Waaler.

Ese mismo día, fue a ver a su superior inmediato, Bjarne Møller, la única persona de la comisaría en quien confiaba plenamente. Møller asintió y negó alternativamente con la cabeza cuando Harry le contó lo que quería y le dijo finalmente que, por suerte, aquello no era competencia suya y que Harry debía tratarlo directamente con el comisario jefe de la policía judicial. Y también le dijo que, de todas formas, debería pensárselo dos veces antes de ir a verlo. Harry se fue directamente del despacho cuadrado de Møller al ovalado del jefe de la policía judicial, llamó a la puerta, entró y le comunicó lo que sabía.

Un testigo que había visto a Tom Waaler en compañía de Sverre Olsen. Y el hecho de que precisamente fuese Tom Waaler quien disparó a Olsen durante la detención. Eso era todo. Eso era cuanto tenía después de cinco meses de duro trabajo, cinco meses de vigilancia, cinco meses al borde de la locura.

El comisario jefe le preguntó a Harry cuál creía que podría ser el móvil de Tom Waaler para, supuestamente, matar a Ellen Gjelten.

Harry le contestó que Ellen tenía información peligrosa. La misma noche que la asesinaron, le dejó a Harry un mensaje en el contestador diciendo que sabía quién era el Príncipe, el cerebro detrás de la importación ilegal de armas, el responsable de que los delincuentes de Oslo anduviesen de pronto armados hasta los dientes con armas cortas profesionales.

—Por desgracia, cuando le devolví la llamada era demasiado tarde —confesó Harry intentando leer la expresión en la cara del jefe de la policía judicial.

—¿Y Sverre Olsen? —preguntó el comisario jefe.

—Cuando dimos con él, el Príncipe lo mató para que no delatara al hombre que estaba detrás del asesinato de Ellen.

—¿Y has dicho que el Príncipe es…?

Harry repitió el nombre de Tom Waaler y el comisario jefe asintió con la cabeza sin hablar, antes de concluir:

—Eso quiere decir que es uno de los nuestros. Uno de nuestros comisarios más respetados.

Durante los diez segundos siguientes, Harry tuvo la sensación de hallarse en un vacío, ni un gramo de aire, ningún sonido. Era consciente de que su carrera policial podría terminar allí y en aquel mismo momento.

—Muy bien, Hole. Me entrevistaré con ese testigo tuyo antes de decidir lo que vamos a hacer a partir de ahora. —El jefe de la policía judicial se puso de pie—. Y supongo que comprendes que, de momento, esto tiene que quedar entre tú y yo.

—¿Cuánto tiempo vamos a estar aquí?

Harry se sobresaltó al oír la voz del taxista. Había estado a punto de dormirse.

—Ya nos vamos —dijo echando un último vistazo al chalé de vigas de madera.

Bajaban por la calle Kirkeveien cuando sonó el móvil. Era Beate.

—Creemos haber encontrado el arma —dijo—. Y tenías razón. Es una pistola.

—En ese caso, bien por los dos.

—Bueno, no era tan difícil de encontrar. Estaba en el cubo de la basura, debajo del fregadero.

—¿Marca y número de serie?

—Una Glock 23. El número está lijado.

—¿Y las marcas del lijado?

—Si quieres saber si son las mismas que las que encontramos en las demás armas cortas que hemos confiscado en Oslo últimamente, la respuesta es sí.

—Comprendo. —Harry se cambió el móvil a la mano izquierda—. Lo que no comprendo es por qué me llamas para contarme todo esto. No es asunto mío.

—Yo no estaría tan segura de ello, Harry. Møller ha dicho…

—¡Møller y todo el puto cuerpo de policía de Oslo pueden irse a la mierda!

El propio Harry se asustó de la estridencia de su voz. Vio en el espejo retrovisor que el taxista enarcaba las cejas.

—*Sorry*, Beate. Es que… ¿Sigues ahí?

—Sí.

—Ahora mismo estoy un poco fuera de combate.

—Esto puede esperar.

—¿El qué?

—No hay prisa.

—Venga.

Beate soltó un suspiro.

—Pues ¿te diste cuenta de la inflamación que tenía Camilla Loen justo encima del párpado?

—Claro.

—Yo pensé que el asesino la habría golpeado o que se dio ahí al caer. Pero resultó que no era una inflamación.

—¿Ah, no?

—El forense apretó el bulto. Estaba duro como una piedra, así que metió el dedo por debajo del párpado y ¿sabes lo que encontró encima del globo ocular?

—Bueno… —dijo Harry.

—Una pequeña gema roja tallada en forma de estrella. Creemos que es un diamante. ¿Qué me dices a eso?

Harry tomó aire y miró el reloj. Todavía faltaban tres horas para que dejasen de servir en el Sofie.

—Que no es asunto mío —respondió antes de apagar el teléfono.

6

Viernes. Agua

Hay sequía, pero yo he visto al policía salir de debajo del agua.
Agua para los sedientos. Agua de lluvia, agua de río, agua fetal.
Él no me vio a mí. Se fue tambaleándose por la calle Ullevålsveien,
donde intentaba parar un taxi. Nadie quería llevarlo. Como uno de los
espíritus inquietos que pasean por la orilla del río y que el tipo del trans-
bordador no quiere llevar al otro lado. Yo sé en parte lo que se siente. Al
verse ultrajado por aquellos a quienes has dado de comer. Al verse recha-
zado cuando uno necesita ayuda, por una vez. Al descubrir que te escupen
y que tú no tienes a nadie a quien escupir. Al comprender poco a poco lo
que uno debe hacer. Lo paradójico es, naturalmente, que al taxista que se
apiada de ti le cortas el cuello.

7

Martes. Despido

Harry se fue hacia el fondo de la tienda, abrió la puerta de cristal del frigorífico donde estaba la leche y se inclinó hacia el interior. Se subió la camiseta sudada, cerró los ojos y sintió en la piel el aire refrescante.

Habían anunciado que tendrían una noche tropical y los pocos clientes que había en el establecimiento habían ido a buscar comida para barbacoa, cervezas y refrescos.

Harry la reconoció por el color del pelo. Estaba de espaldas a él, en la sección de la carne. El ancho trasero rellenaba perfectamente los vaqueros. Cuando se dio la vuelta, vio que llevaba un top con una cebra en el centro, aunque igual de ajustado que el de leopardo. Vibeke Knutsen cambió de opinión, dejó los filetes empaquetados, empujó el carro de la compra hasta el arcón frigorífico y sacó dos paquetes de filetes de bacalao.

Harry se bajó la camiseta y cerró la puerta de cristal. No iba a comprar leche. Ni carne, ni bacalao. A decir verdad, quería lo mínimo indispensable, solo algo para comer. No por el hambre, sino por el bien del estómago. El estómago se había rebelado la noche anterior. Sabía por experiencia que si no comía algo sólido ahora, no podría retener ni una gota de alcohol. En su carro de la compra había un pan integral y una bolsa del Vinmonopolet que había al otro lado de la calle. Lo completó con medio pollo y un paquete de seis cervezas Hansa y caminó errante junto al mostrador de la fruta antes de aterrizar en la cola de la caja justo detrás de Vibeke Knutsen. No lo había planeado, pero quizá tampoco fuese pura casualidad.

La mujer se dio media vuelta y, aunque no lo vio, arrugó la nariz como si oliera mal, algo que Harry no podía descartar. Vibeke Knutsen le pidió a la cajera dos paquetes de cigarrillos Prince Mild.

—Creía que intentabais mantener un espacio libre de humo.

Vibeke se dio la vuelta y lo miró sorprendida. Le dedicó tres sonrisas diferentes. Primero una rápida, automática. Luego, una de reconocimiento. Finalmente y después de pagar su compra, una llena de curiosidad.

—Y por lo que veo, tú vas a dar una fiesta en casa.

La mujer metió la compra en una bolsa de plástico.

—Algo así —murmuró Harry devolviéndole la sonrisa.

Ella inclinó la cabeza levemente. Las rayas de cebra se movían.

—¿Muchos invitados?

—Varios. Todos sin invitación.

La cajera le entregó el cambio a Harry, pero este señaló con la cabeza la caja de monedas del Ejército de Salvación.

—Supongo que podrás echarlos, ¿no? —La sonrisa se reflejaba ya en sus ojos.

—Bueno. Precisamente estos invitados no se dejan ahuyentar tan fácilmente.

Las botellas de Jim Beam tintinearon alegremente contra las cervezas cuando levantó las bolsas.

—Ah… ¿Viejos amigos de juerga?

Harry la miró. Parecía saber de qué hablaba. Le resultó más extraño aún que fuera pareja de un tipo tan serio. O, mejor dicho, que un tipo tan serio la tuviese a ella por pareja.

—Yo no tengo amigos —dijo Harry.

—Una dama, entonces. ¿De las pesadas?

Fue a sujetarle la puerta, pero era de esas automáticas. Al fin y al cabo, solo había estado en aquella tienda unas doscientas veces... Se quedaron en la acera, el uno frente al otro.

Harry no sabía qué decir. Quizá por eso lo dijo:

—Tres damas. A veces se van, si bebo lo suficiente.

—¿Qué?

Vibeke se hizo sombra con la mano y lo miró.

—Nada. *Sorry*. Estaba pensando en voz alta. Es decir, no pienso... pero lo hago en voz alta. Parlotear, creo que se llama. Yo...

No entendía por qué la mujer seguía allí.

—Se han pasado el fin de semana subiendo y bajando las escaleras —dijo ella al cabo de unos segundos.

—¿Quién?

—La policía.

Harry asimiló lentamente la información de que había pasado un fin de semana desde que estuvo en el apartamento de Camilla Loen. Intentó ver su imagen reflejada en el escaparate de la tienda. ¿Todo el fin de semana? ¿Qué pinta tendría ahora?

—No quieren revelarnos nada —dijo ella—. Y los periódicos dicen que no tenéis pistas. ¿Es verdad?

—Ese caso no es mío —dijo Harry.

—Vale —Vibeke Knutsen asintió. Y empezó a sonreír.

—¿Y sabes qué?

—¿Qué?

—Supongo que está bien así.

Transcurrieron un par de segundos, hasta que Harry se dio cuenta de lo que quería decir. Y se echó a reír. Hasta que la risa se convirtió en una tos muy fea.

—Es raro que no te haya visto antes en esta tienda —dijo cuando recuperó el aliento.

Vibeke se encogió de hombros.

—¿Quién sabe? A lo mejor volvemos a vernos pronto.

Le sonrió radiante y echó a andar. Las bolsas de plástico se meneaban de un lado a otro al ritmo del trasero.

«Tú y yo somos animales de África.»

Harry lo pensó tan alto que, por un instante, temió haberlo dicho.

Había un hombre sentado en la escalera delante de la puerta de la calle Sofie con la chaqueta echada por los hombros y apretándose el estómago con la mano. Tenía la camisa manchada de negros cercos de sudor en el pecho y en las axilas. Cuando vio a Harry, se levantó.

Harry tomó aire y se armó de valor. Era Bjarne Møller.

–Dios mío, Harry.

–Dios mío, jefe.

–¿Sabes la pinta que tienes?

Harry sacó las llaves.

–¿Como si no estuviera bien entrenado?

–Tenías órdenes de participar en la investigación del caso de asesinato durante el fin de semana y nadie te ha visto el pelo. Y hoy ni siquiera has ido a trabajar.

–Me quedé dormido, jefe. Y no está tan lejos de la verdad como tú crees.

–Ya. Y las semanas anteriores a este viernes, cuando tampoco apareciste, ¿también te quedaste dormido?

–Bueno. Las nubes se dispersaron después de la primera semana, así que llamé al trabajo. Pero me dijeron que alguien me había puesto en la lista de vacaciones. Pensé que serías tú.

Harry entró en el portal con paso enérgico y con Møller pisándole los talones.

–No me quedó más remedio –dijo con un suspiro y sin dejar de apretarse el estómago con la mano–. ¡Cuatro semanas, Harry!

–Bueno, un nanosegundo en el universo...

–¡Y ni una palabra sobre dónde has estado!

Harry guió la llave laboriosamente dentro de la cerradura.

–Eso viene ahora, jefe.

—¿El qué?

—Una palabra sobre dónde he estado: aquí.

Harry empujó la puerta del apartamento y enseguida notaron la bofetada de un olor agridulce a basura revenida, cerveza y colillas.

—¿Te habrías sentido mejor sabiéndolo?

Harry entró y Møller lo siguió indeciso.

—No tienes que quitarte los zapatos, jefe —le gritó Harry desde la cocina.

Møller levantó la vista al cielo con los ojos en blanco y cruzó el salón intentando no pisar las botellas vacías, los platos llenos de colillas y los discos de vinilo.

—¿Te has pasado aquí cuatro semanas bebiendo, Harry?

—Con algunas pausas, jefe. Algunas pausas largas. Estoy de vacaciones, ¿verdad? La semana pasada no pude probar ni una gota.

—Tengo malas noticias, Harry —gritó Møller soltando el pasador de la ventana y empujando el marco con todas sus fuerzas.

Al tercer empujón, la ventana se abrió por fin. Con un gemido, Møller se desabrochó el cinturón y el primer botón del pantalón. Cuando se dio la vuelta, Harry estaba en el umbral de la puerta del salón con una botella de whisky abierta en la mano.

—¿Cómo de malas? —Harry miró el cinturón aflojado de su jefe—. ¿Me vas a azotar? ¿O me vas a violar?

—Digestión lenta —explicó Møller.

—Ya. —Harry olió la boca de la botella—. Una expresión curiosa esa de «digestión lenta». Yo también he tenido problemas estomacales, así que he leído sobre el tema. La digestión puede durar de doce a veinticuatro horas. En todo el mundo. En cualquier caso. No es que tus intestinos necesiten más tiempo, es solo que duelen más.

—Harry…

—¿Una copa, jefe? A no ser que la quieras limpia.

—He venido a decirte que se acabó, Harry.

—¿Vas a romper conmigo?

—¡Basta ya!

Møller dio tal puñetazo en la mesa que hizo saltar las botellas, y se hundió en un sillón orejero de color verde. Se pasó la mano por la cara.

—He arriesgado mi puesto para salvarte demasiadas veces, Harry. Hay personas en mi vida que significan para mí más que tú, personas a las que debo mantener. Se acabó, Harry. No puedo ayudarte más.

—Vale.

Harry se sentó en el sofá y llenó uno de los vasos.

—Nadie te ha pedido que me ayudes, jefe, pero gracias de todos modos. Por el tiempo que duró. Salud.

Møller aspiró profundamente y cerró los ojos.

—¿Sabes qué, Harry? A veces eres el gilipollas más arrogante, más egoísta y más idiota del mundo.

Harry se encogió de hombros y apuró el vaso de un trago.

—He redactado tu carta de despido —dijo Møller.

Harry dejó el vaso y volvió a llenarlo.

—Está en la mesa del jefe de la policía judicial. Lo único que le falta es su firma. ¿Comprendes lo que eso significa, Harry?

Harry asintió.

—¿Estás seguro de que no quieres un traguito antes de irte, jefe?

Møller se levantó. En el umbral de la puerta del salón se dio la vuelta.

—No te imaginas lo que me duele verte así, Harry. Rakel y este trabajo eran todo lo que tenías. Primero pasas de Rakel y ahora pasas del trabajo.

«Perdí ambas cosas hace exactamente cuatro semanas», resonó en la cabeza de Harry.

—Me duele muchísimo, Harry.

La puerta se cerró detrás de Møller.

Tres cuartos de hora más tarde, Harry dormía en el sillón. Había recibido visita. No de las tres mujeres de costumbre. Sino del comisario jefe de la policía judicial.

Habían pasado cuatro semanas y tres días. Fue el jefe de la policía judicial en persona quien solicitó que la reunión se celebrara en el Boxer. Una taberna para los agraciados con la bendición de tener sed, a un tiro de piedra de la comisaría y a un par de pasos inseguros del arroyo. Solo él, Harry y Roy Kvinsvik. Le explicó que, mientras no hubiese tomado una decisión, más valía hacerlo todo de la manera menos oficial posible, para que él mantuviera intactas todas las posibilidades de retirada.

Nada dijo, eso sí, de las posibilidades de retirada de Harry.

Cuando Harry llegó al Boxer un cuarto de hora más tarde de lo acordado, el comisario jefe ya estaba sentado al fondo del local, tomándose una cerveza. Harry sintió su mirada mientras se sentaba, aquellos ojos azules que, a ambos lados de una nariz estrecha y majestuosa, brillaban desde la profundidad de las cuencas. Tenía el pelo gris y tupido y un porte erguido y delgado para su edad. El comisario jefe no se parecía en nada a esos sesentones que a uno le cuesta imaginar que hayan sido jóvenes alguna vez. En la sección de Delitos Violentos lo llamaban «el Presidente» porque su despacho era oval, pero también porque él, sobre todo cuando se trataba de reuniones oficiales, hablaba como si lo fuera. Aquel día, en cambio, fue «lo menos oficial posible». La boca sin labios del jefe de la policía judicial se abrió por fin.

—Vienes solo.

Harry le pidió al camarero un agua de Farris, cogió un menú que había sobre la mesa y, mientras examinaba la primera página, dijo descuidadamente, como si se tratara de una información superflua:

—Ha cambiado de opinión.

—¿Tu testigo ha cambiado de opinión?

—Sí.

El comisario jefe tomó un largo trago de cerveza.

—Se ha pasado cinco meses consintiendo en ser testigo —dijo Harry—. La última vez fue anteayer. ¿Crees que el codillo estará bueno?

—¿Qué ha dicho?

—Habíamos quedado en que yo iría a buscarlo después de la reunión de hoy en la Iglesia de Filadelfia. Cuando llegué, dijo que lo había pensado mejor. Que había llegado a la conclusión de que el hombre al que había visto en el coche con Sverre Olsen no era Tom Waaler.

El comisario jefe miró fijamente a Harry. Luego, con un gesto que Harry interpretó como la finalización de la entrevista, se subió la manga del abrigo y miró el reloj.

—Entonces no nos queda otra que presumir que se trataba de otra persona, y que el hombre al que vio tu testigo no era Tom Waaler. ¿Tú qué dices, Hole?

Harry tragó saliva. Y volvió a tragar. Sin dejar de observar atentamente el menú.

—Codillo. Yo digo codillo.

—Lo que tú digas. Tengo que irme, pero cárgalo en mi cuenta.

Harry se rió.

—Te lo agradezco, pero si he de serte sincero, tengo la desagradable sensación de que voy a quedarme solo con la cuenta de todas formas.

El comisario jefe frunció el entrecejo y habló con la irritación vibrándole en las cuerdas vocales.

—Yo te voy a ser sincero, Hole. Es de sobra sabido que tú y el comisario Waaler no os soportáis. Desde que formulaste esas infundadas acusaciones, he albergado la sospecha de que esa antipatía personal había influido en tu juicio. Y según lo veo yo, acabas de confirmarme tal sospecha.

El comisario jefe empujó el vaso de cerveza medio lleno hacia el centro de la mesa, se levantó y se abrochó el abrigo.

—Por lo tanto, iré al grano y espero que quede claro, Hole. El asesinato de Ellen Gjelten está resuelto y el caso queda cerrado. Ni tú ni nadie ha podido aportar nada nuevo y sustancial que justifique se reabra la investigación. Si se te ocurre acercarte a este asunto otra vez, serás culpable de desacato a una orden y tu carta de despido con mi firma irá a parar inmediatamente al consejo de contratación. No hago esto porque sea mi intención consentir la existencia de policías corruptos, sino porque es mi deber mantener la moral de trabajo de este organismo a cierto nivel. No podemos permitirnos tener policías que gritan a destiempo «¡Que viene el lobo!». Si descubro que, de alguna manera, intentas seguir adelante con las acusaciones contra Waaler, te apartaré inmediatamente del servicio y el caso pasará a Asuntos Internos.

—¿Qué caso? —preguntó Harry—. ¿El de Waaler contra Gjelten?

—El de Hole contra Waaler.

Después de que se marchara el comisario jefe, Harry se quedó mirando el vaso de cerveza medio lleno. Podía obedecer al pie de la letra las órdenes del comisario jefe, pero eso no cambiaría nada. Estaba acabado de todas formas. Había fallado, y ahora era un riesgo para los suyos. Un traidor paranoico, una bomba a punto de estallar de la que se desharían a la primera de cambio. Darles una oportunidad dependía solo de Harry.

Llegó el camarero con la botella de agua y le preguntó si quería comer algo. O beber algo. Harry se humedeció los labios mientras se debatía entre pensamientos contradictorios. Solo había que darles una oportunidad, otros harían el resto.

Empujó la botella de agua a un lado y respondió a la pregunta del camarero.

De aquello hacía cuatro semanas y tres días. Fue entonces cuando todo empezó. Y terminó.

SEGUNDA PARTE

8

Martes y miércoles. Chow chow

El martes la temperatura de las zonas umbrías de Oslo subió hasta los veintinueve grados y, a las tres de la tarde, la gente empezó a escapar de las oficinas hacia las playas de Huk y Hvervenbukta. Los turistas acudían en masa a las terrazas de Aker Brygge y al Frognerparken, donde los visitantes sudorosos sacaban la foto obligada del Monolito antes de bajar hasta la fuente con la esperanza de que un golpe de aire les proporcionase una ducha refrescante de agua pulverizada.

Aparte de los turistas, todo estaba en calma y la poca vida que había discurría a cámara lenta.

Los obreros se apoyaban en las máquinas con el torso desnudo; sobre los andamios del solar en el que antes estaba el Rikshospitalet los albañiles miraban las calles vacías y los taxistas buscaban paradas con sombra donde, en grupos, conversaban sobre el asesinato de la calle Ullevålsveien. Tan solo había señales de aumento de la actividad en la calle Akersgata, donde los vendedores de sucesos se habían olvidado de las noticias de relleno para lanzarse ávidos sobre las novedades del asesinato aún reciente. Como muchos de los colaboradores fijos estaban de vacaciones, los redactores habían recurrido a todo, desde estudiantes de periodismo que hacían sustituciones durante el verano hasta colegas de la sección de Política que libraban esos días. Solo se salvaron los periodistas de Cultura. Aun así, todo estaba más tranquilo que de costumbre. Eso podía deberse a que el periódico *Aftenposten* se había trasladado desde la tradicional calle de los diarios al edificio Postgiro, más cerca del centro de la ciudad, pero en cualquier caso, una variante pueblerina y poco agraciada de un rascacielos que apuntaba a una bóveda celeste sin nubes. Habían intentado arreglar un poco el aspecto del coloso de color marrón dorado para adaptarlo al nuevo proyecto urbanístico de Bjørvika, pero, desde su despacho, el periodista de Sucesos Roger Gjendem solo tenía vistas a la plaza Plata, el mercado de los drogadictos, y a su galería de tiro al aire libre detrás de los barracones, donde surgiría aquel nuevo mundo maravilloso. Sin querer, miraba allí abajo de vez en cuando por si veía a Thomas. Pero Thomas estaba en la cárcel de Ullernsmo, cumpliendo condena por haber intentado robar aquel invierno en el edificio donde vivía un agente de policía. ¿Cómo podía nadie ser tan tonto? O estar tan desesperado. Al menos, se ahorraría ver cómo su hermano pequeño se metía una sobredosis en el brazo.

Formalmente, el *Aftenposten* no había contratado a un nuevo encargado desde que el anterior aceptó el paquete económico que formaba parte del plan de reducción de plantilla, sino que habían incluido los Sucesos en la sección de Noticias. En la práctica, eso significaba que Roger Gjendem tenía que hacer de redactor de Sucesos por un salario de periodista raso. Estaba sentado a la mesa con los dedos sobre el teclado, contemplando la cara sonriente de mujer que había puesto de fondo de pantalla, la misma con cuyo recuerdo se entretenía ahora mentalmente y que, por tercera vez, había hecho la maleta y se había largado dejándolo solo en el apartamento de la calle Seilduksgata. Sabía que, en esta ocasión, Devi no volvería y que había llegado el momento de seguir adelante. Entró en el panel de control y borró la imagen de fondo. Eso ya era un comienzo. Había tenido que abandonar el caso de la heroína en el que estaba trabajando. Y mejor así: aborrecía escribir sobre drogas. Devi insistía siempre en que era a causa de Thomas. Roger intentó olvidarse de Devi y de su hermano pequeño y centrarse en el tema sobre el que debía escribir. Un resumen del asesinato de la calle Ullevålsveien, un artículo de transición mientras esperaban que avanzara el caso, que aparecieran nuevas circunstancias, un sospechoso, o dos. Aquella debería ser una tarea fácil desde todos los puntos de vista: se trataba de un caso sexual, con la mayoría de los ingredientes que un periodista de Sucesos podría desear. Una mujer joven y soltera de veintiocho años asesinada a tiros en la ducha de su propia casa un viernes a plena luz del día. La pistola que la policía encuentra en el cubo de la basura del apartamento resulta ser el arma del crimen. Ningún vecino ha visto nada, no se han observado extraños en el edificio y solo uno de los vecinos cree haber oído algo que podría ser un disparo. Dado que no existen señales de que hayan forzado la entrada, la policía ha trabajado a partir de la hipótesis de que la misma Camilla Loen dejó entrar al autor del crimen, pero no hay nadie en su círculo de amistades que destaque como sospechoso porque todos tienen coartadas más o menos sólidas. El hecho de que Camilla Loen saliera a las cuatro y cuarto de la oficina de Leo Burnett donde trabajaba como diseñadora y de que hubiese quedado a las seis con dos amigas en la terraza del restaurante Kunstnernes Hus invalida por poco probable la posibilidad de que hubiera invitado a alguien a su casa. Tan improbable como la hipótesis de que alguien hubiera llamado a la puerta de Camilla Loen y hubiera logrado colarse con una identidad falsa, ya que ella habría podido ver a la persona en cuestión por la videocámara.

Y como si no bastara que la redacción pudiera ofrecer titulares como «Asesinato estilo *Psicosis*», o «El vecino notó sabor a sangre», se filtraron dos detalles que dieron lugar a otros tantos titulares los días sucesivos: «Camilla Loen tenía amputado el dedo índice izquierdo». Y este otro: «Hallado diamante rojizo en forma de estrella de cinco puntas bajo el párpado de la víctima».

Roger Gjendem comenzó a redactar su resumen en presente histórico para darle más dramatismo, pero se dio cuenta de que el contenido no precisaba de tal recurso y borró lo que había escrito.

Permaneció un rato con la cabeza apoyada entre las manos. Hizo doble clic en el icono de la papelera, puso la flecha del ratón en «Vaciar papelera» y dudó un instante. Era la única foto que conservaba de ella. En el apartamento ya había eliminado todos los indicios de su existencia e incluso había lavado el jersey que ella solía pedirle prestado y que a él le gustaba llevar porque conservaba su olor.

—Adiós —murmuró al tiempo que pulsaba el botón.

Repasó la introducción de su síntesis. Decidió cambiar «la calle Ullevålsveien» por «cementerio de Nuestro Salvador», sonaba mejor. Empezó a escribir. Y esta vez le salió bien.

A las siete, la gente empezó a volver a regañadientes de las playas, donde el sol seguía calentando desde un cielo limpio de nubes. Dieron las ocho y las nueve, y la gente, con las gafas de sol, bebía cerveza mientras los camareros de los locales sin terraza observaban ociosos. Dieron las diez y media, la colina de Ullernåsen se tiñó de rojo y justo después descendió el sol, pero no la temperatura. Tendrían otra noche de calor tropical y la gente ya dejaba los bares y restaurantes para ir a sus casas a acostarse y pasar la noche sin dormir, sudando entre las sábanas.

En la calle Akersgata se acercaba ya la hora de cierre de la edición y las diferentes redacciones se reunían para celebrar la última puesta en común sobre la portada. La policía no les había facilitado más información, pero no porque fuese reacia a darla, sino que más bien parecía que, cuatro días después del asesinato, no tenía nada que contarle a la prensa. Por otro lado, ese silencio policial daba más margen a las especulaciones. Había llegado el momento de ser creativos.

Más o menos a la misma hora sonaba el teléfono en Oppsal, en una casa de madera pintada de amarillo con un huerto de manzanos.

Beate Lønn sacó la mano por debajo del edredón pensando si su madre, que dormía en el piso de abajo, se habría despertado con el timbre. Era lo más probable.

—¿Estabas dormida? —preguntó una voz bronca.

—No —respondió Beate—. ¿Acaso hay alguien que pueda dormir?

—Bueno. Yo me acabo de despertar.

Beate se sentó en la cama.

—¿Qué tal?

—Pues… ¿qué puedo decir? Sí, bueno, mal. Supongo que eso es lo que puedo decir.

Pausa. No era la conexión telefónica la responsable de que a Beate le sonara lejana la voz de Harry.

—¿Pistas técnicas?

—Solo lo que has leído en los periódicos —explicó ella.

—¿Qué periódicos?

Beate soltó un suspiro.

—Solo lo que ya sabes. Hemos recogido huellas dactilares y ADN en el apartamento, pero de momento parece que no podemos relacionarlo con el homicida.

—Homicida no —la corrigió Harry—. Asesino.

—Asesino —bostezó Beate.

—¿Habéis averiguado de dónde procede el diamante?

—Estamos en ello. Los joyeros a los que hemos consultado dicen que los diamantes rojos no son tan raros pero la demanda en Noruega es escasa. Dudan de que los venda un joyero noruego. Si procede del extranjero, aumenta la posibilidad de que el autor del crimen sea extranjero, por supuesto.

—Ajá.

—¿Qué pasa, Harry?

Harry tosió ruidosamente.

—Solo quería estar al día.

—Lo último que te oí decir fue algo así como que esto no era asunto tuyo.

—Y no lo es.

—Entonces ¿qué quieres?

—Bueno. Me ha despertado una pesadilla.

—¿Quieres que vaya a arroparte?

—No.

Otra pausa.

—He soñado con Camilla Loen. Y con el diamante que encontrasteis.

—¿Y qué?

—Pues que creo que ahí hay algo.

—¿Como qué?

—No lo sé. Pero ¿sabías que antiguamente solían poner una moneda en el ojo del difunto antes de enterrarlo?

—No.

—Era el pago para el barquero que debía llevar el alma al reino de los muertos. Creían que si el alma no lograba llegar al otro lado, no encontraría la paz. Piénsalo.

—Gracias por la sugerencia, Harry, pero no creo en fantasmas.

Harry no contestó.

—¿Algo más?

—Solo una pregunta. ¿Sabes si el comisario jefe también ha iniciado sus vacaciones esta semana?

—Así es.

—¿No sabrás por casualidad... cuándo vuelve?

—Dentro de tres semanas. ¿Y tú qué?

—¿Yo qué de qué?

Beate oyó el clic de un mechero. Suspiró.

—Que cuándo vuelves.

Oyó que Harry inhalaba, retenía el humo y lo dejaba escapar lentamente antes de contestar.

—Me ha parecido oírte decir que no crees en fantasmas.

Casi a la misma hora a la que Beate colgaba el teléfono, Bjarne Møller se despertaba en su cama con dolor abdominal. Se quedó tumbado retorciéndose hasta que, hacia las seis, se dio por vencido y se levantó. Desayunó despacio, se abstuvo de tomar café y enseguida se sintió mejor. Cuando llegó a la comisaría pasadas las ocho, comprobó con sorpresa que los dolores habían desaparecido. Cogió el ascensor hasta su despacho y lo celebró tomándose el primer trago de café mientras leía los periódicos del día con los pies encima de la mesa.

El *Dagbladet* tenía en la portada una foto de una Camilla Loen sonriente, debajo del titular: «¿Amante secreto?». La portada del *VG* llevaba la misma foto, pero con otro titular: «Vidente anuncia celos». Solo al resumen del *Aftenposten* parecía interesarle la realidad.

Møller meneó la cabeza, miró el reloj y marcó el número de Tom Waaler, que acababa de poner fin a la reunión matutina con el grupo de investigación.

—Nada nuevo todavía —dijo Waaler—. Hemos ido preguntando de puerta en puerta por el vecindario y hemos hablado con los propietarios y trabajadores de todos los comercios cercanos. Hemos comprobado los taxis que se encontraban en la zona durante el periodo en cuestión, hemos hablado con nuestros informadores y hemos repasado las coartadas de todos los delincuentes con antecedentes de delitos sexuales. Nadie destaca como posible sospechoso, por decirlo de alguna manera. Para ser sincero, no creo que en este caso el culpable sea un tipo al que conozcamos. No hay signos de agresión sexual. El dinero y los objetos de valor estaban intactos. Y tampoco hay ningún aspecto que nos resulte familiar, nada que recuerde a algo que hayamos visto con anterioridad. Lo del dedo y el diamante, por ejemplo…

Møller oyó cómo le gruñían los intestinos. Esperaba que fuera de hambre.

—O sea que no tienes buenas noticias, ¿no?

—La comisaría de Majorstua nos ha cedido tres hombres, así que ahora somos diez en la investigación técnica. Y a Beate la ayudan a repasar lo que encontramos en el apartamento los técnicos de KRIPOS. Teniendo en cuenta que es época de vacaciones, no estamos nada mal de personal. ¿Te parece bien?

—Gracias, Waaler, esperemos que siga así. Lo del personal, quiero decir.

Møller colgó y giró la cabeza para mirar por la ventana antes de volver a centrarse en la prensa. Pero permaneció así, con el cuello torcido en una postura muy incómoda y la vista orientada al césped que se extendía delante del edificio. Había divisado una figura que subía a pie desde Grønlandsleiret. No andaba deprisa, pero parecía ir bastante derecho y no cabía duda de qué dirección llevaba. Se encaminaba a la comisaría.

Møller se levantó, salió al pasillo y llamó a Jenny para que trajese otra taza y más café. Volvió a entrar, se sentó y sacó a toda prisa unos viejos documentos de uno de los cajones.

Tres minutos más tarde llamaron a la puerta.

—¡Adelante! —gritó Møller sin levantar la vista de los documentos, una denuncia de doce páginas en la que un hombre acusaba a la clínica canina de la calle Skippergata de medicación errónea y de causar la muerte de sus dos perros de raza chow chow.

Se abrió la puerta y Møller le indicó con un gesto al recién llegado que entrara, sin dejar de ojear las páginas que describían la cría de los perros, los premios obtenidos en exposiciones y la extraordinaria inteligencia de que estaban dotados.

—Vaya —dijo Møller cuando por fin levantó la vista—. Creía que te habíamos despedido.

—Bueno. Como la carta de despido todavía está sin firmar en la mesa del comisario jefe y seguirá así por lo menos otras tres semanas, tendré que presentarme al trabajo mientras tanto. ¿O qué, jefe?

Harry se sirvió café de la jarra que había llevado Jenny y, rodeando la mesa de Møller, se acercó con la taza hasta la ventana.

—Pero eso no significa que trabaje en el caso de Camilla Loen.

Bjarne Møller se dio la vuelta y observó a Harry. Lo había visto ya en un sinfín de ocasiones: Harry podía ser un día el vivo retrato de una experiencia-al-borde-de-la-muerte y, al día siguiente, pasearse por ahí como un Lázaro sanado con los ojos enrojecidos. Sin embargo, a él le resultaba igual de sorprendente cada vez.

—Si crees que el despido es un farol, te equivocas, Harry. Esta vez no es un tiro de intimidación, es definitivo. Siempre que has infringido las normas he sido yo quien ha conseguido que te dieran otra oportunidad. Por lo tanto, también ahora tengo que asumir la responsabilidad.

Bjarne Møller buscó señales de petición de clemencia en los ojos de Harry. No las encontró. Menos mal.

—Así es, Harry. Se acabó.

Harry no contestó.

—Antes de que se me olvide, te han suspendido con efecto inmediato la licencia para portar armas. Es el procedimiento habitual. Así que vete a la oficina de armas y entrega todas las pipas que lleves encima.

Harry asintió con la cabeza. El jefe lo miró. ¿No vislumbraba en su semblante la expresión confusa del niño que acaba de recibir una bofetada? Møller se llevó la mano al último ojal de la camisa. No era fácil entender a Harry.

—Si crees que puedes sernos útil estas semanas, a mí no me importa que vengas a trabajar. No estás suspendido del servicio y, de todos modos, tenemos que pagarte el sueldo hasta final de mes. Además, ya sabemos cuál es la alternativa a que estés sentado aquí.

—Bueno —dijo Harry en un tono neutro antes de levantarse—. Voy a ver si aún existe mi despacho. Si necesitas algo, jefe, no tienes más que avisar.

Bjarne Møller sonrió condescendiente.

—Gracias a ti, Harry.

—Por ejemplo, con ese caso de los chow chow —dijo Harry cerrando la puerta despacio tras de sí.

Harry se quedó de pie en el umbral observando el despacho para dos. Pegada a la suya se hallaba la mesa vacía que Halvorsen había dejado recogida para las vacaciones. En la pared, encima del armario archivador, colgaba una foto de Ellen Gjelten, de cuando ella ocupaba el sitio de Halvorsen. La otra pared aparecía casi totalmente cubierta por un plano de las calles de Oslo marcado con alfileres y trazos, así como con las horas que indicaban dónde se encontraban la noche del asesinato tanto Ellen como Sverre Olsen y Roy Kvinsvik. Harry se acercó a la pared y se detuvo delante del plano. Lo retiró de un tirón brusco y lo guardó en uno de los cajones vacíos del archivador. Sacó una petaca de plata del bolsillo de la chaqueta, tomó un trago y apoyó la frente en la superficie refrescante del armario de metal.

Hacía más de diez años que trabajaba allí, en aquel despacho. Oficina 605. El despacho más pequeño de la zona roja del sexto piso. Cuando se les había ocurrido la extraña idea de ascenderlo a comisario, él había insistido en quedarse allí. La 605 no tenía ventanas, pero él se había pasado aquellos diez años observando el mundo desde allí. En aquellos diez metros cuadrados había aprendido su oficio, había celebrado sus victorias, se había tragado sus derrotas y había aprendido lo poco que sabía sobre la condición humana. Intentó recordar qué otras cosas había hecho durante los últimos diez años. Algo más tenía que haber, nadie trabaja más de ocho o diez horas diarias. Como mucho, no más de doce. Más los fines de semana.

Harry se desplomó en aquella silla defectuosa y los muelles rotos rechinaron con júbilo. Bueno, no le importaba ocupar aquel asiento un par de semanas más.

A las cinco y veinticinco de la tarde Bjarne Møller solía estar ya en casa con su mujer y sus hijos. Sin embargo, puesto que toda la familia se había ido con la abuela materna, él decidió aprovechar esos días de calma vacacional para ordenar el papeleo que había tenido desatendido. El asesinato de la calle Ullevålsveien había retrasado sus planes hasta cierto punto, pero en aquel momento decidió recuperar el tiempo perdido.

Cuando le avisaron de la central de emergencias, Møller respondió algo contrariado que llamasen a la policía judicial de guardia, aduciendo que su unidad no podía empezar a hacerse cargo también de las personas desaparecidas.

—Lo siento, Møller, los de guardia están ocupados con una quema de matojos en Grefsen. El tipo que llamó está convencido de que la persona desaparecida ha sido víctima de un asesinato.

—Pues aquí todos los que no se han ido a casa están ocupados en el asesinato de la calle Ullevålsveien. Tendrás que…

Møller calló de pronto, antes de añadir:

—Bueno, sí. Espera un poco, déjame que haga una consulta…

9

Miércoles. Desaparecida

El policía pisó el freno de mala gana y el coche patrulla se deslizó hasta el semáforo en rojo de la plaza Alexander Kielland.

—¿O le damos al niiii–naaaa–niiii–naaaa y pisamos a fondo? —preguntó girándose hacia el asiento del copiloto.

Harry negó distraídamente con la cabeza. Miró al parque que fuera en otro tiempo una explanada de césped con dos bancos, siempre ocupados por tipos sedientos que intentaban acallar el estruendo del tráfico con sus canciones y sus broncas. Un par de años atrás, sin embargo, decidieron invertir unos millones en adecentar la plaza dedicada al escritor y el parque quedó limpio y asfaltado. Plantaron flores y arbustos, trazaron senderos y colocaron en él una fuente impresionante que recordaba a una escama de salmón. No cabía duda de que se había convertido en un escenario aún más atractivo para las canciones y las broncas.

El coche patrulla giró a la derecha y entró en la calle Sannergata, cruzó el puente del río Akerselva y se detuvo ante la dirección que Møller le había facilitado a Harry.

Harry le dijo al policía que volvería por su cuenta, bajó del coche y enderezó la espalda. Al otro lado de la calle había un edificio de oficinas recién construido aún vacío y, según los periódicos, seguiría así una temporada. En sus ventanas se reflejaba el bloque que correspondía a la dirección que él buscaba, un edificio blanco de los años cuarenta aproximadamente, no del todo perteneciente al funcionalismo, aunque sí un pariente indefinido. La fachada estaba profusamente decorada con grafitis firmados marcando terreno. Una chica de piel oscura mascaba chicle con los brazos cruzados en la parada del autobús y miraba una valla publicitaria gigantesca de Diesel que se alzaba al otro lado de la calle. Harry encontró el nombre en el timbre superior.

–Policía –anunció Harry preparándose para subir las escaleras.

Cuando llegó al rellano jadeando, se le presentó a la vista una extraña aparición que lo aguardaba en el umbral de la puerta: un hombre con una cabellera increíblemente abundante y alborotada y la barba negra, la cara de color rojo borgoña y una vestimenta similar a una túnica que lo cubría desde el cuello a los pies, enfundados en un par de sandalias.

–Estupendo que hayáis podido venir tan rápido –se congratuló el hombre tendiéndole la pata.

Porque una pata era su mano, tan grande que cubrió por completo la de Harry cuando el hombre se presentó como Willy Barli.

Harry se presentó e intentó retirar la mano. No le gustaba el contacto físico con hombres y aquel apretón de manos parecía más un abrazo. Pero Willy Barli sujetó a Harry como si de un salvavidas se tratase.

–Lisbeth ha desaparecido –murmuró con una voz sorprendentemente clara.

–Sí, Barli, hemos recibido el aviso. ¿Entramos?

–Vamos.

Willy precedía a Harry al interior de otro ático, pero, en tanto que el de Camilla Loen era pequeño y estaba amueblado de forma austera y minimalista, este era enorme, suntuoso y ostentoso en su decoración, una especie de pastiche neoclasicista, pero con una exageración que recordaba a una orgía. En lugar de muebles normales para sentarse, en este apartamento había unos artefactos para tumbarse, como en una versión de Hollywood de la antigua Roma, y las vigas de madera estaban recubiertas de escayola imitando columnas dóricas o corintias. Harry nunca aprendió a diferenciarlas, aunque reconoció los relieves en la escayola aplicada directamente sobre la pared blanca de cemento del pasillo. Cuando eran pequeños, su madre los llevó una vez a Søs y a él a un museo de Copenhague donde vieron la obra de Bertel Thorvalsen *Jasón y el vellocino de oro*. Era obvio que acababan de reformar el apartamento. A Harry no le pasaron inadvertidos los listones recién pintados ni los trozos de cinta adhesiva y también notó el agradable olor a disolvente.

En el salón había una mesa baja puesta para dos personas. Harry siguió a Barli por una escalera que los condujo a una terraza grande con suelo de baldosas, que daba a un patio interior cerrado por cuatro edificios. El estilo allí fuera era noruego actual. Tres chuletas carbonizadas humeaban en la barbacoa.

—En los áticos hace mucho calor por las tardes —explicó Barli a modo de excusa señalando una silla blanca de plástico.

—Ya me he dado cuenta —convino Harry antes de acercarse al borde para mirar al fondo del patio.

Por lo general, no tenía problemas con las alturas, pero después de un largo periodo de mucho beber, incluso alturas relativamente pequeñas podían causarle mareos. Vio dos bicicletas viejas y, quince metros más abajo, una sábana blanca tendida meciéndose al viento, antes de tener que apartar la vista.

En un balcón con la barandilla negra de hierro forjado, dos vecinos alzaron las botellas saludando. La mesa que tenían delante estaba casi repleta de botellas marrones. Harry les devolvió el saludo. No se explicaba que hiciera viento en el patio y no allí arriba.

—¿Un vino tinto?

Barli ya se estaba sirviendo uno de una botella medio vacía. Harry observó que le temblaba la mano. «Domaine La Bastide Sy», se leía en la botella. El nombre era más largo, pero unas uñas nerviosas habían arrancado el resto de la etiqueta.

Harry se sentó.

—Gracias, pero no bebo cuando estoy de servicio.

Barli hizo un gesto y dejó la botella en la mesa con brusquedad.

—Por supuesto que no. Tienes que perdonarme, pero estoy tan nervioso. Dios mío, yo tampoco debería beber en una situación como esta.

Se llevó el vaso a la boca y bebió mientras unas gotas le caían en la túnica, en la que una mancha roja empezó a extenderse despacio.

Harry miró el reloj para que Barli se diera cuenta de que debería ir al grano cuanto antes.

—Solo bajó a la tienda a comprar ensaladilla de patatas para las chuletas —sollozó Barli—. No hace más de dos horas, estaba sentada ahí mismo, donde tú estás ahora.

Harry se encajó las gafas de sol.

—¿Tu mujer lleva *dos horas* desaparecida?

—Sí, ya sé que no es mucho tiempo, pero es que solo iba a la tienda Kiwi, la que está en la esquina.

Las botellas de cerveza del otro balcón enviaban sus destellos. Harry se pasó la mano por la frente, se miró los dedos mojados preguntándose qué iba a hacer con el sudor. Entonces los posó en el ardiente brazo de plástico de la silla y notó que la humedad se disipaba despacio.

—¿Has llamado a amigos y conocidos? ¿Has bajado a mirar en la tienda? A lo mejor se encontró con alguien y se fue a tomar una cerveza. A lo mejor...

—¡No, no, no! —Barli levantó las manos con los dedos separados—. ¡No ha hecho eso! Ella no es así.

—¿Cómo que no es así?

—Es de las que... vuelven.

—Bien...

—Primero llamé a su móvil, pero se lo había dejado en casa. Entonces llamé a la gente que conocemos con quienes se podría haber encontrado. He llamado a la tienda, a la Comisaría General, a otras tres comisarías, a todos los servicios de urgencias y a los hospitales Ullevål y Rikshospitalet. Nada. *Nothing. Rien.*

—Comprendo que estés preocupado, Barli.

Barli se apoyó en la mesa. Los labios húmedos le temblaban entre la barba.

—No estoy preocupado, estoy aterrado. ¿Conoces a alguien que salga a la calle solo con el bikini y un billete de cincuenta coronas mientras las chuletas están en la barbacoa, y que haya pensado de pronto que es una buena oportunidad para largarse?

Harry dudó un instante. Cuando acababa de decidir que, después de todo, aceptaría un vaso de vino, Barli vertió el resto del vino en su propio vaso. Así que ¿por qué no se levantaba, decía algo tranquilizador sobre la cantidad de casos similares que ocurrían, casi todos ellos con una explicación lógica y desprovista de dramatismo, se despedía y le pedía a Barli que llamara si ella no se presentaba antes de la hora de dormir? A lo mejor era lo del bikini y el billete de cincuenta coronas. O a lo mejor era porque Harry llevaba todo el día esperando que ocurriese algo y que esto era una excusa para aplazar lo que le esperaba en su propio apartamento. Pero, sobre todo, era por el pavor de Barli, desmesurado en apariencia. Harry le había restado importancia a la intuición en otras ocasiones, tanto a la ajena como a la propia, y la experiencia siempre le había costado muy cara.

—Tengo que hacer un par de llamadas —dijo Harry.

Beate Lønn apareció en la calle Sannergata, en el apartamento de Willy y Lisbeth Barli, a las siete menos cuarto de la tarde y, un cuarto de hora más tarde, se presentó un señor de la patrulla canina en compañía de un pastor alemán. El hombre se presentó a sí mismo y al perro como Ivan.

—Pero es casualidad —explicó el hombre—. Este no es mi perro.

Harry notó que Ivan esperaba algún comentario chistoso, pero no se le ocurrió ninguno.

Mientras Willy Barli iba al dormitorio a buscar alguna foto reciente de Lisbeth y algo de ropa que Ivan el perro pudiese olfatear, Harry se dirigió a los otros dos muy rápido y en voz baja.

—Vale. Esa mujer puede estar en cualquier sitio. Puede que lo haya dejado, puede haber sentido un malestar súbito, puede que haya dicho que iba a otro sitio y él no lo entendió bien. Existe un millón de posibilidades. Pero también puede que ahora mismo esté drogada en un asiento trasero mientras la violan cuatro jóvenes a los que se les fue la olla porque vieron un bikini. Pero yo quiero que no os imaginéis ni lo uno ni lo otro, solo que busquéis.

Beate e Ivan asintieron con la cabeza, en señal de que lo habían entendido.

—La patrulla de Seguridad Ciudadana no tardará en llegar. Beate, recíbelos tú y les dices que controlen el vecindario, que hablen con la gente. Sobre todo en la tienda a la que se dirigía. Luego, tú misma hablas con la gente que vive en este portal. Yo voy a ver a los vecinos que están en el balcón del otro edificio.

—¿Crees que saben algo? —preguntó Beate.

—Tienen una vista perfecta de este lado y, a juzgar por la cantidad de botellas vacías, llevan ahí un buen rato. Según el marido, Lisbeth Barli ha pasado todo el día en casa. Quiero saber si la han visto en la terraza y cuándo.

—¿Por qué? —preguntó el policía tironeando de la correa de Ivan.

—Porque me parecería muy sospechoso que una señora en bikini en este horno de apartamento no hubiera salido a la terraza.

—Por supuesto —murmuró Beate—. Sospechas del marido.

—Sospecho del marido por norma —confirmó Harry.

—¿Por qué? —repitió Ivan.

Beate sonrió en señal de aprobación.

—Siempre es el marido —dijo Harry.

—La primera norma de Hole —añadió Beate.

Ivan miró varias veces a Harry y a Beate alternativamente.

—Pero… ¿no ha sido él quien ha dado el aviso?

—Sí —admitió Harry—. Pero, de todas formas, siempre es el marido. Por eso, Ivan y tú no vais a empezar a rastrear en la calle, sino aquí dentro. Invéntate una excusa si es necesario, pero primero quiero tener controlados el apartamento y los trasteros del desván y del sótano. Después podéis seguir en el exterior. ¿De acuerdo?

El agente Ivan se encogió de hombros mirando a su tocayo, que le correspondió con una mirada de desánimo.

Las dos personas de la terraza resultaron no ser dos chicos, como Harry había pensado cuando las vio desde la terraza de Barli. Harry sabía que ser una mujer adulta, tener fotos de Kylie Minogue en la pared y compartir piso con una mujer de su misma edad con el pelo de punta y una camiseta estampada con la leyenda «El Águila de Trondheim», no significaba necesariamente ser también lesbiana. Pero, de momento, se imaginaba que sí. Estaba sentado en el sillón enfrente de las dos mujeres, igual que cinco días antes con Vibeke Knutsen y Anders Nygård.

−Siento haberos pedido que dejéis el balcón −dijo Harry.

La mujer que se había presentado como Ruth se puso la mano en la boca para moderar un eructo.

−No importa, ya hemos tenido bastante −aseguró−. ¿Verdad?

Ruth hizo la pregunta dándole a su compañera un manotazo en la rodilla. De una forma un tanto masculina, observó Harry al tiempo que recordaba lo que Aune, el psicólogo, le había explicado en una ocasión: que los estereotipos se acentúan a sí mismos porque buscan inconscientemente aquello que les sirve para afirmarse. Por esa razón los policías, basándose en lo que llamaban experiencia, opinaban que todo delincuente era tonto.

Harry les expuso un breve resumen de la situación. Las mujeres lo miraban con sorpresa.

−Seguramente todo se arreglará, pero la policía tiene que hacer estas cosas. De momento, intentamos comprobar algunas indicaciones horarias.

Muy serias, las dos mujeres asintieron con la cabeza.

−Bien −dijo Harry probando la «sonrisa Hole», que era el nombre que Ellen le había dado a la mueca que formaban los labios de Harry cada vez que intentaba aparentar un talante amable y jovial.

Ruth contó que, efectivamente, se habían pasado toda la tarde en el balcón. Habían visto a Lisbeth y a Willy tumbados en la terraza hasta las cuatro y media, hora a la que Lisbeth se fue adentro. Al cabo de un rato, Willy encendió la barbacoa. Le gritó a Lisbeth algo sobre una ensaladilla de patatas y ella le contestó desde el interior. Él entró y volvió a salir con los filetes —Harry la corrigió: eran chuletas—, más o menos veinte minutos más tarde. Algo más tarde, calcularon que sería a las cinco y cuarto, vieron a Barli llamando desde el móvil.

—El sonido se transmite bien en este tipo de patios interiores —explicó Ruth—. Y oíamos cómo sonaba el móvil en el interior del apartamento. Barli daba la impresión de estar muy atribulado, porque arrojó el móvil contra la mesa.

—Aparentemente intentaba llamar a su mujer —dijo Harry.

Observó que las dos mujeres intercambiaban una mirada elocuente y se arrepintió de haber dicho «aparentemente».

—¿Cuánto se tarda en comprar ensaladilla de patatas en la tienda de la esquina?

—¿En Kiwi? Yo puedo ir y volver corriendo en cinco minutos, si no hay cola.

—Lisbeth Barli no corre —dijo la compañera en voz baja.

—Así que la conocéis, ¿no?

Ruth y el Águila de Trondheim se miraron como para coordinar la respuesta.

—No, pero sabemos quiénes son.

—¿Y?

—Bueno, supongo que has visto el extenso artículo que publicó el periódico *VG* sobre Barli, que ha alquilado el Teatro Nacional este verano para montar un musical, ¿no?

—Ruth, solo era una nota.

—No lo era —dijo Ruth contrariada—. Lisbeth va a ser la protagonista. El artículo incluía fotos de gran tamaño y eso; es imposible que no lo hayas visto.

—Ya —murmuró Harry—. Este verano mi lectura de los periódicos ha sido… algo floja.

—Se armará un gran revuelo. El mundillo cultural consideraba indigno que se estrenara una revista de verano en el Teatro Nacional. ¿Cómo se llama la obra? ¿*My Fat Lady*?

—«*Fair*» *Lady* —la corrigió en voz baja el Águila de Trondheim.

—¿Así que se dedican al teatro? —quiso saber Harry.

—Bueno, al teatro... Willy Barli es uno de esos tipos que se dedican a todo. Revistas, películas y musicales y...

—Él es productor. Y ella canta.

—¿Ah, sí?

—Seguro que te acuerdas de Lisbeth antes de que se casara, entonces se llamaba Harang.

Harry negó con la cabeza y Ruth exhaló un hondo suspiro.

—Entonces cantaba con su hermana en Spinnin' Wheel. Lisbeth era una verdadera muñeca, un poco como Shania Twain, y tenía verdadera fuerza en la voz.

—No era tan conocida, Ruth.

—Bueno, en cualquier caso, cantó en el programa aquel de Vidar Lønn-Arnesen. Y vendieron un montón de discos.

—Eran cintas, Ruth.

—Yo vi a Spinnin' Wheel en la feria de Momarkedet. Todo muy en serio, ¿sabes? Incluso iban a grabar un disco en Nashville. Pero entonces la descubrió Barli. Iba a convertirla en una estrella de musicales, pero parece que está tardando.

—Ocho años —aclaró el Águila de Trondheim.

—Bueno, Lisbeth Harang dejó lo de Spinnin' Wheel y se casó con Barli. El dinero y la belleza. ¿Te suena?

—¿Así que la rueda dejó de girar?

—¿Qué?

—Está preguntando por el grupo, Ruth.

—Ah, bueno. La hermana siguió cantando sola, pero Lisbeth era la estrella. Creo que ahora se dedica a cantar en hoteles de alta montaña, en los barcos que van a Dinamarca y esas cosas.

Harry se levantó.

—Solo una última pregunta rutinaria. ¿Tenéis alguna impresión sobre cómo funcionaba el matrimonio de Willy y Lisbeth?

El Águila de Trondheim y Ruth intercambiaron nuevas señales de radar.

—Como ya hemos dicho, el sonido se trasmite bien en esta clase de patios —dijo Ruth—. Su dormitorio también da al patio.

—¿Los oíais discutir?

—No, discutir no.

Miraron a Harry con expresión elocuente. Transcurrieron un par de segundos antes de que él cayese en la cuenta de lo que estaban insinuando y notó con disgusto que se ruborizaba.

—Así que tenéis la impresión de que funcionaba bastante bien, ¿no?

—La puerta de la terraza está entornada todo el verano, así que a mí se me ha ocurrido en broma que deberíamos ir de puntillas hasta el tejado, dar la vuelta al edificio y saltar a su terraza —rió Ruth en tono burlón—. Espiar un poco, ¿no? No es difícil, te pones en la barandilla de nuestro balcón, colocas el pie en el canalón y…

El Águila de Trondheim le dio a su compañera un empujoncito en el costado.

—Pero realmente no hace falta. Lisbeth es una profesional… ¿cómo se dice?

—De la comunicación —completó el Águila de Trondheim.

—Eso es. Todas las buenas imágenes están en las cuerdas vocales, ¿sabes?

Harry se frotó la nuca.

—Una potencia indiscutible —intervino el Águila de Trondheim, con una media sonrisa.

Cuando Harry volvió, Ivan e Ivan seguían repasando el apartamento. El Ivan humano no paraba de sudar y el pastor alemán tenía la boca abierta y la lengua colgando como un lazo de color hígado en la fiesta nacional del Diecisiete de Mayo.

Harry se sentó con cuidado en aquella especie de tumbona y le pidió a Willy Barli que se lo contase todo desde el principio. Lo que explicó sobre cómo había transcurrido la tarde y el horario exacto concordaba con lo que le habían dicho Ruth y el Águila de Trondheim.

Harry vio que la desesperación que reflejaban los ojos del marido era real. Y empezó a creer que, si se trataba de un acto criminal, podría –*podría*– ser una excepción estadística. Pero, ante todo, eso lo reafirmó en su creencia de que no tardarían en encontrar a Lisbeth. Si no había sido el marido, no había sido nadie. Estadísticamente hablando.

Beate volvió y le contó que solo había gente en dos de los pisos del bloque y que no habían visto ni oído nada, ni en las escaleras, ni en la calle.

Llamaron a la puerta y Beate fue a abrir. Era uno de los agentes uniformados de la patrulla de Seguridad Ciudadana. Harry lo reconoció enseguida, era el mismo que estaba de guardia en la calle Ullevålsveien. Se dirigió a Beate, ignorando a Harry por completo.

–Hemos hablado con la gente que había en la calle y en Kiwi y hemos comprobado los portales y los patios del vecindario. Nada. Pero, claro, estamos de vacaciones y las calles de este barrio están casi desiertas, así que pueden haber metido a la señora en un coche a la fuerza sin que nadie haya visto nada.

Harry notó que Willy Barli se sobresaltaba a su lado.

–A lo mejor deberíamos hablar con algunos de esos paquistaníes que tienen comercios por aquí –sugirió el agente hurgándose la oreja con el meñique.

–¿Por qué con ellos precisamente? –preguntó Harry.

El agente se volvió por fin hacia él y preguntó poniendo énfasis en la última palabra.

–¿No has leído la estadística sobre criminalidad, comisario?

–Sí –dijo Harry–. Y si no recuerdo mal, los dueños de comercios están muy al final de la lista.

El agente se estudió el meñique.

—Yo sé algunas cosas sobre los musulmanes que tú también sabes, comisario. Para esa gente, una mujer que entra en la tienda en bikini es una tía que está pidiendo a gritos que la violen. Se puede decir que casi lo ven como una obligación.

—¿No me digas?

—Exacto, así es su religión.

—Ahora creo que estás mezclando cristianismo e islamismo.

—Bueno, Ivan y yo ya hemos terminado —dijo el policía de la patrulla canina que bajaba las escaleras en ese momento—. Encontramos un par de chuletas en la basura, eso es todo. ¿Sabes si ha habido aquí otros perros últimamente?

Harry miró a Willy. Este solo negó con la cabeza. La expresión de su cara indicaba que no le saldría la voz.

—Ivan reaccionó en la entrada como si hubiese olfateado a algún perro, pero sería otra cosa, supongo. Estamos listos para dar una vuelta por los trasteros. ¿Alguien puede acompañarnos?

—Por supuesto —dijo Willy levantándose.

Salieron por la puerta, y el policía de Seguridad Ciudadana le preguntó a Beate si podía marcharse.

—Pregúntale al jefe —respondió ella.

—Se ha dormido.

Señaló con la cabeza a Harry, que estaba probando la tumbona romana.

—Agente —dijo Harry en voz baja sin abrir los ojos—. Acércate, por favor.

El agente se colocó delante de Harry con las piernas separadas y los pulgares enganchados en el cinturón.

—¿Sí, *comisario*?

Harry abrió un ojo.

—Si te dejas convencer por Tom Waaler una vez más y entregas un informe sobre mí, me encargaré de que patrulles en Seguridad Ciudadana durante el resto de tu carrera policial. ¿Entendido, *agente*?

La musculatura facial del agente se movía inquieta. Cuando abrió la boca, Harry estaba preparado para que salieran por ella sapos y culebras, pero el agente respondió despacio y controlado.

–En primer lugar, no conozco a Tom Waaler. En segundo lugar, es mi deber informar cuando algún policía pone en peligro su vida y la de los demás colegas presentándose bebido al trabajo. Y en tercer lugar, no quiero trabajar en otro sitio que no sea Seguridad Ciudadana. ¿Puedo irme ya, *comisario*?

Harry miró fijamente al agente con el ojo de cíclope. Luego lo cerró otra vez, tragó saliva y dijo:

–De acuerdo.

Oyó cómo se cerraba la puerta de entrada y dejó escapar un suspiro. Necesitaba una copa. De inmediato.

–¿Vienes? –preguntó Beate.

–Vete tú –dijo Harry–. Yo me quedaré y ayudaré a Ivan a rastrear un poco la calle cuando terminen con los trasteros.

–¿Seguro?

–Completamente.

Harry subió las escaleras y salió a la terraza. Observó las golondrinas y escuchó los sonidos procedentes de las ventanas abiertas al patio interior. Levantó la botella de vino tinto de la mesa. Quedaba un poquito. La apuró, saludó con la mano a Ruth y al Águila de Trondheim, que, después de todo, no habían bebido aún lo suficiente, y volvió a entrar.

Lo notó inmediatamente al abrir la puerta del dormitorio. Lo había notado ya en numerosas ocasiones, pero nunca supo de dónde venía aquel silencio de los dormitorios de personas extrañas.

Aún se apreciaban las señales de la reforma.

Delante del armario había una puerta de espejo sin montar y, al lado de la cama doble ya hecha, una caja de herramientas abierta. Encima de la cama colgaba una foto de Willy y Lisbeth. Harry no había mirado con detenimiento las fotos que Willy le había entregado a los de Seguridad Ciudadana, pero ahora vio que Ruth tenía razón: Lisbeth era realmente una muñeca. Rubia con brillantes ojos azules y un cuerpo delgado y esbelto. Era diez años más joven que Willy, como mínimo. En la foto se les veía bronceados y felices. Quizá de vacaciones en el extranjero. Detrás de ellos se atisbaba un edificio magnífico y una estatua ecuestre. Un lugar de Francia, Normandía, tal vez.

Harry se sentó en el borde de la cama y se sorprendió al comprobar que cedía bajo su peso. Una cama de agua. Se echó hacia atrás y notó cómo el colchón se acoplaba a su cuerpo. Experimentó una profunda sensación de bienestar al sentir la funda del edredón fresca en sus brazos desnudos. Cuando él se movía, el agua chapoteaba al dar con la cara interior del colchón de goma. Cerró los ojos.

Rakel. Estaban en un río. No, en un canal. Se balanceaban en un barco y el agua besaba los laterales del barco con un chasquido intermitente. Estaban bajo la cubierta y Rakel yacía inmóvil a su lado en la cama. Se rió bajito cuando él le susurró. Ahora fingía estar dormida. A ella le gustaba eso. Fingir que dormía. Era como un juego entre los dos. Harry se dio la vuelta para mirarla. Y su mirada se encontró primero con la puerta del espejo, en el que se reflejaba toda la cama. Luego con la caja de herramientas abierta. Encima había un cincel corto con el mango de madera verde. Cogió la herramienta. Era ligera y pequeña, sin rastro de óxido bajo la fina capa de lubricante.

Iba a devolver el cincel a su lugar cuando detuvo la mano en el aire.

Había un miembro de un ser humano en la caja de herramientas. Ya lo había visto antes en el lugar del crimen. Genitales seccionados. Tardó un segundo en comprender que el pene de color carne no era más que un consolador.

Se volvió a tumbar de espaldas, todavía con el cincel en la mano. Tragó saliva.

Después de tantos años desempeñando un trabajo que incluía revisar las pertenencias y las vidas privadas de la gente, un consolador no causaba demasiada impresión. No fue por eso por lo que tragó saliva.

Aquí, en esta cama.

¡Tenía que tomar esa copa ya!

El sonido se transmite bien a través del patio interior.

Rakel.

Intentó no pensar, pero era demasiado tarde. Su cuerpo pegado al de ella.

Rakel.

Y se produjo la erección. Harry cerró los ojos y notó que la mano de ella se desplazaba, con los movimientos inconscientes y casuales de una persona dormida, para posarse en su barriga. La mano se quedó allí sin más, como si no tuviera intención de ir a ninguna parte. Los labios de ella contra su oreja, su aliento cálido que sonaba como el rugido de algo que arde. Sus caderas que empezaban a moverse en cuanto la tocaba. Los pechos pequeños y suaves con aquellos pezones sensibles que se ponían duros con tan solo notar su respiración. Su sexo que se abría con la intención de devorarlo. Sintió una presión en la garganta, como si estuviera a punto de romper a llorar.

Harry se sobresaltó cuando oyó abrirse la puerta de abajo. Se sentó, alisó el edredón, se levantó y se miró en el espejo. Se frotó la cara con ambas manos.

Willy insistió en acompañarlos para ver si Ivan, el pastor alemán, lograba olfatear algo.

Justo cuando se asomaron a la calle Sannergata, un autobús rojo salía silenciosamente de la parada. Una niña pequeña miró fijamente a Harry desde la ventanilla trasera, su cara redonda fue haciéndose más pequeña a medida que el autobús se alejaba en dirección a Rodeløkka.

Fueron hasta la tienda Kiwi y regresaron sin que el perro reaccionase.

—Eso no quiere decir que tu mujer no haya estado aquí —explicó Ivan—. En una calle de la ciudad con tráfico de vehículos y muchos otros peatones resulta difícil distinguir el olor de una persona en particular.

Harry miró a su alrededor. Tenía la sensación de ser observado, pero en la calle no había nadie, y lo único que vio en las ventanas de la hilera de fachadas era el cielo negro y sol. Paranoia de alcohólico.

—Bueno —dijo Harry al fin—. De momento, no podemos hacer nada más.

Willy los miró con desesperación.

—Todo irá bien, ya verás —dijo Harry.

Willy contestó con voz queda, como el hombre del tiempo:

—No, todo no irá bien.

—¡Ivan, ven aquí! —gritó el policía tirando de la cadena.

El perro había metido el hocico debajo del parachoques frontal de un Golf que estaba aparcado al lado de la acera.

Harry le dio a Willy una palmadita en el hombro, evitando su mirada ansiosa.

—Todos los coches patrulla están avisados. Y si no ha aparecido a la medianoche, emitiremos una orden de búsqueda. ¿De acuerdo?

Willy no contestó.

Ivan seguía tirando de la cadena y no dejaba de ladrarle al Golf.

—Espera un poco —dijo el policía.

Se puso a cuatro patas y pegó la cabeza al asfalto.

—Vaya —dijo alargando el brazo por debajo del coche.

—¿Has encontrado algo? —preguntó Harry.

El policía se dio la vuelta con un zapato de tacón en la mano. Harry oyó jadear a Willy a su espalda y preguntó:

—¿Es el zapato de Lisbeth, Willy?

—No irá bien —respondió Willy—. Nada irá bien.

10

Jueves y viernes. Pesadilla

El jueves por la tarde, un vehículo rojo del servicio de Correos se detuvo ante una estafeta de Rodeløkka. El contenido del buzón lo habían introducido en una saca que habían depositado en la parte trasera de la furgoneta que lo llevó a la central de la calle Biskop Gunerius número 14, más conocida como el edificio Postgiro. Esa misma noche clasificaron el correo en la terminal de clasificación de la central. Lo hicieron por tamaño, y el sobre marrón acolchado fue a parar a una bandeja junto con otros sobres de formato C5. El sobre pasó por varias manos, pero lógicamente nadie se fijó en ese en particular, como tampoco repararon en él durante la clasificación geográfica, durante la cual lo depositaron primero en la bandeja de Østlandet y luego en la del código postal 0032.

Cuando el sobre llegó por fin a la saca y fue a parar a la parte trasera del vehículo rojo de Correos, listo para ser distribuido a la mañana siguiente, ya había anochecido y la mayoría de los habitantes de Oslo dormían plácidamente.

—Todo se arreglará —aseguró el chico dándole a la niña de la cara redonda unas palmaditas en la cabeza.

Notó enseguida que el fino cabello de la pequeña se le pegaba a los dedos. Electricidad estática.

Él tenía once años. Ella solo siete, y era su hermana pequeña. Habían ido al hospital a ver a su madre.

Llegó el ascensor, el niño abrió la puerta. Un hombre con bata blanca retiró la corredera, les sonrió y salió. Y ellos entraron.

—¿Por qué tienen un ascensor tan viejo? —preguntó la niña.

—Porque el edificio es viejo —explicó el chico al tiempo que cerraba la cancela.

—¿Es un hospital?

—No exactamente —respondió el hermano pulsando el botón del primer piso—. Es un lugar donde puede descansar un poco la gente que está muy cansada.

—¿Es que mamá está cansada?

—Sí, pero todo se va a arreglar. No debes apoyarte en la puerta, Søs.

—¿Cómo?

El ascensor echó a andar de golpe y el cabello largo y rubio de la hermana se balanceó un poco. «Electricidad estática», pensó observando atentamente cómo se elevaba despacio separándose de la cabeza. La niña se agarró el pelo rápidamente y dejó escapar un grito. Fue un grito débil y estridente que al chico le heló la sangre en el cuerpo. Se había enganchado al otro lado de los barrotes. Se lo había pillado con la puerta del ascensor. El chico intentó moverse, pero era como si él también estuviera enganchado.

—¡Papá! —gritó la pequeña poniéndose de puntillas.

Pero papá se había adelantado para ir a buscar el coche en el aparcamiento.

—¡Mamá! —gritó entonces la niña cuando se vio a unos centímetros del suelo del ascensor.

Pero mamá yacía en una cama con la sonrisa helada. Solo estaba él.

Y ella pataleaba en el aire agarrada a su propio pelo.

—¡Harry!

Solo él. Solo él podía salvarla. Si conseguía moverse.

—¡Socorro!

Harry se sentó en la cama sobresaltado. El corazón le latía como un bajo de percusión.

—Mierda.

Oyó su propia voz ronca y dejó caer la cabeza de nuevo en la almohada.

Una luz grisácea se filtraba por entre las cortinas. Entornó los ojos. Miró los números digitales que relucían rojos en la mesita de noche: las 04.12 horas. Vaya noche de verano infernal. Vaya pesadilla infernal.

Salió de la cama y fue al baño. La orina tintineaba en el agua mientras él miraba al frente. Sabía que no volvería a conciliar el sueño.

La nevera estaba vacía, solo había una botella de cerveza sin alcohol que había llegado a la cesta de la compra por despiste. Abrió el armario que había sobre la encimera. Todo un ejército de botellas de cerveza y de whisky lo miraba en silencio en posición de firmes. Todas vacías. En un súbito ataque de rabia, las derribó de un golpe y, un buen rato después de haber cerrado la puerta, aún seguían haciendo ruido. Miró la hora otra vez. Al día siguiente era viernes. Pero el viernes abrían de nueve de la mañana a seis de la tarde. La tienda de licores no abriría hasta dentro de cinco horas.

Harry se sentó junto al teléfono del salón y marcó el móvil de Øystein Eikeland.

—Oslo Taxi.

—¿Cómo está el tráfico?

—¿Harry?

—Buenas noches, Øystein.

—¿Son buenas? Llevo media hora esperando una carrera.

—Las vacaciones.

—Ya lo sé. El propietario del taxi se ha ido a su cabaña de Kragerø y me ha dejado el cacharro más muerto de Oslo. Y ha huido de la ciudad más muerta del norte de Europa. Joder, ni que hubieran soltado una bomba de neutrones.

—Creía que no te gustaba sudar mucho en el trabajo.

—Pero si estoy sudando como un cerdo, hombre. Ese miserable ha comprado un coche sin aire acondicionado. Coño, tengo que beber como un camello después de los turnos para compensar la pérdida de líquido. Eso también es un gasto. Ayer gasté más en bebidas de lo que gané en todo el día.

—Lo siento de veras.

—Debería limitarme a descifrar claves.

—¿Te refieres al pirateo informático? ¿Gracias al cual te echaron del banco DnB y te cayeron seis meses de prisión condicional?

—Sí, pero era muy bueno. Esto, en cambio… El propietario del taxi ha decidido reducir su jornada, pero yo ya hago turnos de doce horas y resulta difícil encontrar conductores. ¿No te interesaría sacarte la licencia de taxista, Harry?

—Gracias, lo pensaré.

—¿Qué quieres?

—Necesito algo para dormir.

—Ve al médico.

—Ya fui. Me dio Imovane, esas pastillas para conciliar el sueño. No funcionaban. Le pedí algo más fuerte, pero se negó.

—No es bueno oler a alcohol cuando vas a pedirle Rohypnol al médico de cabecera, Harry.

—Dijo que era demasiado joven para tomar somníferos potentes. ¿Tú tienes algo?

—¿Qué? Estás loco, eso es ilegal. Pero tengo Flunipam. Prácticamente lo mismo. Media pastilla te apaga como una vela.

—Vale. Voy un poco justo de efectivo estos días, pero te pagaré cuando cobre. ¿Me ayudará también a dejar de soñar?

—¿Qué?

—Que si evitará que sueñe.

Se produjo un silencio al otro lado.

—¿Sabes qué, Harry? Ahora que lo pienso, resulta que no tengo Flunipam. Son cosas peligrosas. Y con eso no dejas de soñar, más bien es al revés.

—Estás mintiendo.

—Puede ser, pero de todas formas, no es Flunipam lo que tú necesitas. Sería mejor que intentaras relajarte un poco, Harry. Tómate un respiro.

—¿Relajarme? ¿No comprendes que no consigo relajarme?

Harry oyó que alguien abría la puerta del taxi y a Øystein que les decía que se fueran a la mierda. Y de nuevo resonó en el auricular.

—¿Se trata de Rakel?

Harry no contestó.

—¿Tienes problemas con Rakel?

Harry oyó un chisporroteo y supuso que se trataba de la radio de la policía.

—¿Hola? ¿Harry? ¿No puedes contestar cuando un amigo de la infancia te pregunta si las paredes de tu vida todavía están en su sitio?

—No lo están —dijo Harry en voz baja.

—¿Por qué no?

Harry tomó aire.

—Porque la obligué a que las derribara, poco más o menos. Un asunto de trabajo al que me he dedicado bastante se fastidió. Y no fui capaz de asumirlo. Empecé a beber, estuve tres días totalmente pedo y sin coger el teléfono. El cuarto día, ella vino a mi casa. Al principio estaba enfadada. Me dijo que no podía desaparecer de ese modo. Y que Møller había preguntado por mí. Me acarició la cara y me preguntó si necesitaba ayuda.

—Y, conociéndote, la echaste de tu casa o algo así.

—Le dije que estaba bien. Y entonces se puso triste.

—Claro. La chica te quiere.

—Eso dijo ella. Pero también dijo que no podría pasar otra vez por lo mismo.

—¿El qué?

—El padre de Oleg es alcohólico. Eso estuvo a punto de destrozarlos a los tres.

—¿Y tú qué respondiste?

–Le dije que tenía razón. Que debía evitar a tipos como yo. Entonces empezó a llorar. Y se fue.

–¿Y ahora tienes pesadillas?

–Sí.

Øystein dejó escapar un hondo suspiro.

–¿Sabes qué, Harry? No hay nada que te pueda ayudar con ese problema. Excepto una cosa.

–Ya lo sé –dijo Harry–. Una bala.

–Pues no. Iba a decirte que solo «tú mismo».

–Lo sé. Olvida que te he llamado, Øystein.

–Olvidado.

Harry fue a buscar la botella de cerveza sin alcohol. Se sentó en el sillón de orejas mirando asqueado la etiqueta. La chapa se soltó con un suspiro de alivio. Dejó el cincel en la mesa del salón. El mango era verde y el metal estaba cubierto de una fina capa de enlucido amarillo.

A las seis de la mañana del viernes, el sol ya brillaba en oblicuo desde la loma de Ekebergåsen, haciendo que la Comisaría General reluciese como una gema. El guardia de Securitas que había en recepción bostezó y levantó la vista del periódico *Aftenposten* cuando el primer madrugador metió la tarjeta de identificación en el lector.

–El periódico dice que hará más calor aún –dijo el guardia, contento de ver a un ser humano con el que poder intercambiar unas palabras.

El hombre alto y rubio de ojos irritados lo miró sin responder.

El guardia se fijó en que subía por las escaleras a pesar de que los dos ascensores estaban libres.

Se concentró de nuevo en el artículo del *Aftenposten* sobre la mujer que había desaparecido en plena tarde pocos días antes del fin de semana y a la que seguían sin encontrar. El periodista, Roger Gjendem, citaba al jefe de sección Bjarne Møller, que confirmaba que habían encontrado uno de los zapatos de la mujer debajo de un coche aparcado frente a la casa donde ella vivía, y que eso apoyaba la teoría de que se trataba de un acto delictivo, pero que, de momento, no podían confirmar nada.

Harry hojeó el periódico de camino a la taquilla para el correo, donde recogió los informes de los dos días anteriores sobre la búsqueda de Lisbeth Barli. En el contestador de su despacho había cinco mensajes; todos, excepto uno, eran de Willy Barli. Harry escuchó todos los mensajes de Barli, que eran prácticamente idénticos: que debían emplear a más personal, que él sabía de una vidente y que anunciaría en la prensa que pagaría una importante suma de dinero a la persona que les ayudara a encontrar a Lisbeth. En el último mensaje solo se oía una respiración.

Harry rebobinó y volvió a escucharlo.

Y otra vez.

Era imposible determinar si se trataba de una mujer o de un hombre. Y más difícil aún saber si se trataba de Rakel. La pantalla indicaba que la llamada se había recibido a las veintidós diez desde un número desconocido. Exactamente igual que cuando Rakel llamaba desde el teléfono de la calle Holmenkollveien. Pero, si era ella, ¿por qué no había intentado llamarlo a su casa, o al móvil?

Harry repasó los informes. Nada. Los leyó una vez más. Seguía sin ver nada. Puso el cerebro a cero y empezó otra vez desde el principio.

Cuando terminó, miró el reloj y volvió a pasar por la taquilla para ver si había llegado algo más. Cogió un informe de uno de los de vigilancia y dejó un sobre marrón con el nombre de Bjarne Møller en la taquilla correspondiente antes de volver a su despacho.

El informe del de vigilancia era breve y preciso: nada.

Harry rebobinó el contestador, pulsó el play y subió el volumen. Cerró los ojos, se recostó en la silla. Intentó recordar su respiración. Sentir su respiración.

—Es desquiciante cuando no quieren darse a conocer, ¿verdad?

No fueron las palabras sino la voz que las pronunció lo que hizo que a Harry se le erizaran los pelos de la nuca. Giró muy despacio la silla, que aulló de dolor. Un sonriente Tom Waaler lo miraba apoyado en el marco de la puerta. Estaba comiéndose una manzana y le ofrecía una bolsa abierta.

—¿Quieres? Son australianas. Saben a gloria.

Harry negó con la cabeza sin quitarle la vista de encima.

—¿Puedo pasar? —preguntó Waaler.

Al ver que Harry no respondía, entró y cerró la puerta. Bordeó la mesa y se sentó en la otra silla. Se retrepó y siguió masticando la manzana roja y apetitosa.

—¿Te has dado cuenta de que tú y yo somos casi siempre los primeros en llegar al trabajo, Harry? Extraño, ¿verdad? También somos los últimos en irnos a casa.

—Estás sentado en la silla de Ellen —observó Harry.

Waaler dio unas palmaditas en el brazo de la silla.

—Es hora de que tú y yo tengamos una charla, Harry.

—Habla —dijo Harry.

Waaler alzó la manzana, la expuso a la luz del techo y guiñó un ojo.

—¿No es triste tener un despacho sin ventanas?

Harry no contestó.

—Corre el rumor de que vas a dejar el trabajo —dijo Waaler.

—¿El rumor?

—Bueno, quizá sea un tanto exagerado llamarlo rumor. Tengo mis fuentes, por así decirlo. Supongo que has empezado a mirar otras cosas. Compañías de vigilancia. Compañías de seguros. ¿Cobradoras, quizá? Seguro que hay muchas empresas donde necesitan un investigador con estudios de derecho.

Clavó en la fruta unos dientes blancos y fuertes.

—A lo mejor no hay tantas empresas que aprecien un expediente con observaciones de episodios de embriaguez, absentismo injustificado, abusos, desacato a las órdenes de un superior y deslealtad hacia el cuerpo.

Los músculos maxilares machacaban y trituraban.

—Pero, bueno —prosiguió Waaler—. Igual no importa que no te quieran contratar. A decir verdad, ninguno de esos trabajos ofrece retos especialmente interesantes para alguien que ha sido comisario y considerado uno de los mejores en su campo. Tampoco pagan muy bien. Y, al fin al cabo, de eso se trata, ¿no? Que le paguen a uno por sus servicios. Ganar dinero para comprar comida y pagar el alquiler. Lo suficiente para una cerveza y quizá una botella de coñac. ¿O es whisky?

Harry notó que estaba apretando los dientes con tanta fuerza que le dolían los empastes.

—Lo mejor —continuó Waaler— sería ganar tanto como para permitirse un par de cosas más allá de las necesidades básicas. Como unas vacaciones de vez en cuando. Con la familia. A Normandía, por ejemplo.

Harry sintió que algo le chisporroteaba dentro de la cabeza, algo que sonó como un fusible diminuto.

—Tú y yo somos muy diferentes en muchos aspectos, Harry. Pero eso no quiere decir que no te respete como profesional. Eres resuelto, listo, creativo, y tu integridad está fuera de toda duda, siempre lo he dicho. Pero, ante todo, eres mentalmente fuerte. Es una aptitud muy necesaria en una sociedad donde la competitividad es cada día más dura. Por desgracia, esa competitividad no se desarrolla con los medios que nosotros desearíamos. Pero si uno quiere ser ganador, debe estar dispuesto a emplear los mismos medios que los demás competidores, y una cosa más...

Waaler bajó la voz.

—Hay que jugar en el equipo correcto. Un equipo en el que se pueda ganar algo.

—¿Qué es lo que quieres, Waaler?

Harry se dio cuenta de que le vibraba la voz.

—Ayudarte —respondió Waaler, y se puso de pie—. Las cosas no tienen por qué ser necesariamente como son ahora... ¿sabes?

—¿Y cómo son ahora?

—Ahora tú y yo tenemos que ser enemigos. Y el comisario jefe tiene que firmar necesariamente ese documento que tú ya sabes.

Waaler se encaminó hacia la puerta.

—Y tú nunca tienes dinero para hacer lo que es bueno para ti y para aquellos a los que quieres… —Puso la mano en el picaporte antes de añadir—: Piénsalo, Harry. Solo existe una cosa capaz de ayudarte en la jungla de ahí fuera.

«Una bala», pensó Harry.

—Tú mismo —sentenció Waaler.

Y desapareció.

11

Domingo. Despedida

Ella estaba fumando un cigarrillo en la cama. Estudiaba detenidamente la espalda de él, delante de la cómoda, cómo los omoplatos se movían bajo la seda del chaleco arrancándole destellos en negro y azul. Detuvo la mirada en el espejo. Miró sus manos, que anudaban la corbata con movimientos suaves y seguros. Le gustaban sus manos. Le gustaba verlas trabajar.

—¿Cuándo vuelves? —preguntó.

Sus miradas se encontraron en el espejo. La sonrisa también era suave y segura. Ella le puso un mohín, haciéndose la ofendida.

—En cuanto pueda, amor mío.

Nadie decía «amor mío» como él. *Liebling*. Con ese acento tan peculiar y aquel tono cantarín que casi consiguió que volviese a gustarle la lengua alemana.

—Mañana, espero, en el vuelo de la noche —respondió él—. ¿Me esperarás?

Ella no pudo evitar una sonrisa. Él se rió. Ella se rió. Mierda, siempre se salía con la suya.

—Estoy convencida de que en Oslo hay un montón de chicas deseando que llegues —dijo ella.

—Eso espero.

Se abotonó el chaleco y cogió la chaqueta de la percha que había colgada en el armario.

—¿Has planchado los pañuelos, querida?

—Los he puesto en la maleta, junto con los calcetines —respondió ella.

—Estupendo.

—¿Vas a verte con alguna?

Él volvió a reír, se acercó a la cama y se inclinó sobre ella.

—¿Tú qué crees?

—No lo sé. —Le rodeó el cuello con los brazos—. Me parece que hueles a mujer cada vez que vuelves a casa.

—Eso es porque nunca estoy fuera el tiempo suficiente para que el olor a ti desaparezca, querida. ¿Cuánto hace que te conocí? ¿Veintiséis meses? Pues llevo veintiséis meses oliendo a ti.

—¿Y a nadie más?

Ella se deslizó hacia abajo en la cama y lo atrajo hacia sí. Él le dio un beso fugaz en la boca.

—Y a nadie más. El avión, amor mío…

Él se liberó de su abrazo.

Ella lo miró mientras se iba acercando a la cómoda, abría un cajón y sacaba el pasaporte y los billetes de avión. Los metió en el bolsillo interior y se abrochó la chaqueta. Todo lo hacía con movimientos sinuosos, con una seguridad y una eficacia desprovistas de esfuerzo que a ella le resultaban sensuales y sobrecogedoras a la vez. De no ser porque la mayoría de las cosas las hacía igual, con el mínimo esfuerzo, ella habría jurado que llevaba toda la vida practicando para hacer aquello: irse. Abandonar.

Curiosamente, a pesar de todo el tiempo que habían pasado juntos los dos últimos años, ella sabía muy poco de él, aunque nunca le había ocultado que había estado antes con muchas mujeres. Él solía decirle que era porque la buscaba a ella desesperadamente. A las otras las iba desechando en cuanto se daba cuenta de que no eran ella y continuó su búsqueda sin descanso hasta que un día de otoño de hacía dos años se conocieron en el bar del Gran Hotel Europa, en la plaza Wenceslao.

Era la forma más fina de promiscuidad que ella había oído jamás.

Más fina que la suya, en cualquier caso, que solo estaba allí por dinero.

—¿Y qué haces en Oslo?

—Negocios —dijo él.

—¿Por qué nunca quieres contarme lo que haces exactamente?

—Porque nos queremos.

Cerró la puerta silenciosamente al marcharse. Ella oyó sus pasos en la escalera.

Sola otra vez. Cerró los ojos con la esperanza de que el olor de él permaneciera en las sábanas hasta su vuelta. Se llevó la mano al collar. No se lo había quitado ni una sola vez desde que se lo regaló, ni siquiera cuando se bañaba. Pasó los dedos por el colgante y pensó en su maleta. En el alzacuello blanco y almidonado que había visto al lado de los calcetines. ¿Por qué no se lo comentó? A lo mejor porque tenía la sensación de que ya preguntaba demasiado. No debía contrariarlo.

Suspiró, miró el reloj y volvió a cerrar los ojos. Tenía por delante un día vacío. Una cita con el médico a las dos, eso era todo. Empezó a contar los segundos mientras los dedos acariciaban el colgante sin cesar, un diamante rojizo en forma de estrella de cinco puntas.

El periódico *VG* traía en portada la noticia de que una celebridad de la radio nacional noruega cuyo nombre no revelaban había mantenido una relación «breve pero intensa» con Camilla Loen. Habían conseguido una foto granulada de unas vacaciones en la que se veía a Camilla Loen en bikini, al parecer para subrayar las insinuaciones del texto sobre el ingrediente principal de la relación.

El mismo día, el periódico *Dagbladet* publicaba una entrevista con Toya Harang, la hermana de Lisbeth Barli, que, bajo el titular «Siempre se fugaba», declaraba que el comportamiento de su hermana cuando era pequeña podía ser una posible explicación de su extraña desaparición: «Se fugó de Spinnin'Wheels, así que ¿por qué no ahora?», decía Toya Harang.

Le habían sacado una foto posando delante del autobús de la banda con un sombrero de vaquero. Sonreía. Harry supuso que no había tenido tiempo de reflexionar antes de que sacasen la foto.

—Una cerveza.

Se sentó en el taburete del Underwater y echó mano de un ejemplar del *VG*. El periódico decía que las entradas para el concierto de Springsteen en Valle Hovin estaban agotadas. Pues muy bien. En primer lugar, Harry detestaba los conciertos que se celebraban en estadios, y en segundo lugar, él y Øystein hicieron autostop hasta Drammenshallen cuando tenían quince años para ir al concierto de Springsteen con entradas falsas fabricadas por Øystein. Entonces estaban en la cima, tanto Springsteen como Øystein y él mismo.

Harry apartó el periódico y desplegó su *Dagbladet* con la foto de la hermana de Lisbeth. El parecido de las hermanas era obvio. Harry la llamó a Trondheim para hablar con ella, pero la joven no tenía nada que contarle. O, mejor dicho, nada interesante. El hecho de que la conversación hubiese durado veinte minutos a pesar de todo no fue culpa de Harry. La joven le dijo que su nombre se pronunciaba con acento en la a, «Toyá». Y que no le habían puesto ese nombre por la hermana de Michael Jackson, que se llamaba LaToya, con acento en la o.

Habían pasado cuatro días desde que Lisbeth desapareció. El caso estaba, en pocas palabras, en punto muerto.

Y otro tanto ocurría con el caso de Camilla Loen.

Incluso Beate se sentía frustrada. Se había pasado todo el fin de semana ayudando a los pocos investigadores operativos que no estaban de vacaciones. Era buena chica, Beate. Una pena que esas cosas no se apreciaran.

Camilla Loen era una persona sociable, de modo que pudieron determinar la mayoría de sus movimientos de la semana anterior al asesinato, pero aquellos datos no los condujeron a pistas concretas.

Harry había pensado comentarle a Beate que Waaler se había pasado por su despacho para sugerirle más o menos abiertamente que le vendiera su alma. Pero, por alguna razón, no lo hizo. Además, ella ya tenía bastante en lo que pensar. Contárselo a Møller solo le acarrearía problemas, así que lo descartó de inmediato.

Harry iba ya por la mitad de su segunda pinta de cerveza cuando la vio. Estaba sola, sentada en la penumbra, en una mesa pegada a la pared. Lo miró directamente con una leve sonrisa. Delante de ella, sobre la mesa, había un vaso de cerveza, y entre, el índice y el corazón derechos, un cigarrillo.

Harry cogió el vaso y se dirigió a su mesa.

–¿Puedo acompañarte?

Vibeke Knutsen señaló la silla vacía con un gesto de la cabeza.

–¿Qué haces aquí?

–Vivo cerca –dijo Harry.

–Ya me había dado cuenta, pero no te había visto antes por aquí.

–No. El sitio donde suelo ir y yo tenemos opiniones divergentes sobre un incidente ocurrido la semana pasada.

–¿Te han prohibido la entrada? –preguntó ella con una risa ronca.

A Harry le gustó aquella risa. Y Vibeke Knutsen le parecía guapa. A lo mejor era el maquillaje. Y la penumbra. ¿Y qué? Le gustaban sus ojos, vivos y juguetones. Infantiles y sabios. Como los de Rakel. Pero allí acababa el parecido. Rakel tenía la boca fina y sensual, la de Vibeke era grande y, pintada de rojo intenso, lo parecía aún más. Rakel se vestía con una elegancia discreta y era delgada, casi como una bailarina, sin curvas exuberantes. El top que llevaba Vibeke tenía rayas de tigre, aunque resultaba igual de llamativo que el de leopardo y el de cebra. En Rakel, casi todo era oscuro. Los ojos, el pelo, la piel. Nunca había visto una piel resplandecer como la suya. Vibeke era pelirroja y pálida y sus largas piernas, que había cruzado bajo la mesa, lucían blancas en la penumbra.

–¿Y qué haces aquí tan sola? –preguntó Harry.

Ella se encogió de hombros y tomó un trago de cerveza.

–Anders está de viaje y no vuelve hasta esta noche, así que me estoy divirtiendo un poco.

–¿Se ha ido lejos?

–A algún lugar de Europa, ya sabes. Nunca me cuenta nada.

–¿A qué se dedica?

–Vende mobiliario y elementos de decoración para iglesias. Retablos, púlpitos, crucifijos y esas cosas. Usados y nuevos.

–Ya. ¿Y eso lo hace en Europa?

–El púlpito nuevo de una iglesia de Suiza puede haberse fabricado en Ålesund. Y los púlpitos usados, por ejemplo, se restauran en Estocolmo o en Narvik. Viaja constantemente, está más tiempo fuera de casa que aquí. Sobre todo últimamente. En realidad, este último año.

Dio una calada al cigarrillo y añadió aspirando:

–Pero no es creyente, ¿sabes?

–¿Ah, no?

Negó con la cabeza mientras el humo salía por entre los labios carnosos surcados de finas arrugas.

–Sus padres pertenecían a la Congregación de Pentecostés y creció con esas cosas. Yo solo he asistido a una reunión, pero ¿sabes qué? A mí me da miedo cuando empiezan con la glosolalia y eso. ¿Has estado alguna vez en esas reuniones?

–Dos veces –dijo Harry–. En la Congregación de Filadelfia.

–¿Encontraste la salvación?

–Por desgracia, no. Solo iba en busca de un tío que me había prometido testificar en un asunto.

–Bueno, si no encontraste a Jesús, por lo menos encontraste a tu testigo.

Harry negó con la cabeza.

–Me dijeron que ya no iba por allí y no está en las direcciones que he conseguido. No, no encontré la salvación.

Harry apuró la cerveza e hizo señas hacia la barra. Ella encendió otro cigarrillo.

—Intenté localizarte el otro día —dijo ella—. En el trabajo.

—¿Ah, sí?

Harry pensó en la llamada sin voz en su contestador.

—Sí, pero me dijeron que no era tu caso.

—Si te refieres al asunto de Camilla Loen, es cierto.

—Entonces hablé con ese que estuvo en nuestra casa. El guapo.

—¿Tom Waaler?

—Sí. Le conté un par de cosas sobre Camilla. Cosas que no podía decir cuando tú estabas en casa.

—¿Por qué no?

—Porque Anders estaba allí.

Dio una larga calada al cigarrillo.

—No le gusta que diga nada despectivo sobre Camilla. Se enfada mucho. A pesar de que casi no la conocemos.

—¿Por qué ibas a decir algo despectivo si no la conocías?

Ella se encogió de hombros.

—A mí no me parece despectivo. Es Anders quien opina que sí lo es. Será la educación. Creo que, en realidad, él opina que las mujeres solo deben tener relaciones sexuales con un único hombre en su vida.

Apagó el cigarrillo y añadió en voz baja:

—Y casi ni eso.

—Ya. ¿Y Camilla se acostaba con más de un hombre?

—Bastante más de uno.

—¿Cómo lo sabes? ¿Se oye todo?

—Entre los pisos no, así que en invierno no se oye mucho. Pero en verano con las ventanas abiertas… Ya sabes, el sonido…

—… se transmite bien a través de esos patios.

—Exacto. Anders solía levantarse y cerrar de golpe la ventana del dormitorio. Y si a mí se me ocurría decir que Camilla Loen se lo estaba pasando bien, podía llegar a enfadarse tanto que terminaba acostándose en el salón.

—¿Así que intentaste localizarme para contármelo?

—Sí. Eso y una cosa más. Recibí una llamada. Primero pensé que era Anders, pero normalmente sé por el ruido de fondo que se trata de él. Suele llamar desde alguna calle de alguna ciudad de Europa. Lo raro es que el sonido siempre es el mismo, como si cada vez llamase desde el mismo lugar. Bueno, como sea. Esto sonaba diferente. En condiciones normales, habría colgado sin pensar más en ello, pero con lo que le ocurrió a Camilla, y estando Anders de viaje...

—¿Sí?

—Bueno, no fue nada dramático. —Sonrió como cansada. A Harry le pareció bonita su sonrisa—. Solo era alguien que respiraba en el auricular. Pero me asusté. Y quería comentarlo contigo. Waaler dijo que lo investigaría, pero por lo visto no pudieron localizar el número desde el que se había realizado la llamada. A veces esos asesinos atacan de nuevo en el mismo lugar, ¿no?

—Creo que eso es más bien en las novelas policiacas —dijo Harry—. Yo no pensaría demasiado en eso.

Giró el vaso. La medicina empezaba a hacer efecto.

—¿Tú y tu compañero no conoceréis por casualidad a Lisbeth Barli?

Vibeke enarcó las cejas maquilladas.

—¿La tía que ha desaparecido? ¿Por qué demonios íbamos a conocerla?

—Sí, claro, por qué demonios ibais a conocerla —murmuró Harry preguntándose qué era lo que lo había impulsado a preguntar.

Eran cerca de las nueve cuando se encontraban en la acera delante del Underwater.

Harry tuvo que hacer un esfuerzo para guardar el equilibrio.

—Yo vivo en esta calle —le dijo—. ¿Qué tal si...?

—No digas nada de lo que te puedas arrepentir, Harry.

—¿Arrepentirme?

—Llevas la última media hora hablando exclusivamente de esa tal Rakel. No lo habrás olvidado, ¿verdad?

—Ella no me quiere, ya te lo he dicho.

—No, y tú tampoco me quieres a mí. Tú quieres a Rakel. O a una sustituta de Rakel.

Vibeke le puso la mano en el brazo.

—Y quizá me habría gustado serlo por un rato, si las cosas fueran de otra manera. Pero no lo son. Y Anders no tardará en llegar a casa.

Harry se encogió de hombros y dio un paso para no caerse.

—Al menos, deja que te acompañe hasta la puerta —farfulló.

—Son doscientos metros, Harry.

—Podré hacerlo.

Vibeke se rió de buena gana y se cogió de su brazo.

Caminaron despacio por la calle Ullevålsveien mientras los coches y los taxis ociosos los adelantaban sin prisa, el aire de la noche les acariciaba la piel como solo ocurre en Oslo en el mes de julio. Harry escuchaba el flujo incesante y monótono de su voz y se preguntó qué estaría haciendo Rakel en aquel momento.

Se detuvieron delante de la puerta negra de forja.

—Buenas noches, Harry.

—Sí. ¿Cogerás el ascensor?

—¿Por qué lo preguntas?

—Por nada. —Harry se metió las manos en los bolsillos del pantalón y estuvo a punto de perder el equilibrio—. Ten cuidado. Buenas noches.

Vibeke sonrió, se le acercó y Harry aspiró su olor cuando ella lo besó en la mejilla.

—En otra vida, ¿quién sabe? —le susurró.

La puerta se cerró con un suave chasquido. Harry se quedó inmóvil un instante para orientarse cuando, de pronto, algo que había en el escaparate que tenía delante llamó su atención. No era el repertorio de lápidas, sino lo que se reflejaba en el cristal. Un coche rojo junto a la acera de enfrente. Si a Harry le hubieran interesado los coches un mínimo, se habría dado cuenta de que aquel exclusivo juguete era un Tommy Kaira ZZ-R.

—Joder —dijo Harry, y puso un pie en la calzada.

Un taxi le pasó a un centímetro y su conductor tocó el claxon indignado. Cruzó hasta el coche deportivo y se detuvo en el lado del conductor. La ventanilla blindada bajó silenciosamente.

—¿Qué coño haces aquí? —farfulló Harry—. ¿Me estás espiando?

—Buenas noches, Harry —dijo Tom Waaler con un bostezo—. Estoy vigilando el apartamento de Camilla Loen. Observando quién viene y quién va. No es solo un cliché, ¿sabes?, el autor del crimen siempre vuelve al lugar de los hechos...

—Sí que lo es —dijo Harry.

—Pero, como seguramente habrás deducido, es lo único que tenemos. El homicida no nos ha dejado muchas pistas.

—El asesino —precisó Harry.

—O *la* asesina.

Harry se encogió de hombros y casi pierde el equilibrio. La puerta del acompañante se abrió de golpe.

—Entra, Harry. Quiero hablar contigo.

Harry miró la puerta abierta. Vaciló. Dio otro paso para no caerse. Rodeó el coche y entró.

—¿Has pensado en lo que te dije? —preguntó Waaler bajando la radio.

—Sí, lo he pensado —dijo Harry retorciéndose en el estrecho asiento en forma de cubo.

—¿Y has encontrado la respuesta correcta?

—Parece que te gustan los deportivos japoneses rojos. —Harry levantó la mano y golpeó el salpicadero con fuerza—. Sólido. Dime... —Harry se concentraba en articular bien—. ¿Fue así como conversaste con Sverre Olsen en Grünerløkka la noche en que mataron a Ellen? ¿Dentro del coche?

Waaler se quedó mirándolo un buen rato antes de abrir la boca para responder.

—Harry, no sé de qué me estás hablando.

—¿No? Tú sabías que Ellen había descubierto que tú eras el cerebro de la banda que trafica con armas, ¿verdad? Tú te encargaste de que Sverre Olsen la matara antes de que ella pudiera contárselo a alguien. Y cuando te enteraste de que yo le seguía el rastro a Sverre Olsen, te las ingeniaste para que pareciera que él había sacado la pistola cuando ibas a detenerlo. Igual que con ese tío del almacén del puerto. Parece que es tu especialidad, deshacerte de detenidos molestos.

—Estás borracho, Harry.

—He tardado dos años en descubrir algo que te implique, Waaler. ¿Lo sabías?

Waaler no contestó.

Harry rompió a reír y dio otro golpe. El salpicadero emitió un crujido sospechoso.

—¡Claro que lo sabías! El Príncipe Heredero lo sabe todo. ¿Cómo lo haces? Cuéntamelo.

Waaler miró por la ventanilla. Un hombre salió del Kebabgården, se paró y miró a ambos lados antes de empezar a bajar hacia la iglesia de la Trinidad. Ninguno de los dos dijo nada hasta que el hombre se metió en la calle, entre el cementerio y el hospital de Nuestra Señora.

—Vale —dijo Waaler en voz baja—. Puedo confesarme, si eso es lo que quieres. Pero recuerda: cuando se recibe una confesión es fácil encontrarse con dilemas desagradables.

—Benditos dilemas.

—Le di a Sverre Olsen su merecido.

Harry volvió la cabeza lentamente hacia Waaler, que estaba apoyado en el reposacabezas, con los ojos entornados.

—Pero no porque tuviese miedo de que contase que éramos cómplices ni nada por el estilo. Esa parte de tu teoría es errónea.

—¿Ah, sí?

Waaler suspiró.

—¿Has pensado alguna vez en por qué la gente como nosotros se dedica a esto?

—No hago otra cosa —aseguró Harry.

—¿Cuál es tu primer recuerdo nítido, Harry?

—¿El primer recuerdo de qué?

—Lo primero que yo recuerdo es que es de noche, estoy en la cama y mi padre se inclina sobre mí.

Waaler pasó la mano por el volante antes de continuar:

—Yo tendría unos cuatro o cinco años. Él olía a tabaco y a protección. Ya sabes. Como tienen que oler los padres. Tal y como solía, había llegado a casa cuando yo ya estaba en la cama. Y sé que se habrá ido a trabajar mucho antes de que yo me despierte por la mañana. Sé que, si abro los ojos, sonreirá, me pasará la mano por la cabeza y se marchará. Así que finjo estar dormido para que se quede un ratito más. Solo a veces, cuando tengo la pesadilla de la mujer con la cabeza de cerdo que deambula por las calles en busca de sangre infantil, me descubro y le pido que se quede un poco más cuando noto que se levanta para irse. Y él se queda y yo me quedo mirándolo. ¿A ti te pasaba igual con tu padre, Harry? ¿Experimentabas lo mismo con él?

Harry se encogió de hombros.

—Mi padre era profesor. Siempre estaba en casa.

—Un hogar de clase media, entonces, ¿no?

—Algo así.

Waaler asintió con la cabeza.

—Mi padre era albañil. Como los padres de mis dos mejores amigos, Geir y Solo, como el refresco. Vivían justo encima de nosotros, en el bloque de Gamlebyen donde me crié. Era uno de los barrios grises de la ciudad, aunque el bloque de viviendas estaba bien cuidado, propiedad de los vecinos. No nos considerábamos de la clase obrera, todos éramos empresarios. El padre de Solo era propietario de un quiosco donde trabajaba toda la familia, de ahí el apodo. Todos trabajaban duro, pero ninguno como mi padre. Él trabajaba a todas horas. Día y noche. Era como una máquina que solo se apagaba los domingos. Mis padres no eran muy creyentes, aunque mi padre estudió teología durante medio año en una academia nocturna porque el abuelo quería que fuera pastor. Pero cuando el abuelo murió, él lo dejó. Aun así, íbamos todos los domingos a la iglesia de Vålerenga y luego mi padre nos llevaba de excursión a Ekeberg o a Østmarka. A las cinco de la tarde nos cambiábamos de ropa: los domingos cenábamos en el salón. Puede sonar aburrido, pero ¿sabes qué? Yo me pasaba toda la semana esperando a que fuera domingo. Al día siguiente era lunes y él desaparecía de nuevo. Siempre estaba en alguna obra donde había que hacer horas extra. Un poco de dinero blanco, un poco de gris y un poco de dinero negro como el carbón. Decía que era la única forma de reunir algunos ahorros en su sector. Cuando yo tenía catorce años, nos mudamos a la parte oeste de la ciudad, a una casa con jardín y manzanos. Mi padre dijo que estaríamos mejor allí. Y yo era el único de la clase cuyo padre no era abogado, economista, médico o algo parecido. El vecino era juez y tenía un hijo de mi edad, Joakim. Mi padre esperaba que yo fuese como él. Dijo que si quería entrar en alguna de esas carreras, era importante tener conocidos dentro del gremio, aprender los códigos, el lenguaje, las reglas no escritas. Pero yo nunca veía al hijo del vecino, solo a su perro, un pastor alemán que se pasaba las noches ladrando en el porche. Cuando salía del colegio cogía el tranvía hasta Gamlebyen para ver a Geir y Solo. Mis padres invitaron a una barbacoa a todos los vecinos, pero todos presentaron alguna excusa para no acudir. Recuerdo el olor a barbacoa aquel verano, y las risas que resonaban en los otros jardines. Nunca nos devolvieron la invitación.

Harry se concentraba en la dicción.

—¿Este cuento viene a propósito de algo?

—Eso lo decidirás tú. ¿Dejo de contar?

—Bueno, da igual, esta noche no había nada interesante en la tele.

—Un domingo, cuando íbamos a la iglesia, como de costumbre, yo estaba ya en la calle esperando a mis padres y mirando al pastor alemán que andaba suelto por el jardín. Parecía que quisiera morderme y no dejaba de gruñir desde el otro lado de la valla. No sé por qué lo hice, pero me acerqué y abrí la verja. Quizá creía que el animal estaba enfadado porque lo habían dejado solo. El perro saltó, me tumbó y me mordió en la mejilla. Todavía tengo la cicatriz.

Waaler señaló con el dedo, pero Harry no vio nada.

—El juez lo llamó desde la terraza y el animal me soltó. Luego me dijo con muy malos modos que me largara de su jardín. Mi

114

madre lloraba y mi padre apenas se pronunció mientras me llevaban a urgencias. Cuando volvimos a casa, tenía un hilo de sutura gordo y negro desde la barbilla hasta debajo de la oreja. Mi padre fue a casa del juez. Cuando volvió tenía la mirada sombría y estuvo menos hablador si cabe. Comimos el asado dominical sin que nadie dijera una sola palabra. Esa misma noche me desperté y me quedé pensando en el porqué. Todo estaba en silencio. Entonces caí en la cuenta. El pastor alemán. Había dejado de ladrar. Oí cerrarse la puerta de entrada e, instintivamente, supe que nunca más volveríamos a oír al pastor alemán. Me apresuré a cerrar los ojos cuando la puerta del dormitorio se abrió silenciosa pero me dio tiempo de ver el martillo. Él olía a tabaco y a protección. Y yo me hice el dormido.

Waaler limpió una mota inexistente del salpicadero.

—Hice lo que hice porque sabíamos que Sverre Olsen había matado a una colega. Lo hice por Ellen, Harry. Por nosotros. Ahora ya lo sabes, maté a un hombre. ¿Me vas a delatar o no?

Harry lo miraba fijamente. Waaler cerró los ojos.

—Solo teníamos pruebas circunstanciales contra Olsen, Harry. Lo habrían soltado. No lo podíamos permitir. ¿Tú habrías podido, Harry?

Waaler giró la cabeza y se encontró con la mirada fija de Harry.

—¿Habrías podido?

Harry tragó saliva.

—Hay un tipo que os vio a ti y a Sverre Olsen juntos en el coche. Uno que estaba dispuesto a testificar. Pero eso ya lo sabes, ¿no?

Waaler se encogió de hombros.

—Hablé con Olsen varias veces. Era neonazi y delincuente. Estar al día es nuestro trabajo, Harry.

—El tipo que os vio ha cambiado de opinión repentinamente, ya no quiere testificar. Has hablado con él, ¿verdad? Lo has silenciado con amenazas.

Waaler negó con la cabeza.

—No puedo responder a eso, Harry. Si decides unirte a nuestro equipo, la norma es que solo se te informará de lo que te hace falta saber para cumplir con tu trabajo. Puede que suene un tanto estricto, pero funciona. *Nosotros* funcionamos.

−¿Hablaste con Kvinsvik? −balbuceó Harry.

−Kvinsvik es solo uno de tus molinos de viento, Harry. Olvídalo. Piensa en ti. −Se inclinó hacia Harry y bajó la voz−. ¿Qué puedes perder? Mírate bien al espejo...

Harry parpadeó perplejo.

−Exacto −dijo Waaler−. Eres un alcohólico de casi cuarenta años, sin trabajo, sin familia, sin dinero.

−¡Por última vez! −Harry intentó gritar, pero estaba demasiado borracho−. ¿Hablaste con... con Kvinsvik?

Waaler se irguió otra vez en el asiento.

−Vete a casa, Harry. Y reflexiona sobre a quién le debes algo. ¿Al cuerpo, que te ha triturado con sus dientes y te ha escupido en cuanto ha notado que sabes mal? ¿A tus jefes, que salen corriendo como ratones asustados en cuanto se huelen que hay problemas? ¿O quizá es a ti mismo a quien le debes algo? Has trabajado duro año tras año para mantener las calles de Oslo más o menos seguras en un país que protege a sus delincuentes mejor que a sus policías. Realmente, eres uno de los mejores en tu trabajo, Harry. A diferencia de ellos, tú tienes talento y, aun así, eres tú quien percibe un sueldo miserable. Yo te puedo ofrecer cinco veces más de lo que ganas ahora, pero eso no es lo más importante. Te puedo ofrecer un poco de dignidad, Harry. Dignidad. Piénsatelo.

Harry intentó enfocar a Waaler con la mirada, pero su cara se desdibujaba. Buscó el tirador de la puerta, no lo encontró. Malditos coches japoneses. Waaler se inclinó y le abrió la puerta.

−Sé que has intentado encontrar a Roy Kvinsvik −dijo Waaler−. Permíteme que te ahorre la molestia. Sí, hablé con Olsen en Grünerløkka aquella noche. Pero eso no significa que tuviera nada que ver con el asesinato de Ellen. Callé para no complicar las cosas. Tú haz lo que quieras, pero créeme, el testimonio de Kvinsvik carece de interés.

−¿Dónde está?

—¿Acaso cambiaría algo si te lo dijera? ¿Me creerías entonces?

—Puede ser —respondió Harry—. Quién sabe.

Waaler suspiró.

—Calle Sognsveien, número treinta y dos. Vive en el sótano de la casa de su padrastro.

Harry se dio la vuelta e hizo señas a un taxi que se acercaba con el piloto verde encendido.

—Pero esta noche está ensayando con el coro Menna —advirtió Waaler—. A un paso. Ensayan en la casa parroquial de Gamle Aker.

—¿Gamle Aker?

—Ha abandonado la Iglesia de Filadelfia y se ha convertido a la de Belén.

El taxi libre frenó, el conductor dudó un instante, volvió a pisar el acelerador y desapareció en dirección al centro. Waaler sonrió.

—No es necesario haber perdido la fe para convertirse a otro credo, Harry.

12

Domingo. Belén

Eran las ocho de la tarde del domingo cuando Bjarne Møller cerró el cajón del escritorio con un bostezo y extendió el brazo para apagar el flexo. Estaba cansado, pero satisfecho de sí mismo. Los medios de comunicación ya habían dejado de atosigarlos por el asesinato y por el caso de desaparición, así que había podido trabajar sin que lo molestaran todo el fin de semana. El abultado montón de papeles del comienzo de las vacaciones se veía ahora reducido casi a la mitad. Ya se marchaba a casa, pensando en tomarse un Jameson flojito y en ver la reposición de *Beat for Beat*. Tenía el dedo en el interruptor de la luz y echó una última mirada al orden que reinaba en la mesa. Entonces se percató del sobre marrón acolchado. Tenía un vago recuerdo de haberlo recogido el viernes en la taquilla del correo. Obviamente, se había quedado debajo del montón de papeles.

Dudó un instante. Aquello podía esperar a mañana. Palpó el sobre. Había algo dentro, algo que no era capaz de identificar. Abrió el sobre con un abrecartas y metió la mano dentro. No había ninguna carta. Puso el sobre boca abajo, pero nada. Lo agitó con fuerza y oyó que algo se soltaba del acolchado del interior y caía en la mesa. De allí rebotó hasta el teléfono y se quedó sobre el cartapacio, justo encima de la lista de turnos de guardia.

De repente, le volvió el dolor de estómago. Bjarne Møller se encogió y se quedó jadeando. Pasó un rato antes de que lograra

118

incorporarse y marcar un número de teléfono. Y, de no haber estado tan fuera de sí, probablemente se habría dado cuenta de que era precisamente el número correspondiente al nombre de la lista de turnos al que apuntaba el objeto que le habían enviado.

Marit estaba enamorada.

Otra vez.

Miró hacia la escalinata del edificio de la congregación. La luz salía por el ojo de buey de la puerta, decorada con la estrella de Belén, e iluminaba la cara de Roy, el chico nuevo. Estaba hablando con una de las otras chicas del coro. Llevaba varios días pensando en qué hacer para que se fijara en ella, pero no se le ocurría ninguna buena idea. Acercarse a él y hablarle sin más sería un mal comienzo. No le quedaba más remedio que esperar hasta que se presentase la ocasión. Durante el ensayo de la semana anterior, él habló de su pasado en voz alta y clara. Contó que antes pertenecía a la Congregación de Filadelfia. ¡Y que antes de ser redimido había sido neonazi! Una de las otras chicas había oído decir que llevaba un gran tatuaje neonazi en alguna parte del cuerpo. Estaban totalmente de acuerdo en que era horrible, pero Marit se dio cuenta de que al pensarlo notaba un cosquilleo de excitación. En su fuero interno, ella sabía que aquella era la razón por la que se había enamorado, por lo nuevo y lo desconocido, por esa ilusión agradable y pasajera, y sabía que, al final, terminaría con otro chico. Uno como Kristian. Kristian era el director del coro, sus padres pertenecían a la congregación y había empezado a predicar en las reuniones de los jóvenes. La gente como Roy solía terminar entre los renegados.

Aquella tarde se quedaron un poco más para ensayar una nueva canción y repasar casi todo el repertorio. Kristian solía hacerlo cuando les llegaba un nuevo miembro, solo para mostrarle lo bueno que era. Normalmente ensayaban en sus propios locales de la calle Geitemyrsveien, pero estaban cerrados por vacaciones, así que les habían prestado la casa de la congregación en Gamle Aker, en la calle

Akersbakken. A pesar de que era pasada la medianoche, se habían quedado fuera como solían. Las voces zumbaban como un enjambre de insectos y aquella noche había una tensión diferente. Sería el calor. O que los miembros que estaban casados o prometidos estaban de vacaciones y no tenían que soportar sus miradas indulgentes pero con un punto de advertencia cuando pensaban que los jóvenes se excedían en sus flirteos. Marit no estaba atenta, respondía cualquier cosa cuando sus amigas le preguntaban, y miraba a Roy de reojo. Le hubiese gustado saber dónde tenía ese gran tatuaje nazi.

Una de las amigas le dio un codazo y señaló con la cabeza a un hombre que subía por la calle Akersbakken.

–Mirad, está borracho –susurró una de las chicas.

–Pobre hombre –dijo otra.

–Almas perdidas como esa es lo que quiere Jesús.

Fue Sofie quien se dejó caer con aquello. Como siempre, ella era la que solía decir esas cosas.

Las otras asintieron con la cabeza, Marit también. De repente tuvo una idea. Ya estaba. Ahí tenía la ocasión. Se salió sin dudar del círculo de amigas y se colocó en medio de la calle delante del hombre.

Este se paró y se quedó mirándola. Era más alto de lo que había pensado.

–¿Conoces a Jesús? –preguntó Marit con una sonrisa y en voz alta y clara.

El hombre tenía la cara roja y le costaba fijar la mirada.

A espaldas de Marit, la conversación había cesado y, con el rabillo del ojo, vio que Roy y las chicas que estaban en la escalinata se habían vuelto a mirarlos.

–No, lo siento –balbuceó el hombre–. Aunque tú tampoco. Pero igual conoces a Roy Kvinsvik, ¿no?

Marit sintió que se sonrojaba de golpe y la turbación le impidió pronunciar la siguiente frase que tenía preparada: «¿Sabes que él está deseando conocerte?».

–¿Qué me dices? –insistió el hombre–. ¿Está aquí?

Le miró la cabeza, el pelo corto y las botas. De repente, sintió miedo. ¿Sería aquel hombre un neonazi, alguien del antiguo círculo de amistades de Roy? ¿Alguien deseoso de vengar la traición o de convencerlo para que volviera con ellos?

—Yo…

Pero el hombre ya la había dejado atrás.

Marit se dio la vuelta justo a tiempo de ver cómo Roy desaparecía a toda prisa hacia el interior de la casa de la congregación y cerraba la puerta.

El borracho se alejó caminando a grandes zancadas sobre la gravilla crujiente y su torso vencido parecía inclinarse como un mástil que cede a un golpe de viento. Delante de la escalinata, el hombre se cayó de bruces.

—Dios mío… —susurró una de las chicas.

El hombre volvió a ponerse en pie.

Marit vio que Kristian se hacía a un lado cuando el hombre comenzó a subir por la escalera. En el último peldaño, empezó a tambalearse. Parecía que iba a caerse hacia atrás, pero consiguió controlar el centro de gravedad. Y agarró el picaporte.

Marit se llevó la mano a la boca.

El hombre tiró. Por suerte, Roy había cerrado con llave.

—¡Mierda! —gritó el hombre con la voz turbia por el alcohol.

Se balanceó hacia atrás, luego hacia delante. Se oyó un suave tintineo: el hombre había roto el ojo de buey con la frente y los fragmentos cayeron al suelo.

—¡Para! —gritó Kristian—. No puedes…

El hombre se dio la vuelta y lo miró. Tenía clavado en la frente un fragmento de cristal y el pequeño riachuelo de sangre se bifurcó al llegar a la nariz.

Kristian no dijo una palabra.

El hombre abrió la boca y empezó a aullar en un tono frío, como una hoja de acero. Se volvió otra vez hacia la puerta blanca y sólida y, con una fiereza que Marit no había visto jamás, empezó a aporrearla con los puños. Aullaba como un lobo y golpeaba una y otra vez. Carne contra madera, como golpes de hacha en el silencio matinal de un bosque. El hombre empezó a golpear la estrella de hierro forjado que había en el centro del ojo de buey. A Marit le pareció oír el sonido de la piel al rasgarse cuando los borbotones de sangre empezaron a teñir la puerta blanca.

—¡Haz algo! —gritaron.

Marit vio que Kristian sacaba el móvil.

La estrella de hierro se soltó y, de repente, el hombre cayó de rodillas.

Marit se acercó. Los otros se alejaron, pero ella no podía evitar acercarse. El corazón le latía desbocado en el pecho. Delante de la escalera notó en el hombro la mano de Kristian y se detuvo. Podía oír jadear al hombre allí arriba, como un pez moribundo ahogándose en tierra. Se diría que estaba llorando.

Un cuarto de hora más tarde, cuando el coche de la policía vino a buscarlo, el hombre estaba hecho un ovillo en lo alto de la escalera. Lo pusieron de pie y él se dejó guiar al interior del coche sin oponer resistencia. Una de las policías preguntó si alguien quería denunciar algo. Pero ellos negaron con la cabeza, demasiado asustados como para pensar en la ventana rota.

El coche se alejó. No quedó más que la calurosa noche estival y Marit pensó que era como si aquello nunca hubiera sucedido. Apenas se dio cuenta cuando Roy salió pálido y miserable y desapareció. Ni de que Kristian la había rodeado con el brazo. Miró fijamente la estrella rota de la ventana. Estaba torcida hacia dentro de tal forma que dos de las cinco puntas señalaban hacia arriba y otra hacia abajo. Había visto antes aquel símbolo en un libro. Y, a pesar del calor, se abrigó con la chaqueta.

Era más de medianoche y la luna se reflejaba en las ventanas de la comisaría. Bjarne Møller cruzó el aparcamiento desierto y entró en la zona de los calabozos. Una vez dentro, miró a su alrededor. Los tres mostradores de recepción estaban vacíos, pero había dos policías viendo la televisión en el cuarto de guardia. Como admirador de Charles Bronson de toda la vida, Møller reconoció la película, *El justiciero de la ciudad*. Y también reconoció a Groth, el mayor de los policías, apodado «Gråten»* por la cicatriz de color vino que le recorría la mejilla desde el ojo izquierdo. Hasta donde le alcanzaba la memoria, Groth siempre había trabajado en los calabozos y todo el mundo sabía que, en la práctica, él era quien llevaba el negocio.

—¿Hola? —gritó Møller.

Sin apartar la vista de la pantalla, Groth señaló con el pulgar al policía más joven, que se giró en la silla con desgana.

Møller les mostró su tarjeta de identificación, algo que, obviamente, estaba de más, ya que lo habían reconocido.

—¿Dónde está Hole? —gritó.

—¿El idiota? —resopló Groth al tiempo que Charles Bronson levantaba la pistola dispuesto a ejecutar su venganza.

—En el calabozo cinco, creo —dijo el policía más joven—. Pregunta a los abogados de oficio que están ahí dentro. Si es que queda alguno.

—Gracias —dijo Møller, y entró por la puerta que daba a los calabozos.

Había alrededor de cien celdas y la ocupación dependía de la temporada. Definitivamente, era temporada baja. Møller pasó de visitar el cuarto de guardia de los abogados de oficio y echó a andar por los pasillos entre las celdas. Oía resonar el eco de sus pasos. Nunca le había gustado la zona de los calabozos. Primero, por el absurdo hecho de que hubiese allí encerrados seres humanos. Segundo, por el ambiente de cloaca y de vidas truncadas. Y tercero, por todas las cosas que él sabía que habían pasado allí. Como, por ejemplo, el detenido que había denunciado a Groth por haberle enchufado la manguera. Asuntos Internos rechazó la denuncia en cuanto desenrollaron la manguera y comprobaron que solo llegaba a medio camino de la celda donde supuestamente había tenido lugar el lavado. Probablemente, los de Asuntos Internos eran los

---

* «El llanto.» El apellido del personaje, Groth, tiene cierta similitud fónica con el sustantivo «llanto» en su forma indefinida (*gråt*). (*N. de las T.*)

únicos de la comisaría que ignoraban que, cuando Groth comprendió que iba a haber problemas, cortó un trozo de la manguera.

Igual que los demás calabozos, el número cinco no tenía cerradura, sino un artilugio sencillo que solo permitía abrir desde fuera. Harry estaba sentado en medio de la habitación con la cabeza entre las manos. Lo primero en que se fijó Møller fue en la venda totalmente empapada de sangre que llevaba en la mano derecha. Harry levantó la cabeza despacio y lo miró. Llevaba una tirita en la frente y tenía los ojos hinchados. Como si hubiera estado llorando. Olía a vómito.

—¿Por qué no estás tumbado en la litera? —preguntó Møller.

—No quiero dormir —susurró Harry con una voz irreconocible—. No quiero soñar.

Møller hizo una mueca para disimular que estaba conmovido. Había visto a Harry caer bajo en otras ocasiones, pero no de aquella manera, no tan bajo. Nunca literalmente destrozado.

Carraspeó.

—Venga, nos vamos.

Groth «Gråten» y el policía joven no se dignaron mirarlos cuando pasaron por delante del cuarto de guardia, pero Møller se percató de que Groth meneaba la cabeza con expresión elocuente. Harry vomitó en el aparcamiento. Se quedó encorvado escupiendo y maldiciendo mientras Møller le daba un cigarrillo encendido.

—No te han registrado —dijo Møller—. No se hará oficial. Será extraoficial.

Harry sufrió un ataque de tos a causa de la risa.

—Gracias, jefe. Es bueno saber que van a despedirme con una hoja de servicios más limpia de lo que cabía esperar.

—No lo digo por eso. Es que, de lo contrario, tendría que suspenderte con efecto inmediato.

—¿Y qué?

—Voy a necesitar a un investigador como tú los próximos días. Es decir, el investigador que eres cuando no estás bebido. De modo que la cuestión es si puedes mantenerte sobrio.

Harry se irguió y exhaló el humo con fuerza.

—Sabes muy bien que puedo, jefe. La cuestión es si quiero.

—No lo sé. ¿Quieres, Harry?

—Uno debe tener una razón, jefe.

—Sí, supongo que sí.

Møller miró reflexivo a su comisario.

Pensó que estaban solos a la pálida luz de la luna, y a la de una farola plagada de insectos muertos, en medio de un aparcamiento de Oslo en una noche de verano. Pensó en todo lo que habían pasado juntos. En todo lo que habían conseguido y en lo que no. Y, a pesar de todo, después de tantos años, ¿iban a separarse sus caminos allí, de aquella forma tan trivial?

—Desde que te conozco, solo ha habido una cosa que te haya mantenido de pie —dijo Møller—. Tu trabajo.

Harry no contestó.

—Y ahora resulta que tengo una misión para ti. Si la quieres.

—¿Y cuál es?

—Hoy he recibido un sobre acolchado que contenía esto. Llevo intentando dar contigo desde que lo abrí.

Møller abrió el puño y estudió la reacción de Harry. La luna y la farola iluminaban la palma de su mano, que sostenía una de las bolsas de plástico transparente de la policía científica.

—Vaya —dijo Harry—. ¿Y el resto del cuerpo?

La bolsa contenía un dedo fino con la uña pintada de esmalte rojo. El dedo lucía un anillo. Y el anillo, una piedra preciosa en forma de estrella de cinco puntas.

—Esto es lo que tenemos —dijo Møller—. Un dedo corazón de la mano izquierda.

—¿Han podido identificarlo?

Bjarne Møller asintió.

—¿Tan rápido?

Møller se apretó la mano contra el estómago mientras volvía a asentir.

—Ya —dijo Harry—. Lisbeth Barli.

TERCERA PARTE

13

Lunes. Contacto

Sales en la tele, mi amor. Hay una pared con tu imagen, estás clonada en doce ediciones que se mueven sincronizadamente, duplicados en variaciones de color y de contrastes apenas perceptibles. Estás desfilando por una pasarela en París, te detienes, sacas la cadera y me miras con esa mirada fría llena de odio que os enseñan y me das la espalda. Funciona. El rechazo funciona siempre, tú lo sabes, mi amor.

El reportaje se acaba y me miras con doce miradas severas mientras lees doce noticias iguales, y yo leo veinticuatro labios rojos, pero tú estás muda y por eso te quiero, por tu mudez.

Luego vienen imágenes de inundaciones en algún lugar de Europa. Mira, mi amor, vamos vadeando las calles. Paso el dedo por la pantalla de un televisor apagado y dibujo tu signo astral. A pesar de que el aparato está muerto, puedo sentir la tensión entre la pantalla polvorienta y mi dedo. Electricidad. Vida encapsulada. Y es el contacto con mi dedo lo que le infunde vida.

La punta de la estrella alcanza la acera justo delante del edificio de ladrillo rojo que hay al otro lado del cruce, mi amor. Puedo estudiarlo por entre los televisores de la tienda. Es uno de los cruces con más tráfico de la ciudad y normalmente hay largas filas de vehículos ahí fuera, pero solo hay coches en dos de las cinco calles que irradia el oscuro corazón de asfalto. Cinco calles, mi amor. Te has pasado el día esperándome en la cama. Solo tengo que hacer esto y enseguida voy. Si quieres, puedo ir a buscar la carta que hay detrás del ladrillo y susurrarte las palabras. Ya me las sé de memoria. ¡Mi amor! Estás siempre en mis pensamientos. Aún siento tus labios en los míos, tu piel en la mía.

Abro la puerta de la tienda para salir. El sol inunda el espacio. Sol. Inundaciones. Pronto estaré contigo.

El día empezó mal para Møller.

La noche anterior había recogido a Harry en el calabozo y, cuando se despertó aquella mañana, tenía el estómago duro e hinchado como una pelota de playa y le dolía muchísimo.

Pero su día iría a peor.

A las nueve de la mañana, la cosa no tenía tan mala pinta cuando Harry, aparentemente sobrio, entró por la puerta de la sala de reuniones de la sección de Delitos Violentos, en el sexto piso. Sentados a la mesa estaban Tom Waaler, Beate Lønn y cuatro de los investigadores operativos de la unidad, así como dos colaboradores especializados a los que habían ordenado que interrumpieran sus vacaciones y que habían regresado la noche anterior.

—Buenos días a todos —comenzó Møller—. Supongo que ya sabéis lo que se nos ha venido encima. Dos casos, posiblemente dos asesinatos, que apuntan a que se trata del mismo autor. Es decir, se parece mucho a esas pesadillas que se tienen de vez en cuando.

Møller colocó la primera transparencia en el proyector.

—Lo que vemos a la izquierda es la mano de Camilla Loen con el dedo índice izquierdo seccionado. A la derecha vemos el dedo corazón izquierdo de Lisbeth Barli. Me lo enviaron por correo. Todavía no tenemos el cadáver, pero Beate ha identificado el dedo cotejando la huella dactilar con las que había sacado del apartamento de Barli. Buena intuición y buen trabajo, Beate.

Beate se sonrojó mientras tamborileaba con el lápiz sobre el bloc, en un intento por parecer indiferente.

Møller cambió la transparencia.

–Bajo el párpado de Camilla Loen hallamos esta piedra, un diamante rojo en forma de estrella de cinco puntas. En el dedo de Lisbeth Barli encontramos el anillo que veis a la derecha. Como podéis observar, el diamante en estrella del anillo tiene un rojo algo más claro, pero la forma es idéntica.

–Hemos tratado de averiguar de dónde procede la primera estrella de diamante –explicó Waaler–. No ha habido suerte. Mandamos fotos a dos de las empresas más importantes de talla de diamantes de Amberes, pero dicen que lo más probable es que este tipo de talla se haya realizado en otro lugar de Europa. Sugirieron Rusia o el sur de Alemania.

–Pero dimos con una experta en diamantes en De Beers, el comprador de diamantes en bruto más importante del mundo, sin duda –apuntó Beate–. Según ella, se pueden utilizar unas técnicas llamadas espectrometría y microtomografía para saber exactamente de dónde procede un diamante. Esta noche llega de Londres en avión para ayudarnos.

Magnus Skarre, uno de los investigadores más jóvenes, bastante nuevo en Delitos Violentos, levantó la mano.

–Volviendo a lo que dijiste al principio, Møller. No entiendo por qué esto habría de ser una pesadilla, si estamos ante un doble asesinato. Eso quiere decir que buscamos a un solo autor, no a dos, así que todos los presentes podemos trabajar con el mismo enfoque. En mi opinión es al contrario…

Magnus Skarre oyó un discreto carraspeo y notó que la atención de la gente se centraba en el fondo de la sala, donde estaba sentado Harry Hole, que hasta el momento había guardado silencio.

–¿Cómo te llamabas? –preguntó Harry.

–Magnus.

–Apellido.

–Skarre –respondió el joven con impaciencia–. Seguro que te acuerdas de…

–No, Skarre, no me acuerdo. Pero tú debes intentar recordar lo que voy a decirte. Cuando un investigador se enfrenta a un caso de asesinato premeditado y, como el que nos ocupa, a todas luces planeado, sabe que el asesino cuenta con muchas ventajas. Puede haber eliminado rastros técnicos, haberse agenciado una supuesta coartada para el momento del asesinato, haberse deshecho del arma homicida... entre otras cosas. Pero hay algo que el asesino casi nunca logra esconderle al investigador. ¿El qué?

Magnus Skarre parpadeó un par de veces.

–El móvil –sentenció Harry–. Lo primero que se aprende, ¿verdad? El móvil, por ahí empezamos nuestra investigación operativa. Es tan fundamental que de vez en cuando se nos olvida. Hasta que aparece el asesino protagonista de la peor pesadilla del investigador. O de sus sueños húmedos, según cómo tenga amueblada la cabeza. Es cuando aparece el asesino que no tiene un móvil. O, mejor dicho, que no tiene un móvil identificable o comprensible.

–Ya, pero te estás poniendo en lo peor, ¿verdad, Hole? –Skarre miró a los demás–. Aún no sabemos si hay un móvil tras estos asesinatos.

Tom Waaler carraspeó.

Møller vio que los músculos de la mandíbula de Harry se tensaban.

–Tiene razón –dijo Waaler.

–Por supuesto que tengo razón –intervino Skarre–. Es obvio que...

–Cállate, Skarre –ordenó Møller–. Es el comisario Hole quien tiene razón. Llevamos cinco y diez días, respectivamente, trabajando en estos dos casos, sin que haya aparecido ni una sola conexión entre las víctimas. Hasta ahora. Y cuando la única conexión entre las víctimas es la manera en que fueron asesinadas, procedimientos rituales y lo que parecen mensajes codificados, se empieza a pensar en una palabra que propongo que nadie pronuncie en voz alta todavía, pero que todos debemos tener en mente. También propongo que, a partir de ahora, Skarre y todos los demás novatos de la Escuela cierren la boca y abran los oídos cuando hable Hole.

Se hizo un denso silencio.

Møller vio que Harry clavaba la vista en Waaler.

—Resumiendo —continuó Møller—. Intentaremos mantener en la cabeza y simultáneamente dos visiones del asunto. Por un lado, trabajaremos de forma sistemática, como si se tratase de dos asesinatos corrientes. Por el otro, nos imaginaremos la peor de las situaciones posibles. Nadie más que yo hablará con la prensa. La próxima reunión será a las cinco. Andando.

El hombre que estaba bajo el foco vestía un elegante traje de tweed, usaba una pipa curva y se balanceaba sobre los talones mientras medía con la mirada a la andrajosa mujer que tenía delante. La miró de pies a cabeza con una expresión de indulgencia.

—¿Y cuánto había pensado usted pagarme por las clases?

La mujer se puso en jarras y echó la cabeza hacia atrás con desparpajo.

—Ni se le ocurra intentar engañarme, yo sé lo que se cobra. Tengo una amiga que paga dieciocho peniques por una clase de francés con un francés de verdad. Y usted no puede cobrar tanto por enseñarme mi lengua materna, así que le doy un chelín por su trabajo. Al contado.

Willy Barli estaba sentado en la fila doce y dejaba que las lágrimas fluyesen libremente en la oscuridad. Notaba cómo descendían por el cuello para luego adentrarse por la camisa de seda de Tailandia antes de cruzarle el pecho. Y notó que la sal le escocía en los pezones antes de que las lágrimas continuasen su descenso hacia el estómago.

No podía parar.

Se tapó la boca con la mano para no distraer con sus sollozos a los actores ni al director, que estaba en la quinta fila.

De pronto, sintió el peso de una mano sobre su hombro y se sobresaltó. Se dio la vuelta y vio a un hombre alto que se encorvaba sobre él. Se puso rígido y tenso en la silla, como presa de un presentimiento.

—¿Sí? —susurró lloroso.

—Soy yo —susurró el hombre—. Harry Hole. De la policía.

Willy Barli retiró la mano de la boca y lo observó con más detenimiento.

—Ya lo veo —dijo con voz de alivio—. Lo siento, Hole, está tan oscuro y creía que...

El agente se sentó en el asiento contiguo al de Willy.

—¿Qué creías?

—Como vas vestido de negro... —Willy calló y se sonó la nariz con el pañuelo—, creí que eras un cura. Un pastor que me traía... malas noticias. ¡Qué necio!, ¿verdad?

Hole no respondió.

—Me has pillado algo sensiblero, Hole. Hoy es el primer ensayo general. Mírala.

—¿A quién?

—A Eliza Doolittle. Allí arriba. Por un momento, al verla sobre el escenario, pensé que era Lisbeth y que su partida había sido un sueño y nada más. —Willy tomó aire temblando—. Pero entonces empezó a hablar y mi Lisbeth se esfumó.

Willy se dio cuenta de que el policía miraba asombrado hacia el escenario.

—Un parecido espectacular, ¿verdad? Por eso la traje. Este iba a ser el musical de Lisbeth.

—¿Es...? —comenzó Harry.

—Sí, es su hermana.

—¿Tóya? Quiero decir, Toyá.

—Hemos conseguido mantenerlo en secreto hasta ahora. La conferencia de prensa tendrá lugar hoy, más tarde.

—Bueno, eso le dará algo de publicidad.

Toya se giró maldiciendo, pues acababa de tropezar. Su interlocutor en el escenario se encogió de hombros y miró al director. Willy suspiró.

—La publicidad no lo es todo. Como ves, hay bastante trabajo por hacer. Tiene cierto talento innato, pero actuar en el Teatro

Nacional no tiene nada que ver con cantar canciones de vaqueros en la Casa del Pueblo de Selbu. Tardé dos años en enseñar a Lisbeth a comportarse sobre un escenario, pero con ella solo disponemos de dos semanas.

—Si molesto, puedo ser breve, Barli.

—¿Ser breve?

Willy intentaba descifrar la expresión de Harry en la oscuridad. El miedo volvió a apoderarse de él y, cuando Harry abrió la boca, Barli lo interrumpió.

—No molestas en absoluto, Hole. Yo solo soy el productor. Ya sabes, uno de esos que ponen las cosas en marcha. A partir de ahora se harán cargo los demás.

Hizo un movimiento circular con la mano y señaló el escenario justo cuando el hombre vestido de tweed gritaba:

—¡Voy a convertir a esta andrajosa en una duquesa!

—El director, el escenógrafo, los actores… —explicó Barli—. Desde mañana, yo solo soy un espectador en esta… —siguió haciendo el mismo movimiento hasta que encontró la palabra— comedia.

—Bueno, siempre que uno sepa para qué tiene talento…

Willy rió de buena gana, pero se detuvo cuando vio que la silueta de la cabeza del director se giró de pronto hacia ellos. Se inclinó para acercarse al policía y susurró:

—Tienes razón. Yo fui bailarín durante veinte años. Y si quieres que te diga la verdad, un bailarín bastante malo. Pero el ballet de la ópera siempre necesita desesperadamente bailarines masculinos, así que el listón no está tan alto. De todas formas, nos retiramos al cumplir los cuarenta, y yo tenía que encontrar otra cosa a la que dedicarme. Entonces comprendí que mi verdadero talento consistía en hacer bailar a los demás. La puesta en escena, Hole. Eso es lo único que sé hacer. Pero ¿sabes qué? Después de un éxito, por insignificante que sea, nos volvemos patéticos. Si, por casualidad, las cosas nos van bien en un par de montajes, creemos que somos dioses capaces de controlar todas las variables, que forjamos nuestra propia suerte en todos los aspectos. Y entonces te ocurre algo así... y te das cuenta de lo desvalido que estás. Yo... —Willy se calló de repente—. Te aburro, ¿no?

El otro negó con la cabeza y carraspeó.

—Se trata de tu mujer.

Willy cerró fuertemente los ojos, como cuando se espera un sonido estridente y desagradable.

—Hemos recibido una carta. Con un dedo seccionado. Siento tener que comunicarte que es suyo.

Willy tragó saliva. Siempre se había considerado un hombre bueno y cariñoso, pero ahora se percató de que el nudo que le había oprimido el corazón desde aquel día empezaba a crecer de nuevo, como un tumor que lo estaba volviendo loco. Y se percató de que tenía color. De que el odio es amarillo.

—¿Sabes qué, Hole? Casi es un alivio. Lo he sabido todo este tiempo. Sabía que iba a hacerle daño.

—¿A hacerle daño?

Willy notó sorpresa en la voz del policía.

—¿Puedes prometerme una cosa, Harry?

Harry asintió con la cabeza.

—Encuéntrala. Encuéntrala, Harry, y castígalo. Castígalo... duramente. ¿Me lo prometes?

A Willy le pareció ver que Harry asentía en la oscuridad. Pero no estaba seguro. Las lágrimas lo distorsionaban todo.

El policía desapareció y Willy respiró hondo y trató de concentrarse de nuevo en la escena.

—¡Haré que te atrape la policía! —gritó Toya en el escenario.

Harry se encontraba en el despacho, mirando la superficie de la mesa. Se sentía tan cansado que se preguntaba si podría aguantar mucho más.

Las aventuras del día anterior, la visita al calabozo y otra noche de pesadillas habían causado estragos en su persona. Sin embargo, el encuentro con Willy Barli terminó por agotarlo del todo. Verse allí sentado prometiéndole que iban a atrapar al autor del crimen y, sobre todo, haber callado cuando Barli dijo aquello de que a su mujer le habían «hecho daño». Porque, en efecto, si alguna certeza tenía Harry, era la de que Lisbeth Barli estaba muerta.

Harry llevaba desde que se despertó por la mañana con ganas de tomar alcohol. Primero, como una exigencia instintiva del cuerpo, luego bajo la forma de una suerte de temor, de pánico, porque se había negado la medicina al no llevarse la petaca ni dinero. Y ahora, las ganas de beber habían alcanzado la fase del puro dolor físico, de un miedo blanco a ser desgarrado en mil pedazos. El enemigo tiraba de las cadenas allá abajo, los perros intentaban morderle desde el abismo del estómago, desde algún lugar debajo del corazón. Dios mío, cómo los odiaba. Los odiaba tanto como ellos lo odiaban a él.

Harry se levantó bruscamente. El lunes había dejado media botella de Bell's en el archivador. ¿Se acababa de acordar en ese preciso momento o lo había sabido todo el tiempo? Harry estaba acostumbrado a que Harry engañase a Harry, tenía mil tretas a las que recurrir. Estaba a punto de abrir el cajón, cuando se detuvo. Su ojo había apreciado un movimiento. Ellen le sonreía desde la foto. ¿Estaba a punto de volverse loco o acababa de verla mover la boca?

—¿Qué estás mirando, bicho? —masculló justo antes de que la foto se estrellase contra el suelo.

El cristal se hizo añicos. Harry miró fijamente a Ellen, que seguía sonriéndole desde el marco roto. Harry se sujetó la mano derecha. Bajo la venda latía el dolor.

Y hasta que no se dio la vuelta para abrir el cajón no advirtió la presencia de las dos personas que lo miraban desde el umbral. Comprendió que debían de llevar allí un rato y que fue su reflejo en el cristal lo que antes vio moverse en el retrato de Ellen.

—Hola —saludó Oleg, observando a Harry entre sorprendido y asustado.

Harry tragó saliva. Su mano soltó el cajón.

—Hola, Oleg.

Oleg llevaba zapatillas de deporte, unos pantalones azules y la camiseta amarilla de la selección nacional de fútbol de Brasil. Harry sabía que en la espalda lucía el número nueve debajo del nombre de Ronaldo. Fue él quien le compró la camiseta en una gasolinera, un domingo en que Rakel, Oleg y él fueron a esquiar a Norefjell.

—Me lo he encontrado abajo —explicó Tom Waaler.

Tenía la mano en la cabeza de Oleg.

—Estaba preguntando por ti en recepción, así que lo he traído. O sea que juegas al fútbol, ¿no, Oleg?

Oleg no contestó, solo miraba a Harry con aquella mirada suya oscura como la de su madre, una mirada tan dulce unas veces, tan despiadadamente dura otras. En aquellos momentos, Harry no lograba interpretarla. Pero era oscura.

—De delantero, ¿verdad? —insistió Waaler alborotándole el pelo con una sonrisa.

Harry miró los dedos fuertes y nervudos de su colega y el pelo oscuro de Oleg en contraste con el dorso bronceado de su mano. El pelo se le levantaba por sí solo. Sintió que las piernas estaban a punto de fallarle.

—No —dijo Oleg aún sin apartar la vista de Harry—. Soy defensa.

—Oye, Oleg —dijo Waaler mirando a Harry inquisitivo—. Parece que Harry está luchando con un adversario imaginario. Yo también lo hago cuando algo me irrita. ¿Por qué no subimos tú y yo a ver la vista desde la azotea y así Harry podrá recoger esto un poco?

—Me quedo aquí —dijo Oleg con voz inexpresiva.

Harry asintió con la cabeza.

—Vale. Me alegro de verte, Oleg.

Waaler le dio al chico una palmadita en el hombro y desapareció.

Oleg se quedó en el umbral.

—¿Cómo has llegado hasta aquí? —preguntó Harry.

—En metro.

—¿Tú solo?

Oleg asintió con la cabeza.

—¿Sabe Rakel que estás aquí?

Oleg negó en silencio.

—¿No vas a entrar? —Harry tenía la garganta seca.

—Quiero que vengas a casa —dijo Oleg.

Transcurrieron cuatro segundos desde que Harry llamó al timbre hasta que Rakel abrió la puerta de golpe. Tenía la mirada sombría y la voz alterada.

—¡¿Dónde has estado?!

Harry pensó por un instante que la pregunta iba dirigida a los dos, pero la mirada de Rakel pasó de largo ante él y se fijó solo en Oleg.

—No tenía con quien jugar —se excusó Oleg con la cabeza gacha—. Cogí el metro hasta el centro.

—¿El metro? ¿Tú solo? Pero ¿cómo...?

Y se le quebró la voz.

—Me colé sin pagar —explicó Oleg—. Mamá, creí que te alegrarías. Como decías que tú también quieres que...

Abrazó a Oleg bruscamente.

—¿Tienes idea de lo preocupada que me has tenido, hijo?

Rakel miraba a Harry mientras abrazaba a Oleg.

Rakel y Harry estaban junto a la valla del fondo del jardín contemplando la ciudad y el fiordo que se extendían debajo. Guardaban silencio. Los veleros se recortaban como pequeños triángulos blancos sobre el mar azul. Harry se volvió y miró la casa. Revoloteando entre los manzanos, ante las ventanas abiertas, alborotaban las mariposas que habían despegado del césped. Era una gran casa de vigas negras. Una casa construida para el invierno, no para el verano.

Harry la miró. Iba descalza y llevaba una fina rebeca roja de algodón encima del vestido azul claro. El sol brillaba en las pequeñas gotas de sudor que se habían formado en su piel desnuda, debajo de la cruz que había heredado de su madre. Harry pensó que lo sabía todo sobre ella. El olor de la chaqueta de algodón. El arqueo de la espalda bajo el vestido. El sabor de su piel cuando estaba sudorosa y salada. Lo que deseaba en la vida. Por qué no decía nada.

Tanto saber inútil.

–¿Qué tal va todo? –preguntó.

–Bien –dijo ella–. He conseguido alquilar una cabaña. No nos la entregan hasta agosto. Llamé demasiado tarde.

Lo dijo con un tono de voz neutro, la acusación apenas se percibía.

–¿Te has hecho daño en la mano?

–Solo un rasguño –dijo Harry.

El viento le había desprendido un mechón de pelo que le tapó la cara. Harry resistió la tentación de apartarlo.

–Ayer vino un tasador para ver la casa –dijo ella.

–¿Un tasador? No habrás pensado en venderla, ¿no?

–Es una casa demasiado grande para dos personas, Harry.

–Sí, pero tú le tienes mucho cariño. Has crecido aquí, igual que Oleg.

–No tienes que recordármelo. El caso es que la reforma que me hicieron este invierno costó casi el doble de lo que había pensado. Y hay que renovar el tejado. Es una casa vieja.

–Ya.

Rakel suspiró.

–¿Qué pasa, Harry?

–¿No podrías al menos mirarme cuando me hablas?

–No. –No sonó ni enfadada ni indignada.

–¿Cambiaría algo las cosas si lo dejo?

–No eres capaz de dejarlo, Harry.

–Me refiero a la policía.

—Lo he comprendido.

Harry daba patadas al césped.

—A lo mejor no tengo alternativa —continuó.

—¿No la tienes?

—No.

—Entonces ¿por qué expresas la pregunta de una forma hipotética?

Sopló un poco para apartarse el mechón de la cara.

—Podría encontrar un trabajo más tranquilo, estar más tiempo en casa. Ocuparme de Oleg. Podríamos...

—¡Déjalo, Harry!

Sonó como un estallido. Agachó la cabeza y cruzó los brazos como si, a pesar del calor, sintiese frío.

—La respuesta es no —susurró—. Eso no cambiaría nada. El problema no es tu trabajo, es... —Tomó aire, se dio la vuelta y lo miró directamente a los ojos—. Eres tú, Harry. Tú eres el problema.

Harry vio que se le llenaban los ojos de lágrimas.

—Ahora, vete —susurró.

Harry estaba a punto de decir algo, pero cambió de opinión y señaló con la cabeza las velas que surcaban el fiordo.

—Tienes razón —admitió—. Yo soy el problema. Voy a hablar un poco con Oleg y me largo.

Dio unos pasos, pero se detuvo y se volvió.

—No vendas la casa, Rakel. ¿Me oyes? No lo hagas. Ya inventaré algo.

Ella sonrió en medio del llanto.

—Eres un chico muy extraño —musitó alargando una mano, como si quisiera acariciarle la mejilla. Pero él estaba demasiado alejado y la dejó caer—. Cuídate, Harry.

Cuando Harry se marchó, sintió frío en la espalda. Eran las cinco menos cuarto. Tenía que darse prisa si quería llegar a tiempo a la reunión.

Estoy dentro del edificio. Huele a sótano. Estoy inmóvil, estudiando los nombres del tablón de anuncios que tengo delante. Oigo voces y pasos en la escalera, pero no tengo miedo. No lo pueden ver, pero soy invisible. ¿Te has dado cuenta? «No lo pueden ver, pero...» No es paradójico, mi amor, es solo que yo lo he formulado como si lo fuera. Todo se puede formular como una paradoja, no es difícil. Lo que pasa es que las paradojas de verdad no existen. Paradojas de verdad, je, je. ¿Ves lo fácil que es? Pero solo son palabras, la ambigüedad del idioma. Y, por lo que a mí respecta, se acabaron las palabras. Miro el reloj. Este es mi idioma. Es claro y sin paradojas. Y estoy listo.

14

Lunes. Barbara

Últimamente, Barbara Svendsen había empezado a pensar mucho en el tiempo. Y no porque hubiese sentido una inclinación notable por la filosofía. De hecho, la mayoría de las personas que la conocían habrían afirmado de ella todo lo contrario, seguramente. Lo que pasaba era que nunca había pensado en ese detalle, en que todo tenía su tiempo y que ese tiempo estaba a punto de agotarse. Que no haría carrera como supermodelo era algo que tenía asumido desde hacía años. Tendría que contentarse con el título de ex maniquí. Maniquí sonaba bien, a pesar de que venía del neerlandés y significaba «hombre pequeño». Petter se lo había explicado. Como le había contado la mayoría de las cosas que, en su opinión, ella debía saber. Él fue quien le proporcionó el trabajo en el bar Head On. Así como las pastillas que le daban fuerzas para ir directamente desde el trabajo a la Universidad de Blindern, adonde se suponía que acudía para estudiar y convertirse en socióloga. Pero ya se había agotado el tiempo de Petter, de las pastillas y de los sueños de socióloga, y un día se encontró sin Petter y sin título universitario. Solo tenía las deudas del préstamo de estudios y de las pastillas y un trabajo en el bar de copas más aburrido de Oslo. De modo que Barbara lo dejó todo, pidió un préstamo a sus padres y se fue a Lisboa para enderezar su vida y, quizá, aprender un poco de portugués.

Lisboa fue fantástica… un rato. Los días pasaron volando, pero eso a ella la traía sin cuidado. El tiempo no era algo que pasara, sino algo que venía. Hasta que se acabó el dinero, la fidelidad eterna de Marco y la juerga. Volvió a casa con varias experiencias nuevas, eso sí. Por ejemplo, había aprendido que el éxtasis portugués es más barato que el noruego, pero que te complica la vida de la misma forma, que el portugués es un idioma condenadamente difícil y que el tiempo es un recurso limitado y no renovable.

A continuación, y por orden cronológico, se había dejado mantener por Rolf, Ron y Roland. Sonaba más divertido de lo que en realidad fue. Con excepción de Roland. Roland era bueno, pero pasó el tiempo y Roland con él.

Y solo cuando volvió a instalarse en la casa de sus padres, el mundo dejó de dar vueltas y el tiempo se apaciguó. Dejó de salir de marcha, logró alejarse de las pastillas y empezó a pensar en la posibilidad de retomar los estudios. Mientras, trabajó para Manpower. Después de cuatro semanas como recepcionista temporal en el bufete de abogados Halle, Thune y Wetterlid, que se encontraba en la plaza Carl Berner y, en razón de su estatus, en el nivel más bajo, el de los abogados que se encargaban del cobro a morosos, le ofrecieron un puesto fijo.

De eso hacía ya cuatro años.

La razón por la que había aceptado el trabajo era principalmente que se había dado cuenta de que en la oficina de Halle, Thune y Wetterlid el tiempo pasaba más despacio que en ningún otro sitio de los que había estado. La lentitud comenzaba nada más entrar en el edificio de ladrillo rojo y pulsar el número cinco en el ascensor. Transcurría media eternidad hasta que se cerraban las puertas y ella subía hacia un cielo donde el tiempo pasaba aún más despacio. Desde su puesto detrás del mostrador, Barbara podía registrar el proceso del segundero en el reloj que colgaba encima de la puerta de entrada, el proceso por el que los segundos, los minutos y las horas se arrastraban de mala gana. Había días en que conseguía que el tiempo se detuviera casi del todo, solo era cuestión de concentración. Lo extraño era que el tiempo parecía pasar mucho más deprisa para la gente que la rodeaba. Como si existiesen en dimensiones de tiempo paralelas pero distintas. El teléfono que tenía delante llamaba sin cesar, la gente salía y entraba como en el cine mudo, pero sentía como si todo fuera ajeno a ella, como si fuese un robot con partes mecánicas que se movían a la misma velocidad que ellos, mientras su vida interior discurría a cámara lenta.

Como la semana anterior. Una agencia de cobros bastante importante había quebrado de repente y todos se apresuraron a llamar como locos. Wetterlid le dijo que era una oportunidad para los buitres, deseosos de hincarle el diente al bocado del mercado que quedaba libre, y una ocasión estupenda para subir a la división de élite. Hasta el punto de que hoy le había preguntado a Barbara si podía quedarse un poco más, ya que tenían reuniones concertadas con los clientes de la empresa y querían dar la impresión de que Halle, Thune y Wetterlid controlaban la situación, ¿verdad? Como de costumbre, Wetterlid le miraba los pechos mientras le hablaba y, como de costumbre, ella sonrió, juntando automáticamente los omoplatos tal y como Petter le había dicho que hiciese cuando trabajaba en Head On. Se había vuelto un acto reflejo. Todo el mundo enseña lo que puede. Por lo menos, eso era lo que Barbara Svendsen había aprendido. Por ejemplo, el mensajero que acababa de pasar. Apostaba a que no había nada notable que ver debajo del casco, las gafas y la protección de la boca; seguramente esa era la razón por la que no se lo quitaba. El joven le dijo que sabía en qué despacho debía entregar el paquete y se fue despacio por el pasillo con su pantalón corto y ajustado de ciclista para que ella pudiese ver sin obstáculos aquel trasero bien entrenado. O la señora de la limpieza, que estaba a punto de llegar. Al parecer era budista o hindú o como se llamara, y seguramente Alá le exigía que escondiera el cuerpo debajo de un montón de prendas de vestir que parecían sábanas. Pero tenía unos dientes muy bonitos, ¿y qué hacía ella? Exacto, se paseaba por las oficinas sonriendo como un cocodrilo colocado de éxtasis. Presumir. Presumir.

Barbara miró el segundero cuando se abrió la puerta.

El hombre que entró por ella era bastante pequeño y rechoncho. Respiraba con dificultad y tenía las gafas empañadas, así que Barbara supuso que había subido por las escaleras. Cuatro años atrás, cuando se incorporó a aquel trabajo, era incapaz de distinguir un traje de Dressmann de uno de Prada, pero con el tiempo había adquirido experiencia no solo en valorar trajes, sino también corbatas y, ante todo, lo más importante para decidir el nivel de atención que debía prestar al visitante, los zapatos.

No podía decirse que el recién llegado impresionara con su presencia mientras se limpiaba las gafas. En realidad, a Barbara le recordaba un poco al gordito de la serie *Seinfeld*, cuyo nombre ella ignoraba, puesto que, a decir verdad, no veía la serie. Pero a juzgar por la vestimenta, que era lo que debía hacer, el traje ligero de rayas finas, la corbata de seda y los zapatos hechos a mano presagiaban que Halle, Thune y Wetterlid no tardaría en tener un cliente interesante.

—Buenos días. ¿Puedo ayudarle en algo? —preguntó Barbara con su segunda mejor sonrisa, ya que reservaba la mejor de todas para el día en que el que entrase por la puerta fuera el hombre de su vida.

—Eso espero —respondió el hombre devolviéndole la sonrisa y sacando del bolsillo un pañuelo con el que se secó el sudor de la frente—. Estoy citado para una reunión, pero ¿sería tan amable de traerme antes un vaso de agua?

A Barbara le pareció advertir cierto acento extranjero, pero fue incapaz de situarlo. En cualquier caso, el modo educado pero imperioso de preguntar la reafirmó en su convicción de que se trataba de un pez gordo.

—Naturalmente —respondió ella—. Un momento.

Mientras iba por el pasillo recordó que, hacía unos días, Wetterlid había mencionado la posibilidad de premiar a todos los empleados con una gratificación si conseguían un buen resultado aquel año. En tal caso, quizá la empresa también tuviese dinero para instalar esos depósitos de agua potable que ella había visto en otras oficinas. Y en ese momento, de forma imprevista, ocurrió algo extraño. El tiempo se aceleró como por un empujón. Solo duró unos segundos y enseguida volvió otra vez a ser el mismo tiempo lento de siempre. Pero era como si, de una manera inexplicable, le hubiesen robado aquellos segundos.

Entró en el servicio de señoras y abrió el grifo de uno de los tres lavabos. Sacó un vaso de plástico del dispensador y aguardó con el dedo bajo el chorro de agua. Tibia. El hombre tendría que esperar un poco. Habían dicho por la radio que el agua de los lagos de Nordmarka rondaba los veintidós grados. Aun así, si la dejabas correr el tiempo suficiente, el agua potable del lago de Maridalen salía fresca y deliciosa. Sin dejar de observar el dedo, pensó en cuál sería la explicación. Si el agua estuviese lo bastante fría, el dedo se volvería blanco y casi insensible. El dedo anular izquierdo. ¿Cuándo le pondrían el anillo de compromiso? Notó una corriente de aire que desapareció enseguida y no tuvo ganas de volverse a mirar. El agua seguía tibia. Y el tiempo pasaba. Se derramaba, como el agua. Tonterías. Faltaban más de veinte meses para que cumpliera los treinta, tenía tiempo de sobra.

Un ruido le hizo levantar la cabeza. Vio en el espejo las puertas blancas. ¿Había entrado alguien sin que se diera cuenta?

Casi se sobresaltó cuando el agua empezó a salir helada de repente. Profundos abismos subterráneos. En efecto, por eso terminaba por salir tan fría. Puso el vaso bajo el chorro, que lo llenó rápidamente hasta el borde. Sintió un deseo apremiante de salir de allí. Se dio la vuelta y el vaso se le cayó al suelo.

—¿Te he asustado?

La voz denotaba una preocupación sincera.

—Perdón —dijo ella olvidándose de contraer los omoplatos—. Estoy un poco asustadiza hoy. —Se agachó para recoger el vaso y añadió—: Y tú estás en el servicio de señoras.

El vaso había rodado un poco pero finalmente se quedó de pie. Aún había algo de agua dentro y, cuando alargó la mano para cogerlo, Barbara vio su propia cara reflejada en la superficie blanca y circular. Al lado de su cara, en la periferia del pequeño espejo de agua, advirtió algo que se movía. Notó que el tiempo empezaba a discurrir muy lento de nuevo. Y tuvo tiempo de pensar que el tiempo estaba a punto de agotarse.

15

Lunes. *Vena amoris*

El viejo Ford Escort blanco de Harry se aproximó a la tienda de televisores. En las aceras de las inmediaciones de la plaza Carl Berner, donde reinaba la tranquilidad de la tarde, se veían como esparcidos al azar dos coches de policía y la maravilla deportiva de Tom Waaler.

Harry aparcó, sacó el cincel verde del bolsillo de la chaqueta y lo dejó en el asiento del copiloto. Como no había encontrado las llaves del coche en el apartamento, se había llevado un poco de alambre y el cincel. Había recorrido el vecindario hasta que encontró su querido coche en la calle Stensberggata. Con las llaves puestas. El cincel verde le vino que ni pintado para abrir en la puerta una ranura suficiente por la que introducir el alambre y levantar el cierre.

Harry cruzó en rojo. Caminaba despacio, el cuerpo no le permitía caminar más deprisa. Le dolían el estómago y la cabeza y la camisa sudada se le pegaba a la espalda. Eran las seis menos cinco y hasta ahora se había arreglado sin su medicina, pero no era capaz de prometerse nada.

En el directorio de la entrada, el bufete de Halle, Thune y Wetterlid figuraba bajo el letrero correspondiente al quinto piso. Harry suspiró. Miró el ascensor. Puertas automáticas. Ninguna cancela corredera.

El ascensor era de la marca KONE y, cuando se cerraron las relucientes puertas metálicas, tuvo la sensación de estar dentro de una lata de conservas. Intentó no oír los sonidos de la maquinaria del ascensor mientras subía. Cerró los ojos. Pero volvió a abrirlos enseguida cuando las imágenes de Søs se le vinieron a la memoria.

Un colega uniformado de Seguridad Ciudadana abrió la puerta de entrada a las oficinas.

—La encontrarás ahí dentro —dijo apuntando con el dedo hacia el pasillo que quedaba a la izquierda de la recepción.

—¿Dónde está la científica?

—En camino.

—Seguro que se ponen muy contentos si cierras el ascensor.

—Vale.

—¿Ha llegado alguno de los chicos de la judicial de guardia?

—Li y Hansen. Han reunido a los que todavía estaban en la oficina cuando la encontraron. Los están interrogando en una de las salas de reunión.

Harry se adentró por uno de los pasillos. Las alfombras estaban desgastadas y las reproducciones de artistas del romanticismo noruego que colgaban en las paredes, descoloridas. Aquella empresa había conocido tiempos mejores. O quizá no.

La puerta del servicio de señoras estaba entornada y las alfombras amortiguaban el sonido de los pasos de Harry lo bastante como para oír la voz de Tom Waaler a medida que se acercaba. Harry se detuvo justo delante. Waaler parecía estar hablando por el móvil.

—Si él es la fuente, es obvio que ya no nos tiene como intermediarios. Sí, pero déjamelo a mí.

Harry empujó la puerta y vio a Waaler, que estaba en cuclillas. Levantó la vista.

—Hola, Harry. Un segundo y termino.

Harry se quedó en el umbral absorbiendo la escena mientras oía el lejano chisporroteo de una voz en el teléfono de Waaler.

La habitación era sorprendentemente amplia, unos cuatro metros por otros cinco, y consistía en dos habitáculos blancos y tres lavabos del mismo color, debajo de un espejo alargado. La luz de los fluorescentes del techo imprimía un aspecto de dureza a los azulejos blancos de las paredes. La ausencia de color resultaba casi extraña. El entorno podía ser el responsable de que el cadáver pareciera una pequeña obra de arte, y una obra de arte cuidadosamente colocada. La mujer era delgada y parecía joven. Se hallaba de rodillas, con la cabeza apoyada en el suelo, como un musulmán orando, si no fuese porque los brazos habían quedado debajo del cuerpo. La falda se le había subido por encima de las bragas, un tanga de color crema. Un hilo de sangre discurría por la junta de los azulejos que había entre la cabeza de la mujer y el desagüe. Se diría que lo hubiesen pintado para conseguir el máximo efecto posible.

El peso del cuerpo se sostenía en cinco puntos: los dos empeines, las rodillas y la frente. El traje, la postura tan extraña y el trasero descubierto hicieron que Harry pensara en una secretaria que se había preparado para que la penetrase su jefe. Una vez más, un estereotipo. Por lo que él sabía, ella bien podía ser el jefe.

—Vale, pero no podemos discutir eso ahora —dijo Waaler—. Llámame esta noche.

El comisario guardó el teléfono en el bolsillo interior, pero se quedó en cuclillas. Harry observó entonces que la otra mano de Waaler reposaba en la blanca piel de la mujer, justo debajo del borde de las bragas. Posiblemente, con el fin de obtener un punto de apoyo.

—De aquí saldrán buenas fotos, ¿verdad? —dijo Waaler, como si le hubiera leído el pensamiento a Harry.

—¿Quién es?

—Barbara Svendsen, veintiocho años, de Bestum. Era recepcionista.

Harry se acuclilló al lado de Waaler.

—Como ves, le pegaron un tiro en la nuca —continuó Waaler—. Seguramente, con la pistola que está debajo de ese lavabo. Todavía huele a cordita.

Harry miró la pistola negra que estaba en el suelo, en una esquina. Sujeta al cañón, se veía una gran bola negra.

—Una Česká Zbrojovka —dijo Waaler—. Una pistola checa. Con silenciador hecho a medida.

Harry asintió con la cabeza. Quiso preguntar si era uno de los productos que Waaler importaba. Y si de eso iba la conversación telefónica que acababa de interrumpir.

—Una postura muy curiosa —dijo Harry.

—Sí, supongo que estaba en cuclillas o de rodillas, y luego se cayó hacia delante.

—¿Quién la encontró?

—Una de las abogadas. La central de operaciones recibió la llamada a las diecisiete horas once minutos.

—¿Testigos?

—Ninguna de las personas con las que hemos hablado hasta ahora ha visto nada. Ningún comportamiento extraño, ningún individuo sospechoso que haya salido o entrado en la última hora. Una persona ajena al bufete que había venido a una reunión asegura que Barbara dejó la recepción a las dieciséis cincuenta y cinco para traerle un vaso de agua y que nunca regresó.

—Ya. ¿Y por eso vino aquí?

—Probablemente. La cocina está algo apartada de la recepción.

—Pero ¿nadie más la vio en el trayecto desde la recepción hasta aquí?

—Las dos personas que tienen sus despachos entre la recepción y los servicios se habían ido a casa y las que quedaban se encontraban en sus despachos o en una de las salas de reunión.

—¿Qué hizo esa persona ajena al bufete al ver que ella no regresaba?

—Tenía una reunión a las cinco y, como la recepcionista no volvió, se impacientó y se fue andando por el pasillo hasta que encontró el despacho del abogado con quien tenía la cita.

—Así que conocía estas oficinas, ¿no?

—Pues no, dice que era la primera vez que venía.

—Ya. Y, que tú sepas, ¿es él la última persona que la vio con vida?

—Exacto.

Harry observó que Waaler no había retirado la mano.

—De modo que debió de suceder entre las dieciséis cincuenta y cinco y las diecisiete once.

—Sí, esa es la impresión que da al tocarla —dijo Waaler.

—¿Tienes que hacer eso? —preguntó Harry en voz baja.

—¿El qué?

—Tocarla.

—¿No te gusta?

Harry no contestó. Waaler se acercó más.

—¿Estás diciendo que nunca has tocado un cadáver, Harry?

Harry intentó escribir con el bolígrafo, pero no funcionaba. Waaler se rió.

—No tienes que contestar, te lo veo en la cara. No hay nada malo en ser curioso, Harry. Es una de las razones por las que nos hicimos policías, ¿no es así? La curiosidad y la tensión. De averiguar cómo se siente la piel cuando se acaban de morir, cuando no están ni del todo calientes ni del todo fríos.

—Yo…

Waaler le agarró la mano y a Harry se le cayó el bolígrafo.

—Toca.

Waaler apretó la mano de Harry contra el muslo de la muerta. Harry respiró fuertemente por la nariz. Su primer impulso fue retirarla, pero no lo hizo. La mano de Waaler que sujetaba la suya estaba caliente y seca, pero la piel de ella no parecía humana, era como tocar goma. Goma tibia.

—¿Lo notas? Eso sí que es tensión, Harry. Tú también te has vuelto adicto, ¿no es cierto? Pero ¿dónde la vas a encontrar cuando dejes este trabajo? ¿Harás como los demás desgraciados, alquilar vídeos o buscarla en el fondo de la botella? ¿O prefieres tenerla en la vida real? Toca aquí, Harry. Esto es lo que te ofrecemos. Una vida real. ¿Sí o no?

Harry se aclaró la garganta.

—Yo solo digo que la científica querrá obtener pistas antes de que toquemos nada.

Waaler se quedó mirando a Harry. Parpadeó alegremente y le soltó la mano.

—Tienes razón. He hecho mal. Un fallo mío.

Waaler se levantó y salió.

Los dolores abdominales estaban a punto de acabar con Harry, pero intentó respirar profundamente. Beate no le perdonaría que vomitara en su escena del crimen.

Apoyó la mejilla en los azulejos, que estaban frescos, y levantó la chaqueta de Barbara para ver qué había debajo. Entre las rodillas y el torso, que colgaba arqueado, vio un vaso de plástico blanco. Pero lo que le llamó la atención fue la mano.

—Mierda —susurró Harry—. Mierda.

A las seis y veinte, Beate entró deprisa en las oficinas de Halle, Thune y Wetterlid. Harry estaba sentado en el suelo apoyado en la pared fuera del servicio de señoras, bebiendo de un vaso de plástico blanco.

Beate se paró delante de él, dejó el maletín de metal en el suelo y se pasó el dorso de la mano por la frente húmeda y roja.

—*Sorry*. Estaba en la playa de Ingierstrand. Tuve que ir primero a casa a cambiarme y pasarme por la calle Kjølberggata para recoger el equipo. Y algún idiota había dado orden de cerrar el ascensor, así que tuve que subir por las escaleras hasta aquí.

—Ya. Supongo que esa persona lo haría para asegurar posibles huellas. ¿Y la prensa? ¿Se ha enterado ya?

—Hay gente que está por ahí descansando al sol. No disponen de mucho personal. Son vacaciones.

—Me temo que las vacaciones se han acabado.

Beate hizo una mueca.

—¿Quieres decir…?

—Ven.

Harry se acercó y se agachó.

—Si miras debajo verás la mano izquierda. Le han cortado el dedo anular.

Beate suspiró.

—Poca sangre —dijo Harry—. Así que tuvo que pasarle después de muerta. Y también tenemos esto.

Levantó el mechón que le caía sobre la oreja izquierda.

Beate arrugó la nariz.

—¿Un pendiente?

—En forma de corazón. Totalmente diferente del pendiente de plata que lleva en la otra oreja. Encontré el otro pendiente de plata en el suelo de uno de los aseos. Así que este se lo ha puesto el asesino. Lo bueno de este es que se puede abrir. Así. Un contenido poco usual, ¿verdad?

Beate asintió con la cabeza.

—Un diamante rojo de cinco puntas —dijo.

—Y entonces ¿qué tenemos?

Beate lo miró.

—¿Podemos decirlo ya en voz alta? —preguntó.

—¿Un asesino en serie?

Bjarne Møller lo susurró tan bajito que Harry automáticamente se pegó más el móvil a la oreja.

—Estamos en el lugar del crimen y es el mismo *modus operandi* —dijo Harry—. Mejor que empieces a anular las vacaciones, jefe. Vamos a necesitar a todo el mundo.

—¿Un imitador?

—Descartado. Solo nosotros sabíamos lo de la mutilación y los diamantes.

—Esto es extremadamente inoportuno, Harry.

—Los asesinatos en serie oportunos son muy raros, jefe.

Møller se quedó callado un rato.

—¿Harry?

—Aquí sigo, jefe.

—Voy a tener que pedirte que utilices tus últimas semanas para ayudar a Tom Waaler en este asunto. Tú eres el único de la sección de Delitos Violentos que tiene experiencia en asesinos en serie. Sé que vas a decir que no, pero te lo pido de todas formas. Solo para que podamos arrancar, Harry.

—De acuerdo, jefe.

—Esto es más importante que las diferencias entre tú y Tom... ¿Qué has dicho?

—He dicho que vale.

—¿Lo dices en serio?

—Sí. Pero debo irme. Vamos a quedarnos aquí un buen rato. Sería estupendo que pudieras convocar la primera reunión del grupo de investigación para mañana. Tom propone que sea a las ocho.

—¿Tom? —repitió Møller con voz de sorpresa.

—Tom Waaler.

—Ya sé quién es, pero nunca te he oído llamarlo por su nombre de pila.

—Los demás me están esperando, jefe.

—De acuerdo.

Harry se guardó el teléfono en el bolsillo, tiró el vaso de plástico a la papelera, se metió en uno de los cubículos del servicio de caballeros y se agarró a la taza mientras vomitaba.

Después se puso delante del lavabo con el grifo abierto y se miró la cara. Escuchó el susurro de voces del pasillo. El ayudante de Beate pedía a la gente que se mantuviera al otro lado de la cinta policial; Waaler dio orden de que emitieran un comunicado diciendo que se buscaba a personas que hubiesen estado cerca del edificio; Magnus Skarre le decía a gritos a un colega que quería una hamburguesa con queso sin patatas fritas.

Cuando el agua empezó a salir fría, Harry metió la cara debajo del grifo. Dejó que le cayera por las mejillas, que le entrara en los oídos, por el cuello, por dentro de la camisa, por los hombros y por los brazos. Bebió con avidez negándose a escuchar al enemigo. Y se fue otra vez a vomitar al aseo.

Fuera ya había anochecido y la plaza Carl Berner estaba desierta cuando Harry salió, encendió un cigarrillo y, con un gesto disuasorio de la mano, ahuyentó a uno de los buitres periodistas que se le acercaban. El hombre se detuvo. Harry lo reconoció. Gjendem, ¿no se llamaba así? Había hablado con él después del asunto de Sidney. Gjendem no era peor que los demás; algo mejor, incluso.

La tienda de televisores seguía abierta. Harry entró. No había nadie aparte de un hombre gordo con una camisa de franela sucia que leía una revista tras el mostrador. Un ventilador de mesa le estaba estropeando el peinado. Resopló cuando Harry le mostró la identificación y le preguntó si había visto a alguien dentro o fuera de la tienda cuyo aspecto le hubiese resultado extraño.

—Todos tienen algo extraño —dijo—. El vecindario está a punto de irse al infierno.

—¿Alguien que pareciera que iba a matar a alguien? —preguntó Harry secamente.

El hombre guiñó un ojo apretándolo fuerte al cerrarlo.

—¿Y por eso han venido tantos coches patrulla?

Harry asintió con la cabeza.

El hombre se encogió de hombros y volvió a concentrarse en la lectura.

—¿Quién no ha pensado alguna vez en matar a alguien, agente?

Camino de la salida, Harry se detuvo al ver su propio coche en uno de los televisores. La cámara barría la plaza Carl Berner y se detuvo en el edificio de ladrillo rojo. La imagen volvió al presentador de las noticias de TV2 y, un segundo después, se hallaban en un pase de modelos. Harry dio una intensa calada al cigarrillo y cerró los ojos. Rakel se le acercaba en una pasarela, no, en doce pasarelas, salió de la pared de los televisores, deteniéndose ante él con las manos en las caderas. Lo miró con un gesto altivo de la cabeza, se dio la vuelta y lo dejó allí. Harry volvió a abrir los ojos.

Eran las ocho. Intentó no recordar que había un antro por allí cerca, en la calle Trondheimsveien, donde servían alcohol.

La parte más dura de la tarde estaba por venir.

Y luego llegaría la noche.

Eran las diez de la noche y, a pesar de que el mercurio había tenido la deferencia de bajar dos grados, el aire era caliente y estático, anunciaba viento de poniente, viento de levante, viento procedente del mar, algún viento, en suma. Los locales de la científica estaban vacíos a excepción del despacho de Beate, donde sí había luz. El asesinato de la plaza Carl Berner había puesto el día patas arriba y ella aún seguía en el lugar de los hechos cuando su colega Bjørn Holm llamó para informar de que había una mujer en recepción que decía trabajar en De Beers y que venía a examinar unos diamantes.

Beate se apresuró a volver y ahora prestaba toda su atención a la mujer bajita y enérgica que tenía delante y que hablaba un inglés tan perfecto como cabía esperar de una holandesa afincada en Londres.

—Los diamantes tienen huellas dactilares geológicas que, en teoría, hacen posible rastrearlos hasta el propietario, ya que se emiten certificados donde figura su origen y que constantemente acompañan al diamante. Pero me temo que en este caso no es así.

—¿Por qué no? —preguntó Beate.

—Porque los dos diamantes que hemos visto son lo que llamamos diamantes de sangre.

—¿Por el color rojo?

—No, porque lo más probable es que procedan de las minas de Kiuvu, en Sierra Leona. Todos los comerciantes de diamantes del mundo boicotean los diamantes de Sierra Leona porque las minas están controladas por las fuerzas insurgentes, que los exportan para financiar una guerra cuyo fin último no es político, sino económico. De ahí el nombre de diamantes de sangre. Sospecho que estos diamantes son de extracción reciente y lo más probable es que los hayan sacado de Sierra Leona de contrabando y que los hayan llevado a un país donde han podido obtener certificados falsos según los cuales proceden de una mina conocida, del sur de África, por ejemplo.

—¿Alguna idea sobre el país en el que los introdujeron ilegalmente?

—La mayor parte de estas gemas acaba en algún país del Este. Cuando cayó el telón de acero, los expertos en expedir documentos de identidad falsos tuvieron que buscarse nuevos mercados. Los buenos certificados de diamantes se pagan bien. Pero no es la única razón por lo que apuesto por Europa del Este.

—¿No?

—No es la primera vez que veo estos diamantes en forma de estrella. Los que he visto otras veces habían salido ilegalmente de Alemania del Este y de la República Checa. Y como estos, su pulido era mediocre.

—¿Mediocre?

—Los diamantes rojos son muy bellos, pero más baratos que los blancos y nítidos. Las piedras que habéis encontrado presentan, además, restos notables de carbono sin cristalizar, por lo que no son tan puros como cabría esperar. Los diamantes perfectos no suelen someterse a un pulido tan drástico como el que exige la forma de estrella.

—Así que Alemania del Este y la República Checa. —Beate cerró los ojos.

—Solo es una suposición fundamentada. Si no deseas nada más, todavía llego a tiempo de coger el avión de la tarde para Londres...

Beate abrió los ojos y se levantó.

—Tienes que perdonarme, ha sido un día largo y caótico. Has sido de mucha ayuda y te damos las gracias por venir.

—No hay de qué. Solo espero que os sirva para atrapar al culpable.

—Nosotros también. Llamaré a un taxi.

Mientras esperaba a que contestaran de la central de taxis, Beate se dio cuenta de que la experta en diamantes le miraba la mano con que sostenía el auricular. Beate sonrió.

—Es un anillo de diamantes muy bonito. Parece una alianza de compromiso, ¿no?

Beate se sonrojó sin saber por qué.

—No estoy comprometida. Es el anillo de compromiso que mi padre le regaló a mi madre. Al morir él, mi madre me lo dio.

—Ya. Eso explica que lo lleves en la mano derecha.

—¿Ah, sí?

—Sí, lo normal es llevarlo en la izquierda. O en el dedo corazón de la mano izquierda, para ser exactos.

—¿En el dedo corazón? Yo creía que se ponía en el dedo anular.

La mujer sonrió.

—No si sigues la creencia de los egipcios.

—¿Y qué creían ellos?

—Según ellos, una «vena de amor», *vena amoris*, conecta directamente el corazón con el dedo corazón izquierdo.

Llegó el taxi y, cuando se hubo marchado la mujer, Beate se quedó un instante mirándose la mano. El tercer dedo de la mano izquierda.

Llamó a Harry.

—El arma también era checa —explicó Harry cuando ella le contó lo averiguado sobre los diamantes.

—Puede que ahí tengamos algo —sugirió Beate.

—Puede —dijo Harry—. ¿Cómo dices que se llama esa vena?

—*Vena amoris*, creo.

—*Vena amoris* —repitió Harry en un susurro.

16

Lunes. Diálogo

Duermes. Te pongo una mano en la mejilla. ¿Me has echado de menos? Te planto un beso en la barriga. Voy bajando y tú empiezas a moverte, un baile ondulante de elfos. Guardas silencio, finges estar dormida. Ya te puedes despertar, mi amor. Te he descubierto.

Harry se incorporó de golpe. Pasaron unos segundos hasta que comprendió que lo habían despertado sus propios gritos. Escrutó la penumbra, estudió las sombras que se proyectaban junto a las cortinas y el armario.

Volvió a descansar la cabeza en el almohadón. ¿Qué es lo que había soñado? Se vio en una habitación a oscuras. Había dos personas en una cama. Se acercaron la una a la otra. Tenían la cara oculta. Él encendió una linterna y acababa de enfocarlos cuando le despertó el grito.

Miró los números del reloj de la mesilla. Todavía faltaban dos horas y media para las siete. En ese tiempo, cualquiera puede ir y volver del infierno en sueños. Pero tenía que dormir. Tenía que hacerlo. Tomó aire como si fuese a bucear y cerró los ojos.

17

Martes. Perfiles

Harry miraba el minutero del reloj que colgaba de la pared, justo encima de la cabeza de Tom Waaler.

Tuvieron que traer más sillas para acomodar a todos los asistentes en la gran sala de reuniones de la zona verde del sexto piso. Reinaba allí un ambiente casi solemne. Nadie hablaba, nadie tomaba café, nadie leía el periódico, todos escribían en sus blocs y guardaban silencio a la espera de que diesen las ocho. Harry contó diecisiete cabezas, lo que significaba que solo faltaba una persona. Tom Waaler estaba delante de todos con los brazos cruzados y la mirada clavada en su Rolex.

El minutero de la pared tembló y se detuvo vertical y tembloroso en posición de firmes.

—Empezamos —anunció Tom Waaler.

Hubo un revuelo y se oyó un crujir unísono cuando, como a una señal, todos se enderezaron en las sillas.

—Con la ayuda de Harry Hole, llevaré el mando de este grupo de investigación.

Todas las cabezas se volvieron con asombro hacia Harry, que estaba al fondo de la habitación.

—En primer lugar, quiero dar las gracias a los que, sin rechistar, habéis vuelto de vuestras vacaciones a toda prisa —continuó Waaler—. Me temo que se os va a pedir que sacrifiquéis más que vuestras vacaciones en las próximas semanas y no es seguro que tenga tiempo de daros las gracias a todas horas, así que vamos a decir que mi agradecimiento de hoy valdrá hasta final de mes. ¿De acuerdo?

Risas y gestos de asentimiento alrededor de la mesa. Igual que se ríe y se asiente ante un futuro jefe de sección, pensó Harry.

–Este es un día singular por varias razones.

Waaler encendió el proyector de transparencias. La primera página del diario *Dagbladet* apareció en la pantalla que había a su espalda. ¿ANDA SUELTO UN ASESINO EN SERIE? Sin foto, solamente estas palabras en grandes titulares. Ahora bien, es muy raro que una redacción que respete la profesión utilice preguntas en la portada, y lo que poca gente y desde luego nadie en la habitación K615 sabía era que la decisión de añadir los interrogantes se había tomado pocos minutos antes de que el periódico pasara a la imprenta, después de que el jefe de guardia del *Dagbladet* llamara al redactor jefe a su cabaña de Tvedestrand para hacerle la consulta.

–Que sepamos, en Noruega no hemos tenido un asesino en serie desde que Arnfinn Nesset hizo de las suyas en los ochenta –observó Waaler–. Los asesinos en serie son poco frecuentes, tanto que este asunto llamará la atención incluso fuera del país. Compañeros, tendremos a mucha gente pendiente de nosotros.

La pausa calculada de Tom Waaler era innecesaria, ya que todos los presentes comprendieron la importancia del caso la noche anterior en cuanto Møller los puso al corriente por teléfono.

–Vale –prosiguió Waaler–. Aun suponiendo que sea verdad que nos enfrentamos a un asesino en serie, estamos de suerte, después de todo. En primer lugar, porque contamos aquí con una persona con experiencia en la investigación de asesinos en serie y que incluso apresó a uno. Doy por hecho que todos los que estáis aquí habéis oído hablar de la hazaña del comisario Hole en Sidney. ¿Harry?

Harry vio que todas las cabezas se volvían hacia él y carraspeó de nuevo.

–No estoy tan seguro de que el trabajo que hice en Sidney sea un ejemplo a seguir –dijo intentando sonreír–. Como recordaréis, la cosa terminó en que maté a aquel hombre de un tiro.

No hubo risas, ni siquiera una sonrisa forzada: Harry no daba el tipo de futuro jefe de sección.

–Estoy seguro de que nos podemos imaginar finales peores que ese, Harry –dijo Waaler volviendo a mirar el Rolex–. Muchos de vosotros conocéis al psicólogo Ståle Aune, a cuyos servicios de experto hemos recurrido en la investigación de diversos casos. Está dispuesto a ofrecernos una breve introducción al fenómeno de los asesinatos en serie. Para algunos de vosotros, esto no es una novedad, pero no hará daño recordarlo. Debía llegar a las...

La puerta se abrió de golpe y todos dirigieron la vista hacia un hombre que entró jadeando sonoramente. Encima del estómago redondo como una bola, que sobresalía de la chaqueta de tweed, se veían una pajarita naranja y unas gafas tan pequeñas que cabía preguntarse si era posible ver algo a través de ellas. Debajo de la lustrosa calva se hallaba la frente sudorosa y, debajo de esta, un par de cejas oscuras, posiblemente teñidas, pero en todo caso cuidadosamente arregladas.

–Hablando del astro rey... –dijo Waaler.

–¡Aparece fulgurante! –exclamó Ståle Aune, sacando un pañuelo del bolsillo del pecho y enjugándose el sudor de la frente–. ¡Y calienta de cojones!

Fue hasta el final de la mesa y, con un chasquido, dejó caer en el suelo el desgastado maletín marrón.

–Buenos días, señores. Me alegra ver a tanta gente joven despierta a estas horas del día. A algunos de vosotros ya os conozco, pero de otros me he librado.

Harry sonrió. Él era uno de los que Aune definitivamente no se había librado. Habían pasado muchos años desde la primera vez que Harry acudió a Aune a causa de sus problemas con el alcohol. Aune no estaba especializado en alcoholismo, pero terminaron por entablar una relación que Harry hubo de admitir que se parecía sospechosamente a la amistad.

—¡Venga, sacad los blocs de notas, pandilla de zánganos!

Aune colgó su chaqueta en una silla.

—Tenéis pinta de estar en un funeral y supongo que, hasta cierto punto, así es, pero quiero ver algunas sonrisas antes de irme. Es una orden. Y prestad atención, esto irá rápido.

Aune cogió un rotulador de la bandeja de la pizarra de transparencias y empezó a escribir a gran velocidad mientras hablaba.

—Hay muchas razones para afirmar que los asesinos en serie han existido desde que ha habido gente a la que matar en este planeta. Pero muchos consideran el llamado Autumn of Terror de 1888 como el primer caso de asesinatos en serie de los tiempos modernos. Es la primera vez que se puede documentar un asesinato en serie con un móvil puramente sexual. El asesino mató a cinco mujeres y desapareció sin dejar rastro; se le llamó Jack el Destripador, pero se llevó su verdadera identidad a la tumba. La más conocida contribución de nuestro país a la lista de asesinatos en serie no es Arnfinn Nesset, que, como todos recordaréis, envenenó a una veintena de pacientes en los años ochenta, sino Belle Gunness, algo tan insólito como una asesina en serie. Belle Gunness se fue a Estados Unidos, donde, en 1902, se casó con un hombre que era muy poca cosa, y con él se asentó en una granja a las afueras de La Porte, en el estado de Indiana. Digo que era poca cosa porque él pesaba setenta kilos y ella ciento veinte.

Aune se tiró ligeramente de los tirantes.

—Y si queréis saber mi opinión, os diré que su peso era del todo adecuado.

Risas.

—Esta mujer regordeta y agradable asesinó a su marido, a algunos niños y a un sinnúmero de pretendientes a los que hacía acudir a la granja por medio de una serie de anuncios de contacto en los periódicos de Chicago. Los cuerpos de estas personas aparecieron en 1908, fecha en la que la granja ardió en extrañas circunstancias.

Entre aquellos restos hallaron un torso de mujer decapitado, muy voluminoso y carbonizado. Se sospecha que fue la propia Belle quien plantó allí a la mujer, con la idea de hacer creer a los investigadores que se trataba de su cadáver. La policía recibió varios informes de testigos que afirmaban haberla visto en distintos lugares de Estados Unidos, pero nunca dieron con ella. Y eso es, precisamente, lo que quiero subrayar: los casos como Jack y Belle son, por desgracia, bastante típicos.

Aune había terminado de escribir y dio un fuerte golpe en la pizarra con el rotulador, antes de añadir:

—No se los atrapa.

Los congregados lo miraban en silencio.

—Bien —continuó Aune—. El concepto de asesino en serie es tan polémico como todo lo que voy a contaros. Y esto se debe a que la psicología es una ciencia que todavía está en mantillas y también a que los psicólogos, por naturaleza, son proclives a las disputas. Os voy a exponer unas cuantas cosas que sabemos, que son tantas como las que no sabemos, acerca de los asesinos en serie, lo cual, según muchos psicólogos muy capacitados, es una característica sin sentido de un grupo de enfermedades mentales que, según otros psicólogos, no existen. ¿Está claro? Bueno, veo que algunos de vosotros por lo menos sonreís, y eso es bueno.

Aune dio un golpe con el dedo índice en el primer punto que había escrito en la pizarra.

—El típico asesino en serie es un hombre blanco de entre veinticuatro y cuarenta años. Por regla general, opera solo, pero también puede operar junto con otras personas, por ejemplo, en pareja. El maltrato de las víctimas es señal de que trabaja en solitario. Cualquiera puede convertirse en víctima, pero suelen ser personas que pertenecen a su mismo grupo étnico y a las que solo conoce de antemano en casos excepcionales.

»Por regla general, encuentra a la primera víctima en una zona que conoce bien. Existe la creencia de que los asesinatos en serie siempre se asocian a algún tipo de ritual. Esto no es así. Sin embargo, cuando hay rituales suelen estar relacionados con asesinatos en serie.

Aune señaló con el dedo el siguiente punto, donde había escrito PSICÓPATA/SOCIÓPATA.

—En cualquier caso, lo más típico del asesino en serie es su condición de americano. Solo Dios, aparte de un par de catedráticos de psicología de Blindern, sabe por qué. De ahí que resulte interesante que quienes más saben de asesinatos en serie, el FBI y la justicia norteamericana, distingan entre estos dos tipos de asesinos. El psicópata y el sociópata. Los profesores que acabo de mencionar opinan que tanto la distinción como el concepto apestan, pero en la patria del asesino en serie la mayoría de los tribunales se atienen a la regla de McNaughton, según la cual solo el psicópata asesino en serie no sabe lo que hace en el momento de cometer el crimen. A diferencia del sociópata, al psicópata no se lo condena a penas de cárcel ni a lo que tanto se practica en la patria de Dios, a la pena de muerte. Esto se refiere solo a los asesinos en serie. Bueno...

Tapó el rotulador y enarcó una ceja, sorprendido.

Waaler levantó la mano. Aune asintió con la cabeza.

—La determinación de la condena es interesante —dijo Waaler—. Pero antes tenemos que cogerlo. ¿Tienes algo que podamos utilizar en la práctica?

—¿En la práctica? ¿Estás loco? Soy psicólogo.

Risas. Aune inclinó la cabeza satisfecho en señal de agradecimiento.

—Sí, a eso voy, Waaler. Pero antes déjame decir que si alguno de vosotros empieza a impacientarse, le esperan momentos difíciles. Sabemos por experiencia que nada lleva tanto tiempo como atrapar a un asesino en serie. Sobre todo si se trata del tipo equivocado.

—¿Cuál es el tipo equivocado? —preguntó Magnus Skarre.

—En primer lugar, veremos que quienes elaboran los perfiles psicológicos para el FBI distinguen entre asesinos en serie psicópatas y sociópatas. El psicópata suele ser un individuo inadaptado, sin trabajo, sin estudios, con antecedentes y no pocos problemas sociales, al contrario que el sociópata, que es una persona inteligente, aparentemente sociable y con una vida normal. El psicópata destaca y fácilmente se lo considera sospechoso, en tanto que el sociópata pasa inadvertido. Por ejemplo, cuando por fin se desenmascara al sociópata, casi siempre resulta una enorme sorpresa para sus vecinos y conocidos. He hablado con una psicóloga que elabora perfiles en el FBI. Me contó que el primer dato que valora es cuándo se cometieron los asesinatos, ya que asesinar exige tiempo. Para ella, un indicador muy útil es saber si los asesinatos se habían cometido en día laborable, en fin de semana o en un periodo de vacaciones. Esto último indicaría que el asesino trabaja y aumenta la probabilidad de que se trate de un sociópata.

—O sea que, como nuestro hombre asesina durante las vacaciones de verano, hemos de interpretar que tiene trabajo y que es un sociópata, ¿no? —preguntó Beate Lønn.

—Bueno, ni que decir tiene que es algo prematuro sacar ese tipo de conclusiones, pero si sumamos el dato a lo que ya sabemos, podría ser. ¿Es esto lo bastante útil?

—Muy útil —aseguró Waaler—. Pero también son malas noticias, si te he entendido bien.

—Correcto. Nuestro hombre se parece demasiado al tipo de asesino en serie equivocado. El sociópata.

Aune les concedió unos segundos para asumirlo antes de continuar:

—Según el psicólogo norteamericano Joel Norris, los asesinos en serie pasan por un proceso mental de seis fases en relación con cada asesinato. La primera se conoce como fase de aura, en la que el sujeto va perdiendo paulatinamente el contacto con la realidad. La fase del tótem, la quinta, es el asesinato en sí, que constituye el clímax para el asesino. O, mejor dicho, el anticlímax. El asesinato no llega nunca a satisfacer del todo los deseos y expectativas de catarsis, de purificación, que el asesino relaciona con la ejecución. Por eso, después de cometerlo, se va directamente a la sexta fase, la fase depresiva. Esta pasa a su vez a una nueva fase, la de aura, cuando empieza la recuperación para el próximo asesinato.

–Así que vueltas y más vueltas –dijo desde el umbral Bjarne Møller, que había llegado sin que nadie lo advirtiese–. Como un *perpetuum mobile*.

–Solo que una máquina de movimiento perpetuo repite sus operaciones sin cambios –objetó Aune–. Mientras que los asesinos en serie pasan por un proceso que, a largo plazo, modifica su comportamiento. Por fortuna, se caracteriza por una pérdida gradual de autocontrol. Pero, por desgracia, también por un mayor ensañamiento. El primer asesinato es siempre el más difícil de superar y por eso el proceso después del llamado «enfriamiento» es más largo. Esto origina una fase de aura prolongada, durante la cual se prepara para el próximo asesinato y se toma tiempo para planificarlo. Si llegamos al escenario de un asesinato en serie y observamos que se han cuidado los detalles, que se han aplicado los rituales con esmero y con escaso riesgo para el asesino de ser descubierto, sabremos que este se halla aún al inicio del proceso. En esta fase perfecciona la técnica para ser cada vez más eficaz. Es la peor fase para quienes intentan atraparlo. Pero a medida que comete más asesinatos, los periodos de enfriamiento son cada vez más breves. Tiene menos tiempo para planificar, los escenarios de los crímenes quedan más desordenados, la ejecución de los rituales es más descuidada, y el asesino corre más riesgos. Todo esto indica que su frustración va en aumento. O dicho de otra forma, que su ensañamiento irá a más. Perderá el autocontrol y será más fácil atraparlo. Sin embargo, si, estando a punto de cogerlo en este periodo, no se consigue, puede ocurrir que se asuste y que deje de matar durante un tiempo. Tendrá entonces ocasión para recobrar la calma y empezar otra vez desde el principio. Espero que estas aclaraciones no depriman a los señores…

–Lo resistiremos –dijo Waaler–. Pero ¿podrías hablarnos de lo que ves en este caso concreto?

–De acuerdo –respondió Aune–. Tenemos tres asesinatos.

—¡Dos asesinatos! —gritó Skarre otra vez—. Por ahora, Lisbeth Barli solo consta como desaparecida.

—Tres asesinatos —repitió Aune—. Créeme, jovencito.

Se cruzaron varias miradas. Skarre hizo amago de ir a replicar, pero cambió de opinión. Aune continuó:

—Los tres asesinatos se cometieron con intervalos iguales y el ritual de mutilación y posterior adorno del cadáver se ha llevado a cabo en los tres casos. Amputa un dedo y lo compensa dándole a la víctima un diamante. La compensación es una característica corriente en este tipo de mutilaciones, típica de asesinos que han crecido en familias con principios morales muy estrictos. Puede que sea una pista fructífera, ya que en las familias de este país no abundan los principios morales.

Nadie se rió.

Aune suspiró.

—Se llama humor negro. No pretendo ser cínico y, seguramente, mis comentarios podrían haber sido mejores, pero solo intento que este asunto no acabe conmigo antes de empezar. Os recomiendo que hagáis lo mismo. En fin, como decía, los intervalos entre los asesinatos y el hecho de que se hayan llevado a efecto los rituales son indicio del autocontrol del asesino y de que nos hallamos en la fase inicial.

Se oyó un ligero carraspeo.

—¿Sí, Harry? —dijo Aune.

—Elección de víctima y lugar —dijo Harry.

Aune puso el dedo índice en el mentón, reflexionó un instante y asintió con la cabeza.

—Tienes razón, Harry.

Los demás congregados en torno a la mesa cruzaron una mirada inquisitiva.

—¿En qué tiene razón? —preguntó Skarre gritando, como siempre.

—La elección de la víctima y el lugar indican lo contrario —explicó Aune—. Que el asesino está entrando rápidamente en la fase donde pierde el control y empieza a matar sin reparos.

—¿Cómo? —preguntó Møller.

—Lo puedes explicar tú mismo, Harry —sugirió Aune.

Harry no apartó la vista de la superficie de la mesa mientras hablaba.

—El primer asesinato, el de Camilla Loen, se produjo en un piso donde ella vivía sola, ¿verdad? El asesino podía entrar y salir sin demasiadas probabilidades de que lo detuvieran o identificaran y perpetrar el asesinato y los rituales sin que nadie lo molestase. Sin embargo, ya en el segundo asesinato empieza a correr riesgos. Secuestra a Lisbeth Barli en una zona residencial en pleno día, probablemente con un coche, y los coches, ya sabemos, tienen matrículas. Y el tercer asesinato es, por supuesto, una lotería. En el servicio de señoras del interior de una oficina. Cierto que lo cometió después del horario laboral, pero había por allí el número suficiente de personas, así que tuvo suerte de que no lo descubrieran o, al menos, lo identificaran.

Møller se volvió hacia Aune.

—¿Y cuál es la conclusión?

—Que no hay conclusión —aseguró Aune—. Que, como mucho, podemos suponer que es un sociópata bien adaptado y que no sabemos si está a punto de volverse loco o si sigue manteniendo el control.

—¿Qué debemos desear?

—En el primer caso habrá una masacre, pero también cierta posibilidad de cogerlo, ya que correrá riesgos. En el segundo caso, transcurrirá más tiempo entre cada asesinato, pero según todos los pronósticos, no lograremos atraparlo en un futuro previsible. Escoged vosotros mismos.

—Pero ¿por dónde podemos empezar a buscar? —preguntó Møller.

—Si yo tuviese fe en aquellos de mis colegas que creen en las estadísticas, diría que entre los que se hacen pis en la cama, los maltratadores de animales, los violadores y los pirómanos. Sobre todo los pirómanos. Pero no tengo fe en ellos y, por desgracia, tampoco un dios alternativo, de modo que la respuesta es que no tengo ni idea.

Aune le puso el tapón al rotulador. Reinaba un silencio opresivo.

Tom Waaler se levantó repentinamente.

—De acuerdo, compañeros, tenemos cosas que hacer. Para empezar, quiero que todas las personas con las que ya hemos hablado vengan para someterse a un nuevo interrogatorio, quiero que se controle a todos los condenados por homicidio y además una lista de todos los que hayan sido condenados por violación o por provocar incendios.

Harry observaba a Waaler mientras este distribuía las tareas y tomó nota de su eficacia y del grado de confianza en sí mismo, de su rapidez y agilidad cuando alguien expresaba una objeción práctica relevante.

El reloj que colgaba encima de la puerta indicaba que eran las diez menos cuarto. El día acababa de empezar y Harry ya se sentía exhausto, como un viejo león moribundo que se arrastrara en pos de la manada en la que, un día, fue capaz de retar al que ahora se había erigido en jefe. Ciertamente, nunca abrigó deseos de ser jefe de la manada, pero sentía que la caída era abismal. Mantenerse al margen y esperar a que alguien le arrojase un hueso era cuanto podía hacer…

Resultó que alguien le había arrojado un hueso. Y un hueso grande.

A Harry la acústica atenuada de las pequeñas salas de interrogatorio le producía la sensación de estar hablando debajo de un edredón.

—Importación de audífonos —dijo el hombre fornido y de baja estatura mientras se pasaba la mano derecha por la corbata de seda.

Un discreto alfiler de corbata de oro la mantenía sujeta a la camisa de un blanco impecable.

—¿Audífonos? —repitió Harry mirando el formulario de interrogatorios que le había entregado Tom Waaler.

En el espacio para el nombre había escrito «André Clausen» y en el de la profesión, «Autónomo».

—¿Tiene usted problemas de audición? —preguntó Clausen con sarcasmo, aunque Harry fue incapaz de discernir si el hombre se lo decía a él o a sí mismo.

—Ya. ¿Así que acudiste a las oficinas de Halle, Thune y Wetterlid para hablar sobre audífonos?

—Solo quería que evaluaran un acuerdo de representación. Uno de sus amables colegas hizo una copia del documento ayer tarde.

—¿Es este? —preguntó Harry señalando una carpeta de papel.

—Exactamente.

—Lo he estado leyendo hace un rato. Se firmó hace dos años. ¿Iban a renovarlo?

—No, solo quería asegurarme de que no me engañaban.

—¿Y no se le había ocurrido hasta ahora?

—Más vale tarde que nunca.

—¿No tienes abogado fijo, Clausen?

—Sí, pero me temo que se está haciendo mayor. —Clausen sonrió y dejó al descubierto un gran empaste de oro que lanzó un destello antes de que el hombre continuase—: Solicité una reunión previa para averiguar qué podía ofrecer este bufete de abogados.

—¿Y pediste una cita antes del fin de semana? ¿Y con un bufete especializado en el cobro ejecutivo?

—No me enteré hasta que se celebró la reunión. Lo comprendí a lo largo del encuentro. Es decir, en el poco rato que este duró, hasta que se armó todo el jaleo.

—Si estás buscando un nuevo abogado, supongo que habrás pedido cita con otros bufetes, ¿no? —dijo Harry—. ¿Podrías decirnos con cuáles?

Harry hablaba sin mirar a André Clausen a la cara. No era allí donde se revelaría una posible mentira. Cuando se saludaron, Harry comprendió enseguida que Clausen no era de los que permitían que su expresión delatara sus pensamientos. Quizá por timidez, pero también podía deberse al ejercicio de una profesión que requería cara de póquer o a un pasado donde el autodominio se considerase una virtud decisiva. De ahí que Harry buscase otras señales como, por ejemplo, si levantaba la mano de su regazo para pasarla por la corbata una vez más. No lo hizo. Clausen, en cambio, sí que miraba a Harry. No fijamente, sino, al contrario, con los párpados algo caídos, como si no encontrase la situación incómoda, solo un poco aburrida.

—La mayoría de los bufetes a los que llamé no querían concertar una cita antes de las vacaciones —dijo Clausen—. En Halle, Thune y Wetterlid, en cambio, fueron muy solícitos. Oiga, ¿acaso sospechan de mí?

—Sospechamos de todo el mundo —aseguró Harry.

—*Fair enough.*

Clausen pronunció las palabras con un acento perfecto de la BBC.

—Observo que tienes muy buen acento en inglés.

—¿Usted cree? He viajado bastante al extranjero en los últimos años, quizá sea por eso.

—¿Dónde has estado?

—Bueno, en realidad, la mayoría de los viajes los he hecho por hospitales e instituciones noruegas. También voy mucho a Suiza a visitar la fábrica del productor de los audífonos. El desarrollo del producto requiere que estemos profesionalmente al día.

Otra vez esa ironía en el tono de voz.

—¿Estás casado? ¿Tienes familia?

—Si mira los documentos que ha rellenado su colega, verá que no la tengo.

Harry leyó el formulario.

—De acuerdo. Así que vives solo... veamos... ¿en Gimle Terrasse?

—No, vivo con Truls —corrigió Clausen.

—Ya. Entiendo.

—¿De verdad? —Clausen sonrió de tal modo que los párpados se le cerraron un poco más—. Truls es un golden retriever.

Harry notaba un incipiente dolor de cabeza en la parte posterior de los globos oculares. La lista le indicaba que le quedaban cuatro interrogatorios más antes de la hora de comer. Y cinco, después. No se sentía con fuerzas para enfrentarse a todos ellos.

Le pidió a Clausen que le contara otra vez lo sucedido desde que entró en el edificio de la plaza Carl Berner hasta que llegó la policía.

—Con mucho gusto, comisario —respondió el hombre con un bostezo.

Harry se retrepó en la silla mientras, con fluidez y seguridad, Clausen le refería cómo llegó en taxi, cogió el ascensor y, después de hablar con Barbara Svendsen, aguardó cinco o seis minutos a que volviese con el agua. Al ver que la joven no regresaba, se adentró en las oficinas hasta que se encontró con una puerta en la que se leía el nombre del abogado Halle.

Harry comprobó que Waaler había anotado que Halle confirmaba la hora en que Clausen llamó a la puerta: las cinco y cinco.

—¿Viste a alguien entrar o salir del servicio de señoras?

—Desde el lugar de la recepción donde me encontraba no podía ver la puerta; y no vi a nadie entrar o salir cuando me encaminé a los despachos. Esto lo he repetido ya varias veces, a decir verdad.

—Y más que lo vas a repetir —aseguró Harry bostezando ruidosamente al tiempo que se pasaba la mano por la cara.

En ese preciso momento, Magnus Skarre dio unos golpecitos con el dedo en la ventana de la sala de interrogatorios y le señaló a Harry el reloj de pulsera. Harry reconoció a Wetterlid, que estaba detrás de su colega, y asintió con la cabeza antes de echar una última ojeada al formulario de interrogatorios.

—Aquí dice que no viste a nadie sospechoso entrar o salir de la recepción mientras estabas allí.

—Es correcto.

—En ese caso, gracias por tu cooperación hasta el momento —dijo Harry antes de guardar el formulario en la carpeta y de detener la grabadora—. Lo más probable es que volvamos a ponernos en contacto contigo.

—No vi a nadie *sospechoso* —precisó Clausen poniéndose de pie.

—¿Cómo?

—Digo que no vi a nadie *sospechoso* en la recepción, pero sí vi llegar a una limpiadora que desapareció hacia el interior de las oficinas.

—Sí, ya hemos hablado con ella. Según ha declarado, se fue directamente a la cocina y no vio a nadie.

Harry se levantó y miró la lista. El próximo interrogatorio era a las diez y cuarto en la sala de interrogatorios número cuatro.

—Y al mensajero de la bicicleta, claro —continuó Clausen.

—¿El mensajero de la bicicleta?

—Sí. Salió por la puerta justo antes de que yo fuese al despacho de Halle. Habría entregado o recogido algo, yo qué sé. ¿Por qué me mira de esa forma, comisario? Un mensajero en un bufete no tiene nada de sospechoso, ¿no?

Una hora y media más tarde, después de haberse informado en Halle, Thune y Wetterlid ASA y en todas las agencias de mensajería de Oslo, Harry tenía claro que el lunes nadie había registrado ninguna entrega ni recogida de nada en la oficina de Halle, Thune y Wetterlid.

Y dos horas después de que Clausen hubiese dejado la comisaría, justo antes de que el sol llegase a su cénit, fueron a buscarlo a su oficina para que describiera una vez más al mensajero.

Clausen no supo contarles gran cosa. En torno a un metro ochenta de estatura, complexión normal. Aparte de eso, no se había fijado en más detalles de su aspecto. Lo consideraba carente de interés e impropio entre hombres, dijo; y repitió que el mensajero iba vestido como la mayoría de los mensajeros que iban en bicicleta, camiseta ajustada amarilla y negra, pantalón corto y zapatillas de ciclista que chasquearon cuando pisó la alfombra. Llevaba la cara tapada por el casco y las gafas de sol.

—¿Y la boca? —preguntó Harry.

—Cubierta con una mascarilla blanca —respondió Clausen—. Como las que utiliza Michael Jackson. Creo haber oído que los mensajeros las utilizan para protegerse de las emisiones de gases de los coches.

—En Nueva York y Tokio, sí, pero esto es Oslo.

Clausen se encogió de hombros.

—Yo no le di mayor importancia.

Harry le dijo a Clausen que podía marcharse y se encaminó al despacho de Waaler, que, con el auricular pegado a la oreja, murmuraba «Ya, ya, sí, sí...» cuando Harry entró por la puerta.

—Creo que tengo una idea sobre cómo entró el asesino en casa de Camilla Loen —dijo Harry.

Tom Waaler colgó el teléfono sin acabar la conversación.

—Hay una cámara de vídeo conectada al portero automático de la entrada del edificio donde vivía, ¿verdad?

—¿Sí...? —Waaler se inclinó con interés.

—¿Qué tipo de persona puede llamar a cualquier portero automático, mostrarle a la cámara una cara enmascarada y, aun así, sentirse bastante seguro de que lo dejarán entrar?

—¿Papá Noel?

—No creo. Pero dejarías entrar a una persona que sabes que trae un paquete urgente o un ramo de flores. Un mensajero ciclista.

Waaler pulsó el botón de ocupado en la base del teléfono.

—Desde que Clausen llegó al bufete hasta que vio al mensajero ciclista salir cruzando la recepción pasaron más de cuatro minutos. Un mensajero entra apresurado, entrega y sale corriendo, no pierde cuatro minutos tontamente.

Waaler asintió despacio con la cabeza.

—Un mensajero —repitió—. Es de una sencillez genial. Alguien con una razón plausible para entrar en cualquier sitio con una mascarilla. Alguien a quien todos pueden ver, pero en quien nadie se fija.

—Un caballo de Troya —apostilló Harry—. Imagínate qué situación más perfecta para un asesino en serie.

—Y a nadie le extraña que un mensajero se aleje de un lugar a toda prisa en un medio de locomoción sin matrícula que posiblemente sea la forma más eficaz de escaparse en una ciudad —dijo Waaler echando mano del teléfono.

—Mandaré gente a preguntar si alguien ha visto a un mensajero ciclista cerca del lugar y la hora de los asesinatos.

—Hay otra medida que debemos considerar —observó Harry.

—Sí —dijo Waaler—. Debemos alertar a la población contra mensajeros ciclistas desconocidos.

—Exacto. ¿Se lo cuentas tú a Møller?

—Sí... Oye, Harry...

Harry se detuvo en la puerta.

—Excelente trabajo —dijo Waaler.

Harry asintió brevemente con la cabeza y se marchó.

Apenas tres minutos después, ya corría por los pasillos de la sección de Delitos Violentos la noticia de que Harry tenía una pista.

18

Martes. Pentagrama

Nikolái Loeb pulsó las teclas con cuidado. Las notas del piano resonaban flojas y frágiles en la habitación de paredes desnudas. Piotr Ilich Chaikovski, *Concierto para piano n.º 1 en re menor.* Muchos pianistas opinaban que era extraño y que le faltaba elegancia, pero para el oído de Nikolái, nunca se había compuesto una música más bella. Lo invadía la nostalgia con solo tocar los pocos compases que se sabía de memoria y sus dedos buscaban automáticamente esas notas cuando se sentaba al piano desafinado en la sala de reuniones de la casa parroquial de Gamle Aker.

Miró por la ventana abierta. Los pájaros trinaban en el camposanto. Le recordaba los veranos en Leningrado y a su padre, que lo había llevado a los viejos campos de batalla, en las afueras de las ciudades, donde el abuelo y todos los tíos de Nikolái yacían enterrados en fosas comunes, olvidados hacía ya mucho tiempo.

—Escucha —le decía su padre—. Escucha cómo cantan, es tan absurdamente hermoso…

Nikolái oyó un carraspeo y se dio la vuelta.

Un hombre alto con camiseta y vaqueros aguardaba en el umbral. Llevaba la mano derecha vendada. Lo primero que se le pasó a Nikolái por la cabeza fue que se trataría de uno de los toxicómanos que acudían allí de vez en cuando.

—¿Puedo hacer algo por ti? —le gritó Nikolái.

La dura acústica de la sala hizo que su voz sonara menos amable de lo que pretendía.

El hombre entró antes de responder.

—Eso espero —dijo—. He venido a saldar mi deuda.

—Me alegro —respondió Nikolái—. Y lo lamento, porque no puedo confesar aquí. En el pasillo hay una lista con el horario y tendrás que ir a nuestra capilla de la calle Inkognitogata.

El hombre estaba ya a su lado. Al ver las profundas ojeras negras que rodeaban sus ojos enrojecidos, Nikolái dedujo que aquel hombre debía de llevar algún tiempo sin dormir.

—Quiero pagar la deuda por haber roto la estrella de la puerta.

Transcurrieron unos segundos antes de que Nikolái cayera en la cuenta de a qué se refería.

—¡Ah, bueno! Eso no es asunto mío. Aunque me he dado cuenta de que la estrella está suelta en la puerta y cuelga boca abajo —observó con una sonrisa—. Algo impropio en una iglesia, supongo.

—¿Quieres decir que no trabajas aquí?

Nikolái negó con la cabeza.

—Solo alquilamos el local de vez en cuando. Yo pertenezco a la Congregación de Santa Olga, la princesa apostólica.

El hombre enarcó las cejas.

—La Iglesia ortodoxa rusa —añadió Nikolái—. Soy sacerdote y prefecto. Es mejor que vayas a las oficinas de la iglesia, quizá encuentres allí a alguien que te pueda ayudar.

—Vale, gracias.

El hombre no se movió.

—Chaikovski, ¿no? ¿El primer concierto para piano?

—Correcto —confirmó Nikolái sorprendido.

Los noruegos no eran exactamente lo que se suele entender por un pueblo instruido. Y además éste llevaba camiseta y parecía un mendigo.

—Mi madre solía tocarlo para mí —explicó el hombre—. Decía que era difícil.

—Pues era una madre buena, si tocaba para ti piezas que le resultaban difíciles.

—Sí, era buena. Una santa.

Había algo en la sonrisa torcida del hombre que desconcertaba a Nikolái. Era una sonrisa contradictoria. Abierta y cerrada, amable y cínica, alegre y dolorida. Pero se dijo que, como siempre, estaría interpretando de más.

—Gracias por la ayuda —le dijo el hombre dirigiéndose a la puerta.

—De nada.

Nikolái volvió a concentrarse en el piano. Pulsó una tecla con cuidado para que percutiese la cuerda suavemente y sin emitir ningún sonido, notó cómo el fieltro tocaba la cuerda, cuando cayó en la cuenta de que no había oído la puerta cerrarse. Se volvió y vio al hombre con la mano en el picaporte, mirando fijamente la estrella de la ventana rota de la puerta.

—¿Pasa algo?

El hombre levantó la vista.

—No, no. Pero ¿a qué te referías al decir que era impropio que la estrella colgase boca abajo?

Nikolái se rió y su risa retumbó en las paredes.

—El pentagrama invertido, ¿no?

El hombre lo miró de tal modo que Nikolái comprendió que no sabía de qué le hablaba.

—El pentagrama es un antiguo símbolo religioso, no solamente en el cristianismo. Como ves, es una estrella de cinco puntas dibujada con una línea continua que se cruza a sí misma varias veces, parecida a la estrella de David. La han encontrado en lápidas con varios miles de años. Pero cuando cuelga boca abajo, es algo totalmente diferente. Es uno de los símbolos más significativos de la demonología.

—¿Demonología?

El hombre preguntaba con voz tranquila pero firme. Como alguien que está acostumbrado a recibir respuestas, pensó Nikolái.

181

–La ciencia del mal. El nombre le viene de antiguo, de cuando se pensaba que la maldad se debía a la existencia de demonios.

–Ya. Y ahora los demonios han sido abolidos, ¿no?

Nikolái se dio la vuelta del todo. ¿Se había equivocado con aquel hombre? Parecía demasiado avispado para ser un drogadicto o un vagabundo.

–Soy agente de policía –explicó el hombre en respuesta a sus pensamientos–. Preguntar es lo nuestro.

–De acuerdo. Pero ¿por qué haces concretamente esas preguntas?

El hombre se encogió de hombros.

–No lo sé. He visto ese símbolo recientemente, pero no me acuerdo de dónde, ni si es importante. ¿Cuál es el demonio que utiliza este símbolo?

–Chort –respondió Nikolái presionando tres teclas con cuidado. Una disonancia–. También llamado Satanás.

Al caer la tarde, Olaug Sivertsen abrió las puertas del balcón francés que daba a Bjørvika, y se sentó en una silla mirando el tren rojo que se deslizaba por delante de su casa. Era una casa totalmente corriente, un chalé de ladrillos construido en 1891, pero su situación lo hacía excepcional. Villa Valle, así llamada por el hombre que la había diseñado, se hallaba emplazada al lado de las vías del tren, justo delante de la Estación Central de Oslo, dentro del recinto ferroviario. Los edificios más próximos eran unos cobertizos bajos y talleres que pertenecían a la red de ferrocarriles noruegos. Villa Valle fue construida como hogar del jefe de estación, su familia y el servicio, con muros especialmente gruesos para que aquel y su esposa no se despertasen cada vez que pasara un tren. Por si fuera poco, el jefe de estación le había pedido al albañil al que le encargaron el trabajo –era célebre por utilizar un mortero con el que conseguía unas paredes muy sólidas– que las reforzara aún un poco más. En el caso de que algún tren descarrilara y fuera a estrellarse contra su casa, el jefe de estación quería que sufriera las consecuencias el conductor del tren y no su familia. Ningún tren se había estrellado hasta el momento contra la casa señorial del jefe de estación, tan extrañamente solitaria, como un castillo de aire encima de un desierto de gravilla negra, donde los raíles brillaban y se entrelazaban como serpientes que relucían bajo el sol.

Olaug cerró los ojos y disfrutó de los rayos del sol.

De joven no le gustaba el sol. Le ponía la piel áspera, se le irritaba, y echaba de menos los veranos húmedos y refrescantes del noroeste del país. Pero ahora ya era vieja, pronto cumpliría ochenta años y había empezado a preferir el calor al frío. La luz a la oscuridad. La compañía a la soledad. El sonido al silencio.

No era así en 1941 cuando, a los dieciséis años, dejó la isla de Averøya, llegó a Oslo por aquellos mismos raíles y entró a trabajar como sirvienta del Gruppenführer Ernst Schwabe y su esposa Randi en Villa Valle. Él era un hombre alto y atractivo y ella procedía de una familia noble. Olaug pasó mucho miedo los primeros días. Pero ellos la trataban con amabilidad y respeto y, después de un tiempo, Olaug comprendió que no tenía nada que temer mientras hiciera su trabajo con el esmero y la puntualidad por los que, no sin razón, se conoce a los alemanes.

Ernst Schwabe era el responsable de la WLTA, la sección de la Wehrmacht encargada del transporte por carreteras y él mismo había elegido el chalé junto a la estación de ferrocarril. Al parecer, su esposa Randi también ocupaba un cargo en la WLTA, pero Olaug nunca la había visto vestida de uniforme. La habitación de la sirvienta tenía orientación sur y daba al jardín y a las vías. Las primeras semanas, el ruido de los vagones de tren, los silbidos y todos los demás sonidos de la ciudad la mantenían despierta por las noches, pero poco a poco se fue acostumbrando a ellos. Y cuando, al año siguiente, fue a casa a pasar sus primeras vacaciones, se quedaba en la cama de la casa donde nació escuchando el silencio y la nada, añorando el bullicio de la vida, de seres humanos.

Muchos fueron los seres humanos que visitaron Villa Valle durante la guerra. El matrimonio Schwabe llevaba una intensa vida social y tanto alemanes como noruegos participaban en sus fiestas. La gente se sorprendería al conocer los nombres de todos los personajes importantes que habían estado allí comiendo, bebiendo y fumando con la Wehrmacht como anfitriona. Lo primero que le habían ordenado después de la guerra era quemar todas las tarjetas de mesa que Olaug había conservado. Ella obedeció y nunca le contó nada a nadie. Claro que había sentido deseos de hacerlo alguna que otra vez, cuando aparecían en los periódicos las mismas caras, pero para hablar de lo duro que resultaba vivir bajo el yugo alemán durante la ocupación. Pero ella había mantenido la boca cerrada. Por una razón. Justo al terminar la guerra, la amenazaron con quitarle al niño, lo único que no podía perder de ninguna manera. El miedo aún persistía.

Olaug cerró los ojos al tenue sol de la tarde, que parecía agotado. Y no era de extrañar. El sol se había pasado el día trabajando y haciendo lo posible por carbonizar las pobres flores que ella tenía en el alféizar. Olaug sonrió. ¡Dios mío, qué joven era entonces! Nadie había sido nunca tan joven. ¿Lo echaba de menos? Quizá no. Pero sí añoraba la compañía, la vida, el bullir de gente. Nunca entendió lo de la soledad de las personas mayores, pero ahora…

Y no era tanto el estar sola como el no ser importante para nadie. Se ponía tan inmensamente triste al despertarse por las mañanas y saber que, si decidía quedarse en la cama todo el día, a nadie le importaría lo más mínimo…

Por ese motivo le alquiló una habitación a una chica muy maja de Trøndelag.

Era extraño pensar que Ina, que solo era unos años mayor que ella cuando se mudó a la ciudad, ocupaba ahora la misma habitación y que quizá por las noches pensara que le gustaría dejar atrás el ruido de la ciudad y regresar al silencio de algún pueblecito del norte de Trøndelag.

Bueno, cabía la posibilidad de que Olaug estuviese equivocada. Ina tenía un pretendiente. Olaug no lo había visto y mucho menos había hablado con él, pero desde el dormitorio oía sus pasos por la escalera de la parte posterior, por donde Ina tenía su propia entrada. A diferencia de lo que ocurría cuando Olaug era sirvienta, nadie podía negarle a Ina que recibiera visitas masculinas en su habitación. No es que ella quisiera impedírselo, pero esperaba que nadie fuera a quitarle a Ina. Se había convertido en una buena amiga. O tal vez en una hija, la hija que nunca tuvo.

Sin embargo, Olaug también sabía que en la relación entre una señora mayor y una chica joven como Ina, la joven ofrece su amistad en tanto que la mayor la recibe. Por eso procuraba no agobiarla. Ina siempre era amable, pero a veces Olaug pensaba que podría deberse al alquiler tan bajo que pagaba.

Se había convertido en un ritual que Olaug preparase el té y llamase a la puerta de Ina con una bandeja de pastas cada tarde, sobre las siete. Olaug prefería quedarse a tomarlo allí. Por extraño que resultara, seguía encontrándose más cómoda en el cuarto del servicio que en cualquier otra habitación de la casa. Charlaban de todo un poco. Ina mostraba un gran interés por la guerra y por lo que había sucedido en Villa Valle. Y Olaug hablaba. Sobre lo mucho que se habían querido Ernst y Randi Schwabe. Que podían pasar horas hablando en el salón mientras se daban pequeñas muestras de cariño: apartar un mechón de pelo de la frente, apoyar la cabeza en el hombro del otro. A veces Olaug los observaba a escondidas tras la puerta de la cocina. Miraba la figura erguida de Ernst Schwabe, su cabello negro y espeso, la frente alta y despejada, y la mirada, que alternaba rápidamente entre la seriedad, la cólera y la risa, la seguridad en sí mismo para tratar cosas importantes y la confusión juvenil respecto de las pequeñas y triviales. Pero Olaug observaba sobre todo a Randi Schwabe, su cabello rojo y brillante, el cuello blanco y esbelto, los ojos cuyo iris azul claro rodeaba un círculo de azul oscuro y eran los más bonitos que Olaug había visto jamás.

Cuando Olaug los veía así pensaba que eran almas gemelas, nacidos el uno para el otro, y que nada podría separarlos jamás. Sin embargo, también ocurría, le confesó, que el buen ambiente de las fiestas de Villa Valle daba paso a fuertes discusiones cuando se marchaban los invitados.

Un día, después de una de esas discusiones, Ernst Schwabe llamó a su puerta y entró después de que Olaug se hubiese acostado. Sin encender la luz, se sentó en el borde de la cama y le contó que su mujer se había marchado de casa encolerizada y dispuesta a pasar la noche en un hotel. Olaug le notó en el aliento que había bebido, pero ella era joven y no sabía lo que convenía hacer cuando un hombre veinte años mayor –y al que ella respetaba y admiraba, sí, incluso del que podría ser que estuviera un poco enamorada– le pedía que se quitase el camisón para verla desnuda.

Aquella primera noche no la tocó. Se limitó a mirarla y a acariciarle la mejilla diciéndole que era guapa, más guapa de lo que ella podía comprender. Se levantó y, cuando se fue, a Olaug le pareció que tenía ganas de llorar.

Olaug cerró las puertas del balcón y se levantó. Ya eran casi las siete. Entreabrió la puerta trasera y vio un elegante par de zapatos de caballero en la alfombrilla, delante de la puerta de Ina. Tendría visita. Olaug se sentó en la cama y escuchó.

A las ocho se abrió la puerta. Oyó que alguien se ponía los zapatos y luego los pasos que bajaban la escalera. Sin embargo, advirtió también otro ruido, como de un perro que arañase el suelo con las patas. Se fue a la cocina y puso a hervir agua para el té.

Unos minutos más tarde, cuando llamó a la puerta de Ina, le sorprendió que la joven no contestase. Sobre todo, porque se oía una música suave en el interior de la habitación.

Volvió a llamar, pero seguía sin obtener respuesta.

—¿Ina?

Olaug empujó la puerta y esta se abrió. Lo primero que notó fue el aire cargado. La ventana estaba cerrada, las cortinas corridas y la habitación en penumbra.

—¿Ina?

Nadie contestó. Quizá dormía. Olaug cruzó el umbral y miró hacia la cama desde la puerta. Vacía. Extraño. Sus ancianos ojos se acostumbraron a la oscuridad y entonces vio el cuerpo de Ina. Estaba sentada en la mecedora, junto a la ventana, y parecía estar durmiendo. Tenía los ojos cerrados y la cabeza ladeada. Olaug no era capaz de asegurar de dónde procedía la música.

Se acercó a la silla.

—¿Ina?

Su inquilina seguía sin reaccionar. Olaug sujetó la bandeja con una mano mientras posaba la otra cuidadosamente en la mejilla de la joven.

Un chasquido suave resonó en la alfombra cuando se le cayó la tetera y, a continuación, dos tazas de té, un azucarero de plata con el águila nacional alemana, un platito y seis galletas Maryland.

Exactamente en el mismo momento en que el juego de té de Olaug, o, mejor dicho, de la familia Schwabe, aterrizaba en el suelo, Ståle Aune levantaba su taza. O, mejor dicho, la del Distrito Policial de Oslo.

Bjarne Møller examinaba a aquel psicólogo rechoncho y su dedo meñique tieso preguntándose cuánto de teatro había en aquel gesto y cuánto era, simplemente, un dedo meñique tieso.

Møller había convocado una reunión informativa en su oficina. Además de a Aune, había citado a los responsables de la investigación, es decir, a Tom Waaler, a Harry Hole y a Beate Lønn.

Todos parecían cansados. Probablemente, y sobre todo, porque la llama de esperanza que había avivado el descubrimiento del falso mensajero empezaba a extinguirse.

Tom Waaler acababa de repasar los resultados de la orden de búsqueda que habían emitido por radio y televisión. De las veinticuatro respuestas recibidas, trece procedían de los fijos que llamaban siempre, tuviesen o no información que aportar. De las once restantes, siete estaban relacionadas con mensajeros de verdad que realizaban encargos de verdad. Las otras cuatro les confirmaron lo que ya sabían: que habían visto a un mensajero en bicicleta cerca de la plaza Carl Berner hacia las cinco de la tarde del lunes. La novedad era que lo habían visto bajando por la calle Trondheims-veien. La única información importante la aportó un taxista que dijo haber visto a un ciclista con casco, gafas y camiseta amarilla ante la escuela de Bellas Artes, calle Ullevålsveien arriba, hacia la hora en que asesinaron a Camilla Loen. Ninguna de las empresas de mensajería había recibido un encargo que justificase la presencia de un mensajero en aquella calle y a aquella hora. Aunque luego un tío de la empresa Førstemann Sykkelbud se presentó para, algo avergonzado, confesar que se había desviado por la calle Ullevåls-veien para tomarse una cerveza en una terraza de St. Hanshaugen.

—La orden de búsqueda no nos ha aportado nada, ¿no es cierto? —quiso saber Møller.

—Aún es pronto —objetó Waaler.

Møller asintió con la cabeza pero, a juzgar por su expresión, no se sentía muy animado. Aparte de Aune, todos los presentes sabían que las primeras reacciones eran las más importantes. La gente olvidaba con demasiada rapidez.

—¿Qué dice nuestro infradotado departamento forense? —preguntó Møller—. ¿Han encontrado algo que nos pueda ayudar a identificar al autor?

—Desgraciadamente, no —informó Waaler—. Han postergado cadáveres más antiguos y han concedido prioridad a los nuestros, pero por el momento no han obtenido resultado. No hay semen, sangre, pelos, piel ni ningún otro indicio. La única pista física del autor son los agujeros de las balas.

—Interesante —intervino Aune.

Møller preguntó algo irritado por qué aquello era tan interesante.

—Porque indica que no ha abusado sexualmente de las víctimas —explicó el psicólogo—. Y eso es muy poco frecuente cuando se trata de asesinos en serie.

—Puede que esto no esté relacionado con el sexo —observó Møller.

Aune negó con la cabeza.

—Siempre hay un motivo sexual. Siempre.

—Quizá cabría decir lo que dijo Peter Sellers en *Bienvenido, Mr. Chance*: «I like to watch» —apuntó Harry.

Todos lo miraron sin entenderlo.

—Quiero decir que a lo mejor no necesita tocarlas para experimentar satisfacción sexual.

Harry evitó la mirada de Waaler.

—A lo mejor el asesinato en sí y mirar el cadáver es suficiente.

—Eso no puede ser —objetó Aune—. Lo normal es que el asesino desee eyacular, pero puede haber eyaculado sin dejar rastro de semen en el lugar de los hechos. O puede haber tenido el suficiente autocontrol como para esperar a encontrarse en un lugar seguro.

Permanecieron en silencio un par de segundos. Harry sabía que todos pensaban lo mismo que él: qué habría hecho el asesino con Lisbeth Barli, la mujer desaparecida.

—¿Qué pasa con las armas que encontramos en los distintos escenarios?

—Comprobado —dijo Beate—. Las pruebas de tiro demuestran que hay un noventa y nueve coma noventa y nueve por ciento de probabilidades de que sean las que utilizaron para cometer los asesinatos.

—Eso basta —dijo Møller—. ¿Alguna idea sobre la procedencia de las armas?

Beate negó con la cabeza.

—Los números de serie estaban limados. Las marcas del limado son las mismas que las que vemos en la mayoría de las armas que incautamos.

—Ya —dijo Møller—. O sea que aquí tenemos otra vez a esa misteriosa banda de traficantes de armas. ¿Los Servicios de Inteligencia no deberían echarle el guante a esa gente?

–La Interpol lleva más de cuatro años trabajando en el caso, sin éxito –intervino Tom Waaler.

Harry balanceó la silla hacia atrás y observó a Waaler. Mientras estaba en esa postura, Harry notó que sentía algo que no había sentido antes por Waaler: admiración. La misma clase de admiración que despierta un animal salvaje que ha perfeccionado lo que hace para sobrevivir.

Møller dejó escapar un suspiro.

–Comprendo. Vamos perdiendo tres a cero y el contrincante aún no nos ha dejado tocar la pelota. De verdad, ¿a nadie se le ocurre una idea brillante?

–No sé si puede considerarse una idea...

–Desembucha, Harry.

–Es más una sensación respecto a los escenarios. Todos tienen algo en común, pero todavía no sé lo que es. El primer asesinato se cometió en un ático en la calle Ullevålsveien. El segundo, alrededor de un kilómetro hacia el nordeste, en la calle Sannergata. Y el tercero a casi la misma distancia de allí, pero directamente hacia el este, en un edificio de oficinas cerca de la plaza Carl Berner. Se mueve, pero tengo la sensación de que lo hace siguiendo un plan.

–¿Cómo? –preguntó Beate.

–Marca su territorio –dijo Harry–. Seguro que el psicólogo sabe explicarlo.

Møller se volvió hacia Aune, que acababa de tomar un sorbo de té.

–¿Algún comentario, Aune?

Aune hizo una mueca.

–Bueno, no sabe precisamente a Kenilworth.

–No me refería al té.

Aune suspiró.

–Lo que acabo de hacer se llama bromear, Møller. Y sí, Harry, entiendo lo que quieres decir. Los asesinos en serie tienen preferencias rigurosas en cuanto al emplazamiento geográfico del lugar del crimen. Se puede hablar de tres tipos.

Aune fue contando con los dedos.

–El asesino en serie estacionario amenaza o tienta a las víctimas para que se le acerquen y las mata en su domicilio. El territorial opera en un área restringida, como Jack el Destripador, que solo mataba en el distrito de las prostitutas, aunque el territorio también puede abarcar una ciudad entera. Y por último está el asesino en serie nómada, el que, probablemente, tiene un mayor número de víctimas sobre su conciencia. Ottis Toole y Henry Lee Lucas recorrieron Estados Unidos y asesinaron a más de trescientas personas en total.

–Bien –dijo Møller–. Aunque yo no veo del todo clara la planificación a la que te refieres, Harry.

Harry se encogió de hombros.

–Ya te digo, jefe, es solo una sensación.

–Existen elementos comunes –observó Beate.

Los demás se volvieron hacia ella como movidos por un resorte. Las mejillas de la joven se sonrojaron enseguida y dio la impresión de haberse arrepentido de hablar, pero hizo como si nada y continuó:

–El asesino se adentra en territorios donde las mujeres se sienten seguras. En su propio apartamento. En la calle donde vive y a plena luz del día. En el aseo de señoras de su lugar de trabajo.

–Bien, Beate –dijo Harry, que recibió una fugaz mirada de agradecimiento.

–Bien observado, jovencita –opinó Aune–. Y ya que hablamos de pautas de movimiento, quiero añadir algo. Los asesinos en serie de la categoría sociopatológica son, a menudo, muy seguros de sí mismos, como parece el caso que nos ocupa. Una de sus características particulares es que siguen la investigación muy de cerca y aprovechan cualquier ocasión para estar físicamente cerca de donde se lleva a cabo. Pueden percibir la investigación como un juego entre ellos y la policía y muchos han confesado a posteriori que disfrutaban comprobando la confusión de los investigadores.

—Lo que significa que hay por aquí un tipo que se lo está pasando de miedo en estos momentos —dijo Møller juntando las manos—. Bien, es todo por hoy.

—Solo una cosita más —dijo Harry—. Las estrellas de diamante que el asesino va dejando en cada víctima…

—¿Sí?

—Tienen cinco puntas. Casi como un pentagrama.

—¿Casi? Por lo que yo sé, así es exactamente una gema en pentagrama.

—El pentagrama dibujado de un solo trazo cruzado para formar las cinco puntas.

—¡Ah, bueno! —exclamó Aune—. *Ese* pentagrama. Calculado según la proporción áurea. Una forma muy interesante. Existe una teoría celta según la cual cuando, en la época vikinga, se disponían a cristianizar Noruega, dibujaron un pentagrama sagrado que colocaron sobre la parte sur del país para decidir el emplazamiento de las ciudades y de las iglesias, ¿lo sabíais?

—¿Y qué tiene que ver eso con los diamantes? —preguntó Beate.

—No con los diamantes en sí, sino con la forma, el pentagrama. Sé que lo he visto en alguna parte. En uno de los escenarios del crimen. Pero no recuerdo dónde. Esto puede parecer un tanto extraño, pero creo que es importante.

—Vamos a ver —dijo Møller apoyando el mentón en la mano—. ¿Te acuerdas de algo que no recuerdas, pero crees que es importante?

Harry se frotó intensamente la cara con ambas manos.

—Cuando estás en el escenario de un crimen, es tal la concentración que el cerebro registra las cosas más periféricas, mucho más de lo que eres capaz de procesar. Y ahí se quedan hasta que pasa algo, por ejemplo, hasta que aparece un elemento nuevo que encaja con otro, aunque ya no te acuerdas de dónde viste el primero. Pero el subconsciente te dice que es importante. ¿Qué tal suena eso?

—Suena a psicosis —dijo Aune bostezando.

Los otros tres se volvieron hacia él.

—¿Podríais intentar reíros cuando soy chistoso? —preguntó, antes de añadir—: Harry, suena a que tienes un cerebro normal que trabaja duro. Nada por lo que preocuparse.

—Pues yo creo que aquí hay cuatro cerebros que ya han trabajado bastante por hoy —atajó Møller levantándose.

En ese momento, sonó el teléfono.

—Aquí Møller... Un momento.

Le pasó el auricular a Waaler, quien lo cogió y se lo llevó a la oreja.

—¿Sí?

Todos empezaron a levantarse y a alborotar con las sillas cuando Waaler les indicó con la mano que esperasen.

—Bien —dijo antes de concluir la conversación.

Los otros lo miraron intrigados.

—Se ha presentado una testigo. Dice que vio al mensajero de la bicicleta salir de un inmueble de la calle Ullevålsveien, cerca del cementerio de Nuestro Salvador, la tarde del viernes, cuando asesinaron a Camilla Loen. Lo recuerda porque le extrañó que el mensajero llevase una mascarilla blanca. El mensajero que fue a tomarse una cerveza en St. Hanshaugen no la llevaba.

—¿Y?

—No sabía el número de la calle Ullevålsveien, pero Skarre acaba de pasar por allí en coche con la mujer, que le ha señalado el inmueble. Era el de Camilla Loen.

La palma de la mano de Møller cayó rotunda sobre la mesa.

—¡Por fin!

Olaug estaba sentada en la cama y, con la mano en el cuello, notaba cómo se le normalizaba el pulso.

—Me has asustado muchísimo —susurró con voz ronca e irreconocible.

—Lo siento de veras —aseguró Ina cogiendo la última galleta Maryland—. No te he oído entrar.

—Soy yo quien tiene que pedir perdón —dijo Olaug—. Entrar así, de sopetón… Y luego no vi que llevabas esos…

—Auriculares —rió Ina—. Creo que tenía el volumen demasiado alto. Cole Porter.

—Sabes que no estoy al día en música moderna.

—Cole Porter es un viejo músico de jazz. Además, está muerto.

—Querida, tú que eres tan joven no debes escuchar a personas muertas.

Ina volvió a reír. Cuando notó que algo le tocaba la mejilla, automáticamente alargó la mano y le dio a la bandeja con la tetera. Aún había sobre la alfombra una fina capa blanca de azúcar.

—Era él quien me ponía esos discos.

—Tienes una sonrisa misteriosa —dijo Olaug—. ¿Es ese tu pretendiente?

Se arrepintió nada más decirlo. Ina creería que la estaba espiando.

—Quizá —dijo Ina sonriendo con la mirada.

—Entonces ¿es mayor que tú?

Olaug quería explicar indirectamente que no se había molestado en echarle un vistazo, y añadió:

—Quiero decir, ya que le gusta la música de hace años…

Se dio cuenta de que eso tampoco sonaba bien, de que indagaba y fisgoneaba como una vieja. En un instante de pánico, se imaginó cómo Ina buscaba mentalmente un nuevo sitio donde vivir.

—Sí, un poco mayor.

La sonrisa burlona de Ina la desconcertaba.

—Quizá exista la misma diferencia de edad que entre tú y el señor Schwabe.

Olaug se rió con Ina de buena gana, aunque más bien por el alivio que sintió.

—¡Y pensar que estaba sentado exactamente donde tú estás ahora! —exclamó Ina de repente.

Olaug pasó la mano por el cubrecama.

—Sí, lo que son las cosas.

—La noche que te pareció que estaba a punto de llorar, ¿crees que era porque no podía tenerte?

Olaug seguía pasando la mano por el cubrecama… Le resultaba agradable el tacto de la gruesa lana.

—No lo sé —confesó—. No me atreví a preguntarle. Me fabriqué mis propias respuestas, las que más me gustaban. Sueños con los que entretenerme por las noches. Quizá por eso me enamoré tanto.

—¿Estuvisteis juntos alguna vez fuera de la casa?

—Sí. En una ocasión me llevó en el coche hasta Bygdøy. Nos bañamos. Es decir, yo me bañaba mientras él miraba. Me llamaba su ninfa particular.

—¿Llegó a enterarse su mujer de que era el padre del hijo que esperabas?

Olaug miró a Ina largamente y luego negó con la cabeza.

—Ellos se fueron del país en mayo de 1945. Nunca volví a verlos. Hasta julio no me di cuenta de que estaba embarazada.

Olaug dio una palmada en el cubrecama.

—Pero, querida, estarás aburrida de oír estas viejas historias mías. Hablemos de ti. Dime, ¿quién es ese pretendiente tuyo?

—Un hombre bueno.

Ina seguía teniendo esa expresión soñadora que solía adoptar cuando Olaug hablaba de su primer y último amante, Ernst Schwabe.

—Me ha dado una cosa —dijo Ina abriendo un cajón del escritorio, del que sacó un paquetito con una cinta dorada—. Me ha dicho que no lo abra hasta que nos hayamos comprometido.

Olaug sonrió pasando la mano por la mejilla de Ina. Se alegraba por ella.

—¿Estás enamorada de él?

—Es diferente de los demás. No es tan… bueno, es anticuado. Quiere que esperemos con… ya sabes…

Olaug asintió con la cabeza.

—Parece que la cosa va en serio.

–Sí.

A Ina se le escapó un pequeño suspiro.

–Entonces tienes que estar segura de que es el hombre de tu vida antes de permitir que siga adelante –dijo Olaug.

–Ya lo sé –afirmó Ina–. Y eso es lo más difícil. Acaba de estar aquí y, antes de que se fuera, le dije que necesito tiempo para pensar. Me respondió que lo entendía, que soy mucho más joven que él, dijo.

Olaug estaba a punto de preguntar si había traído un perro, pero se contuvo, ya había indagado y hurgado bastante. Pasó la mano una última vez por el viejo cubrecama y se levantó.

–Querida, voy a poner a hervir el agua para el té.

Era una revelación. No un milagro, solo una revelación.

Hacía media hora que los demás se habían ido y Harry acababa de leer los interrogatorios de la pareja de homosexuales vecinas de Lisbeth Barli. Apagó el flexo de la mesa del despacho, guiñó los ojos en la oscuridad y, de repente, lo vio claro. Tal vez fuese porque había apagado la luz igual que cuando estás en la cama y te dispones a dormir, o quizá porque, durante un momento, dejó de pensar. Como quiera que fuese, se diría que alguien le hubiese puesto delante una foto nítida y clara.

Se dirigió a la oficina donde guardaban las llaves de los escenarios del crimen y encontró la que buscaba. Luego fue en coche a la calle Sofie, cogió la linterna y se dirigió a pie a la calle Ullevålsveien. Era casi medianoche. En la tintorería del bajo todo estaba cerrado y apagado, pero en la tienda de lápidas había un foco que iluminaba la leyenda: «Descanse en paz».

Harry entró en el apartamento de Camilla Loen.

No se habían llevado ni los muebles ni ningún otro objeto y, aun así, oía el resonar de sus pasos. Como si la muerte de la propietaria hubiese creado en la vivienda un vacío físico antes inexistente. Al mismo tiempo, tenía la sensación de no estar solo. Él creía en el alma. Y no porque fuera especialmente religioso, sino porque, siempre que veía un cadáver, pensaba que era un cuerpo que había perdido algo, algo que no tenía nada que ver con los cambios físicos naturales que sufre un cuerpo muerto. Los cadáveres se parecían a los caparazones vacíos adheridos a una tela de araña, habían perdido el ser, había desaparecido la luz y habían perdido ese brillo ilusorio que tienen las estrellas que han explotado ya hace tiempo. El cuerpo quedaba desalmado. Y era justamente la ausencia del alma lo que hacía que Harry creyera.

No encendió ninguna lámpara, la luz de la luna que entraba por las ventanas del techo era suficiente. Se fue derecho al dormitorio, donde encendió la linterna, que enfocó hacia la viga maestra que había junto a la cama. Tomó aire. Las marcas que se observaban en la madera marrón eran tan nítidas que debían ser muy recientes. O más bien *la* marca. Una marca alargada de líneas rectas que se doblaban y entraban y salían de sí mismas. Un pentagrama.

Harry dirigió la linterna al suelo. Se apreciaban sobre el parqué una fina capa de polvo y un par de pelusas. Era evidente que Camilla Loen no había tenido tiempo de limpiar antes de marcharse. Pero allí estaba, al lado de la pata trasera de la cama, la viruta de madera.

Harry se tumbó en la cama. El colchón era blando y adaptable. Miró al techo inclinado concentrándose en pensar. Si de verdad fue el asesino quien talló la estrella sobre la cama, ¿qué significaba?

—Descanse en paz —murmuró Harry cerrando los ojos.

Estaba demasiado cansado para pensar con claridad y había otra pregunta que le rondaba la cabeza. ¿Por qué se había fijado en el pentagrama? Los diamantes no habían sido un pentagrama dibujado con una sola línea, sino que tenían una forma de estrella normal, como cualquier otra. Entonces ¿por qué había relacionado la forma del diamante y el pentagrama? ¿Los había relacionado en realidad? ¿No habría ido demasiado rápido? ¿No sería que su subconsciente había relacionado el pentagrama con otra cosa, algo que había visto en los escenarios del crimen y que no podía recordar?

Intentó recrear mentalmente los lugares de los hechos.

Lisbeth, en la calle Sannergata. Barbara, en la plaza Carl Berner. Y Camilla Loen. Allí. En la ducha del baño contiguo. Estaba casi desnuda. La piel mojada. Harry la tocó. A causa del efecto del agua caliente, parecía que había pasado menos tiempo desde su muerte. Le tocó la piel. Beate lo miraba, pero él no podía parar. Era como pasar los dedos por una goma caliente y lisa. Alzó la vista y comprobó que estaban solos y sintió el chorro caliente de la ducha. La miró, vio cómo Camilla lo miraba con un extraño brillo en los ojos. Se sobresaltó, retiró las manos y la mirada de la joven se apagó despacio, como la pantalla de un televisor. Curioso, pensó poniéndole una mano en la mejilla. Aguardó mientras el agua caliente de la ducha le calaba la ropa. La mirada de Camilla Loen fue recuperando el brillo. Le puso la otra mano en el estómago. Los ojos recobraron el destello vital y Harry notó que el cuerpo de la joven empezaba a moverse bajo sus dedos. Comprendió que era el contacto con su mano lo que la había despertado, que sin el tocamiento, se extinguiría, moriría. Apoyó la frente en la de la mujer. El agua se le colaba por dentro de la ropa, le cubría la piel y actuaba como un filtro cálido entre los dos. Entonces se dio cuenta de que los ojos de Camilla Loen ya no eran azules, sino castaños. Y los labios ya no estaban pálidos, sino que eran rojos, irrigados por la sangre. Rakel. Pegó los labios a los de ella. Retrocedió de repente al notar que estaban helados.

Ella lo miró fijamente. Sus labios se movieron.

—¿Qué haces?

El cerebro de Harry se detuvo en seco. En parte porque el eco de las palabras aún flotaba en la habitación y comprendió que no podía haber sido un sueño, y también porque la voz pertenecía a una mujer. Pero sobre todo porque delante de la cama, medio inclinada sobre él, había una figura.

Entonces el cerebro se le aceleró de nuevo. Harry se dio la vuelta y buscó la linterna, que seguía encendida, pero se le cayó al suelo con un golpe sordo y rodó describiendo un círculo mientras el haz de luz y la sombra del desconocido se deslizaban por la pared.

De repente, se encendió la luz del techo.

Harry quedó cegado y se tapó la cara con los brazos en un primer acto reflejo. Pasó el instante. Nada había sucedido. Ningún disparo, ningún golpe. Harry bajó los brazos.

Reconoció al hombre que tenía delante.

—¿Qué demonios estás haciendo? —preguntó el hombre.

Llevaba una bata rosa, pero no tenía pinta de recién levantado. Tenía la raya del pelo perfecta.

Era Anders Nygård.

—Me despertaron los ruidos —explicó Nygård mientras le servía una taza de café a Harry.

—Mi primer pensamiento fue que alguien se había dado cuenta de que el apartamento de arriba estaba vacío y había entrado a robar. Así que subí para comprobarlo.

—Se comprende —dijo Harry—. Pero creía haber cerrado la puerta con llave.

—Tengo la llave del portero. Por si acaso.

Harry oyó unas pisadas y se dio la vuelta.

Vibeke Knutsen apareció en el umbral en bata, con cara de sueño y el cabello rojo alborotado. Sin maquillar, y a la fría luz de la cocina, parecía mayor de lo que Harry la había juzgado. Notó que se sobresaltaba al verlo.

—¿Qué ocurre? —murmuró mirándolos alternativamente.

—Estaba comprobando un par de cosas en el apartamento de Camilla —se apresuró a responder Harry al ver su preocupación—. Me senté en la cama para descansar los ojos un par de segundos y me dormí. Tu marido ha oído el ruido y me ha despertado. Ha sido un día muy largo.

Sin saber exactamente por qué, Harry dejó escapar un bostezo, como para corroborarlo.

Vibeke miró a su pareja.

—¿Qué es lo que llevas puesto?

Anders Nygård miró la bata rosa como si nunca antes la hubiera visto.

—Vaya, parezco una reinona.

Soltó una breve risita.

—Era un regalo para ti, querida. Aún la tenía en la maleta y, con las prisas, no encontré otra cosa que ponerme. Toma.

Desanudó el cinturón de la bata, se la quitó y se la arrojó a Vibeke, que la atrapó asombrada.

—Gracias —dijo vacilante.

—Me sorprende verte levantada —le dijo muy amablemente—. ¿No te has tomado el somnífero?

Vibeke miró a Harry algo incomodada.

—Buenas noches —dijo en un susurro, antes de desaparecer.

Anders dejó la jarra en la placa de la cafetera. Tenía la espalda y los brazos de una palidez casi blanca. Los antebrazos, en cambio, estaban bronceados, como los de un camionero en verano. La misma línea divisoria se apreciaba por encima de las rodillas.

—Por lo general duerme como un lirón toda la noche —dijo Anders.

—Pero no es tu caso, ¿no?

—¿Por qué lo dices?

—Bueno, si sabes que ella duerme como un lirón…

—Lo dice ella.

—¿Y solo te despiertas cuando alguien anda por el piso de arriba?

Anders miró a Harry y asintió con la cabeza.

—Tienes razón, Hole. Yo no duermo. No es tan fácil después de lo que ha pasado. Se queda uno pensando. Entretejiendo toda clase de teorías.

Harry tomó un sorbo de café.

—¿Algunas que quieras compartir con los demás?

Anders se encogió de hombros.

—Yo no sé mucho de asesinos de masas. Si de verdad es ese el problema.

—No lo es. Se trata de un asesino en serie. Existe una gran diferencia.

—Vale, pero ¿no se os ha ocurrido pensar que las víctimas tienen algo en común?

—Son mujeres jóvenes. ¿Hay algo más?

—Son, o eran, promiscuas.

—¿Y eso?

—Basta con leer los periódicos. Lo que cuentan del pasado de esas mujeres habla por sí solo.

—Lisbeth Barli era una mujer casada y, por lo que sabemos, una mujer fiel.

—Después de casada sí, pero antes de eso tocaba en una banda de música que viajaba por todo el país. No serás tan ingenuo, ¿verdad, Hole?

—Ya. ¿Y qué conclusión sacas tú de esa similitud?

—Un asesino de ese tipo asume el papel de juez para decidir sobre la vida y la muerte, se cree Dios. Y entonces, según se nos dice en Hebreos trece, versículo cuatro, Dios juzgará a los que fornican.

Harry asintió con la cabeza y miró el reloj.

—Lo tendré presente, Nygård.

Nygård manoseaba la taza.

—¿Has encontrado lo que buscabas?

—Creo que puede decirse que sí. He encontrado un pentagrama. Me figuro que tú, que trabajas en diseño interior de iglesias, sabes a qué me refiero.

—¿Te refieres a una estrella de cinco puntas?

—Sí. Dibujada en un trazo continuo de líneas que se entrecruzan. Como la estrella de Belén. Quizá tengas alguna idea de lo que puede significar un símbolo como ese, ¿no?

Harry mantenía la cabeza baja, pero, en realidad, estaba observando la cara de Nygård.

–Bastantes cosas –aseguró Nygård–. El cinco es el número más importante en la magia negra. ¿Cuántas puntas había hacia arriba, una o dos?

–Una.

–Entonces no es el símbolo del mal. El símbolo que describes puede representar la fuerza de la vida y el deseo. ¿Dónde lo has encontrado?

–En una viga, encima de la cama.

–¡Ah, sí! –dijo Nygård–. Pues es fácil.

–¿De verdad?

–Sí, es la estrella del diablo.

–¿La estrella del diablo?

–Un símbolo pagano. Se dibuja encima de la cama o de la puerta de entrada para espantar a la «maren» maligna.

–¿La maligna?

–Sí, la maligna. Un ser femenino que se sienta en el pecho de la persona y la monta como a un caballo mientras duerme para que tenga pesadillas. Los paganos creían que era un espectro. No es extraño, ya que la palabra proviene del indogermánico *mer*.

–Confieso que no estoy muy puesto en indogermánico.

–Significa «muerte». –Nygård miró fijamente la taza de café–. O, para ser exactos, «asesinato».

Cuando Harry llegó a casa, había un mensaje en el contestador. Era de Rakel. Quería saber si Harry podía quedarse al día siguiente con Oleg en la piscina Frognerbadet, mientras ella iba al dentista entre las tres y las cinco. Dijo que Oleg quería quedarse con él.

Harry se quedó sentado escuchando el mensaje una y otra vez, para ver si reconocía la respiración de la llamada de unos días atrás, pero tuvo que darse por vencido.

Se quitó toda la ropa y se echó en la cama desnudo. La noche anterior había quitado el edredón y solo se tapó con la funda. Estuvo un rato pataleando en la cama, se durmió, metió el pie en la abertura de la funda, le entró el pánico y lo despertó el sonido de la tela al rasgarse. Fuera, el atardecer tenía un color grisáceo. Tiró los restos de la funda al suelo, se dio la vuelta y se quedó de cara a la pared.

Y entonces apareció ella. Lo estaba montando. Le metió el bocado entre los dientes y tiró. Harry giró la cabeza. Ella se inclinó y le sopló en el oído un aliento caliente. Un dragón que echaba fuego. Un mensaje chisporroteante, sin palabras, en un contestador. Ella le azotaba los muslos y las caderas con el látigo; sentía un dolor dulce y ella decía que pronto no sería capaz de querer a otra mujer, solo a ella, y que más le valía enterarse cuanto antes.

No lo soltó hasta que la luz del sol alcanzó las tejas más altas.

19

Miércoles. Bajo el agua

Justo antes de las tres, cuando aparcó delante de la piscina Frogner-badet, Harry se dio cuenta de adónde habían ido los que, pese a todo, seguían en Oslo. En efecto, una cola de casi cien metros se extendía delante de la taquilla. Leyó el periódico *VG* mientras la muchedumbre se desplazaba arrastrando los pies hacia la redención en el cloro.

No había novedades sobre el caso del asesino en serie, pero el diario había encontrado material para llenar cuatro páginas enteras. Los titulares eran algo crípticos e iban dirigidos a quienes llevasen un tiempo siguiendo el caso. Ahora lo llamaban «Los crímenes del mensajero de la bicicleta». Ya se sabía todo, la policía había dejado de llevarles ventaja a los periodistas de la calle Akersgata y Harry se imaginaba que las reuniones matutinas de las redacciones de los diarios podrían confundirse con las de la sección de Homicidios. Leyó declaraciones de testigos a los que ellos habían interrogado, pero que en el periódico recordaban muchos más detalles; encuestas que confirmaban que la gente decía tener miedo, mucho miedo, que estaban aterrorizados; y las protestas de las empresas de mensajería en bicicleta, que opinaban que deberían recibir una compensación porque nadie dejaba entrar a sus mensajeros y así no podían trabajar y, al fin y al cabo, era responsabilidad de las autoridades atrapar a ese tipo, ¿o no? La relación entre los asesinatos del mensajero y la desaparición de Lisbeth Barli ya no se presentaba como una especulación, sino como un hecho. Bajo el titular «Releva a su hermana» había una foto de Toya Harang y Willy Barli delante del Teatro Nacional. El pie de foto rezaba: «El enérgico productor no tiene intención de cancelar el espectáculo».

Harry ojeó el texto que citaba a Willy Barli: «*The show must go on* es más que una frase hecha, en nuestra profesión se toma muy en serio y sé que Lisbeth está con nosotros sea lo que sea lo que haya ocurrido. Es obvio que la situación nos ha afectado mucho, pero intentamos invertir nuestras energías de forma positiva. En cualquier caso, la obra será un homenaje a Lisbeth, una gran artista que todavía no ha podido mostrar su enorme potencial. Pero lo hará. Sencillamente, no me puedo permitir creer otra cosa».

Cuando por fin logró entrar en el recinto, se quedó mirando a su alrededor. Hacía veinte años, como mínimo, que no iba a la piscina Frognerbadet, pero aparte de unas fachadas que habían renovado y del gran tobogán azul que se alzaba en el centro, no se apreciaban grandes cambios. El olor a cloro, el agua pulverizada que iba flotando por los aires desde las duchas hasta las piscinas, creando pequeños arcoíris, el sonido de pies descalzos corriendo por el suelo de cemento, niños tiritando con los bañadores empapados haciendo cola a la sombra, delante del quiosco.

Encontró a Rakel y Oleg en la ladera de césped, bajo las piscinas para niños.

–Hola.

Rakel sonrió con la boca, pero era difícil saber qué decían sus ojos detrás de las grandes gafas de sol Gucci. Llevaba un bikini amarillo. A muy pocas mujeres les sienta bien un bikini amarillo. Rakel era una de ellas.

–¿Sabes qué? –tartamudeó Oleg tiritando mientras, con la cabeza ladeada, intentaba sacarse el agua del oído–. He saltado desde el cinco.

Harry se sentó a su lado en el césped, pese a que había mucho espacio en la manta que había llevado Rakel.

–Ahora sí que estás mintiendo como un bellaco.

—¡Es verdad!

—¿Cinco metros? Entonces eres todo un acróbata.

—¿Tú has saltado desde el cinco, Harry?

—Alguna vez.

—¿Y desde el siete?

—Bueno, creo que desde ahí también me he pegado algún que otro planchazo.

Harry lanzó a Rakel una mirada de complicidad, pero ella miraba a Oleg, que, de repente, dejó de agitar la cabeza y preguntó en voz baja:

—¿Y del diez?

Harry miró hacia el trampolín desde donde se oían gritos alborotados y al socorrista rugiendo instrucciones por el megáfono. El diez. El trampolín se recortaba sobre el fondo del cielo azul como una T blanca y negra. No era cierto, no hacía veinte años que no iba a Frognerbadet. Estuvo allí unos años después, una noche de verano. Él y Kristin treparon por la verja, subieron a lo alto del trampolín y se tumbaron el uno junto al otro allí arriba. Permanecieron así, sobre la estera basta y tiesa que les pinchaba la piel y bajo el cielo estrellado, hablando sin parar. Él creyó que Kristin sería su última novia.

—No, nunca he saltado desde el diez —respondió.

—¿Nunca?

Harry advirtió la desilusión en la voz de Oleg.

—Nunca. Pero sí me he tirado de cabeza.

—¿Que te has tirado de cabeza? Pero si eso es todavía más guay. ¿Lo vio mucha gente o no?

Harry negó con la cabeza.

—Lo hice de noche. Completamente solo.

Oleg dejó escapar un suspiro.

—¿Y para qué ser valiente, si nadie te ve?

—Sí, a veces yo también me lo pregunto.

Harry intentó captar la mirada de Rakel, pero las gafas eran demasiado oscuras. Ella había guardado las cosas en la bolsa y se había puesto una camiseta y una minifalda vaquera encima del bikini.

—Pero también es cuando resulta más difícil —explicó Harry—. Cuando estás solo y nadie te ve.

—Gracias por hacerme este favor, Harry —dijo Rakel—. Eres muy amable.

—Es un placer —respondió Harry—. Tómate el tiempo que necesites.

—Que necesite el dentista —puntualizó ella—. Esperemos que no sea mucho.

—¿Y cómo aterrizaste? —preguntó Oleg.

—Como siempre —dijo Harry sin dejar de mirar a Rakel.

—Volveré a las cinco —dijo ella—. No os cambiéis de sitio.

—No cambiaremos nada —dijo Harry arrepintiéndose nada más decirlo.

Aquel no era el momento ni el lugar para ser patético. Ya vendrían tiempos mejores.

Harry la siguió con la mirada hasta que desapareció. Y se quedó pensando en lo difícil que debía de haber sido conseguir una cita con el dentista durante las vacaciones.

—¿Quieres ver cómo salto desde el cinco o qué? —preguntó Oleg.

—Por supuesto —dijo Harry, y se quitó la camiseta.

Oleg lo miró.

—¿Nunca tomas el sol, Harry?

—Nunca.

Cuando Oleg ya había saltado dos veces, Harry se quitó los vaqueros y lo acompañó al trampolín. Le explicó a Oleg el salto de la gamba, mientras algunas personas de la cola miraban con desaprobación sus calzoncillos con la bandera de la UE. Harry estiró la mano.

—El arte está en mantenerse vertical en el aire. Impresiona mucho. La gente piensa que vas a caer al agua tieso. Pero en el último momento... —Harry juntó el pulgar y el índice—, te doblas por la mitad como una gamba y atraviesas la superficie con las manos y los pies al mismo tiempo.

Harry saltó. Le dio tiempo a oír el pito del socorrista antes de doblarse y la superficie del agua le dio en la frente.

—Oye, tú, he dicho que el cinco está cerrado —oyó la voz del megáfono como un balido cuando subió de nuevo a la superficie.

Oleg le hizo señas desde el trampolín y Harry le indicó con el pulgar que lo había comprendido. Salió del agua, bajó las escaleras y se puso al lado de una de las ventanas que daban a la piscina del trampolín. Pasó un dedo por el cristal fresco y se puso a hacer dibujos en el vaho mientras contemplaba el paisaje subacuático de color azul verdoso. Miró hacia la superficie y vio trajes de baño, piernas pataleando y los contornos de una nube en un cielo azul. Y pensó en el Underwater.

Entonces apareció Oleg. Frenó en medio de una nube de burbujas, pero en vez de nadar hacia la superficie, dio una patada y bajó hasta la ventana donde estaba Harry.

Se miraron. Oleg sonreía, le hacía gestos con los brazos y señalaba. Tenía la cara pálida y verdosa. Harry no oía lo que decía, pero vio que Oleg movía la boca mientras la negra cabellera flotaba ingrávida por encima de la cabeza, bailando como si fueran algas y apuntando hacia arriba. A Harry le recordaba algo, algo en lo que no quería pensar en aquel momento. Pero mientras estuvieron así, uno a cada lado del cristal, con el sol rugiendo en el cielo y un muro de sonidos despreocupados a su alrededor y, al mismo tiempo, en medio de un silencio absoluto, Harry tuvo un presentimiento repentino de que iba a ocurrir algo terrible.

Sin embargo, lo olvidó enseguida, porque ese presentimiento dio paso a otro en el momento en que Oleg dio otra patada, desapareció de la imagen y Harry se quedó mirando la pantalla vacía de televisor. Una pantalla vacía de televisor. Con las líneas que había dibujado en el vaho. Ya sabía dónde lo había visto.

—¡Oleg!

Harry subió la escalera corriendo.

En términos generales, a Karl los seres humanos le interesaban poco. Llevaba más de veinte años al frente de la tienda de televisores de la plaza Carl Berner y, a pesar de ello, nunca se había preocupado por saber lo más mínimo sobre aquel tocayo que había dado nombre a «la plaza». Tampoco tenía interés en saber nada sobre aquel hombre alto que le mostraba su identificación policial, ni sobre el niño con el pelo mojado que estaba a su lado. Ni tampoco sobre la chica de la que hablaba el agente, la que habían encontrado en los servicios del bufete de abogados que había al otro lado de la calle. La única persona que le interesaba a Karl en aquellos momentos era la chica que aparecía en la foto de la revista *Vi Menn*, su edad, si de verdad era de Tønsberg y si le gustaba tomar el sol desnuda en la terraza para que los hombres que pasaban pudiesen verla.

—Estuve aquí el día que mataron a Barbara Svendsen —dijo el agente.

—Si tú lo dices… —comentó Karl.

—¿Ves ese televisor apagado que hay al lado de la ventana? —dijo el agente señalando el aparato.

—Philips —dijo Karl apartando el ejemplar de *Vi Menn*—. Está bien, ¿verdad? Cincuenta hercios. Tubo de imágenes Real Flat. Sonido envolvente, teletexto y radio. Cuesta siete mil novecientas, pero te lo dejo en cinco mil novecientas.

—¿Ves que alguien ha dibujado en el polvo?

—De acuerdo —suspiró Karl—. Cinco mil seiscientas.

—Me importa un bledo la tele —atajó el agente—. Quiero saber quién lo hizo.

—¿Por qué? —preguntó Karl—. No pensaba denunciarlo.

El agente se inclinó sobre el mostrador. Karl dedujo por la expresión de su cara que aquellas respuestas no eran de su agrado.

—Mira, estamos intentando atrapar a un asesino. Y yo tengo razones para creer que ha estado aquí y que ha hecho ese dibujo en la pantalla del televisor. ¿Te vale?

Karl asintió con la cabeza.

–Muy bien. Y ahora quiero que te esfuerces por recordar.

El agente se dio la vuelta cuando sonó una campanilla a su espalda. Una mujer con una maleta metálica apareció en el umbral.

–El televisor Philips –dijo el agente señalando.

Ella asintió con la cabeza sin pronunciar palabra. Se sentó en cuclillas delante de la pared donde estaba el televisor y abrió la maleta.

Karl los miraba con los ojos como platos.

–¿Recuerdas algo? –dijo el agente.

Karl había empezado a comprender que aquello era más importante que Liz, la chica de Tønsberg.

–No recuerdo a todos los que entran en la tienda –balbució, aunque lo que quería decir era que no recordaba a nadie.

Eso era lo que pasaba. Las caras no significaban nada para él. A aquellas alturas, había olvidado incluso la cara de la joven Liz.

–No necesito que los recuerdes a todos –dijo el agente–. Solo a este. Parece que no hay mucho trajín aquí estos días.

Karl asintió resignado con la cabeza.

–¿Qué tal si te enseño algunas fotos? –preguntó el agente–. ¿Lo reconocerías?

–No lo sé. No te he reconocido a ti, así que...

–Harry –dijo el niño.

–Pero ¿viste a alguien dibujando en el televisor?

–Harry...

Karl había visto a una persona en la tienda aquel día. Se acordó la misma tarde en que la policía entró para preguntarle si había visto algo sospechoso. El problema era que esa persona no había hecho nada de particular, salvo mirar las pantallas de los televisores. Algo que no resulta muy sospechoso en una tienda donde venden televisores. ¿Qué iba a decir? ¿Que alguien cuyo aspecto no recordaba había estado en su tienda y que le resultó sospechoso? ¿Y, además, buscarse un lío y llamar una atención que no deseaba?

–No –respondió Karl–. No vi a nadie dibujar en el televisor.

El agente murmuró algo.

—Harry… —El niño tiraba de la camiseta del agente—. Son las cinco.

El agente se puso rígido y miró el reloj.

—Beate —dijo—. ¿Has encontrado algo?

—Demasiado pronto —dijo ella—. Hay suficientes marcas, pero ha pasado el dedo de tal modo que resulta difícil encontrar una huella entera.

—Llámame.

La campanilla que colgaba encima de la puerta volvió a tintinear y Karl y la mujer de la maleta metálica se quedaron solos en la tienda.

Karl volvió a Liz, la chica de Tønsberg, pero cambió de opinión. La dejó boca abajo y se acercó a la agente de policía. Estaba utilizando un pequeño pincel para cepillar con cuidado una especie de polvo que había esparcido sobre la pantalla. Y entonces vio el dibujo en el polvo. Había empezado a ahorrar también en la limpieza, de modo que no era raro que el dibujo siguiera allí después de unos días.

—¿Qué representa? —preguntó.

—No lo sé —respondió la agente—. Me acaban de decir cómo se llama.

—¿Y cómo se llama?

—La estrella del diablo.

20

Miércoles. Los constructores de catedrales

Harry y Oleg se encontraron con Rakel justo cuando ella salía por la puerta de la piscina Frognerbadet. Echó a correr en dirección a Oleg y lo abrazó al tiempo que dirigía a Harry una mirada furiosa.

–¿Qué crees que estás haciendo? –susurró.

Harry se quedó con los brazos caídos y apoyándose ya en un pie, ya en el otro. Sabía qué podría haberle contestado. Podría haber dicho que «lo que estaba haciendo» era intentar salvar vidas en la ciudad. Pero incluso eso sería mentira. La verdad era que estaba haciendo sus cosas, únicamente eso, sus cosas, y permitiendo que cuantos había a su alrededor pagasen el precio. Así había sido y así sería siempre, y si, de paso, salvaba vidas, podía considerarse un valor añadido.

–Lo siento –dijo. Y, por lo menos en eso, era sincero.

–Hemos estado en un sitio donde también ha estado el asesino en serie –dijo Oleg alteradísimo, pero se calló enseguida, al ver la mirada incrédula de su madre.

–Bueno… –empezó Harry.

–No –lo interrumpió Rakel–. No lo intentes.

Harry se encogió de hombros y sonrió a Oleg con tristeza.

–Déjame por lo menos que os lleve a casa.

Conocía la respuesta antes de oírla. Se quedó mirando cómo se alejaban. Rakel caminaba con pasos rápidos y decididos. Oleg se volvió y se despidió con la mano. Harry le devolvió el gesto.

El sol le bombeaba bajo los párpados.

La cafetería se hallaba en el último piso de la comisaría. Al entrar por la puerta, Harry se quedó de pie mirando. Aparte de la persona que vio sentada en una de las mesas, de espaldas a él, no había más público en el amplio local. Harry se fue derecho de Frognerbadet a la comisaría. Mientras caminaba por los pasillos desiertos del sexto piso, constató que el despacho de Tom Waaler estaba vacío, aunque con la luz encendida.

Harry se acercó al mostrador, que tenía echada la persiana de acero. En la tele, que estaba colgada en una esquina, daban un sorteo de lotería. Harry siguió con la vista la bola que bajaba hacia la cesta. El volumen del televisor estaba muy bajo, pero Harry pudo oír la voz de una mujer que anunciaba el cinco, «El número ganador es el cinco». Alguien había tenido suerte. Se oyó el ruido de una silla.

—Hola, Harry. El servicio está cerrado.

Era Tom.

—Ya lo sé —respondió Harry.

Pensaba en la pregunta de Rakel. ¿Qué estaba haciendo, realmente?

—Solo pensaba fumarme un pitillo.

Harry señaló con la cabeza a la terraza, que funcionaba todo el año como sala de fumadores.

La vista que se ofrecía desde allí era espectacular, pero el aire seguía tan ardiente y estático como en la calle. Los rayos del sol vespertino incidían oblicuos sobre la ciudad y el puerto de Bjørvika, que, de momento, constaba de una carretera y una zona de almacén y contenedores, excelente escondite para drogadictos, pero que pronto se convertiría en una ópera, hoteles y pisos para millonarios. La riqueza estaba a punto de someter a toda la ciudad. Harry pensó en los peces gato de los ríos de África, ese pez grande y negro que carece de la sensatez suficiente como para escapar hacia aguas más profundas cuando comienza la época de sequía y que, al final, queda atrapado en las charcas lodosas que terminan por secarse poco a poco. Los trabajos de construcción ya habían empezado, las grúas parecían siluetas de jirafas elevándose hacia el sol de la tarde.

—Será impresionante.

No había oído a Tom mientras se acercaba.

—Ya veremos.

Harry dio una calada. No sabía con seguridad a qué había respondido.

—Te gustará —dijo Waaler—. Es cuestión de acostumbrarse.

Harry se imaginó a los peces gato cuando el agua desaparecía y ellos se quedaban allí en el lodo, moviendo la cola, abriendo la boca e intentando acostumbrarse a respirar aire.

—Necesito una respuesta, Harry. Tengo que saber si estás dentro o fuera.

Ahogarse con aire. Puede que la muerte del pez gato no fuera peor que la de otros. Dicen que la muerte por ahogamiento es relativamente agradable.

—Ha llamado Beate —dijo Harry—. Ya ha cotejado las huellas de la tienda de televisores.

—¿Ah, sí?

—Solo son huellas parciales. Y el dueño no recuerda nada.

—Una pena. Aune dice que, en Suecia, obtienen buenos resultados con testigos olvidadizos. Quizá debiéramos probar.

—Sí.

—Y esta tarde nos ha llegado una información interesante del forense. Sobre Camilla Loen.

—Ya.

—Estaba embarazada de dos meses. Pero ninguna de las personas de su círculo de amistades con las que hemos hablado tiene idea de quién podría ser el padre. Es más que probable que no tenga nada que ver con el asesinato, pero sería interesante averiguarlo.

—Ya.

Se quedaron en silencio. Waaler se acercó y se apoyó en la barandilla.

—Ya sé que no te gusto, Harry. Y no te pido que cambies de parecer de la noche a la mañana. —Hizo una pausa—. Pero si vamos a trabajar juntos tenemos que empezar por algún sitio. Quizá siendo más accesibles el uno para el otro.

—¿Accesibles?

—Sí. ¿Te parece difícil?

—Un poco.

Tom Waaler sonrió.

—De acuerdo. Pero te dejo que empieces tú. Pregúntame algo que quieras saber sobre mí.

—¿Sobre ti?

—Sí. Lo que sea.

—¿Fuiste tú quien dispa…? —Harry se detuvo en mitad de la palabra—. A ver —dijo—. Quiero saber qué te mueve.

—¿Qué quieres decir?

—Qué es lo que te mueve a levantarte por la mañana y hacer las cosas que haces. Cuál es tu meta y por qué.

—Comprendo. —Tom se quedó pensando. Largo rato. Luego señaló las grúas—. ¿Las ves? Mi tatarabuelo emigró desde Escocia con seis ovejas Sunderland y una carta del gremio de albañiles de Aberdeen. Las ovejas y la recomendación le facilitaron la entrada en el gremio de Oslo. Participó en la construcción de las casas que ves a orillas del río Akerselva y hacia el este, a lo largo del ferrocarril. Después, sus hijos tomaron el relevo. Y luego los hijos de sus hijos. Hasta mi padre. Mi bisabuelo adoptó un apellido noruego, pero cuando nos mudamos a la parte oeste de la ciudad, mi padre volvió a adoptar el apellido Waaler. *Wall*. Muro. Por orgullo, en cierta medida, pero también porque opinaba que Andersen no era un apellido digno de un futuro juez.

Harry miró a Waaler. Intentó distinguir la cicatriz en la mejilla.

—¿Ibas a ser juez?

—Ese era el plan cuando empecé a estudiar derecho. Y, seguramente, habría seguido ese camino, de no ser por lo que pasó.

—¿Qué pasó?

215

Waaler se encogió de hombros.

—Mi padre falleció en un accidente laboral. Es curioso, pero cuando desapareció de mi vida la figura del padre, descubrí que había tomado ciertas decisiones casi más por él que por mí mismo. Y me di cuenta de que no tenía nada en común con mis compañeros de estudios. Supongo que era un idealista ingenuo. Creía que lo de ser juez consistía en llevar el estandarte de la justicia y hacer pervivir el Estado de derecho moderno, pero descubrí que, para la mayoría, se trataba de conseguir un título y un puesto de trabajo donde ganar lo suficiente para impresionar a la vecina de Ullern. Bueno, tú mismo has estudiado en la facultad de derecho...

Harry asintió.

—O quizá sean los genes —dijo Waaler—. A mí siempre me ha gustado construir cosas. Cosas grandes. Desde pequeño construía palacios enormes con las piezas de Lego, mucho más grandes que los de los otros niños. Y con los estudios de derecho descubrí que yo estaba hecho de otra pasta, que era distinto de aquellas personas insignificantes con ideas intrascendentes. Dos meses después del entierro, solicité la admisión en la Escuela Superior de Policía.

—Ya. Y te licenciaste como el mejor alumno, según los rumores.

—El segundo.

—¿Y te dieron la posibilidad de construir tu palacio aquí, en la comisaría?

—No me la *dieron*. A nadie se le *da* nada, Harry. Cuando era pequeño, les quitaba las piezas de Lego a los otros niños para hacer mis construcciones más grandes. La cuestión es qué es lo que uno quiere. Si solo pretendes construir casas insignificantes y mezquinas para personas con vidas insignificantes y mezquinas, o si también quieres que haya óperas y catedrales, edificios grandiosos que apunten a algo más grande que uno mismo, una meta que alcanzar.

Waaler pasó una mano por la barandilla.

—Ser constructor de catedrales es una vocación, Harry. En Italia se concedía el título de mártires a aquellos que morían construyendo iglesias. A pesar de que los que construían las catedrales lo hacían para la humanidad, no existe ninguna catedral en la historia que no se haya levantado con huesos humanos, con sangre humana. Eso solía decir mi abuelo. Y así será siempre. La sangre de mi familia ha dado cuerpo a la mezcla utilizada en varios de los edificios que se ven desde aquí. Solo quiero más justicia. Para todos. Y utilizo los materiales de construcción necesarios.

Harry escrutaba el extremo incandescente del cigarrillo.

—¿Y has pensado en mí como material de construcción?

Waaler sonrió.

—Es una forma de expresarlo. La respuesta es sí. Si tú quieres. Tengo alternativas…

No terminó la frase, pero Harry sabía cómo acababa: «En cambio, tú no…».

Harry dio una larga calada y preguntó en voz baja:

—¿Y si digo que sí a lo de subir a bordo?

Waaler enarcó una ceja y miró a Harry fijamente antes de contestar:

—Te asignarán una primera misión que llevarás a cabo tú solo y sin hacer preguntas. Todos tus predecesores han hecho lo mismo. Como una prueba de lealtad.

—¿Y en qué consistirá esa prueba?

—Lo sabrás a su debido tiempo. Pero implicará quemar algunos puentes de tu vida anterior.

—¿Implicará infringir las leyes noruegas?

—Probablemente.

—Ya veo —dijo Harry—. Así tendréis algo contra mí. Y no caeré en la tentación de descubriros.

—Yo lo expresaría en otros términos, pero has entendido de qué va el asunto.

—¿Y de qué estamos hablando concretamente? ¿De contrabando?

—Ahora me es imposible responderte a esa pregunta.

—¿Y cómo puedes estar seguro de que no soy un topo de los Servicios de Inteligencia o de Asuntos Internos?

Waaler se apoyó en la barandilla y apuntó hacia abajo.

—¿La ves, Harry?

Harry se acercó y dirigió la vista al parque. Aún había gente que aprovechaba los últimos rayos de sol tumbada en la verde hierba.

—La del bikini amarillo —continuó Waaler—. Bonito color para un bikini, ¿verdad?

Algo se le retorció a Harry en el estómago, y se enderezó enseguida.

—No somos tontos —dijo Waaler sin apartar la vista del césped—. Nos informamos acerca de las personas que nos interesa tener en el equipo. Se conserva bien, Harry. Es lista e independiente, según tengo entendido. Pero, por supuesto, ella quiere lo que todas las mujeres en su situación. Un hombre que pueda mantenerlas. Es pura biología. Y a ti apenas te queda tiempo. Tías como esa no duran mucho solas.

A Harry se le cayó el cigarrillo a la calle, y fue dejando un reguero de chispas diminutas.

—Ayer dieron la alarma de riesgo de incendios forestales en toda la parte este del país —dijo Waaler.

Harry no contestó. Un escalofrío le recorrió el cuerpo cuando sintió la mano de Waaler en el hombro.

—En realidad, ya se ha acabado el plazo, Harry. Pero para demostrarte nuestra buena voluntad, te doy dos días más. Si no sé nada de ti antes, retiraré la oferta.

Harry tragaba saliva una y otra vez en un esfuerzo por pronunciar la palabra, pero la lengua se negaba a obedecer y las glándulas salivales parecían el cauce seco de un río africano.

Pero al final lo consiguió.

—Gracias.

A Beate Lønn le gustaba su trabajo. Le gustaban las rutinas, la seguridad, sabía que lo hacía bien y también lo sabían sus colegas de la policía científica con los que compartía lugar de trabajo en la calle Kjølberggata 21A. Y puesto que nada le importaba más en la vida que el trabajo, hallaba en él razón suficiente para levantarse cada mañana. Todo lo demás era música para un intermedio. Beate vivía con su madre en Oppsal, en la segunda planta de la casa. Se llevaban bien. Beate siempre había sido el ojito derecho de su padre cuando él vivía y ella suponía que ese era el motivo por el que se había hecho policía, como él. No tenía ningún hobby. Y, a pesar de que ella y Halvorsen, el agente con quien Harry compartía despacho, eran como una especie de pareja, no estaba segura de que él fuese el hombre de su vida. Había leído en la revista *Henne* que era normal tener esa clase de dudas. Y que había que correr algunos riesgos. A Beate Lønn no le gustaba correr riesgos ni tener dudas. Por eso le gustaba su trabajo.

De niña y de adolescente se sonrojaba solo de pensar que alguien reparase en ella y dedicaba la mayor parte de su tiempo a encontrar diferentes formas de esconderse. Seguía sonrojándose, pero ya había aprendido a localizar buenos escondites. Podía pasarse horas detrás de las desgastadas paredes de ladrillo rojo de la policía científica estudiando huellas dactilares, informes de balística, grabaciones de vídeo, comprobaciones de voces, análisis de ADN o fibras textiles, huellas de pies, sangre, una infinidad de huellas técnicas que podían resolver casos importantes y muy sonados en un silencio y una paz perfectos. También se había dado cuenta de que, en el trabajo, no resultaba tan peligroso ser visible, siempre y cuando lograse hablar alto y claro y, al mismo tiempo, neutralizar el pánico que sentía ante la idea de sonrojarse en público, de perder prestigio por la ropa que llevaba o por revelar que sentía una vergüenza cuya causa ignoraba. La oficina de la calle Kjølberggata se había convertido en su fortaleza; el uniforme y el trabajo, en su armadura mental.

El reloj indicaba las doce y media de la noche cuando el teléfono del escritorio interrumpió su lectura del informe del laboratorio sobre el dedo de Lisbeth Barli. El corazón empezó a latirle acelerado y temeroso al ver en la pantalla que quien llamaba tenía un número «desconocido». Podría ser él.

—Beate Lønn.

Era él. Las palabras vinieron a ráfagas veloces:

—¿Por qué no me has llamado con lo de las huellas?

Ella contuvo la respiración un segundo antes de responder.

—Harry me dijo que te daría el mensaje.

—Gracias, lo recibí. La próxima vez me llamas a mí primero. ¿Entendido?

Beate tragó saliva, no sabía si por ira o por miedo.

—De acuerdo.

—¿Le contaste algo más que no me hayas contado a mí?

—No. Solo que he recibido los resultados de lo que hallaron en la uña del dedo que llegó por correo.

—¿El de Lisbeth Barli? ¿Y qué era?

—Excrementos.

—¿Qué?

—Caca.

—Sí, gracias, sé lo que es. ¿Alguna idea de dónde procede?

—Pues sí.

—Corrijo la pregunta. ¿De quién procede?

—No lo sé seguro, pero puedo especular.

—¿Te importaría…?

—Estos excrementos contienen sangre, puede que de una hemorroide. En este caso, del grupo sanguíneo B. Solo se encuentra en el siete por ciento de la población. Willy Barli está registrado como donante de sangre. Él tiene…

—Comprendo. ¿Y cuál es la conclusión?

—No lo sé —dijo Beate apresuradamente.

—Pero ¿sabes que el ano es una zona erógena, Beate? ¿Tanto en mujeres como en hombres? ¿O es que lo has olvidado?

Beate cerró los ojos con fuerza. Ojalá no lo sacara a relucir otra vez. Otra vez no. Hacía mucho tiempo… había empezado a olvidarlo, a eliminarlo del sistema. Pero allí estaba su voz, dura y resbaladiza como la piel de una serpiente.

—Eres muy buena fingiendo ser una chica decente, Beate. Me gusta. Me gustaba que fingieras que querías negarte.

«Tú, yo: nadie sabe nada», pensó Beate.

—¿Halvorsen te lo hace igual de bien?

—Tengo que colgar —dijo Beate.

La risa le resonó en el oído como una ráfaga. Y en ese momento comprendió que no había dónde esconderse, que podían dar contigo en cualquier sitio, igual que con las tres chicas asesinadas en el lugar en que más seguras se sentían. No existía fortaleza alguna. Ninguna armadura.

Øystein estaba en el taxi, en la parada de la calle Therese, escuchando una cinta de los Rolling Stones, cuando sonó el teléfono.

—Oslo ta…

—Hola, Øystein. Soy Harry. ¿Tienes gente en el coche?

—Solo a Mick y Keith.

—¿Cómo?

—La mejor banda del mundo.

—Øystein.

—Sí.

—Los Stones no son la mejor banda del mundo. Ni siquiera la segunda mejor. Más bien es la banda más sobrevalorada del mundo. Y no fueron Keith ni Mick quienes escribieron «Wild Horses», sino Gram Parsons.

—¡Es mentira y tú lo sabes! Pienso colgar ahora mismo…

—¿Hola? ¿Øystein?

—Dime algo agradable. Rápido.

—«Under my thumb» está bastante bien. Y *Exile on Main St.* tiene sus momentos.

—Vale. ¿Qué quieres?

—Necesito ayuda.

—¿A las tres de la mañana? ¿No deberías estar durmiendo?

—No puedo dormir —dijo Harry—. Me muero de miedo en cuanto cierro los ojos.

—¿La misma pesadilla de siempre?

—La reposición favorita de los infiernos.

—¿La historia del ascensor?

—Sí, sé exactamente lo que va a ocurrir y tengo el mismo miedo cada vez. ¿Cuánto tardas en llegar aquí?

—No me gusta esto, Harry.

—¿Cuánto?

Øystein soltó un suspiro.

—Dame seis minutos.

Harry estaba ya con los vaqueros en la puerta del apartamento cuando Øystein subía las escaleras.

Se sentaron en la sala de estar, sin encender la luz.

—¿Tienes una cerveza?

Øystein se quitó la gorra negra de PlayStation y se alisó hacia atrás un flequillo fino y sudoroso.

Harry negó con la cabeza.

—Bueno —dijo Øystein, y dejó en la mesa un tubo de color negro—. A este invito yo. Flunipam. Desmayo garantizado. Basta con una pastilla.

Harry observó la caja con detenimiento.

—No te he pedido que vengas para eso, Øystein.

—¿Ah, no?

—No. Necesito que me expliques qué hay que hacer para descifrar una clave. Cómo hay que proceder.

—¿Estás hablando de piratería? —Øystein miraba a Harry perplejo—. ¿Tienes que descifrar una contraseña?

—Algo así. Habrás leído en los periódicos lo del asesino en serie, ¿no? Creo que nos está dando claves. —Harry encendió una lámpara—. Mira esto.

Øystein observó la hoja de papel que Harry tenía encima de la mesa.

—¿Una estrella?

—Un pentagrama. El asesino ha dejado este símbolo en dos de los lugares del crimen. Uno tallado en una viga, al lado de la cama, y el otro dibujado en la capa de polvo de la pantalla de un televisor, en una tienda enfrente del lugar del crimen.

—¿Y crees que yo puedo decirte lo que significa?

Øystein observaba la estrella mientras meneaba la cabeza.

—No. —Harry apoyó la cabeza entre las manos—. Pero esperaba que pudieras explicarme los principios básicos que hay que seguir para descifrar una clave.

—Las claves que yo descodificaba eran matemáticas, Harry. Las claves entre personas responden a otra semántica. Por ejemplo, soy incapaz de descifrar lo que en realidad dicen las tías.

—Imagínate que esto puede ser ambas cosas. Simple lógica con unos subtítulos.

—Vale, entonces estamos hablando de criptografía. Escritura oculta. Y para descifrar algo así, es preciso recurrir tanto al pensamiento lógico como al llamado analógico. Este último implica utilizar el subconsciente y la intuición, es decir, lo que uno no sabe que sabe. Y luego hay que combinar el pensamiento lineal y el reconocimiento de patrones. ¿Has oído hablar de Alan Turing?

—No.

—Un inglés. Descifró los códigos alemanes durante la guerra. Para abreviar te diré que fue él quien ganó la guerra. Dijo que para descifrar claves primero hay que saber en qué dimensión opera la parte contraria.

—¿Y eso qué significa?

—Digamos que es un nivel por encima de las letras y los números. Por encima del lenguaje. Respuestas que no explican el cómo, sino el porqué. ¿Entiendes?

—No, pero cuéntame cómo se hace.

—Nadie lo sabe. Se parece a la clarividencia religiosa y puede considerarse más bien como un don.

—Vamos a suponer que sé por qué. ¿Qué pasa después de eso?

—Puedes tomar el camino más largo y combinar las distintas posibilidades hasta morirte.

—No soy yo quien muere. Solo tengo tiempo para recorrer el camino más corto.

—Para eso solo conozco un método.

—¿Y?

—El trance.

—Por supuesto. El trance.

—No estoy de broma. Te concentras observando fijamente la información hasta que dejas de pensar de forma consciente. Es como sobrecargar una pierna hasta que sufre un calambre y empieza a hacer cosas por sí sola. ¿Has visto alguna vez cómo le baila el pie a un escalador atrapado en la montaña? No. Bueno, pero así es. En 1988 entré en el sistema de cuentas del Danske Bank después de cuatro noches en vela y con la ayuda de una gota pequeña y fría de LSD. Si tu subconsciente logra desarticular la clave, te darás cuenta. Si no…

—¿Sí?

Øystein se rió.

—Te desarticularás tú. Las unidades psiquiátricas están llenas de gente como yo.

—Ya. ¿Trance, dices?

—Trance. Intuición. Y quizá un poquito de ayuda farmacéutica…

Harry cogió el tubo de color negro y lo observó pensativo.

—¿Sabes qué, Øystein?

—¿Qué?

Le lanzó la caja, que Øystein atrapó al vuelo.

—Te he mentido sobre lo de «Under my thumb».

Øystein dejó la caja en el borde de la mesa y se puso a atarse los cordones de unas zapatillas Puma terriblemente desgastadas y bastante retro. De cuando lo retro estaba de moda, de la ola retro.

—Ya lo sé. ¿Has visto a Rakel?

Harry negó con la cabeza.

—Es eso lo que te atormenta, ¿verdad?

—Puede —dijo Harry—. Me han ofrecido un trabajo que no sé si puedo rechazar.

—Entonces no es una oferta para trabajar para el dueño del taxi que yo conduzco.

Harry sonrió.

—*Sorry*, no soy el hombre adecuado para facilitar orientación profesional —dijo Øystein, y se levantó—. Aquí te dejo el tubo. Haz lo que quieras.

21

Jueves. Pigmalión

El jefe de los camareros miró de pies a cabeza al hombre que tenía delante. Sus treinta años de servicio le habían procurado cierto olfato para los problemas, y aquel hombre apestaba. No es que él pensara que la ausencia de problemas fuese beneficiosa. Un buen escándalo de vez en cuando era precisamente lo que esperaban los clientes del Theatercaféen. Pero debía tratarse del tipo de problemas adecuado. Como cuando los artistas jóvenes cantan desde la galería del café vienés que ellos son el vino nuevo, o cuando un antiguo galán del Teatro Nacional afirma algo ebrio y en voz muy alta que lo único positivo que puede decir del célebre hombre de negocios de la mesa contigua es que es homosexual y, por lo tanto, es poco probable que se reproduzca. Pero la persona que el jefe de los camareros tenía delante en aquel momento no parecía ir a decir nada espiritual o inapropiado, sino que más bien tenía pinta de ser un tipo con problemas aburridos: cuentas sin saldar, borracheras y reyertas. Los signos externos −vaqueros negros, nariz roja y cabeza rapada− le hicieron pensar al principio que sería uno de los operarios alcoholizados del teatro que solían ir al sótano de Burns. Pero cuando preguntó por Willy Barli, comprendió que se trataba de una de las ratas de alcantarilla del antro de periodistas Tostrupkjelleren, situado debajo de aquella terraza que llevaba el apropiado nombre de «La tapa del váter». No sentía respeto alguno por los buitres que, sin escrúpulos, se regodeaban de lo que había quedado del pobre Barli después de la desaparición trágica de su encantadora esposa.

—¿Está usted seguro de que será bien recibido? —preguntó el jefe de los camareros consultando el libro de reservas, aunque sabía perfectamente que, como de costumbre, Barli había llegado a las diez en punto y se había sentado en su mesa de siempre, en la terraza acristalada que daba a la calle Stortingsgata.

Lo inusual, y lo que le hizo preocuparse por el estado mental de Barli, era que, por primera vez y hasta donde le alcanzaba la memoria, el jovial productor se había equivocado de día y había acudido al club un jueves en lugar del miércoles habitual.

—Olvídalo, ya lo he visto —dijo el hombre desapareciendo hacia el interior.

El jefe de los camareros soltó un suspiro y miró al otro lado de la calle. Eran varias las razones que lo inducían a preocuparse últimamente por la salud mental de Barli. Un musical, en el reputado Teatro Nacional y durante las vacaciones. Por Dios santo.

Harry había reconocido a Barli por la maraña de pelo, pero al acercarse dudó y empezó a pensar que se había equivocado.

—¿Barli?

—¡Harry!

Se le iluminaron los ojos, pero enseguida se extinguió el destello en su mirada. Tenía las mejillas hundidas y la piel fresca y tostada por el sol de hacía unos días aparecía ahora cubierta por una capa de polvo blanquecino y muerto. Se diría que Willy Barli hubiera encogido, hasta la espalda parecía más estrecha.

—¿Un poco de arenque? —preguntó Willy señalando el plato que tenía delante—. Es el mejor de la ciudad. Lo como todos los miércoles. Dicen que es bueno para el corazón. Claro que, para eso, hay que tener corazón, y los que venimos a este café…

Willy abarcó con el brazo el local casi vacío.

—No, gracias —dijo Harry, y se sentó.

—Coge un trozo de pan, por lo menos. —Willy le ofreció la cesta del pan—. Este es el único sitio de Noruega donde sirven auténtico pan de hinojo. Perfecto para acompañar el arenque.

—Solo café, gracias.

Willy hizo una señal al camarero.

—¿Cómo me has encontrado aquí?

—He preguntado en el teatro.

—¿Ah, sí? Tienen orden de decir que estoy fuera de la ciudad. Los periodistas…

Willy imitó el gesto de estrangular a alguien con las manos. Harry no estaba seguro de si se refería a su propia situación o a lo que deseaba para los periodistas.

—Les mostré la identificación policial y les advertí que era importante —dijo Harry.

—Vale, vale.

Willy fijó la mirada en un punto, delante de Harry, mientras el camarero le ponía una taza y le servía el café de la cafetera que estaba en la mesa. Cuando el camarero se hubo alejado, Harry emitió un carraspeo. Willy se sobresaltó y salió de su ensimismamiento.

—Si traes malas noticias, quiero conocerlas enseguida, Harry.

Harry negó con la cabeza y dio un sorbo de café.

Willy murmuró algo inaudible con los ojos cerrados.

—¿Cómo va la obra de teatro? —preguntó Harry.

Willy le dedicó una sonrisa tristona.

—Ayer llamaron de la sección de Cultura del diario *Dagbladet* para preguntar lo mismo. Les conté cómo iba el desarrollo artístico, pero era obvio que querían saber si tanta publicidad en torno a la extraña desaparición de Lisbeth y a la sustitución por su hermana no sería positiva para la venta de entradas.

Willy levantó la vista al cielo.

—Bueno —dijo Harry—, ¿y es así?

—¿Estás loco de remate, tío? —preguntó Willy con voz estentórea—. Es verano, la gente quiere divertirse, no llorar a una mujer a la que ni siquiera conocen. Hemos perdido el gancho. Lisbeth Barli, un talento rural aún por descubrir. Perder eso justo antes del estreno no es bueno para el negocio.

Desde una mesa situada más al fondo del local se giraron varias cabezas, pero Willy continuó en el mismo tono de voz.

—Apenas si hemos vendido algunas entradas. Bueno, aparte de las del estreno, esas se las rifaron. La gente es morbosa, olfatea y sigue el rastro del escándalo. Para serte franco, necesitamos unas críticas fantásticas si queremos salir bien parados, pero por ahora... —Willy estampó en el mantel blanco un puñetazo que hizo salpicar el café— no se me ocurre nada menos importante que ese puto negocio.

Willy se quedó mirando fijamente a Harry, y parecía que iba a abundar en su estallido cuando una mano invisible le borró de improviso la ira del semblante. Durante un segundo, solo pareció confundido, como si no supiera dónde se encontraba. Acto seguido se le transformó la cara y se apresuró a esconderla entre las manos. Harry vio que el jefe de los camareros les dedicaba una mirada extraña, casi esperanzada.

—Lo siento —susurró Willy con la voz rota y sin retirar las manos—. No suelo... Es que no duermo... ¡Mierda, qué teatral soy!

Se le escapó un sollozo, un sonido entre la risa y el llanto, golpeó la mesa una vez más e hizo una mueca que casi logró convertir en una sonrisa desesperada.

—¿Qué puedo hacer por ti, Harry? Pareces triste.

—¿Triste?

—Afligido. Melancólico. Poco alegre.

Willy se encogió de hombros y se llevó a la boca un tenedor con un trozo de pan con arenque. La piel del pescado relucía. El camarero se acercó a la mesa silenciosamente y sirvió a Willy más Chatelain Sancerre.

—Tengo que preguntarte algo que quizá te resulte desagradablemente íntimo —dijo Harry.

Willy negó con la cabeza mientras tragaba el bocado con un sorbo de vino.

–Cuanto más íntimo, menos desagradable, Harry. Recuerda que soy artista.

–Estupendo.

Harry tomó un sorbo de café para aportarle al cerebro un poco de combustible.

–Hemos encontrado rastros de excrementos y sangre en la uña de Lisbeth. El análisis preliminar concuerda con tu grupo sanguíneo. Quiero saber si necesitamos someterlo a una prueba de ADN.

Willy dejó de masticar, puso el dedo índice derecho en los labios y se quedó pensativo, mirando al infinito.

–No –respondió al cabo de un rato–. No será necesario.

–¿O sea que sus uñas han estado en contacto con tus... excrementos?

–Hicimos el amor la noche anterior a su desaparición. Lo hacíamos todas las noches. Lo habríamos hecho durante el día también si no hubiese hecho tanto calor en el apartamento.

–Y entonces...

–¿Te preguntas si practicamos el *postillion*?

–Bueno...

–¿Si me folla por el culo? Siempre que puede. Pero con cuidado. Como el sesenta por ciento de los noruegos de mi edad, tengo hemorroides, por eso Lisbeth no se deja las uñas demasiado largas. ¿Practicas el *postillion*, Harry?

A Harry se le atragantó el café.

–¿Contigo como objetivo o con otros? –preguntó Willy.

Harry negó con la cabeza.

–Deberías, Harry. Sobre todo porque eres hombre. Dejarse penetrar es algo fundamental. Si te atreves a hacerlo, descubrirás que tienes un registro de sensaciones mucho más amplio de lo que creías. Si aprietas el culo, dejas a los demás fuera en tanto que tú quedas dentro. Pero si te abres, te muestras vulnerable y confiado, brindas a los demás la oportunidad de, literalmente, *llegar* dentro de ti.

Willy continuó agitando el tenedor mientras hablaba:

—Por supuesto que implica cierto riesgo. Te pueden dañar, rasgarte por dentro. Pero también pueden amarte. Y entonces te envuelve el amor, Harry. Es tuyo. Se dice que es el hombre quien posee a la mujer en el coito, pero ¿es eso cierto? Piénsalo, Harry.

Harry pensaba.

—Lo mismo nos ocurre a los artistas. Hemos de abrirnos, mostrarnos vulnerables, dejarnos penetrar. Para tener la posibilidad de ser amados debemos atrevernos a que nos hagan daño desde dentro. Te hablo de un deporte de riesgo, Harry. Me alegro de haber dejado de bailar.

Mientras Willy sonreía, un par de lagrimones empezaron a rodarle por las mejillas, primero de un ojo y a continuación del otro, como en un eslalon en paralelo intermitente, hasta perderse en la barba.

—La echo de menos, Harry.

Harry clavó la vista en el mantel. Pensaba que debería marcharse, pero se quedó sentado.

Willy sacó un pañuelo y se sonó con un fuerte trompeteo antes de escanciar el resto del vino en la copa.

—No es que quiera meterme donde no me llaman, Harry, pero cuando he dicho que pareces triste, pensaba que siempre das la impresión de estar triste. ¿Es por una mujer?

Harry manoseó la taza de café.

—¿Varias?

Harry iba a contestar de modo que no hubiese más preguntas, pero algo le hizo cambiar de opinión. Asintió con la cabeza.

Willy alzó la copa.

—Siempre son las mujeres. ¿Te has dado cuenta? ¿A quién has perdido?

Harry miró a Willy. Había algo en la mirada del productor barbudo, una sinceridad dolorida, una franqueza indefensa que, debía admitirlo, le transmitía la sensación de que podía confiar en él.

–Mi madre enfermó y murió cuando yo era joven –dijo Harry.

–¿Y la echas de menos?

–Sí.

–Pero hay otras, ¿no?

Harry se encogió de hombros.

–Hace un año y medio asesinaron a una colega. Rakel, mi novia...

Harry se calló.

–¿Sí?

–No creo que te interese.

–Comprendo que hemos llegado al meollo del asunto –suspiró Willy–. Vais a dejarlo.

–Nosotros no. Ella. Estoy intentando hacerla cambiar de opinión.

–Ya veo. ¿Y por qué quiere dejarlo?

–Por mi forma de ser. Es una larga historia, pero la versión abreviada es que yo soy el problema. Y ella quiere que sea diferente.

–¿Sabes qué? Tengo una propuesta. Llévala a ver mi obra.

–¿Por qué?

–Porque *My Fair Lady* está basada en un mito griego sobre el escultor Pigmalión, que se enamora de una de sus propias esculturas, la bella Galatea. Le ruega a Venus que infunda vida a la estatua para así casarse con ella y la diosa atiende su plegaria. Quizá la obra le enseñe a tu Rakel lo que pasa cuando quieres cambiar a otra persona.

–¿Que fracasa?

–Todo lo contrario. Pigmalión, representado por el personaje del profesor Higgins, logra todos sus propósitos en *My Fair Lady*. Solo produzco obras con final feliz. Es el lema de mi vida. Si no lo tienen, me lo invento.

Harry sonrió meneando la cabeza.

–Rakel no intenta cambiarme. Es una mujer sabia. Prefiere dejarme.

–Algo me dice que quiere volver contigo. Te enviaré dos entradas para el estreno.

Willy le indicó al camarero que quería la cuenta.

—¿Qué demonios te hace pensar que quiere volver conmigo? —preguntó Harry—. No sabes nada de ella.

—Tienes razón. No digo más que tonterías. El vino blanco con la comida es una buena idea, pero solo en teoría. Últimamente bebo más de lo que debiera, espero que me perdones.

El camarero trajo la cuenta. Willy la firmó sin mirarla y le pidió que la uniera a las demás. El camarero desapareció.

—Pero llevar a una mujer a un estreno con las mejores entradas nunca puede ser un fracaso total. —Willy sonrió—. Créeme, lo he comprobado.

Harry pensó que la sonrisa de Willy se parecía a la triste y resignada de su padre. La sonrisa de un hombre que mira hacia atrás porque allí están las cosas que lo hacen sonreír.

—Muchas gracias, pero... —empezó Harry.

—Nada de peros. Por lo menos es una excusa para llamarla, si no os habláis últimamente. Déjame que te mande dos entradas, Harry. Creo que a Lisbeth le habría gustado. Y Toya está haciendo progresos. Será un buen montaje.

Harry hurgó distraído en el mantel.

—Lo pensaré.

—Estupendo. Tendré que ponerme en marcha antes de que me quede dormido.

Willy se levantó.

—A propósito —Harry se metió la mano en el bolsillo—, encontramos este símbolo en los dos lugares del crimen. Es una estrella del diablo. ¿Recuerdas haberla visto en algún sitio después de que Lisbeth desapareciera?

Willy miró la foto.

—No lo creo.

Harry estiró la mano hacia la foto.

—Espera un poco.

Willy se rascó la barbilla.

Harry aguardaba.

—La he visto. Pero ¿dónde?

—¿En el apartamento? ¿En el portal? ¿En la calle?

Willy negó con la cabeza.

—En ninguno de esos lugares. Y no ahora. En otro lugar, hace mucho tiempo. Pero ¿dónde? ¿Es importante?

—Puede serlo. Llámame si te acuerdas.

Ya fuera, cuando se despidieron, Harry se quedó mirando la calle Drammensveien. El sol brillaba sobre las vías y el aire caliente vibraba y hacía flotar el tranvía.

22

Jueves y viernes. La revelación

Jim Beam está hecho de centeno, cebada y un setenta por ciento de maíz que le da al bourbon ese sabor rotundo y dulce que lo distingue del whisky corriente. El agua del Jim Beam procede de un manantial cercano a la destilería de Clermont, Kentucky, donde también fabrican esa levadura especial que, según algunos, sigue la misma receta que Jacob Beam utilizaba en 1795. El resultado madura durante un mínimo de cuatro años antes de ser enviado a todos los rincones del mundo y de ser adquirido por Harry Hole, que se caga en Jacob Beam y que sabe que el agua de manantial es un truco de comercialización parecido a lo de Farris y el manantial de Farris. Y el único porcentaje que le importa es el que aparece en la letra pequeña de la etiqueta.

Harry se encontraba delante del frigorífico con un cuchillo de tallar en la mano, mirando fijamente la botella de líquido ocre dorado. Estaba desnudo. El calor del dormitorio lo había obligado a quitarse el calzoncillo aún húmedo y con olor a cloro.

Y llevaba cuatro días sobrio. Se dijo que lo peor ya había pasado. Era mentira, lo peor distaba mucho de haber pasado. Aune le había preguntado en una ocasión si sabía por qué bebía. Y él le contestó sin titubear: «Porque tengo sed». Harry lamentaba en varios sentidos el hecho de vivir en una sociedad y en una época en que las desventajas derivadas de beber alcohol en exceso superasen a las ventajas. Sus razones para mantenerse sobrio nunca habían guardado relación alguna con sus principios y solo eran de tipo práctico. Consumir alcohol en grandes cantidades resulta agotador y el premio es una vida corta y miserable, llena de aburrimiento y de dolor físico. Para un bebedor periódico, la vida consiste, por un lado, en estar borracho y, por otro, en el resto del tiempo. Dilucidar cuál de esas dos partes es la vida real constituía una cuestión filosófica en la que él no tenía tiempo de profundizar, ya que, de todos modos, la respuesta no le proporcionaría una vida mejor. Ni peor. Porque todo lo que estaba bien –todo– debía rendirse necesariamente tarde o temprano a la ley de la gravedad del alcohólico. La Gran Sed. Así era como había visto el problema de cálculo hasta que conoció a Rakel y a Oleg. Aquel encuentro otorgó una nueva dimensión a la abstinencia. Pero no anulaba la ley de la gravedad. Y ahora ya no aguantaba más las pesadillas. No aguantaba oír los gritos de ella. Ver el miedo en sus ojos fijos y muertos mientras su cabeza subía hacia el techo del ascensor. Tendió la mano hacia el armario. No dejaría nada sin probar. Dejó el cuchillo de tallar al lado del Jim Beam y cerró la puerta del armario. Luego volvió al dormitorio.

No encendió la lámpara, pero un rayo de luz de luna entraba por entre las cortinas.

El edredón y el colchón parecían haber intentado quitarse la ropa húmeda y arrugada.

Se metió en la cama. La última vez que durmió sin pesadillas fue en la cama de Camilla Loen, durante unos minutos. Entonces también soñó con la muerte, pero con la diferencia de que no sintió miedo. Un hombre puede encerrarse, pero tiene que dormir. Y en el sueño nadie puede esconderse.

Harry cerró los ojos.

El rayo de luna parecía temblar al ritmo del vaivén de las cortinas. Incidió sobre la pared que había encima de la cama y sobre las marcas negras de un cuchillo. Debieron de emplear mucha fuerza, porque la hendidura se adentraba profundamente en la madera detrás del papel blanco de la pared. La herida ininterrumpida formaba una gran estrella de cinco puntas.

Ella oía el tráfico de Trojská al otro lado de la ventana y la respiración profunda y regular del hombre que yacía a su lado. A veces le parecía distinguir los gritos del parque zoológico, pero a lo mejor solo eran los trenes nocturnos del otro lado del río, que frenaban antes de llegar a la estación central. Cuando se mudaron a Trojská, a la cima del signo de interrogación marrón que describía el río Moldava a su paso por Praga, él dijo que le gustaba el sonido de los trenes.

Llovía.

Se había pasado todo el día fuera. En Borna, le dijo. Cuando por fin lo oyó entrar en el apartamento, ella ya se había acostado. Oyó en el recibidor el ruido de la maleta antes de que él llegara al dormitorio. Fingió dormir, pero lo observó a escondidas mientras él colgaba la ropa con movimientos lentos, echando alguna que otra ojeada al espejo que había junto al armario para mirarla. Se metió en la cama. Tenía las manos frías y la piel pegajosa de sudor cuajado. Hicieron el amor al repiqueteo de la lluvia sobre las tejas, el cuerpo de él sabía a sal. Después, se durmió como un niño. Por lo general, a ella también le entraba sueño, pero en esta ocasión se quedó despierta mientras la savia de él salía de su cuerpo antes de que la absorbiera la sábana.

Fingió no saber lo que la mantenía despierta, pese a que sus pensamientos siempre eran los mismos. Que el lunes por la noche cuando volvió de Oslo, al ir a cepillar la chaqueta del traje, descubrió en la manga un cabello rubio. Que aquel sábado, él volvería a Oslo. Que era la cuarta vez en cuatro semanas. Que seguía sin querer contarle lo que hacía allí. Ni que decir tiene que el pelo podía ser de cualquiera, de un hombre o de un perro.

Él empezó a roncar.

Pensó en la forma en que se conocieron. En su cara abierta y sus confesiones francas, que ella malinterpretó pensando que se hallaba ante un hombre extrovertido. La derritió como la nieve de primavera en la plaza Wenceslao, aunque, cuando una mujer sucumbía tan fácilmente a un hombre, siempre existía una sospecha devastadora, la de no ser la única que había sucumbido de ese modo.

Pero la trataba con respeto, casi como a un igual, a pesar de que tenía dinero suficiente como para tratarla como a una de las prostitutas de Perlová. Era un premio de la lotería, el único que le había tocado. Lo único que podía perder. Esa certeza la impulsaba a ser cauta, le impedía preguntar dónde había estado, con quién, qué hacía en realidad.

Sin embargo, había pasado algo y ahora tenía que averiguar si él era un hombre en quien pudiese confiar de verdad. Tenía algo mucho más precioso que perder. No le había contado nada, no lo había sabido con seguridad hasta hacía tres días, cuando fue al médico.

Se levantó de la cama y salió de la habitación de puntillas. Ya en el pasillo, cerró la puerta con cuidado.

Era una maleta moderna de color azul plomo, de la marca Samsonite. Estaba casi nueva pero los cantos aparecían rayados y llenos de pegatinas medio arrancadas de controles de seguridad y de destinos de los que ella ni siquiera había oído hablar.

A la débil luz del vestíbulo observó que la combinación de la cerradura estaba en cero-cero-cero. Siempre lo estaba. Y no necesitaba comprobarlo, sabía que no podría abrir la maleta. Nunca la había visto abierta, a excepción de las veces que él sacaba la ropa de los cajones para meterla en la maleta mientras ella estaba en la cama. Fue pura casualidad que lo hubiese visto la última vez que hizo la maleta. Vio que la combinación de la cerradura estaba en el interior de la tapa. Por otro lado, no es muy difícil recordar tres cifras. No cuando tienes que hacerlo. Olvidar todo lo demás y recordar las tres cifras del número de habitación de un hotel cuando llamaban para decirle que la requerían, qué debía llevar puesto o si había algún otro deseo especial.

Aguzó el oído. Los ronquidos sonaban como una fricción suave detrás de la puerta.

Había cosas que él no sabía. Cosas que no tenía por qué saber, cosas que ella había tenido que hacer, pero que pertenecían al pasado. Puso la punta de los dedos en las ruedecillas dentadas que había sobre los números y las giró. A partir de ahora, solo importaba el futuro.

Las cerraduras se abrieron con un suave clic.

Se quedó en cuclillas mirando fijamente el interior de la tapa. Debajo, encima de una camisa blanca, había una cosa de metal negra y fea.

No necesitaba tocarla para asegurarse de que era una pistola de verdad, las había visto antes, en su vida anterior.

Tragó saliva y notó que la sobrecogía el llanto. Se apretó los ojos con los dedos. Por dos veces, murmuró el nombre de su madre para sus adentros.

Duró solo unos segundos.

Tomó aire con fuerza y en silencio. Tenía que sobrevivir. *Ellos* tenían que sobrevivir. Aquello era, desde luego, una explicación de por qué no le podía contar muchos detalles sobre lo que hacía, la razón de que ganase tanto como parecía. Y ella ya había tenido ese pensamiento, ¿no?

Tomó una decisión.

Había cosas que ella ignoraba. Cosas que no necesitaba saber. Cerró la maleta y puso de nuevo a cero los números de la cerradura. Aplicó el oído a la puerta antes de abrirla con cuidado y entró rápidamente. Un rectángulo de la luz del pasillo alcanzó la cama. Si hubiera echado un vistazo al espejo antes de cerrar, lo habría visto abrir un ojo. Pero estaba demasiado ocupada con sus propios pensamientos. O, mejor dicho, con ese único pensamiento que se le venía a la cabeza una y otra vez mientras oía el tráfico, los gritos del parque zoológico y su respiración rítmica y profunda. Que desde ahora solo contaba el futuro.

Un grito, una botella al romperse en la acera, seguido de una risa ronca. Juramentos y pasos corriendo que desaparecen traqueteando por la calle Sofie hacia el estadio Bislett.

Harry miraba al techo mientras oía los sonidos de la noche. Había dormido tres horas sin soñar antes de despertarse y ponerse a pensar. En tres mujeres, dos escenarios de sendos crímenes y un hombre que le había ofrecido un buen precio por su alma. Intentó encontrar un sistema en todo aquello. Descifrar la clave. Ver el patrón. Entender lo que Øystein había llamado la dimensión más allá del dibujo, la pregunta que venía antes de cómo. ¿Por qué?

¿Por qué un hombre se había disfrazado de mensajero ciclista para matar a dos mujeres y, probablemente, a una tercera? ¿Por qué se lo había puesto tan difícil a la hora de elegir el lugar del crimen? ¿Por qué dejaba mensajes? Cuando toda la experiencia atesorada afirmaba que los asesinatos en serie tenían un motivo sexual, ¿por qué no había ninguna señal de que hubiesen abusado sexualmente de Camilla Loen o de Barbara Svendsen?

Harry notó cómo le sobrevenía el dolor de cabeza. Apartó la funda del edredón de una patada y se dio la vuelta. Los números del despertador ardían en rojo. Las dos cincuenta y una. Las dos últimas preguntas de Harry eran para sí mismo. ¿Por qué aferrarse al alma, si eso significa que se rompa el corazón? ¿Y por qué le importaba un sistema que en realidad lo odiaba?

Apoyó los pies en el suelo y se fue a la cocina. Miró la puerta del mueble que había encima del fregadero. Enjuagó un vaso debajo del grifo y dejó que se llenara hasta arriba. Sacó el cajón donde estaban los cubiertos y cogió la caja negra de fotos, quitó la tapa gris y vertió el contenido en la palma de la mano. Una pastilla le ayudaría dormir. Dos con un vaso de Jim Beam lo volverían hiperactivo. Tres o más podían surtir efectos imprevisibles.

Harry abrió la boca, se metió las pastillas y se las tragó con agua tibia.

Luego se fue a la sala de estar, puso un disco de Duke Ellington que había comprado después de ver a Gene Hackman sentado en el autobús nocturno en *La conversación*, acompañado de unas notas tenues que eran lo más solitario que Harry había oído jamás.

Se sentó en el sillón de orejas.

«Para eso solo conozco un método», le había dicho Øystein.

Harry empezó por el principio. Por el día que pasó por delante del Underwater haciendo eses camino de la dirección de Ullevålsveien. Viernes. La calle Sannergata. Miércoles. Carl Berner. Lunes. Tres mujeres. Tres dedos amputados. La mano izquierda. Primero el dedo índice, luego el corazón y el anular. Tres lugares. Ningún chalé, barrios con vecinos. Un edificio antiguo de fin de siglo, otro de los años treinta y un bloque de oficinas de los cuarenta. Ascensores. Recordaba los números sobre las puertas del ascensor. Skarre había hablado con las tiendas en Oslo y alrededores especializadas en equipos para los mensajeros ciclistas. No pudieron ayudarle en cuanto a equipos de bicicleta y trajes amarillos, pero gracias al acuerdo con los seguros Falken, pudieron facilitarle una lista de quienes habían comprado en los últimos meses bicicletas caras, como las utilizadas por los mensajeros.

Notó cómo llegaba la anestesia. La tosca lana de la silla le escocía en las nalgas y los muslos desnudos.

Las víctimas. Camilla, redactora de una agencia de publicidad, soltera, veintiocho años, rellenita. Lisbeth, cantante, casada, treinta y tres años, rubia, delgada. Barbara, recepcionista, veintiocho, vivía con sus padres, castaño oscuro. Ninguna destacaba por su atractivo. El momento de los asesinatos. Suponiendo que a Lisbeth la asesinaran enseguida, solo días laborables. Por la tarde, justo después de acabar la jornada.

Duke Ellington tocaba veloz. Como si tuviera la cabeza llena de notas que no tuviera más remedio que tocar. De pronto, casi se detuvo del todo. Tocaba solo los puntos necesarios.

Harry no había estudiado la procedencia de las víctimas, no había hablado con familiares ni amigos, solo había repasado el informe a toda prisa, sin encontrar nada que llamase su atención. Porque no era allí donde encontraría las respuestas. No en quiénes eran las víctimas, solo en lo que eran, en lo que representaban. Para aquel asesino, las víctimas no eran sino exteriores, elegidas tan al azar como todo lo que las rodeaba. Solo se trataba de captar lo que era. Captar el dibujo.

De repente, la química se puso en funcionamiento. El efecto recordaba más al de un alucinógeno que a los somníferos. El cerebro cedió ante los pensamientos, que navegaban sin control, como un barril por un río. El tiempo palpitaba, bombeaba como un universo en expansión. Cuando volvió en sí, reinaba a su alrededor un silencio roto únicamente por el sonido de la aguja del tocadiscos que raspaba la etiqueta.

Fue al dormitorio, se sentó a los pies de la cama con las piernas flexionadas, como un escriba sentado, y se quedó mirando fijamente la estrella del diablo. Al cabo de un rato, esta empezó a bailar. Cerró los ojos. Se trataba de captarlo.

Cuando empezó a clarear, él ya había pasado por todos los lugares. Estaba sentado, escuchaba y veía, pero estaba soñando. Cuando lo despertó el chasquido del periódico *Aftenposten* al caer en la escalera, levantó la cabeza y clavó la mirada en la cruz, que había dejado de bailar.

Todo había dejado de bailar. Ya estaba. Había visto el dibujo.

El dibujo de un hombre entumecido que buscaba desesperadamente unos sentimientos genuinos. Un idiota ingenuo que creía que donde hay alguien que ama, hay amor, que donde hay preguntas, hay respuestas. El dibujo de Harry Hole. En un arrebato de ira, dio con la cabeza en la cruz de la pared. Sintió un profundo dolor y cayó apático sobre la cama. Posó la mirada en el despertador. Las 5.55. La funda del edredón estaba mojada y caliente.

Entonces, Harry Hole se apagó, como si alguien hubiera pulsado un interruptor.

Ella le llenó la taza de café. Él gruñó un «Danke» y pasó la página de *The Observer*. Como de costumbre, había salido a comprarlo en el hotel de la esquina, junto con los cruasanes recién hechos que el panadero del barrio había empezado a vender. El hombre nunca había estado en el extranjero, solo en Eslovaquia, que no contaba como extranjero, pero le aseguraba que ahora en Praga tenían todo lo que había en otras grandes ciudades de Europa. Ella tenía ganas de viajar. Antes de conocerlo a él, se había enamorado de ella un hombre de negocios americano. Una empresa farmacéutica de Praga con la que mantenía relaciones comerciales la compró para él como regalo. Era un hombre agradable, inocente y algo regordete, dispuesto a ofrecérselo todo con tal de que se fuera con él a su casa de Los Ángeles. Naturalmente, ella aceptó. Pero cuando se lo contó a Tomas, su chulo y hermanastro, este se encaminó directamente a la habitación del americano y lo amenazó con un cuchillo. El americano se fue al día siguiente y ella nunca volvió a verlo. Cuatro días más tarde y muy deprimida, mientras bebía vino en el Gran Hotel Europa, de pronto lo vio. Estaba sentado al fondo del local observando cómo ella toreaba a los pelmazos. Decía siempre que eso era lo que lo enamoró. No se trataba del hecho de que otros la desearan, sino de la forma en que ignoraba el cortejo, tan relajadamente desinteresada, tan netamente pudorosa. Dijo que todavía había hombres que sabían apreciar esas cosas.

Lo dejó que la invitara a una copa de vino, le dio las gracias y se fue a casa, sola.

Al día siguiente, llamó a la puerta de su minúsculo apartamento, situado en un semisótano de Strasnice. Nunca le dijo cómo se había enterado de dónde vivía. Pero la vida había pasado de gris a rosa en un abrir y cerrar de ojos. Experimentó la felicidad. Era feliz.

El papel de periódico crujía cada vez que pasaba la página.

Debía haberlo sabido. No debería haber guiñado el ojo otra vez. Ojalá no hubiera sabido lo de la pistola que llevaba en la maleta.

Pero había decidido olvidarlo. Olvidar todo lo demás. Lo otro, lo que no era lo importante. Eran felices. Ella lo quería. Estaba sentada, con el delantal puesto. Sabía que le gustaba que usara delantal. Al fin y al cabo, algo sabía del funcionamiento de los hombres, el secreto estaba en no demostrarlo. Se miró el regazo. Empezó a sonreír, no podía evitarlo.

—Tengo que contarte una cosa —le dijo.

—¿Ah, sí?

La página del periódico ondeaba como la vela de un barco.

—Prométeme que no te vas a enfadar —continuó notando que sonreía cada vez con más ganas.

—No puedo prometerlo —respondió él sin levantar la vista.

A ella se le heló la sonrisa.

—Que…

—Supongo que vas a confesarme que registraste la maleta cuando te levantaste anoche.

Hasta aquel momento, ella no se había percatado de que le había cambiado el acento. El habitual tono cantarín había desaparecido casi por completo. Dejó el periódico y la miró.

Nunca había tenido que mentirle, gracias a Dios, porque sabía que jamás lo conseguiría. Allí estaba la prueba. Negó con la cabeza pero notó que se le descontrolaba la expresión de la cara.

Él enarcó una ceja.

Ella tragó saliva.

El segundero de aquel reloj grande de cocina que ella había comprado en IKEA con el dinero de él emitió un silencioso tictac.

Él sonrió.

—Y encontraste un montón de cartas de mis amantes, ¿verdad?

Ella parpadeó desconcertada.

Él se inclinó.

—Estoy bromeando, Eva. ¿Algo va mal?

Ella asintió con la cabeza.

—Estoy embarazada —susurró rápidamente, como si, de pronto, fuese algo urgente—. Yo… nosotros… vamos a tener un hijo.

Se quedó petrificado, mirando fijamente al frente mientras ella le contaba cómo empezó a sospechar, la visita al médico y, finalmente, la certeza. Cuando terminó, él se levantó y salió de la cocina. Volvió y le entregó un pequeño estuche de color negro.

—Visitar a mi madre.

—¿Qué?

—Quieres saber lo que voy a hacer en Oslo, ¿no? Voy a visitar a mi madre.

—¿Tienes madre…?

Fue su primer pensamiento: «¿De verdad tiene madre?». Pero añadió:

—¿Vive tu madre en Oslo?

Él sonrió y señaló la caja con la cabeza.

—¿No vas a abrirlo, querida? Es para ti. Por el niño.

Parpadeó un par de veces antes de serenarse y poder abrirlo.

—Es precioso —dijo notando que se le llenaban los ojos de lágrimas.

—Te quiero, Eva Marvanova.

El tono cantarín volvía a animar su acento.

Ella sonrió entre lágrimas cuando la abrazó.

—Perdóname —murmuró ella—. Perdóname. Lo único que necesito saber es que me quieres. El resto no tiene importancia. No tienes que hablarme de tu madre. Ni de la pistola…

Sintió que el cuerpo de él se ponía rígido entre sus brazos. Y le susurro al oído:

—Vi la pistola, pero no necesito saber nada. Nada, ¿me oyes?

Él se liberó cuidadosamente de su abrazo.

—Sí —dijo—. Lo siento, no hay más remedio. Ya no.

—¿Qué quieres decir?

—Tienes que saber quién soy.

—Pero… ya sé quién eres, mi amor.

—Ignoras a qué me dedico.

—No sé si quiero saberlo.

—Tienes que saberlo.

Cogió el estuche, sacó el collar y lo levantó.

—Me dedico a esto.

245

El diamante en forma de estrella brillaba como un ojo enamorado a la luz matinal que entraba por la ventana de la cocina.

—Y a esto.

Sacó la mano del bolsillo de la chaqueta. Sujetaba la misma pistola que ella había visto en la maleta, pero alargada con un suplemento de metal negro sujeto al cañón. Eva Marvanova no entendía mucho de armas, pero sabía lo que era. Un silenciador. O como se dice en inglés, tan acertadamente, *silencer.*

Harry se despertó cuando sonó el teléfono. Tenía la sensación de que alguien le hubiera metido una toalla en la boca. Intentó humedecer la cavidad bucal con la lengua, pero le raspaba contra el paladar como un trozo de pan reseco. El reloj de la mesilla marcaba las 10.17. Un recuerdo fragmentario, una imagen incompleta le vino a la mente. Se dirigió a la sala de estar. El teléfono sonó por sexta vez.

Cogió el auricular.

—Aquí Harry. Dime.

—Solo quiero decir que lo siento.

Allí estaba, la voz que siempre deseaba oír cuando cogía el teléfono.

—¿Rakel?

—Es tu trabajo —dijo—. No tengo derecho a estar enfadada. Lo siento.

Harry se sentó en la silla. Algo intentaba abrirse camino entre la maraña de sueños antiguos ya casi olvidados.

—Tienes derecho a estar enfadada —dijo.

—Eres policía. Alguien tiene que cuidar de nosotros.

—No me refería al trabajo —dijo Harry.

Ella no respondía. Él aguardaba.

—Te echo de menos —dijo de repente con la voz quebrada.

—Echas de menos a la persona que creías que era yo —precisó Harry—. En cambio yo echo de menos…

—Adiós —dijo Rakel de pronto, como una canción que termina en pleno preludio.

Harry se quedó sentado mirando el teléfono. Alegre y triste a la vez. Un residuo del sueño se esforzaba por emerger a la superficie, pero se topó con la cara inferior de una capa de hielo que iba congelándose cada vez más a medida que pasaban los segundos del día. Repasó la mesa en busca de algún cigarrillo y encontró una colilla en un cenicero. Seguía teniendo la lengua medio anestesiada. Suponía que Rakel había interpretado aquella forma gangosa de articular como indicio de una borrachera, lo que, en realidad, no se hallaba tan lejos de la verdad, salvo por el hecho de que no sentía ganas de volver a ingerir ese veneno.

Entró en el dormitorio. Miró el reloj de la mesilla. Hora de irse a trabajar. Algo…

Cerró los ojos.

El eco de Duke Ellington continuaba resonándole en el conducto auditivo. No estaba allí, tenía que adentrarse más. Siguió escuchando. Oyó el grito dolorido de un tranvía, pasos de gato en el tejado y un ominoso susurro en el abedul de color verde explosivo que había en el patio trasero. Más adentro aún. Oyó que el edificio se resistía, el crujir de la masilla de los travesaños de las ventanas, el trastero vacío del sótano que emitía un ruido sordo allá abajo, en el abismo. Oyó el roce áspero de las sábanas en la piel desnuda y el traqueteo impaciente de los zapatos en el pasillo. Oyó la voz de su madre susurrar como solía hacerlo justo antes de que él se durmiera: «Detrás del armario, detrás del armario, detrás del armario de su madame…».

Y ya estaba dentro del sueño.

El sueño de la noche anterior. Estaba ciego, tenía que estar ciego, porque solo podía oír.

Oyó de fondo una voz que murmuraba una suerte de plegaria. Por la acústica, se diría que estaba en una habitación de grandes dimensiones, como de una iglesia, de no ser porque no paraban de caer gotas. Desde debajo de la alta bóveda, si es que era una bóveda, se oía un aleteo acelerado. ¿Palomas? Al parecer, un sacerdote o un predicador dirigía la sesión de espiritismo, pero la liturgia sonaba extraña y exótica. Casi como si hablara en ruso o como si sufriera glosolalia. La congregación entonó un salmo de armonía extraña y líneas breves y cortantes. Ninguna palabra conocida, como Jesús o María. De repente, la congregación dejó de cantar y empezó a tocar la orquesta. Ahora reconoció la melodía. De la tele. Espera un momento. Oyó algo que rodaba. Una bola. Se detuvo.

—Cinco —anunció una voz femenina—. El número es el cinco.

En ese instante lo comprendió todo.

La clave.

23

Viernes. El número del hombre

Las revelaciones de Harry solían ser pequeñas gotas heladas que le caían en la cabeza. Solo eso. Por supuesto que a veces, si miraba hacia arriba siguiendo la dirección de la caída, encontraba la relación causal. Aquella revelación era diferente. Era un regalo, un hurto, una gracia inmerecida de los ángeles, música como esta podía llegar a personas como Duke Ellington, perfectamente acabada como extraída de un sueño, solo había que sentarse al piano y tocarla.

Y eso era lo que Harry se disponía a hacer en aquellos momentos. Había citado al público en su despacho a la una de la tarde. Así tendría tiempo suficiente para colocar en su sitio lo más esencial, el último trozo de la clave. Para eso necesitaba la estrella guía. Y un mapa de las estrellas.

Cuando se dirigía al despacho, pasó por una librería a fin de comprar una regla, un transportador, un compás, la plumilla más fina que tuvieran y un par de transparencias. Y se puso manos a la obra en cuanto llegó. Sacó el gran plano de Oslo que había descolgado de la pared, puso una cinta adhesiva en una parte rasgada, alisó los dobleces y lo colgó en la pared más amplia. Hecho esto, dibujó en el folio un círculo, lo dividió en cinco sectores de exactamente setenta y dos grados cada uno, pasando la plumilla a lo largo de la regla hacia cada uno de los puntos libres que se encontraban más apartados en el círculo, en una línea continua. Cuando terminó, levantó el folio hacia la luz. La estrella del diablo.

El proyector de transparencias de la sala de reuniones no estaba en su sitio, de modo que Harry entró en la sala de la sección de Atracos, donde el jefe de sección Ivarsson estaba dando su eterna conferencia, que los colegas habían titulado «Cómo llegué a ser tan listo», ante un grupo de sustitutos convocados a la fuerza.

—Esto tiene prioridad —dijo Harry, lo apagó y se llevó el carrito con el proyector ante la mirada perpleja de Ivarsson.

De vuelta en su despacho, Harry metió la transparencia en el proyector, enfocó el cuadrado de luz hacia el mapa y apagó la lámpara del techo.

Oía su propia respiración en la oscura sala sin ventanas mientras ajustaba la transparencia, acercó y alejó el proyector y enfocó la sombra negra de la estrella hasta que la hizo coincidir. Porque coincidir, coincidía. Vaya si coincidía. Miró fijamente el mapa, trazó dos círculos alrededor de sendos números de un par de calles e hizo unas llamadas.

Estaba listo.

A la una y cinco Bjarne Møller, Tom Waaler, Beate Lønn y Ståle Aune se hallaban muy quietos y muy juntos, como ratones sentados en sillas prestadas, en el despacho de Harry y Halvorsen. Harry se había sentado en el borde del escritorio.

—Es una clave —declaró Harry—. Una clave muy sencilla. Un denominador común que deberíamos haber visto hace mucho. Nos la han comunicado muy explícitamente. Un número.

Todos lo miraban.

—Cinco —dijo Harry.

—¿Cinco?

—El número es el cinco.

Harry observó la expresión inquisitiva de aquellas cuatro caras.

Entonces ocurrió lo que le ocurría en ocasiones, cada vez con más frecuencia, después de un largo periodo de consumo de alcohol. El suelo desapareció bajo sus pies sin previo aviso. Experimentó la sensación de estar cayendo, de que la realidad se transformaba. Aquellas personas que tenía delante sentadas en su despacho no eran cuatro colegas, no era un caso de asesinato lo que tenían entre manos, no era un caluroso día de verano en Oslo, nunca había existido nadie llamado Rakel ni Oleg. Enseguida volvió a sentir el suelo. Aunque sabía que a ese breve ataque de ansiedad podían seguir otros, que aún estaba pendiente de un hilo.

Harry levantó la taza de café y bebió despacio intentando calmarse.

Decidió que, cuando oyese el golpe de la taza al dejarla en el escritorio, volvería allí, a aquella realidad.

Bajó la taza.

Tocó el escritorio con un golpe suave.

–Primera pregunta –dijo–. El asesino ha marcado a cada una de las víctimas con un diamante. ¿Cuántas caras tenía?

–Cinco –respondió Møller.

–Segunda pregunta. También ha cortado un dedo de la mano izquierda de cada víctima. ¿Cuántos dedos tiene una mano? Tercera pregunta. Los asesinatos y la desaparición tuvieron lugar en tres semanas consecutivas, en viernes, miércoles y lunes, respectivamente. ¿Cuántos días había entre cada uno?

Hubo un corto silencio.

–Cinco –dijo Waaler.

–¿Y la hora?

Aune carraspeó, antes de contestar:

–Alrededor de las cinco.

–Quinta y última pregunta. Aparentemente, las direcciones donde buscaba a las víctimas fueron elegidas al azar, pero los distintos escenarios tienen un punto en común. ¿Beate?

Ella hizo una mueca.

–¿Cinco?

Los cuatro miraron a Harry.

—¡Joder...! —exclamó Beate antes de callar de repente y sonrojarse hasta las orejas—. Perdón, quiero decir... el quinto piso. Todas las víctimas vivían en el quinto piso.

—Exactamente.

Un luminoso amanecer pareció alentar las caras de los demás, mientras Harry se dirigía hacia la puerta.

—Cinco.

Møller lo escupió como si la palabra le ardiese en la boca.

Harry apagó la luz y se hizo una oscuridad total. Solo la voz les indicaba que se movía de un lado a otro.

—Cinco es un número conocido en muchos rituales. En la magia negra. La brujería. Y en el culto al diablo. Pero también en el cristianismo. Cinco es el número de heridas del Cristo crucificado. Y cinco son los pilares y los momentos de oración del islamismo. En numerosos escritos se alude al cinco como el número del hombre, ya que tenemos cinco sentidos y pasamos por cinco fases vitales.

Se oyó un chasquido y, de repente, una cara pálida y luminosa apareció ante ellos. Se oía un zumbido sordo cuya intensidad iba en aumento.

—Perdón...

Harry torció la lámpara del proyector para que el cuadrado de luz dejase de iluminar su rostro y se vertiese sobre la pared blanca.

—Como veis, aquí tenemos un pentagrama de cinco puntas, o una estrella del diablo, tal y como la encontramos dibujada cerca de los cadáveres de Camilla Loen y de Barbara Svendsen. Basada en el llamado corte de proporción áurea. ¿Cómo se calculaba esto, Aune?

—Te aseguro que no lo sé —resopló el psicólogo—. Detesto las ciencias exactas.

—Bueno —dijo Harry—. Yo opté por la forma sencilla, con un transportador. Es suficiente para nuestras necesidades.

—¿Nuestras necesidades? —preguntó Møller.

—Hasta ahora solo os he mostrado una coincidencia de números que podría ser casual. Esta es la prueba de que no es el caso.

252

–Los tres lugares del crimen se encuentran en un círculo cuyo centro coincide con el de Oslo –dijo Harry–. Además, entre ellos hay exactamente setenta y dos grados. Como veis aquí, encontramos los tres lugares del crimen...

–... en una punta de la estrella –susurró Beate.

–¡Dios mío! –exclamó Møller asombrado–. ¿Quieres decir que... que el asesino nos ha dado...?

–Nos ha dado una estrella como guía –remató Harry–. Una clave que nos anuncia cinco asesinatos. Los tres que ya se han cometido y los dos que faltan. Los cuales, según la estrella, tendrán lugar aquí y aquí.

Harry señaló los dos círculos que había trazado en el mapa, encima de dos de las puntas.

–Y sabemos cuándo –dijo Tom Waaler.

Harry asintió con la cabeza.

–Dios mío –repitió Møller–. Cinco días entre cada asesinato, eso será...

–El sábado –completó Beate.

–Mañana –concretó Aune.

–Dios mío –dijo Møller por tercera vez.

Y parecía una invocación muy sentida.

Harry continuó hablando, interrumpido por las voces exaltadas de los demás, mientras el sol describía una alta parábola estival en el cielo pálido, por encima de los velámenes blancos que, somnolientos, se henchían indolentes en un tímido intento de llegar a casa. Sobre el nudo de Bjørvika, una bolsa de plástico de Rimi volaba hinchada de aire caliente por las carreteras vacías que se entrelazaban como un caótico nido de serpiente. Delante de un almacén junto al mar, en el solar donde se construiría el teatro de la ópera, un chico se afanaba en buscarse una vena debajo de una herida ya infectada, mientras miraba de soslayo a su alrededor como un guepardo hambriento cuando sabe que debe apresurarse antes de que lleguen las hienas.

–Espera un poco –dijo Tom Waaler–. ¿Cómo sabía el asesino que Lisbeth Barli vivía en el quinto, si estaba esperando en la calle?

–No estaba en la calle –apuntó Beate–. Estaba dentro del portal. Comprobamos lo que dijo Barli de que la puerta no se cerraba bien, y era cierto. Seguramente, estuvo observando el ascensor por si bajaba alguien del quinto y, cada vez que oía llegar a alguien, se escondía en la bajada al sótano.

–Muy bien, Beate –dijo Harry–. ¿Y después?

–La siguió hasta la calle y... no, eso es demasiado arriesgado. La redujo en cuanto salió del ascensor. Con cloroformo.

–No –atajó Waaler con decisión–. Demasiado arriesgado. Entonces habría tenido que llevarla en brazos hasta un coche que estuviera aparcado justo delante, y si alguien los hubiera visto, se habría fijado en la marca del coche y quizá incluso en la matrícula.

–Nada de cloroformo –dijo Møller–. Y el coche estaba a cierta distancia. La amenazó con una pistola y la hizo caminar delante de él mientras llevaba la pistola escondida en el bolsillo.

–Como quiera que sea, eligió a las víctimas al azar –dijo Harry–. La clave está en el lugar del crimen. Si quien hubiese bajado del quinto piso hubiese sido Willy Barli y no su mujer, él habría sido la víctima –dijo Harry.

–De ser así... eso explicaría por qué las mujeres no sufrieron agresiones sexuales –dijo Aune–. Y el homicida...

–El asesino.

–... el asesino no ha elegido a las víctimas, lo que significa que es una coincidencia que todas sean mujeres jóvenes. En ese caso, las víctimas no son objetos marcadamente sexuales, es el acto en sí lo que le proporciona satisfacción.

–¿Y qué me dices del servicio de señoras? –preguntó Beate–. En ese caso, no fue casualidad. ¿No sería más natural para un hombre entrar en el servicio de caballeros si le daba igual el sexo de la víctima? Así no se arriesgaba a llamar la atención si alguien lo veía entrar o salir.

—Puede —respondió Harry—. Pero si se había preparado tan a conciencia como parece, sabía que en una oficina de abogados hay muchos más hombres que mujeres. ¿Comprendes?

Beate parpadeó perpleja.

—Bien pensado, Harry —dijo Waaler—. En el servicio de señoras, el riesgo de que lo interrumpiesen durante el ritual con la víctima era mucho menor.

Eran las dos y ocho minutos y fue Møller quien finalmente cortó por lo sano.

—Vale, compañeros, ya basta de hablar de muertos. ¿Qué os parece si nos centramos en los que todavía siguen vivos?

El sol había empezado a dibujar la segunda mitad de la parábola y las sombras asomaban al patio desierto de una escuela de Tøyen, donde no se oía más que el rebotar monótono de un balón de fútbol lanzado a patadas contra un muro. En el hermético despacho de Harry, el aire se había convertido en una sopa de fluidos humanos evaporados. La punta de la estrella situada a la derecha de la que terminaba en la plaza Carl Berner apuntaba a un descampado cercano a la calle Ensjøveien, en Kampen. Harry les había dicho que el edificio que se encontraba justo debajo de la punta se construyó en 1912 como sanatorio para tuberculosos, pero que posteriormente lo transformaron en apartamentos. Primero para estudiantes de labores domésticas, luego para estudiantes de enfermería y, finalmente, para estudiantes en general.

La última punta de la estrella del diablo señalaba el dibujo de unas líneas negras paralelas.

—¿Las vías de la Estación Central de Oslo? —preguntó Møller—. Allí no vive nadie, ¿no?

—Imagínate que esto… —sugirió Harry señalando un cuadrado pequeño que él había dibujado.

—Tiene que ser un almacén, no es…

—No, Harry tiene razón —dijo Waaler—. Allí hay una casa. ¿No os habéis fijado en ella cuando llegáis en el tren? Ese extraño chalé de ladrillos que está totalmente abandonado. Con jardín y todo.

—Te refieres a Villa Valle —dijo Aune—. El domicilio del jefe de estación. Es muy conocida. Supongo que ahora solo hay oficinas.

Harry negó con la cabeza y dijo que el Registro del Censo tenía inscrito allí a un residente, Olaug Sivertsen, una señora mayor.

—No hay ningún quinto piso en el bloque de apartamentos ni tampoco en el chalé —dijo Harry.

—¿Eso lo detendrá? —preguntó Waaler dirigiéndose a Aune.

Aune se encogió de hombros.

—No lo creo. Pero estamos hablando de predecir el comportamiento detallado de un individuo, de modo que tus suposiciones serán tan válidas como las mías.

—Bien —dijo Waaler—. Partimos de la base de que va a actuar mañana en el bloque de apartamentos, con lo que nuestra mejor oportunidad es una acción cuidadosamente preparada. ¿De acuerdo?

A lo cual todos asintieron.

—Me pondré en contacto con Sivert Falkeid, del grupo de Operaciones Especiales, y enseguida empiezo a trabajar en los detalles.

Harry detectó el destello en los ojos de Tom Waaler. Lo comprendía. La acción. La detención. Cobrarse la pieza de la cacería. El solomillo de la labor policial.

—Entonces yo me llevo a Beate a la calle Schweigaardsgate, a ver si damos con el inquilino —dijo Harry.

—Ten cuidado —le advirtió Møller en voz alta para imponerse al ruido de las sillas—. Hemos de procurar que la información no se filtre, recordad lo que ha dicho Aune, que estos tipos pululan en las inmediaciones de la investigación.

Bajaba el sol. Subía la temperatura.

24

Viernes. Otto Tangen

Otto Tangen se puso de lado. Estaba empapado de sudor después de otra noche de calor intenso, pero eso no fue lo que lo despertó. Extendió el brazo hacia el teléfono y la cama medio rota chirrió peligrosamente. Una noche de hacía más de un año se puso de rodillas mientras follaba con Aud Rita, la de la panadería, los dos atravesados en la cama. Aud Rita era una chica muy delgada, pero aquella primavera Otto había rebasado los ciento dos kilos. La habitación estaba totalmente a oscuras cuando un gran estruendo les indicó que la cama había sido construida para soportar movimiento a lo largo, no a lo ancho. Aud Rita estaba debajo y Otto tuvo que llevarla a urgencias en Hønefoss con una fractura en la clavícula. Aud Rita montó en cólera y desvariaba gritando que pensaba contárselo a Nils, su compañero sentimental y mejor amigo de Otto, si no prácticamente el único. Por aquel entonces, Nils pesaba ciento once kilos y era célebre por su temperamento. Otto se rió tanto que estuvo a punto de asfixiarse y, desde aquel día, cada vez que entraba en la panadería Aud lo miraba con cara de pocos amigos. Eso lo entristecía, porque, después de todo, aquella noche había pervivido como un recuerdo entrañable para Otto. Fue la última vez que mantuvo relaciones sexuales.

—Harry Lyd —resopló en el auricular.

Le había puesto a la empresa el nombre del personaje de Gene Hackman en la película que, por más de una razón, había decidido la carrera y la vida de Otto, *La conversación*, una película de Coppola del año 1974, que trataba sobre un experto en escuchas telefónicas. En el limitado círculo de amistades de Otto, nadie la conocía. Él, en cambio, la había visto treinta y ocho veces. A los quince años, tras haber comprendido las posibilidades de enterarse de las vidas ajenas que le brindaba un modesto equipo técnico, adquirió el primer micrófono y descubrió de qué hablaban sus padres en el dormitorio. Al día siguiente, empezó a ahorrar para la primera cámara. Ahora tenía treinta y cinco años y más de cien micrófonos, veinticuatro cámaras y un hijo de once años con una mujer que, una lluviosa noche otoñal, pernoctó en el autobús de sonido en Geilo. Por lo menos, había conseguido que bautizara al niño con el nombre de Gene. Aun así, Otto diría sin pestañear que la relación de amor que mantenía con sus micrófonos era más estrecha. Claro que habría que señalar que la colección incluía micrófonos de tubo Neuman, de los años cincuenta, y micrófonos de dirección Offscreen. Estos últimos se habían diseñado y fabricado expresamente para las cámaras militares que antes tenía que comprar de contrabando en Estados Unidos, pero que ahora podía conseguir fácilmente por internet. No obstante, el orgullo de su colección eran tres micrófonos espía rusos del tamaño de una cabeza de alfiler. No tenían nombre de fabricante y los había conseguido en una feria de Viena. Harry Lyd era, además, la empresa propietaria de uno de los dos únicos estudios de vigilancia profesionales del país. Lo cual implicaba que se pusieran en contacto con él a intervalos irregulares tanto la policía como los Servicios de Inteligencia noruegos y, aunque rara vez, también el servicio de información de defensa. Le habría gustado que sucediera más a menudo: estaba harto de instalar cámaras de vigilancia para 7-Eleven y Videonova, y de formar a empleados que se interesaban muy poco por los aspectos más refinados de la vigilancia de personas que no despertaban sospechas. En este sentido, encontraba más almas gemelas en el seno de la policía y en el ejército, pero el equipo de calidad de Harry Lyd era caro y a Otto le daba la impresión de que le contaban la historia de los recortes presupuestarios cada vez con más frecuencia. Decían que les resultaba más barato instalarse con un equipo propio en una casa o en un piso cercano al objeto de vigilancia y, claro, tenían razón. Pero a veces no había una casa a una distancia conveniente, o el trabajo requería un equipo de alta calidad. Y entonces sonaba el teléfono de Harry Lyd. Como ahora.

Otto escuchó. Parecía un encargo fácil. Pero, puesto que debía de haber muchos pisos cerca del objetivo, intuyó que andaban detrás de un pez gordo. Y en aquellos momentos solo había un pez gordo en el agua.

—¿Es el asesino de la bicicleta? —preguntó sentándose con cuidado en la cama para que no se le abriesen las patas.

Debería haberla cambiado por una nueva. No estaba seguro de que el constante aplazamiento se debiera a razones económicas. Quizá fuera por sentimentalismo. En cualquier caso, si aquella conversación cumplía lo que prometía de momento, pronto podría comprarse una cama ancha y sólida. Una de esas redondas, a lo mejor. Y quizá también podría intentar una nueva aproximación a Aud Rita. Nils pesaba ahora ciento veintiocho kilos, tenía una pinta asquerosa.

—Es urgente —dijo Waaler sin contestar, aunque a Otto le valió como respuesta—. Quiero tenerlo todo montado esta noche.

Otto se rió de buena gana.

—¿El portal, el ascensor y todos los pasillos de un edificio de cuatro plantas con cobertura de sonido e imagen, todo montado en una noche? *Sorry*, compañero, no va a poder ser.

—Se trata de un asunto de la máxima prioridad, contamos con...

—N-O-P-U-E-D-E-S-E-R. ¿Comprendes?

La idea hizo reír tanto a Otto que la cama empezó a moverse.

—Si es tan urgente, lo haremos durante el fin de semana, Waaler. Y te prometo que estará listo el lunes por la mañana.

—Comprendo —dijo Waaler—. Perdona mi ingenuidad.

Si Otto hubiese sido tan bueno interpretando voces como grabándolas, habría comprendido por el tono de voz de Waaler que al comisario no le había gustado lo más mínimo que le deletreara la respuesta. Pero en aquel momento estaba más preocupado por reducir la urgencia e incrementar las horas de trabajo del encargo.

—Bien, entonces estamos en la misma onda —dijo Otto mientras buscaba los calcetines debajo de la cama, donde solo encontró pelusas de polvo y latas de cerveza vacías—. Tengo que calcular un plus de nocturnidad. Y, por supuesto, un recargo por fin de semana. ¡Cerveza! ¿Y si compraba una caja e invitaba a Aud Rita para celebrar el encargo? O, si ella no podía, a Nils.

—Y también un extra por el equipo que debo alquilar, no tengo aquí todo lo necesario.

—No, claro —dijo Waaler—. Supongo que se encuentra en Asker, en el granero de Stein Astrup.

A Otto Tangen estuvo a punto de caérsele el auricular.

—Vaya —dijo Waaler en voz baja—. ¿He dado en un punto flaco? ¿Hay algo que hayas olvidado contarme? ¿Algo sobre un equipo que llegó en un barco procedente de Amsterdam?

La cama se desplomó en el suelo armando un gran estrépito.

—Nuestros hombres te ayudarán con la instalación —dijo Waaler—. Mete esas mollas en un pantalón, llévate el autobús milagroso y preséntate en mi despacho para la puesta al día y la revisión de los planos.

—Yo… yo…

—… reboso gratitud —terminó Waaler—. Muy bien, los buenos amigos colaboran, ¿no es verdad, Tangen? Piensa inteligentemente, mantén la boca cerrada, procura que este sea el mejor trabajo que hayas hecho nunca, y todo irá estupendamente.

25

Viernes. Glosolalia

—¿Vive usted aquí? —preguntó Harry desconcertado.

Desconcertado porque el parecido era tan llamativo que dio un respingo cuando ella abrió la puerta y pudo verle aquella cara pálida de anciana. Eran los ojos. Irradiaban exactamente la misma calma, el mismo calor. Sobre todo, los ojos. Pero también la voz con la que le confirmó que, en efecto, era Olaug Sivertsen.

—Policía —dijo al tiempo que le mostraba la tarjeta de identificación.

—¿Ah, sí? Espero que no haya ocurrido nada malo…

Un aire de preocupación se perfiló en la red de arrugas y finas líneas que le marcaban el rostro. Harry pensó que estaría preocupada por alguien. Tal vez lo pensó porque se parecía a ella, porque también ella se había preocupado por los demás.

—No —dijo automáticamente, repitiendo la mentira y negando con la cabeza—. ¿Podemos entrar?

—Por supuesto.

Ella abrió la puerta del todo y se hizo a un lado. Harry y Beate entraron. Harry cerró los ojos. Olía a jabón de fregar y a ropa vieja. Lógico. Cuando volvió a abrirlos, vio que ella lo observaba con una media sonrisa de curiosidad. Harry le correspondió sonriendo también. Era imposible que ella supiera que él había esperado un abrazo, una caricia en la cabeza y una voz que le anunciara entre susurros que el abuelo los esperaba a él y a Søs en el salón con alguna golosina.

Los condujo hasta un salón, pero nadie aguardaba allí sentado. El salón, o mejor dicho, los salones, pues había tres consecutivos, tenían en el techo rosetas de las que colgaban arañas de cristal y muebles antiguos y señoriales. Al igual que las alfombras, estaban desgastados, pero todo se veía muy limpio y ordenado como únicamente puede verse en una casa donde vive una persona sola.

Harry estaba pensando en por qué había preguntado si ella vivía allí. ¿Era por la forma en que abrió la puerta? ¿Y por cómo los dejó entrar? De todas formas, casi había esperado ver a un hombre, al señor de la casa, pero parecía que el censo tenía razón. No había nadie más.

—Sentaos —dijo—. ¿Café?

Parecía más un ruego que una invitación. Harry carraspeó, un tanto incómodo. No estaba seguro de si debía contarle cuanto antes el motivo de la visita.

—Es una buena idea —dijo Beate sonriendo.

La señora le devolvió la sonrisa y se fue a la cocina. Harry miró agradecido a Beate.

—Me recuerda a… —comenzó.

—Ya lo sé —respondió Beate—. Te lo he visto en la cara. Mi abuela también era un poco como ella.

—Ya —dijo Harry mirando a su alrededor.

Eran pocas las fotos de familia que había en la sala. Solo un par de caras serias en otras tantas fotos desvaídas en blanco y negro, seguramente de antes de la guerra, y cuatro fotos de un niño a diferentes edades. En la foto de adolescente tenía la cara llena de granos, llevaba un peinado de principios de los años sesenta, los mismos ojos de oso de peluche que acababan de encontrarse en la entrada y una sonrisa que era exactamente eso, una sonrisa. Y no solo ese gesto dolorido que Harry a duras penas había logrado componer a esa edad.

La señora mayor entró con una bandeja, se sentó, sirvió el café y ofreció una fuente con galletas Maryland. Harry esperó a que Beate terminase para felicitarla por el café.

–¿Ha leído en los periódicos las noticias sobre las chicas asesinadas en Oslo estas últimas semanas, señora Sivertsen?

Ella negó con la cabeza.

–Aunque me he enterado de lo ocurrido, porque venía en la primera página del *Aftenposten*. Pero nunca leo esas cosas.

Las arrugas que le ribeteaban los ojos apuntaban en oblicuo hacia abajo cuando sonreía.

–Y me temo que soy señorita, aunque mayor, no soy «señora de».

–Lo siento, creía… –Harry miró hacia las fotos.

–Sí –confirmó la mujer–. Es mi hijo.

Se hizo un profundo silencio. El viento les trajo los ladridos remotos de un perro y una voz metálica que anunciaba que el tren con destino a Halden estaba listo para partir del andén número diecisiete. El viento soplaba tan débil que apenas movía las cortinas que colgaban delante de la puerta abierta del balcón.

–Bueno –dijo Harry, y levantó la taza de café, pero se dio cuenta de que, si iba a hablar, lo mejor sería volver a dejarla en la mesa–. Tenemos razones para creer que la persona que mató a las chicas es un asesino en serie, y que uno de sus próximos objetivos es…

–Unos pasteles deliciosos, señora Sivertsen –interrumpió Beate de repente, con la boca llena.

Harry la miró sorprendido. Desde las puertas del balcón se oía el zumbido de los trenes que llegaban a la estación.

La señora mayor sonrió algo confundida.

–Ah, solo son pasteles comprados, no los he hecho yo –respondió la mujer.

–Permítame que empiece de nuevo, señora Sivertsen –dijo Harry–. En primer lugar, le diré que no hay motivo para inquietarse, tenemos la situación totalmente controlada. En segundo lugar…

—Gracias —dijo Harry cuando bajaban por la calle Schweigaardsgate, ante cobertizos y los edificios bajos de las fábricas. El chalé y el jardín, como un oasis de verdor, contrastaban con la negra gravilla que los rodeaba.

Beate sonrió sin ruborizarse.

—Solo pensaba que deberíamos evitar una rotura de fémur mental. Está permitido dar rodeos de vez en cuando. Presentar los hechos de una manera más suave.

—Sí, eso dicen. —Harry encendió un cigarrillo—. Nunca se me ha dado bien hablar con la gente. Se me da mejor escuchar. Y puede que...

Guardó silencio.

—¿Qué? —preguntó Beate.

—Puede que me haya vuelto insensible. Puede que haya dejado de preocuparme. Puede que sea hora de... hacer otra cosa. ¿Te importa conducir?

Le tiró las llaves por encima del techo del coche.

Ella las cogió y se quedó observándolas con una arruga de asombro en la frente.

A las ocho en punto, los cuatro responsables de la investigación se hallaban con Aune congregados otra vez en la sala de reuniones.

Harry informó de la visita a Villa Valle y contó que Olaug Sivertsen se lo había tomado con serenidad. Por supuesto que se quedó impresionada, aunque lejos de sentirse presa del pánico al saber que, posiblemente, se encontraría en la lista mortal de un asesino en serie.

—Beate le propuso que se fuese a vivir con su hijo una temporada —dijo Harry—. Pienso que es una buena idea.

Waaler negó con la cabeza.

—¿Ah, no? —preguntó Harry sorprendido.

–El asesino puede estar vigilando los futuros escenarios. Si empiezan a ocurrir cosas extrañas, tal vez lo pongamos en fuga.

–¿De verdad opinas que vamos a utilizar a una señora mayor e inocente como... como...? –Beate intentó ocultar la indignación, pero se puso como un tomate y tartamudeó–: ¿Como cebo?

Waaler le sostuvo la mirada. Y, por una vez, ella no apartó la suya. Al final, el silencio se hizo tan opresivo que Møller abrió la boca para decir algo, cualquier cosa, una constelación de palabras al azar. Pero Waaler se le adelantó.

–Solo quiero estar seguro de que cogeremos a ese tío. Para que todos puedan dormir tranquilos por la noche. Y por lo que yo sé, a la viejecita no le toca hasta la semana que viene.

Møller soltó una risa estentórea y forzada. Y cuando se dio cuenta de que en realidad no suavizaba nada, se rió aún más alto.

–Da igual –dijo Harry–. Se va a quedar en casa. El hijo vive demasiado lejos, en el extranjero.

–Bien –dijo Waaler–. En cuanto al edificio de los estudiantes, ahora en vacaciones está bastante vacío, como es natural, pero a todos los inquilinos con los que hemos hablado se les ha ordenado que permanezcan en sus viviendas mañana, y poco más al respecto. Hemos dicho que se trata de un ladrón que queremos atrapar con las manos en la masa. Esta noche instalaremos un equipo de vigilancia. Y esperemos que el asesino esté durmiendo.

–¿Y los chicos del grupo de Operaciones Especiales? –preguntó Møller.

Waaler sonrió.

–Están entusiasmados.

Harry miró por la ventana. Intentaba recordar cómo era estar entusiasmado.

Cuando Møller dio por finalizada la reunión, Harry decidió que las manchas de sudor a ambos lados de la camisa de Aune habían adquirido la forma de Somalia. Los tres se quedaron sentados.

Møller sacó cuatro Carlsberg que guardaba en la nevera de la cocina.

Aune asintió con un destello feliz en la mirada. Harry negó brevemente con la cabeza.

—Pero ¿por qué? —preguntó Møller mientras abría las botellas de cerveza.

—¿Por qué nos da libremente la clave que revela su próxima jugada?

—Está intentando decirnos cómo podemos cogerlo —dijo Harry al tiempo que abría la ventana.

Por ella entraron los sonidos que llenaban la ciudad en la noche estival y la actividad desesperada de los efímeros efemerópteros: música procedente de coches descapotables que circulaban despacio, risas exageradas, tacones altos que repiqueteaban raudos en el asfalto. Gente con ilusiones.

Møller miró incrédulo a Harry y luego a Aune, como para obtener la confirmación de que Harry estaba loco.

El psicólogo juntó las yemas de los dedos delante de la pajarita.

—Puede que Harry tenga razón —dijo—. No es raro que un asesino en serie rete y ayude a la policía porque lo que en el fondo desea es que lo atrapen. Hay un psicólogo, Sam Vatkin, según el cual los asesinos en serie desean que los cojan y los castiguen para justificar su superego sádico. Yo me inclino más por la teoría que dice que necesitan ayuda para detener al monstruo que llevan dentro. Que ese deseo de que los descubran se debe a cierto nivel de comprensión objetiva de la enfermedad.

—¿Saben que son enfermos mentales?

Aune hizo un gesto afirmativo.

—Eso… —dijo Møller, y levantó la botella— debe de ser un infierno.

Møller se fue a devolver la llamada a un periodista del *Aftenposten* que quería saber si la policía apoyaba la recomendación del Defensor del Menor, que pedía que los niños se mantuviesen dentro de sus casas.

Harry y Aune se quedaron sentados escuchando los sonidos remotos de los gritos inarticulados de una juerga y oyendo a The Strokes, interrumpidos por una llamada a la oración que, por alguna razón, de repente, resonaba metálica y quizá blasfema, pero también extrañamente bella, todo lo cual entraba por la misma ventana abierta.

—Solo por curiosidad —dijo Aune—. ¿Cuál fue el factor desencadenante? ¿Cómo se te ocurrió lo del cinco?

—¿Qué quieres decir?

—Sé algo acerca de los procesos creativos. ¿Qué pasó?

Harry sonrió.

—Vete a saber. Lo último que vi antes de dormirme esta mañana fue que el reloj de la mesilla mostraba tres cincos. Tres mujeres. Cinco.

—El cerebro es una herramienta extraña —dijo Aune.

—Bueno —dijo Harry—. Según una persona que sabe de claves, necesitamos la respuesta a la pregunta cómo, antes de que hayamos descifrado la verdadera clave. Y esa respuesta no es cinco.

—Entonces ¿por qué?

Harry bostezó y se estiró.

—El porqué es tu terreno, Ståle. Yo me conformo con cogerlo.

Aune sonrió, miró el reloj y se levantó.

—Eres una persona muy extraña, Harry.

Se puso la chaqueta de tweed.

—Ya sé que últimamente has estado bebiendo, pero tienes mejor pinta. ¿Ha pasado ya lo peor, por esta vez?

Harry negó con la cabeza.

—Solo estoy sobrio.

Un cielo abovedado vestido de gala cubría a Harry mientras este se dirigía a casa.

En la acera, a la luz de la señal de neón que colgaba sobre la entrada de la pequeña tienda de ultramarinos Niazi, junto al edificio de

Harry, había una mujer con gafas de sol. Tenía una mano puesta en la cadera y en la otra llevaba una de las bolsas blancas de plástico de Niazi, sin logotipo. Sonreía y parecía que estuviera esperándolo. Era Vibeke Knutsen.

Harry comprendió que estaba interpretando un papel, una broma en la que quería que él participara. Así que moderó los pasos, intentando devolverle una sonrisa que transmitiera algo parecido. Que había esperado verla allí. Y por extraño que pudiera parecer, así era, aunque no lo comprendió hasta ese momento.

–No te he visto en el Underwater últimamente, querido –dijo ella al tiempo que le levantaba las gafas y entornaba un poco los ojos a la luz del sol que aún asomaba suspendido justo encima de los tejados.

–He estado intentando mantener la cabeza fuera del agua –respondió Harry al tiempo que sacaba el paquete de tabaco.

–Vaya, tienes ingenio lingüístico –respondió Vibeke estirándose.

Aquella noche no llevaba puesto ningún animal exótico, sino un vestido de verano azul muy escotado que la joven llenaba de sobra. Le ofreció el paquete y ella cogió un cigarrillo que se puso entre los labios de un modo que Harry no pudo calificar más que como indecente.

–¿Qué haces aquí? –preguntó–. Creía que solías hacer la compra en Kiwi…

–Está cerrado. Es casi medianoche, Harry. He tenido que venir hasta tu barrio para encontrar algo abierto.

Vibeke Knutsen exhibió una sonrisa más amplia aún y entornó los ojos como un gato amoroso.

–Este es un vecindario algo peligroso para una chica un viernes por la noche –advirtió Harry encendiéndole el cigarrillo–. Podrías haber mandado a tu hombre si era una compra tan urgente…

–Refrescos –dijo ella, y levantó un poco la bolsa–. Para que las copas sean menos fuertes. Y mi prometido está de viaje. Pero, si esto es tan peligroso, ¿no deberías llevar a la chica a un lugar seguro?

Hizo un gesto hacia el edificio donde él vivía.

—Te puedo invitar a una taza de café —dijo Harry.

—¿Ah, sí?

—Café soluble. Es todo lo que puedo ofrecer.

Cuando Harry entró en la sala de estar con el hervidor de agua y el tarro de café, Vibeke Knutsen estaba sentada en el sofá, con los zapatos en el suelo y las piernas dobladas debajo del trasero. La piel, blanca como la leche, relucía en la penumbra. Encendió otro cigarrillo, uno de los suyos en esta ocasión. Eran de una marca extranjera que Harry nunca había visto. Sin filtro. A la luz temblona de la cerilla, vio que se le había descascarillado el esmalte de las uñas de los dedos de los pies.

—No sé si aguantaré más —dijo Vibeke—. Ha cambiado tanto... Cuando llega a casa, siempre está intranquilo y anda de un lado para otro en la sala de estar y, si no, se va a entrenar. Parece que le cuesta esperar al próximo viaje. Intento hablar con él, pero me corta o me mira como si no entendiera nada. Desde luego, somos de dos planetas completamente diferentes.

—La suma de la distancia de los planetas y la fuerza de atracción entre ellos es lo que los mantiene en su órbita —dijo Harry mientras servía el café liofilizado.

—¿Más ingenio lingüístico?

Vibeke se retiró una hebra de tabaco de la punta de la lengua, húmeda y rosada.

Harry sonrió.

—Algo que leí en una sala de espera. A lo mejor tenía la esperanza de que fuera cierto. En mi caso.

—¿Sabes qué es lo más extraño? No le gusto. Y aun así, sé que nunca permitirá que me vaya.

—¿Qué quieres decir?

—Me necesita. No sé exactamente para qué, pero es como si hubiese perdido algo y me utilizara para sustituirlo. Sus padres...

—¿Sí?

—No mantiene contacto con ellos. Nunca me los ha presentado, creo que ni siquiera saben que existo. Hace poco sonó el teléfono y era un hombre que preguntaba por Anders. Enseguida tuve la sensación de que se trataba de su padre. No sé cómo, pero se oye en la forma en que los padres pronuncian el nombre de sus hijos. Por un lado, es algo que han dicho tantas veces que resulta el sonido más natural del mundo y, al mismo tiempo, es algo íntimo, una palabra que los desnuda. Y lo pronuncian rápidamente y como avergonzados. «¿Está Anders?» Pero cuando le dije que tenía que despertarlo, la voz empezó a hablar en un idioma extranjero, o… bueno, extranjero no, sino como tú y yo hablaríamos si tuviéramos que inventar palabras sobre la marcha. Igual que hablan en los templos cuando entran en trance.

—¿Glosolalia?

—Sí, creo que se llama así. Anders se ha criado con esas cosas, pero nunca habla de ello. Me quedé un rato escuchando. Primero oí palabras como Satán y Sodoma. Luego empezó a pronunciar palabras más soeces. Coño y puta y esas cosas. Entonces colgué.

—¿Qué dijo Anders al respecto?

—Nunca se lo comenté.

—¿Por qué no?

—Yo… Existe un espacio al que nunca he tenido acceso. Y, seguramente, tampoco quiero tenerlo.

Harry apuró el café. Vibeke no había probado el suyo.

—¿Te sientes solo de vez en cuando, Harry?

Él levantó la vista.

—Sin nadie, quiero decir. ¿No te gustaría a veces estar saliendo con alguien?

—Son dos cosas distintas. Tú sales con alguien. Y te sientes sola.

Vibeke se estremeció como si una corriente helada hubiese cruzado la habitación.

—¿Sabes qué? —dijo ella—. Tengo ganas de tomar una copa.

—Lo siento, no me queda nada.

Ella abrió el bolso.

–¿Puedes traer dos vasos, querido?

–Solo necesitamos uno.

–Vale.

Abrió la petaca, inclinó la cabeza hacia atrás y bebió.

–No me deja moverme –dijo riéndose mientras una gota dorada rodaba brillante por la barbilla.

–¿Cómo?

–Anders no quiere que me mueva. Y tengo que quedarme totalmente quieta. Y no decir ni una palabra, ni suspirar siquiera. A decir verdad, preferiría que fingiera estar dormida. Dice que, si yo le pongo de manifiesto que tengo ganas, a él se le quitan.

–¿Y?

Tomó otro trago y enroscó el tapón lentamente, sin dejar de mirarlo.

–Es una representación casi imposible de ejecutar.

Lo miraba de forma tan directa que Harry tomó aire en un acto reflejo y se irritó al notar los golpecitos de la erección incipiente en el interior de los pantalones.

Ella enarcó una ceja, como si también pudiera notarlo.

–Ven a sentarte en el sofá –dijo.

La voz sonaba áspera y ronca. Harry vio que la carótida le latía azul en el blanco cuello. Solo era un reflejo, pensó Harry. Un perro de Pavlov que se levantaba babeando al oír la señal de la comida, un reflejo condicionado, eso era todo.

–No creo que deba –respondió.

–¿Me tienes miedo?

–Sí –dijo Harry.

Una dulzura gimiente le inundó las entrañas, como el triste llanto del miembro viril.

Ella se rió a carcajadas, pero calló al ver cómo la miraba. Con un mohín infantil, le dijo en tono de niña suplicante:

–Pero, Harry…

–No puedo. Estás muy buena, pero…

La sonrisa de Vibeke quedó intacta, pero guiñó el ojo, como si la hubiera abofeteado.

—No es a ti a quien quiero —dijo Harry.

Su mirada vagaba por la habitación. Las comisuras de los labios se movían como si fuera a romper a reír de nuevo.

—¡Ja! —exclamó ella.

Lo hizo con la intención de ser irónica, habría sido una exclamación de un histrionismo exagerado. Pero quedó en un suspiro cansino y resignado. Había terminado la función, ambos abandonaban sus papeles.

—*Sorry* —dijo Harry.

Los ojos de Vibeke se anegaron de llanto.

—Ah, Harry —susurró.

Harry habría preferido que no lo hubiese hecho. Así podría haberle dicho que se marchara enseguida.

—Lo que quiera que busques en mí no lo tengo —le dijo—. Ella lo sabe. Y ahora lo sabes tú también.

CUARTA PARTE

26

Sábado. El alma. El día

Otto Tangen repasaba por última vez la mesa de mezclas la mañana del sábado cuando el sol asomaba por la colina de Ekebergåsen
con la promesa de otro récord de calor.

El autobús estaba a oscuras y el aire cargado, con un olor a
tierra y a ropa podrida que ni Wunderbaum ni el tabaco de liar de
Harry eran capáces de ahuyentar. A veces se imaginaba sentado en
un búnker, en una trinchera. Con el hedor a muerte en las fosas
nasales, pero apartado de lo que ocurría justo afuera.

El bloque de apartamentos se encontraba en medio de un terreno rústico por encima de Kampen, con vistas a Tøyen. A cada
lado, y casi paralelamente al viejo edificio de ladrillo de cuatro
plantas, había dos bloques de pisos más altos, de los años cincuenta.
Habían utilizado la misma pintura y colocado el mismo tipo de
ventanas en los apartamentos que en los pisos, probablemente en
un intento de otorgar a la zona un aire de conjunto. Pero la diferencia de edad no se dejaba camuflar y seguía dando la impresión
como si un tornado hubiese llevado el bloque de apartamentos en
volandas y lo hubiera depositado despacio en medio de la comu-
nidad de vecinos.

Harry y Waaler habían acordado dejar el autobús en el aparcamiento, junto con los demás coches, justo enfrente de los apartamentos, donde las condiciones de recepción eran buenas y el

autobús no llamaba mucho la atención. Aquellos que, pese a todo, lo mirasen al pasar, constatarían que el oxidado autobús Volvo de color azul con las ventanas cubiertas de poliestireno pertenecía a la banda de rock Kindergarten Accident, tal y como se leía pintado en negro a ambos lados, con una calavera como punto sobre las íes.

Otto se limpió el sudor y comprobó que todas la cámaras funcionaban, que todos los ángulos estaban cubiertos y que todo lo que se moviera fuera de los apartamentos quedaría registrado como mínimo por una cámara, a fin de seguir un objetivo desde que entrase por el portal hasta la puerta de cualquiera de los ochenta apartamentos que se distribuían por los ocho pasillos y las cuatro plantas.

Se habían pasado la noche dibujando planos, calculando y montando cámaras en las paredes. Otto aún notaba aquel sabor amargo y como metálico de mortero seco en la boca, y en los hombros de la sucia chaqueta vaquera se veía una capa amarilla como de caspa.

Al final, Waaler había seguido su consejo y había reconocido que, si querían terminar a tiempo, debían prescindir del sonido. No influiría en la detención y solo perderían pruebas en el caso de que el objetivo dijera algo de interés.

Tampoco sería posible filmar dentro del ascensor. El hueco de hormigón no permitía la salida del número suficiente de señales para enviar una foto decente hasta el autobús por medio de una cámara inalámbrica, y el problema con los cables era que, los tirasen como los tirasen, quedarían a la vista o se enrollarían con los del ascensor. Waaler no insistió, ya que, de todos modos, el objetivo se encontraría a solas en el ascensor. Los inquilinos habían recibido órdenes de no revelar nada a nadie y de permanecer en sus casas entre las cuatro y las seis.

Otto Tangen manipulaba el mosaico de pequeñas fotos que aparecían en las pantallas de los tres ordenadores, ampliándolas hasta que compusieron un todo lógico. En el ordenador de la izquierda, los pasillos que iban hacia el norte, la cuarta y última planta, y la primera. En el centro, el portal. Todos los rellanos y las puertas del ascensor. A la derecha, los pasillos que discurrían hacia el sur. Otto le dio a «Guardar», entrecruzó los dedos detrás de la cabeza y se apoyó en el respaldo con un gruñido de satisfacción. Tenía vigilado todo el edificio. Lleno de jóvenes estudiantes. Si hubiesen tenido más tiempo, a lo mejor habría podido instalar algunas cámaras dentro de los apartamentos. Sin que lo supieran quienes vivían allí, claro está. Ojos de pez diminutos colocados en lugares donde nunca los descubriría nadie. Junto con los micrófonos rusos. Estudiantes de enfermería *aus Norwegen*, jóvenes y cachondas. Podría haberlo grabado en cintas y habérselo vendido a sus contactos. A la mierda el capullo de Waaler. Solo Dios sabe cómo se habría enterado de lo de Astrup y el granero de Asker. Una idea aleteó cual mariposa por la cabeza de Otto, pero se esfumó enseguida. Hacía mucho que sospechaba que Astrup pagaba a alguien para que vigilara sus operaciones con mano protectora.

Otto encendió un cigarrillo. Las imágenes parecían fotos fijas, ningún movimiento en los pasillos ambarinos ni en el portal revelaba que se tratase de una retransmisión en directo. Quienes pasaban el verano en el bloque de apartamentos aún estarían durmiendo. Pero si esperaba un par de horas, quizá viese al hombre que había entrado con la tía del 303 hacia las dos de la madrugada. Parecía borracha. Borracha y dispuesta. Él solo parecía dispuesto. Otto pensó en Aud Rita. La primera vez que la vio fue tomando una copa en casa de Nils, que ya le había puesto las manazas encima. Ella le tendió a Otto la suya, pequeña y blanca, balbuciendo su nombre: «Aud Rita».

Otto exhaló un profundo suspiro.

El capullo de Waaler había estado allí con los agentes de los Servicios de Inteligencia, revisándolo todo hasta la medianoche. Otto vio a Waaler y al jefe de la sección discutir fuera del autobús. Más tarde, los chicos del grupo de Operaciones Especiales se apostarían de tres en tres en cada uno de los apartamentos situados al fondo del pasillo de cada planta, un total de veinticuatro agentes vestidos de negro, encapuchados, con los MP3 cargados, gas lacrimógeno y máscaras antigás. En cuanto recibiesen la señal desde el autobús, entrarían en acción si el objetivo llamaba a la puerta o trataba de acceder a alguno de los apartamentos. La mera idea hizo que Otto temblara de expectación. Los había visto en acción en dos ocasiones y esos chicos eran increíbles. Hubo estallidos y luces como en un concierto de rock duro y, en ambas situaciones, los objetivos se habían quedado tan paralizados que todo terminó en un par de segundos. A Otto le habían explicado que eso era lo que pretendían, asustar tanto al objetivo que no le diese tiempo de prepararse mentalmente para oponer resistencia.

Otto apagó el cigarrillo. La trampa estaba preparada. Solo había que esperar a la rata.

Los agentes se presentarían allí hacia las tres de la madrugada. Waaler había prohibido que nadie entrara o saliera del autobús tanto antes como después de esa hora. Sería un día largo y caluroso.

Otto se echó encima del colchón que estaba en el suelo. ¿Qué estaría pasando en aquellos momentos en el 303? Echaba de menos su cama. Echaba de menos el colchón hundido. Echaba de menos a Aud Rita.

En ese momento se cerró la puerta de la entrada detrás de Harry. Permaneció de pie para encender el primer cigarrillo del día mientras miraba al cielo, donde la bruma matinal se asemejaba a una fina cortina a través de la cual el sol empezaba a abrirse paso. Había dormido. Un sueño profundo y continuo, sin ensoñaciones. Apenas podía creerlo.

—¡Esto va a apestar hoy de lo lindo, Harry! La predicción del tiempo anuncia que será el día más caluroso desde 1907. Tal vez.

Era Ali, el vecino de abajo y dueño de Niazzi. No importaba lo pronto que Harry se levantase, siempre encontraba a Ali y a su hermano metidos en faena cuando él se iba al trabajo. Ali señalaba con la escoba algo que había en la acera.

Harry entornó los ojos para ver qué era. Una caca de perro. No la había visto cuando Vibeke estuvo justo en el mismo lugar la noche anterior. Obviamente, alguien había estado poco atento cuando sacó al perro aquella mañana. O aquella noche. Miró el reloj. Había llegado el día. Dentro de unas horas, tendrían la respuesta.

Harry tragó el humo hasta los pulmones y notó cómo el sistema se despertaba con la mezcla de aire fresco y nicotina. Por primera vez en mucho tiempo, saboreaba el tabaco. Y encima, le sabía bien. Y por un momento se olvidó de todo lo que estaba a punto de perder. El trabajo. Rakel. El alma.

Porque hoy era el día.

Y había empezado bien.

Era, como ya había dicho, casi inconcebible.

Harry notó que se alegraba al oír su voz.

—Ya he hablado con mi padre. Cuidará de Oleg con mucho gusto. Søs también estará allí.

—¿Un estreno? —dijo con esa risa alegre en la voz—. ¿En el Teatro Nacional? ¡Madre mía!

Estaba exagerando. A veces le gustaba hacerlo, pero Harry se dio cuenta de que estaba emocionada.

—¿Qué te vas a poner? —preguntó.

—Todavía no has dicho que sí.

—Eso depende.

—El traje.

—¿Cuál?

—Vamos a ver… El que compré en la calle Hegdehaugsveien para la fiesta del Diecisiete de Mayo de hace dos años. Ya sabes, ese gris con…

—Es el único traje que tienes, Harry.

—Entonces me lo pondré, no se hable más.

Ella se rió. Esa risa suave, tan suave como su piel y sus besos, pero lo que más le gustaba era la risa. Así de sencillo.

—Pasaré a buscaros a las seis —dijo él.

—Bien. Pero ¿Harry?

—¿Sí?

—No pienses que...

—Ya lo sé. Solo es una obra de teatro.

—Gracias, Harry.

—De nada.

Y volvió a reír. Una vez que empezaba, Harry podía hacerla reír con cualquier cosa, como si estuvieran dentro de la misma cabeza y mirasen a través de los mismos ojos, no tenía más que señalar con el dedo, sin decir nada concreto. Tuvo que hacer un esfuerzo para colgar.

Había llegado el día. Y seguía siendo bueno.

Habían acordado que Beate se quedaría con Olaug Sivertsen durante la operación. Møller no quería correr el riesgo de que el objetivo —hacía dos días que Waaler había empezado a llamar al asesino «el objetivo» y ahora todo el mundo lo llamaba así— descubriera la trampa y cambiara de repente el orden de los escenarios.

Sonó el teléfono. Era Øystein. Quería saber qué tal le iban las cosas. Harry dijo que todo iba bien y que qué quería. Øystein dijo que solo quería saber cómo le iban las cosas. Harry se sintió un poco avergonzado, no estaba acostumbrado a que lo trataran con tanta consideración.

—¿Puedes dormir?

—Esta noche he dormido —respondió Harry.

—Bien. Y la clave. ¿La has descifrado?

—Parcialmente. Tengo el dónde y el cuándo, solo me falta el porqué.

—¿Así que puedes leer el texto, pero no entiendes lo que significa?

—Algo así. Esperaremos hasta que lo hayamos atrapado.

—¿Qué es lo que no entiendes?

—Mucho. Por ejemplo, que haya escondido uno de los cadáveres. O detalles como que haya cortado los dedos de la mano izquierda de las víctimas, pero dedos diferentes. El índice de la primera, el corazón de la segunda y el anular de la tercera.

–¿Y en ese orden, dices? A lo mejor es sistemático.

–Sí, pero ¿por qué no empezar por el meñique? ¿Habrá algún mensaje en eso?

Øystein se rió de buena gana.

–Ten cuidado, Harry, las claves son como las mujeres. Si no consigues descifrarlas, acaban contigo.

–Ya me lo habías dicho.

–¿De verdad? Bien, eso significa que soy considerado. No doy crédito a lo que ven mis ojos, Harry, pero parece que acaba de entrar un cliente en el taxi. Ya hablaremos.

–De acuerdo.

Harry vio danzar el humo a cámara lenta. Miró el reloj.

Había algo que le había ocultado a Øystein. Que tenía la sensación de que los otros detalles no tardarían en encajar. Y lo harían demasiado bien porque, a pesar de los rituales, los asesinatos emanaban una falta de sensibilidad, una ausencia casi marcada de odio, de deseo, de pasión. O de amor. Estaba ejecutándolos con un exceso de perfección, mecánicamente y según el manual. Le daba la impresión de estar jugando al ajedrez con un ordenador y no con una mente por completo desquiciada. Pero el tiempo lo diría.

Miró el reloj otra vez.

El corazón le latía deprisa.

27

Sábado. La operación

El humor de Otto Tangen estaba mejorando notablemente. Había dormido un par de horas y se había despertado con un insoportable dolor de cabeza y unos fuertes golpes en la puerta. Cuando abrió entraron Waaler, Falkeid –de los Servicios de Inteligencia– y un tipo que dijo llamarse Harry Hole que no tenía pinta de ser comisario. Lo primero que hizo fue quejarse del ambiente que reinaba en el autobús. En cualquier caso, después de haber tomado café de uno de los cuatro termos, con las pantallas encendidas y las cintas de grabación colocadas, Otto experimentó ese maravilloso cosquilleo de excitación que solía notar cuando sabía que el objetivo estaba cerca.

Falkeid dijo que habían tenido policías de paisano alrededor del edificio desde la noche anterior. La unidad canina había peinado la azotea y el sótano para comprobar que no hubiese nadie escondido en el bloque. Cuantos anduvieron entrando y saliendo eran inquilinos. Salvo la chica del 303, que llegó acompañada de un tío, pero, según le dijo al policía de la entrada, era su novio. Los hombres de Falkeid esperaban órdenes en sus puestos.

Waaler asintió con la cabeza.

Falkeid comprobaba las comunicaciones por radio cada cierto tiempo. Era cosa del equipo del grupo de Operaciones Especiales y no responsabilidad de Otto. Este mantenía los ojos cerrados y disfrutaba de las impresiones acústicas, aquel instante de sonido envolvente que se producía cuando soltaban el botón de emisión y resonaban las claves murmuradas e ininteligibles, como si fuera un lenguaje de los malos solo para adultos.

«Smork tinne.» Otto formuló las palabras con los labios, sin pronunciarlas, mientras se imaginaba sentado en un manzano una tarde de otoño espiando a los mayores al otro lado de las ventanas iluminadas, susurrando «Smork tinne» en una lata sujeta con un hilo que discurría por encima de la valla a cuyo pie aguardaba agazapado su amigo Nils, con otra lata pegada a la oreja. Si no se había cansado antes y se había marchado a casa a cenar. Esas latas jamás funcionaron como decía el *Libro del pájaro carpintero*.

—Estamos listos para salir al aire —dijo Waaler—. ¿Tienes el reloj preparado, Tangen?

Otto asintió con la cabeza.

—Mil seiscientos —dijo Waaler—. Exactamente… ¡ahora!

Otto puso en marcha el reloj en la grabadora. Décimas y segundos corrían por la pantalla. Notaba una risa muda, alegre e infantil que le removía las entrañas. Mejor que los bollos de nata de Aud Rita. Mejor que cuando suspiraba ceceando las cosas que quería que le hiciera.

Showtime.

Cuando le abrió la puerta a Beate, Olaug Sivertsen sonrió como si se tratara de una visita largamente esperada.

—¡Usted otra vez! Entre. No se quite los zapatos. Este calor es horrible, ¿no le parece?

Olaug Sivertsen precedió a Beate pasillo adentro.

—No se preocupe, señorita Sivertsen. Parece que este asunto se va a resolver pronto.

—Por mí puede durar lo que sea, mientras siga recibiendo visitas —dijo riendo antes de taparse la boca con repentino temor—. ¡Vaya, qué estoy diciendo! Ese hombre mata a personas, ¿no?

El reloj de pared del salón marcó las cuatro cuando entraron.

—¿Té, querida?

—Con mucho gusto.

—¿Puedo ir a la cocina sola?

—Sí, pero si puedo acompañarla…

—Venga, venga.

Aparte de la encimera y el frigorífico, no parecía que hubieran renovado la cocina desde los tiempos de la guerra. Beate se sentó en una silla ante la gran mesa de madera mientras Olaug ponía el agua a hervir.

—Aquí huele muy bien —dijo Beate.

—¿De verdad?

—Sí. Me gustan las cocinas que huelen así. La verdad sea dicha, prefiero la cocina. Los salones no me gustan tanto.

—¿No? —Olaug Sivertsen ladeó la cabeza—. ¿Sabes qué? Creo que tú y yo no somos tan diferentes. Yo también soy más de cocinas.

Beate sonrió.

—El salón muestra lo que uno quiere aparentar. En la cocina la gente se relaja más, como si allí se le permitiera ser ella misma. ¿Te has fijado en que hemos empezado a tutearnos nada más entrar aquí?

—Sí, creo que tienes razón.

Las dos mujeres se rieron.

—¿Sabes qué? —dijo Olaug—. Me alegro de que te hayan enviado a ti. Me gustas. Y no tienes por qué sonrojarte, querida, no soy más que una anciana solitaria. Reserva esas flores en las mejillas para algún caballero. ¿O acaso estás casada? ¿No? Ah, bueno, pero tampoco es el fin del mundo.

—Y tú, ¿has estado casada?

—¿Yo?

Se rió mientras sacaba las tazas.

—No, era tan joven cuando tuve a Sven que jamás vi la oportunidad.

—¿No?

—Sí, supongo que tuve alguna que otra oportunidad. Pero una mujer de mi condición se cotizaba muy bajo en aquellos tiempos, así que las ofertas que recibía procedían en su mayoría de hombres a los que nadie quería. Por eso se dice encontrar «pareja».

—¿Solo porque eras madre soltera?

—Porque Sven era hijo de un alemán, querida.

La tetera empezó a silbar suavemente.

—Ya, comprendo —dijo Beate—. Entonces, quizá no lo pasó muy bien de pequeño, ¿no?

Olaug se quedó mirando al infinito sin prestar atención al insistente silbido.

—Peor de lo que puedas imaginar. Aún se me saltan las lágrimas cuando pienso en ello. Pobre chico.

—El agua del té…

—Vaya. Me estoy volviendo senil.

Olaug cogió la tetera y sirvió las tazas.

—¿A qué se dedica ahora tu hijo? —preguntó Beate mirando el reloj. Las seis menos cuarto.

—Se dedica a la importación. Diferentes mercancías de países de Europa del Este.

Olaug sonrió.

—No sé si se hará rico con eso, pero me gusta cómo suena. «Importación.» Es una tontería, pero me gusta.

—Pero eso significa que le ha ido bien. Pese a las dificultades de la infancia, quiero decir.

—Sí, aunque no siempre ha sido así. De hecho, creo que lo encontraréis en vuestros archivos.

—Hay mucha gente en esos archivos. Y muchos que al final han acabado bien.

—Pasó algo cuando se fue a Berlín. No sé exactamente qué, a Sven nunca le ha gustado hablar de lo que hace. Siempre tan misterioso… Pero supongo que iría a buscar a su padre. Y estoy por pensar que fue positivo para la visión que ahora tiene de sí mismo. Ernst Schwabe era un hombre muy apuesto. —Olaug dejó escapar un suspiro, antes de añadir–: Claro que puedo estar equivocada. Lo único cierto es que Sven cambió.

–¿En qué sentido?

–Se serenó. Antes siempre daba la impresión de estar persiguiendo algo.

–¿El qué?

–Todo. Dinero. Aventuras. Mujeres. Se parece a su padre, ¿sabes? Un romántico incorregible y un seductor. A Sven también le gustan las mujeres jóvenes. Y él a ellas. Pero tengo la sospecha de que ha encontrado a alguien especial. Dijo por teléfono que tenía noticias para mí. Sonaba alterado.

–¿No dijo de qué se trataba?

–Dijo que quería esperar a estar en casa.

–¿A estar en casa?

–Sí, llega esta noche, después de una reunión. Se queda en Oslo hasta mañana y luego regresará.

–¿A Berlín?

–No, no. Hace mucho que Sven no vive allí. Ahora vive en Chequia. En Bohemia, suele decir el muy cursi. ¿Has estado allí?

–¿En… Bohemia? ¿En Praga?

Marius Veland miraba por la ventana del apartamento 406. Había una chica sobre una toalla extendida en el césped, delante del bloque de apartamentos. Se parecía un poco a la del 303 que él había bautizado con el nombre de Shirley, por Shirley Manson, del grupo Garbage. Pero no era ella. El sol que imperaba sobre el fiordo de Oslo se había escondido detrás de las nubes. En realidad, había empezado a hacer calor y habían pronosticado una nueva ola para la próxima semana. Verano en Oslo. A Marius Veland le hacía ilusión. La alternativa habría sido volver a casa, en Bofjord, contemplar el sol de medianoche y trabajar durante el verano en la gasolinera. Volver a las hamburguesas de su madre y a las interminables preguntas de su padre sobre por qué había empezado a estudiar medios de comunicación en Oslo, a pesar de tener notas para estudiar ingeniería en la NTNU, la Universidad de Ciencias y Tecnología de Trondheim. Volver a pasar los sábados en la casa del pueblo junto con vecinos borrachos y compañeros de colegio gritones que no habían podido salir del pueblo y que opinaban que quienes lo habían conseguido eran traidores, a las bandas de música de baile que se hacían llamar bandas de blues pero que no tenían el menor reparo en machacar a Creedence y Lynyrd Skynyrd. Pero aquella no era la única razón por la que se quedaba en Oslo ese verano. Había conseguido el trabajo de sus sueños. Iba a escribir. A escuchar discos, a ver películas y le pagarían por teclear su opinión en un ordenador. Se había pasado los dos últimos años enviando sus reseñas a varias de las revistas más conocidas, sin resultado, pero la semana pasada estuvo en el So What!, donde un amigo le presentó a Runar. Runar le contó que estaba liquidando la tienda de ropa que regentaba para fundar *Zone*, una revista gratuita cuyo primer número saldría, según tenía planeado, en el mes de agosto. El amigo dejó caer que a Marius le gustaba escribir reseñas, Runar le dijo que le gustaba la camisa que llevaba y lo contrató allí mismo. Como reseñista, Marius tenía que reflejar «valores neourbanitas que abordasen la cultura popular con una ironía que no había de ser fría, sino cálida, atinada e incluyente». Así describió Runar el trabajo que esperaba que realizara Marius, que percibiría por ello una generosa compensación. No en metálico, sino con entradas para conciertos, para el cine, para nuevos locales de alterne, y con el acceso a un ambiente donde podría establecer contactos interesantes con vistas al futuro. Esta era su oportunidad y debía prepararse convenientemente. Claro que él tenía una visión global bastante completa, pero Runar le había prestado un CD de su colección para que se pusiera aún más al corriente acerca de la historia de la música pop. Los últimos días del rock americano de la década de los ochenta del siglo pasado: REM, Green On Red, Dream Syndicate, Pixies. En aquel momento estaba escuchando Violent Femmes. Sonaba pasado de moda, pero enérgico.

«Let me go wild. Like a blister in the sun!»

Allá abajo, la chica se levantó de la toalla. Habría empezado a hacer fresco. Marius la siguió con la mirada mientras se dirigía al edificio de al lado. La chica se encontró por el camino con alguien que iba en bicicleta. Parecía un mensajero. Marius cerró los ojos. Podría escribir.

Otto Tangen se frotó los ojos con unos dedos que amarilleaban por la nicotina. Se percibía en el autobús la intranquilidad más absoluta que bien habría podido confundirse con la tranquilidad más absoluta. Nadie se movía, nadie decía nada. Eran las cinco y veinte y no se había producido el menor movimiento en ninguna de las pantallas, solo pequeños espacios de tiempo que transcurrían en letras blancas en una esquina de la imagen. Las gotas de sudor le caían a Otto entre los jamones. Cuando uno llevaba un rato así, podía obsesionarse y pensar que quizá alguien había manipulado el equipo y que lo que se veía era una grabación del día anterior o algo por el estilo.

Otto tamborileaba con los dedos junto al teclado. El capullo de Waaler les había prohibido fumar.

Otto se inclinó hacia la derecha y expulsó un pedo mudo mientras echaba una ojeada al tipo rubio con el pelo de punta. Se había pasado todo el rato sentado en una silla y, desde que llegó, no había pronunciado una sola palabra. Parecía un portero muerto de hambre.

—No parece que nuestro hombre tenga pensado trabajar hoy —dijo Otto—. Tal vez piense que hace demasiado calor. Puede que haya decidido dejarlo para mañana y que se haya ido a Aker Brygge a tomar una cerveza. El hombre del tiempo dijo que...

—Cierra la boca, Tangen.

Waaler se lo dijo en voz baja, pero lo bastante alto como para que lo oyera.

Otto suspiró profundamente y se encogió de hombros.

El reloj en la esquina de la pantalla indicaba las cinco y veintiún minutos.

—¿Alguien ha vuelto a ver al tipo del 303?

Era la voz de Waaler. Otto se dio cuenta de que lo estaba mirando a él.

—Yo estuve durmiendo por la mañana.

—Quiero que se controle el 303. ¿Falkeid?

El jefe del grupo de Operaciones Especiales carraspeó.

—No considero que el riesgo…

—Ahora, Falkeid.

Los ventiladores que refrigeraban los equipos zumbaban mientras Falkeid y Waaler se sostenían la mirada.

Falkeid volvió a carraspear.

—Alfa a Charlie dos, entra. Cambio.

Se oyó un rumor.

—Charlie dos.

—Controla el 303 ahora mismo.

—Recibido. Controlo 303.

Otto miró la pantalla. Nada. A ver si…

Allí estaban.

Tres hombres. Uniformes negros, pasamontañas negros, metralletas negras, botas negras. Pasó muy rápido, pero resultaba extrañamente carente de dramatismo. Era el sonido. No había sonido.

No utilizaron esos explosivos tan prácticos y manejables para abrir la puerta, sino un anticuado pie de cabra. Otto estaba desilusionado. Sería por los recortes.

Los hombres mudos de la pantalla se colocaron en formación, como si estuvieran en la línea de salida de una competición, uno de ellos con el pie de cabra metido por debajo de la cerradura, los otros dos a un metro de distancia con las armas levantadas. Y, de repente, comenzaron a actuar. Fue como un único movimiento coordinado, como un paso de baile de locos. La puerta se abrió en un segundo, los dos que estaban preparados entraron a la carrera y el tercero los siguió lanzándose literalmente de cabeza. Otto ya estaba pensando en el momento en que le enseñaría la grabación a Nils. La puerta se cerró a medias. Realmente, era una pena que no hubiesen podido instalar cámaras en las habitaciones.

Ocho segundos.

La radio de Falkeid chisporroteaba.

—303 controlado. Una chica y un chico, no van armados.

—¿Y están vivos?

—Sí, están muy… vivos.

—¿Has cacheado al chico, Charlie dos?

—Está desnudo, Alfa.

—Sácalo de ahí —gritó Waaler—. ¡Mierda!

Otto miró fijamente la puerta del 303. Lo habían hecho. Estaba desnudo. Habían estado haciéndolo toda la noche y todo el día. Miró como embrujado hacia la puerta.

—Que se ponga algo de ropa y te lo traes hasta la posición, Charlie dos.

Falkeid dejó el walkie-talkie, miró a los otros e hizo un gesto lento de negación con la cabeza.

Waaler dio un fuerte golpe con la mano abierta en el reposabrazos de la silla.

—El autobús también estará libre mañana —dijo Otto echando una ojeada rápida al comisario.

Ahora había que ir con un poco de cuidado.

—No cobro más por ser domingo, pero tengo que saber cuándo…

—Oye, mira ahí.

Otto se dio la vuelta automáticamente. Era el portero, que por fin abría la boca. Señalaba la pantalla central.

—En el portal. Entró por la puerta y se fue directamente al ascensor.

Durante dos segundos hubo un silencio total en el autobús. Luego se oyó la voz de Falkeid en el walkie-talkie.

—Alfa a todas las unidades. Posible objetivo acaba de entrar en el ascensor. *Stand-by*.

–No, gracias –sonrió Beate.

–Bueno, supongo que estarás harta de galletas –suspiró la señora mayor dejando la caja sobre la mesa–. ¿Por dónde iba? Ah, sí. Me alegrará ver a Sven ahora que estoy sola.

–Sí, me imagino que puede resultar un poco solitario vivir en una casa tan grande.

–Bueno, hablo bastante con Ina. Pero se ha ido hoy a la cabaña de ese amigo que tiene. Le he pedido que me lo presente, pero los jóvenes de hoy en día sois tan raros con respecto a esas cosas... Es como si quisierais probarlo todo, al mismo tiempo que pensáis que nada durará, quizá por eso os andáis con tanto misterio.

Beate miró el reloj con disimulo. Harry había prometido llamar en cuanto hubiera acabado todo.

–Estás pensando en otra cosa, ¿verdad?

Beate asintió despacio con la cabeza.

–No importa –dijo Olaug–. Ojalá lo atrapéis.

–Sven es un buen hijo.

–Sí, es verdad. Y si me hubiera visitado siempre tan a menudo como lo hace últimamente, no me quejaría.

–¿Ah, sí? ¿Cómo de a menudo te visita ahora? –preguntó Beate.

Debería haber acabado ya. ¿Por qué no llamaba Harry? ¿Acaso no se había presentado al final?

–Una vez por semana en las últimas cuatro semanas. En realidad, con más frecuencia aún: ha venido cada cinco días. Estancias cortas. Estoy convencida de que tiene a alguien esperándolo allí en Praga. Y como he dicho, creo que esta noche trae noticias.

–Ya.

–La última vez me trajo una joya. ¿Quieres verla?

Beate miró a la señora mayor. Y de repente tomó conciencia de lo cansada que estaba. Cansada del trabajo, del mensajero asesino, de Tom Waaler y de Harry Hole. De Olaug Sivertsen y, sobre todo, de sí misma, de la buena y cumplidora Beate Lønn que creía que podía conseguir algo, cambiar algo, solo con ser buena, buena y aplicada, aplicada y cumplidora. Ya era hora de cambiar, pero no sabía si tenía ganas de hacerlo. Más que nada, quería irse a casa, esconderse debajo del edredón y dormir.

—Tienes razón —dijo Olaug—. No es gran cosa. ¿Más té?

—Con mucho gusto.

Olaug estaba a punto de servirle otra vez cuando vio que Beate cubría la taza con la mano.

—Perdona —dijo Beate entre risas—. Lo que quería decir era que me gustaría verla.

—¿Qué...?

—Ver la joya que te regaló tu hijo.

A Olaug se le iluminó la cara y se encaminó a la cocina.

Buena, pensó Beate. Se acercó la taza a los labios. Llamaría a Harry para saber cómo iban las cosas.

—Aquí está —dijo Olaug.

La taza de té de Beate, es decir, la taza de té de Olaug Sivertsen, o más exactamente, la taza de té de la Whermacht, se detuvo a medio camino.

Beate se quedó mirando fijamente el broche.

—Sven los importa —dijo Olaug—. Al parecer, solo se tallan de esta manera en Praga.

Era un diamante. Con forma de pentagrama.

Beate pasó la lengua por dentro de la boca para humedecerla.

—Tengo que llamar a alguien —dijo.

La sequedad no quería remitir.

—¿Podrías buscar una foto de Sven, mientras tanto? A ser posible, una reciente. Es un poco urgente.

Olaug la miró desconcertada pero asintió con la cabeza.

Otto respiraba con la boca abierta, mientras miraba a la pantalla registrando las voces a su alrededor.

—Posible objetivo entra en el sector de Bravo dos. Posible objetivo se para delante de puerta. ¿Preparados, Bravo dos?

292

–Aquí Bravo dos. Preparados.

–El objetivo se ha detenido. Busca algo en el bolsillo. Podría ser un arma, no le vemos la mano.

La voz de Waaler:

–Ahora. En marcha, Bravo dos.

–Extraño –murmuró el portero.

Al principio, Marius Veland creyó que no había oído bien, pero bajó el volumen de Violent Femmes para asegurarse. Y volvió a oírlo. Llamaban a la puerta. ¿Quién sería? Por lo que él sabía, todos los demás vecinos del pasillo se habían ido a sus casas a pasar el verano. Aunque no Shirley, la había visto en la escalera el día anterior. Estuvo a punto de pararse y preguntarle si quería acompañarlo a un concierto. O a ver una película. O a un estreno. Gratis. Lo que ella eligiera.

Marius se levantó y notó cómo empezaban a sudarle las manos. ¿Por qué? No había ninguna razón lógica para que fuera ella… Miró alrededor y se dio cuenta de que, realmente, no se había fijado bien en el apartamento hasta aquel instante. No tenía suficientes cosas para que pudiera estar desordenado. Las paredes estaban desnudas, aparte de un póster de Iggy Pop con rasguños y una triste librería que no tardaría en verse atestada de CD y DVD gratuitos. Era un apartamento patético, sin carácter. Sin… Volvieron a llamar. Remetió a toda prisa una esquina del edredón que sobresalía por el respaldo del sofá cama y se encaminó a la puerta. Abrió. No podía ser ella. No podría… No era ella.

–¿Señor Veland?

–¿Sí?

Marius observaba atónito al hombre.

–Tengo un paquete para ti.

El hombre se quitó la mochila, sacó un sobre tamaño A4 y se lo entregó. Marius miró el sobre blanco con un sello. No había ningún nombre escrito.

—¿Seguro que es para mí? —preguntó.

—Sí. Necesito un recibo…

El hombre le tendió una carpeta con un folio sujeto por una pinza.

Marius lo miró inquisitivamente.

—Lo siento, ¿tienes un bolígrafo? —preguntó el hombre sonriendo.

Marius no dejaba de observarlo. Había algo en él que no cuadraba. Algo que no podía precisar.

—Un momento —dijo Marius.

Se llevó el sobre consigo, lo dejó en la estantería, junto al llavero con el cráneo, buscó el bolígrafo en el cajón y se dio la vuelta. Marius se sobresaltó al ver que el hombre estaba detrás de él en el penumbroso pasillo.

—No te he oído —dijo Marius, y oyó resonar su propia risa nerviosa que retumbaba entre las paredes.

No es que tuviera miedo. En su pueblo natal, la gente solía pasar sin más. Para que no saliera el calor. O para que no entrara el frío. Pero había algo extraño en aquel hombre. Se había quitado las gafas y el casco y Marius vio ahora qué era lo que no encajaba. Era viejo. Los mensajeros ciclistas solían ser chicos jóvenes. Tenía el cuerpo delgado y bien entrenado y podía pasar por el de una persona joven, pero la cara pertenecía a un hombre con más de treinta, incluso con más de cuarenta.

Marius estaba a punto de abrir la boca cuando reparó en el objeto que el mensajero sujetaba en la mano. Había luz en la habitación y el pasillo estaba a oscuras, pero Marius Veland había visto suficientes películas para reconocer el contorno de una pistola alargada por un silenciador.

—¿Es para mí? —soltó de pronto.

El hombre sonrió y lo encañonó con la pistola. Directamente a él. A la cara. Y Marius comprendió que debía tener miedo.

—Siéntate —dijo el hombre—. El bolígrafo es para ti. Abre el sobre.

Marius se dejó caer en la silla.

—Vas a escribir —dijo el hombre.

—¡Buen trabajo, Bravo dos!

Falkeid gritaba y tenía la cara de un rojo encendido.

Otto respiraba intensamente por la nariz. En la pantalla se veía al objetivo tumbado en el suelo boca abajo ante el 205, con las manos esposadas a la espalda. Y lo mejor de todo, tenía la cara girada hacia la cámara, así que se podía apreciar el asombro y ver cómo se retorcía de dolor, ver cómo aquel cerdo poco a poco tomaba conciencia de su derrota. Era una primicia. No, era más que eso, era una grabación histórica. El dramático desenlace del verano sangriento de Oslo: «El mensajero asesino detenido cuando estaba a punto de cometer el cuarto asesinato». El mundo entero se pelearía por enseñarlo. ¡Dios mío! Él, Otto Tangen, era rico. Se acabó la mierda de trabajo en el 7-Eleven, nada de capullos tipo Waaler, podría comprar... podría... Aud Rita y él podrían...

—No es él —dijo el portero.

El autobús se quedó en silencio.

Waaler se inclinó en la silla.

—¿Qué dices, Harry?

—No es él. Dos cero cinco es uno de los apartamentos donde no pudimos dar con el inquilino. Según la lista se llama Odd Einar Lillebostad. Es difícil distinguir lo que lleva el tío en la mano, pero a mí me parece que es una llave. Lo siento, señores, pero apuesto a que Odd Einar Lillebostad acaba de llegar a casa.

Otto escrutó la imagen. Tenía un equipo por valor de más de un millón, un equipo que había sido adquirido e hipotecado, capaz de sacar un detalle de la mano y de ampliarlo sin dificultad para comprobar si aquel capullo de portero tenía razón. Pero no era necesario. La rama del manzano crujía. La luz entraba a raudales por las ventanas del jardín. Y chisporroteaba en la lata.

—Bravo dos a Alfa. Según la tarjeta de crédito, este tío se llama Odd Einar Lillebostad.

Otto cayó pesadamente hacia atrás en la silla.

—Tranquilos, señores —dijo Waaler—. Todavía puede presentarse. ¿No es verdad, Harry?

El capullo de Harry no contestó. Y en ese momento le sonó el móvil.

Marius Veland miró los dos folios en blanco que había sacado del sobre.

—¿Quiénes son tus parientes más próximos? —preguntó el hombre.

Marius tragó saliva con la intención de contestar, pero la voz no le obedecía.

—No te voy a matar —dijo el hombre—. Si haces lo que te digo no lo haré.

—Mis padres —respondió Marius en un susurro que sonó como una llamada de socorro lastimera.

El hombre le ordenó que escribiera en el sobre los nombres y la dirección de sus padres. Marius apoyó el bolígrafo en el papel. Los nombres. Aquellos nombres que tan bien conocía. Y la dirección de Bofjord. Después miró fijamente lo escrito. Le había salido una letra torcida y como temblorosa.

El hombre empezó a dictarle la carta. La mano de Marius se movía apática sobre la hoja.

«¡Hola! ¡Se me ha ocurrido de repente! Me voy a Marruecos con Georg, un chico marroquí al que conocí no hace mucho. Nos quedaremos en casa de sus padres, en un pequeño pueblo de montaña llamado Hassane. Estaré fuera cuatro semanas. Parece que allí la cobertura telefónica no es muy buena, pero intentaré escribir, aunque, según Georg, el servicio de Correos no es de los mejores. Os llamaré en cuanto vuelva. Saludos…»

—Marius —dijo Marius.

—Marius.

Hecho esto, el hombre le dijo a Marius que metiera la carta en el sobre y que lo guardara en la mochila que él tenía en la mano.

—En el otro folio, escribe «Vuelvo dentro de cuatro semanas». Firma con la fecha de hoy y escribe tu nombre. Vale, gracias.

Marius estaba sentado mirándose el regazo con el hombre justo a su espalda. La brisa movía la cortina. Fuera los pájaros trinaban histéricos. El hombre se inclinó y cerró la ventana. Ahora solo se oía el suave zumbido de la minicadena de la estantería.

—¿Qué canción es? —preguntó el hombre.

—«Like a blister in the sun» —respondió Marius.

Lo había puesto en *Repeat*. Le gustaba. Le habría hecho una buena reseña. Una reseña con una ironía «cálida e incluyente».

—La he oído antes —dijo el hombre, que encontró el botón del volumen y lo subió—. Pero no recuerdo dónde.

Marius levantó la cabeza y observó por la ventana el verano acallado al otro lado de los cristales, el abedul, que parecía decir adiós, el césped verde. En el reflejo, vio que el hombre, a su espalda, levantaba la pistola y le apuntaba a la nuca.

«Let me go wild!» ladraban los pequeños altavoces.

El hombre bajó el arma.

—Perdona. Se me había olvidado soltar el seguro. Ya está.

«Like a blister in the sun!»

Marius cerró los ojos. Shirley. Pensó en ella. ¿Dónde estaría ahora?

—Ahora caigo —dijo el hombre—. Fue en Praga. Se llaman Violent Femmes, ¿no es verdad? Mi novia me llevó a un concierto. No tocan muy bien, ¿no?

Marius abrió la boca para contestar, pero, simultáneamente, se oyó una tos seca procedente de la pistola y nadie conoció jamás su opinión.

Otto seguía mirando la pantalla. Detrás de él estaba Falkeid hablando con Bravo dos en el lenguaje de los malos. El capullo de Harry había cogido el móvil, que resonaba estridente. No dijo gran cosa. Seguramente, sería una tía fea que quería que la follase, pensó Otto, y aguzó el oído.

Waaler no decía nada, solo se mordía el nudillo mientras observaba inexpresivo cómo se llevaban a Odd Einar Lillebostad. Sin esposas. Sin indicio razonable de sospecha. Sin una mierda. Otto seguía sin apartar la vista de la pantalla, con la sensación de hallarse al lado de un reactor nuclear. El exterior no revelaba nada, el interior estaba rebosante de cosas con las que uno no querría vérselas por nada del mundo. Los ojos clavados en la pantalla. Falkeid dijo «Cambio y cierro» y dejó el chisme de hablar. El capullo de Harry seguía alimentando el suyo con monosílabos.

—No vendrá —dijo Waaler sin dejar de observar las imágenes de pasillos y entradas vacíos.

—¡Qué pronto lo has dicho! —protestó Falkeid.

Waaler negó despacio con la cabeza.

—Sabe que estamos aquí. Lo noto. Está en algún lugar, riéndose de nosotros.

«En un árbol de un jardín», pensó Otto.

Waaler se levantó.

—Chicos, vamos a recoger. La teoría del pentagrama no ha funcionado. Mañana empezaremos otra vez desde el principio.

—La teoría es válida.

Los otros tres se volvieron hacia el capullo de Harry, que ya se guardaba el móvil en el bolsillo.

—Se llama Sven Sivertsen —afirmó—. Ciudadano noruego con domicilio en Praga, nacido en Oslo en 1946, pero, según nuestra colega Beate Lønn, aparenta ser mucho más joven. Pesan sobre él dos condenas por contrabando. Le ha regalado a su madre un diamante idéntico a los que hemos encontrado junto a las víctimas. Y la madre dice que la ha visitado en Oslo en las fechas en cuestión. En Villa Valle.

Otto vio que Waaler se había quedado pálido y muy tenso.

—Su madre —susurró Waaler—. ¿En la casa que señalaba el último pico de la estrella?

—Sí —confirmó el capullo de Harry—. La mujer está en casa, esperando la llegada de su hijo. Esta noche. Ya va un coche con refuerzos camino de la calle Schweigaardsgate. Yo tengo el mío aquí cerca.

Se levantó de la silla. Waaler se frotó la barbilla.

—Hemos de reagruparnos —dijo Falkeid cogiendo el walkie-talkie.

—¡Espera! —gritó Waaler—. Nadie hará nada hasta que yo lo diga.

Los demás lo miraron expectantes. Waaler cerró los ojos. Transcurrieron dos segundos. Los abrió de nuevo.

—Detén ese coche que está en camino, Harry. No quiero un solo coche de policía a menos de un kilómetro a la redonda de esa casa. Si advierte el menor peligro, habremos perdido. Sé un par de cosas sobre los contrabandistas de los países del Este. Siempre, siempre procuran asegurarse la retirada. Esa es una. La otra es que, si logran desaparecer, nunca vuelves a dar con ellos. Falkeid, tú y tus hombres os quedáis aquí y continuáis el trabajo hasta que se os ordene lo contrario.

—Pero tú mismo has dicho que no…

—Haz lo que te digo. Puede que esta sea nuestra única oportunidad y, ya que es mi cabeza la que está en juego, me gustaría encargarme personalmente. Harry, tú asumes el mando aquí. ¿Vale?

Otto vio que el capullo de Harry dirigía la vista a Waaler, pero con una mirada ausente.

—¿Vale? —repitió Waaler.

—De acuerdo —dijo el capullo.

28

Sábado. Consolador

Olaug Sivertsen miraba a Beate con los ojos desorbitados y expresión aterrada mientras la agente comprobaba que todas las balas estuvieran en su sitio.

—¿Mi Sven? ¡Pero, Dios mío, tenéis que comprender que estáis equivocados! Sven es incapaz de hacer daño a nadie.

Beate metió el cargador del revólver en su lugar y se acercó a la ventana de la cocina que daba al aparcamiento de la calle Schweigaardsgate.

—Esperemos que así sea. Pero, para averiguarlo, antes tenemos que detenerlo.

El corazón de Beate latía algo más rápido, pero no demasiado. El cansancio había desaparecido cediendo a una ligereza y falta de ánimo, casi como si estuviera bajo la influencia de algún estupefaciente. Era el viejo revólver de su padre. Le había oído decir a un colega que nunca había que fiarse de una pistola.

—¿Así que no dijo nada sobre la hora a la que llegaría?

Olaug negó con la cabeza.

—Dijo que tenía algunos asuntos que atender.

—¿Tiene llave de la puerta principal?

—No.

—Ya. Entonces…

—No suelo cerrar cuando sé que va a venir.

—¿La puerta no está cerrada?

Beate notó que la sangre se le agolpaba en la cabeza y oyó su voz chillona. No sabía con quién estaba más enfadada. Si con aquella señora mayor que había recibido protección policial, pero que, al mismo tiempo, dejaba la puerta principal abierta para que pudiera entrar su hijo, o consigo misma, por no haber comprobado algo tan elemental.

Respiró profundamente para templar el tono de voz.

—Quiero que te quedes aquí sentada, Olaug. Yo iré al pasillo para...

—¡Hola!

La voz resonó a espaldas de Beate, cuyo corazón latía rápidamente, ahora demasiado rápido. Se giró rauda con el brazo derecho extendido y el dedo índice doblado en torno al duro gatillo. Una figura llenaba el vano de la puerta. Ni siquiera lo oyó entrar. Buena, muy buena, y tonta, muy tonta.

—¡Vaya! —dijo la voz riéndose.

Beate centró la vista en la cara. Vaciló otra fracción de segundo antes de aflojar la presión en el gatillo.

—¿Quién es? —preguntó Olaug.

—La caballería, señora Sivertsen —dijo la voz—. El comisario Tom Waaler.

Después de presentarse, le tendió la mano y, mirando a Beate de reojo, dijo:

—Me he tomado la libertad de cerrar la puerta principal, señora Sivertsen.

—¿Dónde está el resto? —preguntó Beate.

—No hay resto. Solo estamos...

Beate sintió un escalofrío al ver la sonrisa de Tom Waaler.

—... nosotros dos, querida.

Eran las ocho pasadas.

Las noticias de la tele informaban de que un frente frío se aproximaba a Inglaterra y de que pronto se acabaría la ola de calor.

En uno de los pasillos del edificio Postgiro, Roger Gjendem le comentó a un colega que últimamente la policía se mostraba muy misteriosa y que se apostaba cualquier cosa a que se estaba cociendo algo. Había oído el rumor de que habían movilizado a los Servicios de Inteligencia, cuyo jefe, Sivert Falkeid, llevaba dos días sin atender el teléfono. Tanto el colega como la redacción opinaban que se hacía ilusiones. De modo que sacaron en primera página la noticia del frente frío.

Bjarne Møller estaba en el sofá viendo el programa *Beat for Beat*. Le gustaba Ivar Dyrhaug. Le gustaban las canciones. Y no le importaba que en el trabajo opinasen que era un programa familiar un tanto conservador y más bien para señoras mayores. A él le gustaba lo familiar. Y con frecuencia pensaba que en Noruega debía de haber muchos cantantes con talento que nunca salían a la luz. Pero Møller no lograba concentrarse aquella noche en los fragmentos de texto y en la puntuación, solo miraba con apatía mientras su mente vagaba hacia el informe telefónico que Harry acababa de darle sobre el estado de la investigación.

Miró el reloj y el teléfono por quinta vez en media hora. Habían acordado que Harry llamaría en cuanto supieran algo más. Y el jefe de la policía judicial le había pedido a Møller que lo informase una vez terminado el operativo. Møller se preguntaba si el jefe de la policía judicial tendría televisor en su cabaña y si estaría, como él, sentado ante la pantalla viendo la segunda y la tercera palabra en el panel –*just* y *called*–, con la solución en la punta de la lengua y la cabeza en otra parte.

Otto dio una calada. Cerró los ojos y vio las ventanas inundadas de luz, oyó el crujir de las hojas secas al viento y sintió la decepción que lo embargaba cuando, en el interior de la casa, corrían las cortinas. La otra lata estaba tirada en el arcén. Nils se había ido a casa.

A Otto se le había terminado el tabaco, pero el capullo del policía que se llamaba Harry le había dado un cigarrillo. Harry sacó el paquete de Camel Light del bolsillo media hora después de que Waaler se hubiera pirado. Una buena elección, salvo por lo de light. Falkeid los miró con desaprobación cuando empezaron a fumar, pero no dijo una palabra. Harry fumaba despacio mientras escrutaba atento las imágenes, estudiándolas una a una. Como si aún pudiera haber algo que no hubiesen detectado.

—¿Qué es eso? —preguntó Harry al tiempo que señalaba una de las imágenes a la izquierda de la pantalla.

—¿Esto?

—No, más arriba. En el cuarto piso.

Otto miró fijamente la imagen de otro pasillo vacío y paredes de color amarillo pálido.

—No veo nada de particular —dijo Otto.

—Encima de la tercera puerta a mano derecha. En el yeso.

Otto se fijó en el detalle. Había unas marcas blancas. En un principio pensó que se podía deber a un intento fallido de montar una de las cámaras, pero no recordaba que hubieran hecho un agujero allí.

Falkeid se inclinó.

—¿Qué es?

—No sé —dijo Harry—. ¿Cómo funciona esto, Otto? ¿Se puede ampliar justo...?

Otto arrastró la flecha hasta la imagen y enmarcó en un pequeño triángulo una porción de pared justo encima de la puerta. Apretó dos teclas. De repente, el detalle cubría toda la pantalla de veintiuna pulgadas.

—Santo cielo —dijo Harry en voz baja.

—Sí, no es cualquier cosa —dijo Otto con orgullo dándole unas palmaditas cariñosas a la consola.

Estaba a punto de sentir cierta simpatía por el tal Harry.

—La estrella del diablo —susurró Harry.

—¿Qué?

Pero el policía ya se había vuelto hacia Falkeid.

–Diles a Delta uno, o como coño se llamen, que se preparen para entrar en el 406. Espera hasta que me veáis en la pantalla.

El policía se había levantado y había sacado una pistola que Otto reconoció de las noches que pasó buscando en internet después de teclear la palabra «handguns». Una Glock 21. No entendía el qué, pero era obvio que algo estaba pasando, algo que podía significar que, después de todo, tendría aquella primicia.

El agente ya había salido por la puerta.

–Alfa a Delta uno –dijo Falkeid, y soltó el botón del walkie-talkie.

Y se oyó un ruido. Un ruido de estrellas maravilloso y chisporroteante.

Harry entró y se detuvo delante del ascensor. Dudó un instante. Cogió el picaporte de la puerta y la abrió. Se le detuvo el corazón al ver la verja negra. La cancela corredera.

Soltó la puerta como si se hubiera quemado y dejó que se cerrase sola. De todos modos, ya era demasiado tarde, habían llegado al patético esprint final hacia el andén, como cuando sabemos que el tren ya ha salido, como si quisiéramos atisbarlo en una visión fugaz antes de que desaparezca.

Harry subió por las escaleras. Intentaba hacerlo con tranquilidad. ¿Cuándo había estado allí el hombre? ¿Dos días atrás? ¿La semana anterior?

No aguantaba más. Cuando empezó a correr, las suelas de los zapatos resonaron como papel de lija en los peldaños. Le gustaría atisbar esa visión fugaz.

Aún no había acabado de girar a la izquierda por el pasillo del cuarto piso cuando vio salir por la puerta del fondo a tres hombres vestidos de negro.

Harry se detuvo debajo de la estrella tallada que resplandecía blanca sobre la pared amarilla.

Debajo del número de apartamento –406–, se leía un nombre. VELAND. Y debajo del nombre, había una hoja de papel pegada con dos trozos de cinta adhesiva.

ESTOY DE VIAJE. MARIUS.

Hizo un gesto a Delta uno para indicarles que podían empezar. Seis segundos más tarde, ya habían abierto la puerta.

Harry les pidió que se quedaran fuera y entró solo. Aquello estaba vacío.

Revisó la habitación con detenimiento. Estaba limpia y ordenada. Demasiado ordenada. No cuadraba con el póster de Iggy Pop que había colgado en la pared, encima del sofá cama. Unos libros de bolsillo manoseados en la estantería, sobre el pulcro escritorio. Al lado de los libros, cinco o seis llaves sujetas por un llavero con forma de calavera. Una foto de una chica sonriente bronceada por el sol. La novia o una hermana, pensó Harry. Entre un libro de Bukowski y un radiocasete, se veía un dedo pulgar como de cera pintado de blanco, que apuntaba hacia arriba, como dándole el visto bueno. Todo listo. Todo OK. Ya se veía.

Harry miró a Iggy Pop, el torso desnudo y flaco, las cicatrices autoinfligidas, la mirada intensa desde las profundas cuencas de los ojos, un hombre que tenía pinta de haber pasado por una o varias crucifixiones. Harry tocó el pulgar en la estantería. Demasiado blando para ser de yeso o de plástico, casi parecía un dedo de verdad. Frío, pero auténtico. Pensó en el consolador de la casa de Barli mientras olía el pulgar blanco. Olía a una mezcla de formol y pintura. Lo sujetó entre dos dedos y apretó. La pintura se agrietó. Harry dio un paso atrás cuando notó el olor penetrante.

–Beate Lønn.

–Aquí Harry. ¿Qué tal vais?

–Seguimos esperando. Waaler se ha situado en el pasillo y nos ha metido a mí y a la señorita Sivertsen en la cocina. Y luego hablan de la liberación de la mujer.

—Llamo desde el 406 del edificio de apartamentos. Ha estado aquí.

—¿Ha estado ahí?

—Ha tallado una estrella del diablo encima de la puerta. El chico que vive aquí, un tal Marius Veland, ha desaparecido. Los vecinos llevan varias semanas sin verlo. Y en la puerta hay una nota que dice que ha salido de viaje.

—Bueno. Puede que esté realmente de viaje, ¿no?

Harry se había percatado de que Beate había empezado a utilizar los mismos giros que él al hablar.

—Lo dudo —objetó Harry—. Se ha dejado el dedo pulgar en el apartamento. En un estado próximo al embalsamado.

Siguió un denso silencio al otro lado.

—He llamado a algunos de tus amigos de la científica. Están en camino.

—Pero... no entiendo —dijo Beate—. ¿No teníais vigilado todo el edificio?

—Bueno, sí. Pero no hace veinte días, cuando esto sucedió.

—¿Veinte días? ¿Cómo lo sabes?

—Porque encontré el número de teléfono de sus padres y llamé. Recibieron una carta en la que Marius les comunicaba que se iba a Marruecos. El padre me aseguró que, si no recuerda mal, es la primera vez que reciben carta de Marius, siempre llama por teléfono. El matasellos de la carta es de hace veinte días.

—Veinte días —repitió Beate en voz baja.

—Veinte días. O sea, exactamente cinco días antes del primer asesinato, el de Camilla Loen. O sea...

Harry oyó en el auricular la respiración nerviosa de Beate.

—... el que, hasta ahora, hemos considerado el primer asesinato —concluyó Harry.

—Dios mío.

—Hay más. Hemos reunido a los inquilinos y les hemos preguntado si recuerdan algo de aquel día y la chica del 303 dice que recuerda que estuvo tomando el sol en el césped, delante del edificio, justo aquella tarde. Y que en el camino de regreso se encontró con un mensajero ciclista. Y lo recuerda porque no es muy frecuente verlos por aquí y porque, un par de semanas más tarde, cuando los periódicos empezaron a escribir sobre el mensajero asesino, se lo comentó a otras personas de su pasillo.

—¿Así que ha hecho trampa con el orden?

—No —dijo Harry—. Lo que pasa es que yo soy demasiado torpe. ¿Recuerdas que me preguntaba si el dedo que cortaba a las víctimas también sería una especie de clave? Pues eso. Es lo más obvio. El pulgar. Empezó por la izquierda de la mano izquierda en la primera víctima y continuó hacia la derecha. No hacía falta ser un genio para entender que Camilla Loen era la número dos.

—Ya.

«Lo ha vuelto a hacer —pensó Harry—. Habla como yo.»

—Entonces, solo falta el número cinco —dijo Beate—. El dedo meñique.

—Comprendes lo que eso significa, ¿no?

—Que ahora nos toca a nosotros. Que todo el tiempo nos ha tocado a nosotros. Dios mío, ¿de verdad tiene pensado...? Ya sabes.

—¿Está su madre sentada a tu lado?

—Sí. Cuéntame lo que va a hacer, Harry.

—No tengo ni idea.

—Ya sé que no tienes ni idea, pero cuéntamelo de todas formas.

Harry titubeó.

—Vale. Una fuerza motriz muy fuerte en los asesinos en serie es el desprecio hacia sí mismos. Y ya que el quinto asesinato es el último, el definitivo, hay una posibilidad muy grande de que tenga pensado matar a su progenitora. O a sí mismo. O ambas cosas. No tiene nada que ver con la relación con su madre, sino con la relación consigo mismo. De todos modos, la elección del lugar del crimen es lógica.

Pausa.

—¿Estás ahí, Beate?

—Sí. Se crió como «hijo de alemán».

307

—¿Quién?

—El que está en camino.

Otra pausa.

—¿Por qué está Waaler esperando solo en el pasillo?

—¿Por qué lo preguntas?

—Porque lo normal sería que lo detuvierais los dos. Es más seguro que dejarte a ti en la cocina.

—Puede ser —dijo Beate—. Mi experiencia en este tipo de operativos es escasa. Supongo que sabrá lo que hace.

—Sí —dijo Harry.

Un mar de pensamientos lo invadió de pronto. Pensamientos que Harry intentaba ahuyentar.

—¿Pasa algo, Harry?

—Bueno —dijo Harry—. Se me ha terminado el tabaco.

29

Sábado. Ahogarse

Harry volvió a meter el móvil en el bolsillo de la americana y se retrepó en el sofá.

A los de la científica tal vez no les gustara demasiado, pero allí no había ya, seguramente, pruebas que arruinar. Era obvio que el asesino lo había recogido todo a conciencia también en esta ocasión. Harry notó incluso un ligero olor a detergente cuando apoyó la cara en el suelo para observar de cerca unas manchas negras, como de goma adherida al linóleo.

Una cara apareció en la puerta.

—Bjørn Holm, de la científica.

—Vale —dijo Harry—. ¿Tienes tabaco?

Se levantó y se acercó a la ventana mientras Holm y su colega empezaban a trabajar. La luz de la tarde corría oblicua como el oro dorando las casas, las calles y los árboles de Kampen y Tøyen. Harry no conocía ninguna ciudad tan bella como Oslo en tardes como aquella. Seguro que habría otras. Pero él no las conocía.

Harry observó el pulgar de la estantería. El asesino lo había mojado en pintura y lo había pegado a la balda para que se mantuviera erguido. Probablemente había llevado él la pintura, porque Harry no encontró pegamento ni nada parecido en los cajones del escritorio.

—Quiero que miréis a ver qué son esas manchas negras.

Harry les señaló el suelo.

–De acuerdo –dijo Holm.

Harry se sentía mareado. Se había fumado ocho cigarrillos seguidos que le calmaron la sed. Se la calmaron, pero no la ahuyentaron. Miró fijamente el pulgar. Seccionado con un cortafrío, seguro. Pintura y pegamento. Cincel y martillo para tallar la estrella del diablo encima de la puerta. En esta ocasión, el asesino se había llevado muchas herramientas.

Comprendía lo de la estrella del diablo. Y lo del dedo. Pero ¿por qué el pegamento?

–Parece caucho derretido –dijo Holm, acuclillado en el suelo.

–¿Cómo se derrite el caucho? –preguntó Harry.

–Pues se quema. O se utiliza una plancha. O una pistola de calor.

–¿Para qué se utiliza el caucho derretido?

Holm se encogió de hombros.

–Vulcanización –dijo su colega–. Se utiliza para reparar y sellar cosas. Por ejemplo, neumáticos. O para sellar algo herméticamente. Cosas así.

–¿Qué cosas?

–No tengo ni idea, lo siento.

–Gracias.

El pulgar señalaba al techo. Si no señalaba también la solución de la clave, pensó Harry. Porque por supuesto que había una clave. El asesino les había colocado una argolla en la nariz y, como si de una manada de brutos se tratase, los llevaba a donde él quería, y por eso aquella clave también tenía una solución. Una solución muy sencilla, si de verdad estaba pensada para brutos de inteligencia media como la suya.

Miró fijamente el dedo. Señalar hacia arriba. OK. Roger. Todo listo.

La luz de la tarde lo bañaba todo.

Dio una buena calada al cigarrillo. La nicotina navegaba por las venas atravesando finos capilares desde los pulmones y, de allí, hacia el norte. Lo envenenó, lo dañó, lo manipuló, le aclaró la mente. ¡Joder!

Le dio un ataque de tos.

Señalar hacia el techo. En al apartamento 406. El techo que había sobre el cuarto piso. Naturalmente. Pero qué torpe soy.

Harry giró la llave, abrió la puerta y encontró el interruptor de la luz en la pared. Cruzó el umbral. Era un desván amplio, de techo alto y sin ventanas. Había trasteros, de cuatro metros cuadrados y numerados, a todo lo largo de las paredes. Detrás de las telas metálicas se veían apiladas pertenencias en tránsito entre el propietario y el contenedor de la basura. Colchones agujereados y muebles pasados de moda, cajas de cartón con ropa y pequeños electrodomésticos que aún funcionaban y que, por tanto, de momento no podían tirar.

—Esto es infernal —murmuró Falkeid, y entró acompañado de dos de sus colegas del grupo.

A Harry le pareció una imagen bastante precisa. Si bien el sol pendía ya bajo y sin fuerza en el oeste, se había pasado el día recalentando las tejas, que ahora hacían de estufas y convertían el desván en una verdadera sauna.

—Parece que el trastero correspondiente al 406 está por aquí —dijo Harry, y entró hacia la derecha.

—¿Por qué estás tan seguro de que está en el desván?

—Bueno, porque el asesino nos ha señalado clarísimamente que encima del cuarto piso se encuentra el quinto. En este caso, el desván.

—¿Señalado?

—Es una especie de acertijo.

—¿Eres consciente de que es imposible que aquí haya un cadáver?

—¿Por qué?

—Vinimos ayer con un perro. Un cadáver que lleve cuatro semanas expuesto al calor… Bueno, traducido del aparato sensorial de un perro al nuestro, es casi como si estuviésemos buscando una sirena de fábrica aullando aquí mismo. Habría sido imposible no encontrarlo incluso para un perro malo. Y el que estuvo aquí ayer era muy bueno.

–¿Aun suponiendo que el cadáver esté envuelto en algo, precisamente para evitar que huela?

–Esas moléculas son muy volátiles y penetran incluso por aberturas microscópicas. No es posible que...

–Vulcanización –dijo Harry.

–¿Qué?

Harry se detuvo delante de uno de los trasteros. Los dos uniformados acudieron enseguida con sendos pies de cabra.

–Primero probaremos este método, chicos –les dijo Harry mientras agitaba el llavero de la calavera delante de ellos.

La llave más pequeña abrió el candado.

–Entraré solo –dijo–. A los de la científica no les gusta que haya muchas pisadas.

Le prestaron una linterna y se detuvo ante un ropero blanco, grande y ancho, de dos puertas, que ocupaba casi todo el espacio del trastero. Puso la mano en uno de los tiradores y se armó de valor antes de tirar de golpe. Sintió el azote del olor rancio a ropa vieja, a polvo y a madera seca. Encendió la linterna. Al parecer, Marius Veland había heredado tres generaciones de trajes oscuros que colgaban en hilera de la barra del ropero. Harry enfocó el interior del armario y pasó la mano por la tela. Lana gruesa. Uno de ellos estaba cubierto por un plástico fino. Al fondo había una funda de traje de color gris.

Harry dejó que se cerrara la puerta del armario y se volvió hacia la pared del fondo del trastero, donde vio un tendedero en el que habían colgado unas cortinas que parecían de confección casera. Harry las retiró. Al otro lado le gruñía silenciosamente una boca abierta llena de pequeños dientes de fiera muy afilados. Lo que quedaba del pelaje era gris y los ojos marrones y redondos como una canica necesitaban una limpieza.

–Una marta –declaró Falkeid.

–Ya.

Harry miró a su alrededor. No había más rincones donde buscar. ¿Realmente se había equivocado, después de todo?

Entonces vio la alfombra enrollada. Era una alfombra persa, o por lo menos lo parecía, apoyada en la malla y que casi llegaba al techo. Harry empujó una silla de mimbre rota, se subió a ella e iluminó la alfombra. Los agentes que estaban fuera lo miraban ansiosos.

—Bueno —dijo Harry antes de bajar de la silla y apagar la linterna.

—¿Y? —dijo Falkeid.

Harry negó con la cabeza. De repente sufrió un ataque de ira. Dio una patada a un lateral del ropero, que se quedó oscilando como una bailarina de la danza del vientre. Los perros daban dentelladas en el aire. Una copa. Solo una copa, un momento sin dolor. Se dio la vuelta para salir del trastero cuando oyó un ruido como de algo que se deslizara por una pared. Se dio la vuelta en un acto reflejo, con el tiempo justo de ver cómo se abría a toda velocidad la puerta del ropero antes de que el portatrajes lo asaltara y lo abatiera en el suelo.

Comprendió que había estado inconsciente unos segundos porque, cuando abrió los ojos de nuevo, se vio tumbado boca arriba con un dolor sordo en la parte posterior de la cabeza y jadeando entre una nube de polvo que se había levantado del reseco suelo de madera. El peso del portatrajes lo oprimía y tenía la sensación de que estaba a punto de ahogarse, de estar dentro de una gran bolsa de plástico llena de agua. Presa del pánico, dio un puñetazo y entonces notó que el puño se estrellaba contra la superficie lisa, dentro de la cual había algo blando que cedía al golpe.

Harry se quedó inmóvil. Poco a poco logró centrar la mirada y la sensación de estar ahogándose se fue desvaneciendo. Y dio paso a la sensación de estar ahogado.

Desde detrás de una capa de plástico gris lo observaban unos ojos de expresión rota.

Habían encontrado a Marius Veland.

30

Sábado. La detención

El tren del aeropuerto pasó veloz al otro lado de la ventana, platea-
do y silencioso como una respiración pausada. Beate miró a Olaug
Sivertsen. Ella alzó la barbilla y observó por la ventana parpadean-
do sin cesar. Sus manos, arrugadas y nervudas sobre la mesa de la
cocina, parecían un paisaje visto desde una gran altura. Las arrugas
eran valles; las venas azul negruzco, ríos; y los nudillos, montañas
donde la piel se veía estirada como la lona grisácea de una tienda
de campaña. Beate observó sus propias manos. Pensó en cuánto
tienen tiempo de hacer dos manos en una vida. Y en cuánto no tienen tiempo de hacer. O no pueden.

A las 21.56, Beate oyó que alguien abría la verja y unos pasos
resonaron en el camino de gravilla.

Se levantó con el corazón latiéndole raudo y veloz, como un
contador Geiger.

—Es él —dijo Olaug.

—¿Estás segura?

Olaug sonrió con tristeza.

—Llevo toda la vida, desde que era niño, oyendo sus pasos por
ese camino de gravilla. Cuando ya tenía edad para salir por la noche, solía despertarme a la segunda pisada. Llegaba a la puerta en
doce pasos. Cuéntalos.

Waaler apareció de repente en la puerta de la cocina.

—Alguien se acerca —anunció—. Quiero que os quedéis aquí. Pase lo que pase. ¿De acuerdo?

—Es él —dijo Beate señalando a Olaug con la cabeza.

Waaler asintió sin pronunciar palabra. Y se marchó.

Beate posó la mano en la de la anciana.

—Ya verás, todo irá bien —dijo.

—Comprenderéis que se ha cometido un error —dijo Olaug sin mirarla a los ojos.

Once, doce. Beate oyó que abrían la puerta del pasillo.

Y oyó a Waaler gritar:

—¡Policía! Tienes mi identificación en el suelo, a tus pies. Suelta esa pistola o disparo.

Beate notaba que la mano de Olaug se movía.

—¡Policía! ¡Suelta la pistola o tendré que disparar!

¿Por qué gritaba tan alto? No estarían a más de cinco, seis metros de distancia el uno del otro.

—¡Por última vez! —gritó Waaler.

Beate se levantó y sacó la pistola de la funda que llevaba en el cinturón.

—Beate… —comenzó Olaug con voz temblorosa.

Beate alzó la vista y se encontró con la mirada implorante de la anciana.

—¡Suelta el arma! ¡Estás apuntándole a un policía!

Beate recorrió los cuatro pasos que la separaban de la puerta, la abrió y salió al pasillo con el arma en alto. Tom Waaler estaba de espaldas, dos metros delante de ella. En el umbral había un hombre con traje gris. En una mano llevaba una maleta. Beate había tomado una decisión basada en lo que creía que vería. De ahí que su primera reacción fuese de desconcierto.

—¡Voy a disparar! —gritó Waaler.

Beate vio la boca abierta en la cara paralizada del hombre que se hallaba ante la puerta de entrada, y también cómo Waaler ya había adelantado el hombro para aguantar la fuerza de retroceso cuando apretase el gatillo.

—Tom…

Lo dijo en voz apenas audible, pero la espalda de Tom Waaler se puso rígida, como si le hubiera disparado por detrás.

—No lleva pistola, Tom.

Beate tenía la sensación de estar viendo una película. Una escena absurda donde alguien hubiera pulsado el botón de pausa y la imagen se hubiera congelado y ahora temblaba, como sacudiendo y tironeando del tiempo. Esperaba el sonido de la detonación, pero este no se produjo. Por supuesto que no se produjo. Tom Waaler no estaba loco. No en el sentido clínico. No era incapaz de controlar sus impulsos. Probablemente fue eso lo que tanto la asustó en aquella ocasión. La frialdad y el comedimiento en el abuso.

—Ya que estás aquí —dijo al fin Waaler entre dientes—, supongo que podrás ponerle las esposas a nuestro detenido.

31

Sábado. «¿No es maravilloso tener a alguien a quien odiar?»

Era casi medianoche cuando Bjarne Møller se presentaba por segunda vez ante la prensa a las puertas de la Comisaría General. Solo las estrellas más potentes brillaban a través de la bruma que cubría Oslo, pero tuvo que protegerse los ojos de todos los flashes y las luces de las cámaras. Le arrojaron preguntas cortas y afiladas.

–Uno a uno –dijo Møller, y señaló una de las manos levantadas–. Y hagan el favor de presentarse.

–Roger Gjendem, del *Aftenposten*. ¿Ha confesado Sven Sivertsen?

–Tom Waaler, el responsable de la investigación, está interrogando al sospechoso en estos momentos. Hasta que no haya terminado, no puedo responder a esa pregunta.

–¿Es correcto que encontrasteis armas y diamantes en la maleta de Sivertsen? ¿Y que los diamantes son idénticos a los que habéis encontrado en las víctimas?

–Lo puedo confirmar. Allí… adelante, pregunte.

Una voz de mujer joven:

–Dijiste antes que Sven Sivertsen vive en Praga, y he logrado obtener su dirección. Es una pensión, pero allí aseguran que se mudó hace más de un año y nadie parece conocer dónde tiene su domicilio. ¿Lo sabéis vosotros?

Los demás periodistas empezaron a anotar antes de que Møller respondiera.

—Todavía no.

—Conseguí establecer buen contacto con algunas de las personas con las que hablé —dijo la voz de mujer con orgullo mal disimulado—. Al parecer, Sven Sivertsen tiene allí una novia joven. No supieron decirme el nombre, pero alguien insinuó que se trataba de una prostituta. ¿Tiene la policía conocimiento de ello?

—No, hasta ahora no —dijo Møller—. Pero te agradecemos la ayuda.

—Nosotros también —gritó una de las voces de los presentes seguida de una risa de hiena colectiva.

La mujer sonrió desconcertada.

Dialecto de Østfold: *Dagbladet*.

—¿Cómo lo lleva su madre?

Møller estableció contacto visual con el periodista y se mordió el labio para no mostrar el cabreo.

—No tengo opinión al respecto. Adelante.

—El *Dagsavisen* se pregunta cómo es posible que Marius Veland haya permanecido cuatro semanas en el desván de un edificio de apartamentos durante el verano más caluroso de la historia sin que nadie lo haya descubierto hasta ahora.

—Con cierta reserva respecto de la duración exacta, parece que el asesino empleó una de esas bolsas de plástico que se utilizan para guardar trajes o abrigos, y que luego la selló con caucho para que quedara hermética antes de... —Møller buscaba la palabra exacta— colgarlo en el armario del desván.

Un rumor se extendió entre los periodistas y Møller se preguntó si no se habría excedido describiendo los detalles.

Roger Gjendem estaba preguntando algo.

Møller vio que el periodista movía la boca mientras él escuchaba la melodía que le resonaba en la cabeza. «I just called to say I love you.» Aquella chica la había cantado tan bien en el *Beat for Beat...* Era la hermana, la que representaría el papel principal en el musical. ¿Cómo se llamaba?

–Perdón –dijo Møller–. ¿Podrías repetir la pregunta?

Harry y Beate estaban sentados en un borde de cemento, a cierta distancia de los de la prensa, observando la escena mientras fumaban. Beate le había explicado que solo fumaba en ocasiones festivas. Harry la invitó a fumar del paquete que acababa de comprar. No sentía necesidad de celebrar nada. Solo de dormir.

Vieron a Tom Waaler salir por la puerta principal, sonriendo hacia la lluvia de flashes. Las sombras bailaban la danza de los vencedores en la pared de la Comisaría General.

–Ahora se hará famoso –dijo Beate–. El hombre que estaba al frente de la investigación y que detuvo personalmente al mensajero asesino.

–¿Con dos pistolas y más cosas? –sonrió Harry.

–Sí, fue como en el salvaje Oeste. ¿Y me puedes explicar por qué se le pide a un tío que deje un arma que no tiene?

–Waaler se referiría seguramente al arma que Sivertsen llevaba encima. Yo habría hecho lo mismo.

–Vale, pero ¿sabes dónde encontramos esa pistola? En la maleta.

–Pero Waaler no podía estar seguro de que Sivertsen no fuese el hombre más rápido del mundo a la hora de sacar una pistola de una maleta.

Beate se rió.

–Vienes a tomar una cerveza después, ¿no?

Él la miró y la sonrisa se le congeló en la cara mientras se ruborizaba hasta el cuello.

–No era mi intención...

–No pasa nada. Celébralo tú por los dos, Beate. Yo ya he hecho lo mío.

–¿No puedes venir con nosotros de todas formas?

319

—No lo creo. Este era mi último caso.

Harry chasqueó los dedos y la colilla salió volando como una luciérnaga en la oscuridad.

—La semana que viene ya no seré policía. Supongo que debería tener la sensación de que es algo que celebrar, pero no es el caso.

—¿Qué vas a hacer?

—Algo diferente. —Harry se levantó—. Algo totalmente diferente.

Waaler alcanzó a Harry en el aparcamiento.

—¿Te largas tan rápidamente, Harry?

—Cansado. ¿Cómo te sabe la fama hasta ahora?

Los dientes de Waaler relucían blancos en la oscuridad.

—Solo han sido un par de fotos en el periódico. Tú ya has pasado por eso, así que sabrás cómo es.

—Si te refieres a aquella vez en Sidney, entonces se refirieron a mí como a un vaquero o algo así, porque disparé a mi hombre. Tú has logrado atrapar al tuyo con vida. Eres el tipo de héroe policial que quiere la socialdemocracia.

—¿Noto cierto sarcasmo?

—En absoluto.

—De acuerdo. A mí me da lo mismo a quién conviertan en héroe. Si se puede contribuir a mejorar la reputación del cuerpo, por mí pueden hacer falsos héroes de tipos como yo. Nosotros, los de dentro, sabemos quién ha sido el héroe esta vez.

Harry sacó las llaves del coche y se detuvo delante de su Ford Escort blanco.

—Lo que quería decir, Harry, en nombre de todos los que han participado, es que tú eres quien ha resuelto el caso, ni yo ni nadie más.

—Solo hice mi trabajo.

—Sí, tu trabajo. De eso también quería hablarte. ¿Nos sentamos en el coche un momento?

Había un olor dulce a gasolina en el interior. Un agujero de óxido en algún sitio, pensó Harry. Waaler declinó la oferta de un cigarrillo.

—Tu primera misión está decidida —dijo Waaler—. No es fácil ni está exenta de peligro. Pero si la resuelves bien, podrás ser socio al cien por cien.

—¿De qué se trata? —preguntó Harry, y echó el humo hacia el retrovisor.

Waaler palpaba con los dedos uno de los cables que salían del agujero del salpicadero donde una vez hubo una radio.

—¿Qué pinta tenía Marius Veland? —preguntó.

—Cuatro semanas en una bolsa de plástico. ¿Tú qué crees?

—Tenía veinticuatro años, Harry. Veinticuatro años. ¿Recuerdas lo que esperabas cuando tenías veinticuatro años? ¿Lo que esperabas de la vida?

Harry se acordaba.

Waaler le sonrió con una mueca.

—El verano que cumplí veintidós, salí de viaje de Interraíl con Geir y Solo. Llegamos a la costa italiana, pero los hoteles eran tan caros que no nos podíamos permitir alojarnos en ninguno, a pesar de que Solo se llevó todo lo que había en la caja del quiosco de su padre el mismo día que nos marchamos. Así que levantamos una tienda de campaña en la playa por la noche y durante el día solo dábamos vueltas mirando a las tías, los coches y los barcos. Lo extraño era que nos sentíamos superricos. Porque teníamos veintidós años. Y creíamos que todo era para nosotros, que eran regalos que nos estaban esperando al pie del árbol de Navidad. Camilla Loen, Barbara Svendsen, Lisbeth Barli, todas eran jóvenes. Quién sabe si no habían tenido tiempo de desilusionarse, Harry. Quién sabe si no estarían esperando a que llegaran los regalos de Nochebuena.

Waaler pasó la mano por el salpicadero.

—Acabo de tomarle declaración a Sven Sivertsen, Harry. Puedes leerla más tarde, pero ya te puedo adelantar lo que sucederá. Es un cabrón frío e inteligente. Fingirá que está loco, intentará engañar al jurado y sembrar entre los psicólogos la duda suficiente como para que no se atrevan a mandarlo a la cárcel. Acabará en una unidad psiquiátrica, donde experimentará una mejoría tan espectacular que le darán el alta dentro de unos años. Así son las cosas ahora, Harry. Eso es lo que hacemos con esa basura humana que nos rodea. No la recogemos, no la tiramos, sino que la vamos cambiando de sitio. Y no entendemos que, cuando la casa se ha convertido en un nido de ratas infecto y apestoso, ya es demasiado tarde. No tienes más que fijarte en otros países donde se ha instaurado el crimen. Por desgracia, vivimos en un país tan rico que los políticos compiten por ser los más generosos. Nos hemos vuelto tan blandos y bondadosos que ya nadie se atreve a asumir la responsabilidad de lo que es desagradable. ¿Comprendes?

—Hasta ahora, sí.

—Ahí es donde entramos nosotros, Harry. Asumimos responsabilidades. Considéralo un trabajo de limpieza que la sociedad no se atreve a abordar.

Harry daba tales caladas que hacía crujir el papel del cigarrillo.

—¿Qué quieres decir? —preguntó, y aspiró el humo.

—Sven Sivertsen —respondió Waaler mientras miraba por la ventana—. Basura humana. Tú vas a recogerla.

Harry se encogió en el asiento del conductor y expulsó el humo tosiendo.

—¿Es eso lo que hacéis? ¿Y qué hay de lo otro? ¿El contrabando?

—Cualquier otra actividad se lleva a cabo para financiar esta.

—¿Tu catedral?

Waaler asintió lentamente con la cabeza. Se inclinó hacia Harry, que notó que le metía algo en el bolsillo de la chaqueta.

—Una ampolla —dijo Waaler—. Se llama Joseph's Blessing. Desarrollada por el KGB durante la guerra de Afganistán para su uso en atentados, pero se la conoce más como el método de suicidio de los soldados chechenos capturados. Paraliza la respiración pero, a diferencia del ácido prúsico, es insípido e inodoro. La ampolla cabe bien en el ano o debajo de la lengua. Si bebe el contenido disuelto en un vaso de agua, morirá en cuestión de segundos. ¿Has entendido la misión?

Harry se irguió en el asiento. Ya no tosía, pero tenía los ojos llenos de lágrimas.

—¿Debe parecer un suicidio?

—Unos testigos del calabozo confirmarán que, por desgracia, no controlaron el ano del detenido cuando ingresó. Eso ya está organizado, no pienses en ello.

Harry aspiró profundamente. Lo mareaba el vaho de la gasolina. El lamento de una sirena ascendía y descendía en la distancia.

—Tenías pensado pegarle un tiro, ¿verdad?

Waaler no contestó. Harry vio un coche de la policía acercarse a la entrada de los calabozos.

—Nunca tuviste intención de detenerlo. Tenías dos pistolas porque habías planeado plantarle la segunda en la mano después de pegarle un tiro, para que pareciera que te había amenazado con ella. Dejaste a Beate y a la madre de Sivertsen en la cocina y gritaste para que ellas pudieran testificar después que habían oído cómo actuaste en defensa propia. Pero Beate salió al pasillo antes de tiempo y tu plan se fue al garete.

Waaler lanzó un hondo suspiro.

—Harry, estamos haciendo limpieza. Igual que tú quitaste de la circulación a aquel asesino de Sidney. Las leyes no funcionan, se redactaron para unos tiempos diferentes, más inocentes. Mientras las modifican, no podemos permitir que la ciudad caiga en manos de los delincuentes. Pero todo esto lo comprenderás tú mismo, ya que te enfrentas a ello a diario, ¿no?

Harry escrutó las ascuas del cigarrillo. Luego asintió con la cabeza.

—Lo único que quiero es tener una idea completa —dijo.

—De acuerdo, Harry. Escucha. Sven Sivertsen ocupará el calabozo número nueve hasta pasado mañana por la mañana. Es decir, hasta la mañana del lunes. Entonces, lo trasladarán a una celda segura en la cárcel de Ullersmo, donde no podremos acceder a él. La llave del calabozo número nueve está encima del mostrador. Tienes hasta la medianoche de mañana, Harry. Entonces llamaré a los calabozos y me confirmarán que el mensajero asesino ha recibido su merecido. ¿Comprendes?

Harry volvió a asentir con la cabeza.

Waaler sonrió.

—¿Sabes qué, Harry? Pese a la alegría de que finalmente estemos en el mismo equipo, una pequeña parte de mí siente un punto de tristeza. ¿Sabes por qué?

Harry se encogió de hombros.

—¿Porque creías que había cosas que no podían comprarse con dinero?

Waaler se rió.

—Muy bueno, Harry. Es porque tengo la sensación de haber perdido a un buen enemigo. Somos iguales. Entiendes a qué me refiero, ¿verdad?

—«¿No es maravilloso tener alguien a quien odiar?»

—¿Cómo?

—Michael Krohn. De los Raga Rockers.

—Veinticuatro horas, Harry. Buena suerte.

QUINTA PARTE

32

Domingo. Las golondrinas

Rakel estaba en el dormitorio, mirándose en el espejo. Había dejado la ventana abierta para oír el coche o los pasos por el camino de gravilla que desembocaba en la casa. Miró la foto de su padre en el tocador, delante del espejo. Siempre la impresionaba lo joven e inocente que parecía en aquella foto.

Como de costumbre, se había recogido el pelo con un sencillo pasador. ¿Debería peinarse de otra manera? El vestido había pertenecido a su madre, un vestido de muselina roja que Rakel había llevado a arreglar, y confiaba en no parecer demasiado compuesta. Cuando era pequeña, su padre le había contado a menudo la primera vez que vio a su madre con aquel vestido y Rakel nunca se cansaba de oír que fue como un cuento.

Rakel soltó el pasador y giró la cabeza de modo que la oscura melena le tapó la cara. Entonces sonó el timbre. Oyó los pasos acelerados de Oleg abajo, en el pasillo. Oyó la voz animada y la risa discreta de Harry. Echó una última ojeada al espejo. Notó que el corazón empezaba a latirle más deprisa. Y salió del dormitorio.

—Mamá, Harry acaba de…

Los gritos de Oleg se acallaron en cuanto Rakel apareció en el rellano de la escalera. Puso un pie cuidadosamente en el primer peldaño. Aquellos tacones tan altos se le antojaron de pronto inestables e inseguros. Pero encontró el equilibrio y levantó la vista al frente. Oleg se encontraba al pie de la escalera, mirándola embobado. Harry estaba a su lado. Era tal el brillo de sus ojos que Rakel creyó notar en sus mejillas el calor que irradiaban. Llevaba un ramo de rosas en la mano.

–Mamá, estás muy guapa –dijo Oleg.

Rakel cerró los ojos. Llevaban las dos ventanillas abiertas y el viento le acariciaba el pelo y la piel mientras Harry conducía el Escort por las curvas que descendían la colina de Holmenkollåsen. El coche despedía un suave aroma a detergente Zalo. Rakel bajó la visera para comprobar el estado del carmín y se fijó en que incluso habían limpiado aquel espejo.

Sonrió al pensar en la primera vez que se vieron. Él se ofreció a llevarla al trabajo y ella tuvo que ayudarle a empujar el coche para que arrancara.

Lo miró con el rabillo del ojo.

Y el mismo puente afilado de la nariz. Y los mismos labios de contornos suaves y casi femeninos que contrastaban con los demás rasgos, masculinos y duros. Y los ojos. Realmente, no podía decirse que fuese guapo, no en el sentido clásico. Pero era... ¿cómo decirlo? Un tipo con algo especial. Un tipo especial, sí. Y eran los ojos. No, los ojos, no. La mirada.

Él se dio la vuelta, como si estuviera oyendo sus pensamientos. Sonrió. Y allí estaba. Aquella dulzura infantil en la mirada, como si allí dentro hubiera un niño sonriéndole. Había algo auténtico en sus ojos. Una sinceridad pura. Honradez. Integridad. Era la mirada de alguien en quien puedes confiar. O en quien quieres confiar.

Rakel le devolvió la sonrisa.

–¿En qué piensas? –preguntó Harry, que tuvo que volver a centrarse en la carretera.

–Cosas.

Las últimas semanas, Rakel había tenido mucho tiempo para pensar. Tiempo suficiente para reconocer que Harry nunca le había prometido nada que no hubiese cumplido. Nunca le prometió que no iba a recaer. Nunca le prometió que el trabajo no sería lo más importante en su vida. Nunca le prometió que sería fácil. Todo esto eran promesas que ella se había hecho a sí misma, ahora lo veía claro.

Olav Hole y Søs los esperaban junto a la verja cuando llegaron a la casa de Oppsal. Harry le había contado tantas cosas sobre aquella casa que a veces Rakel tenía la sensación de ser ella quien se había criado allí.

—Hola, Oleg —saludó Søs con aire de adulta y de hermana mayor—. Hemos preparado masa para hacer bollos.

—¿De verdad?

Impaciente por salir, Oleg empujaba el respaldo del asiento de Rakel.

Camino de la ciudad, Rakel apoyó la cabeza en el respaldo y dijo que él le parecía guapo, pero que no se hiciera ilusiones. Él contestó que ella le parecía más guapa y que se hiciera todas las ilusiones que quisiera. Cuando llegaron a Ekebergskrenten y la ciudad se extendía a sus pies, Rakel vio pequeñas marcas negras cortando el aire.

—Golondrinas —dijo Harry.

—Vuelan bajo —dijo Rakel—. ¿No significa eso que va a llover?

—Sí. Han anunciado lluvias.

—Ah, qué bien, será maravilloso. ¿Y por eso vuelan? ¿Para anunciar la lluvia?

—No —dijo Harry—. Están realizando una labor mucho más útil. Están limpiando el aire de insectos. De bichos dañinos y esas cosas.

—Pero ¿por qué tienen tanta prisa? Se diría que están histéricas.

—Porque tienen poco tiempo. Ahora es cuando salen los insectos y, para la puesta del sol, la caza tiene que haber acabado.

—¿Quieres decir que la caza se acaba?

Se volvió hacia Harry. Él miraba absorto al frente.

—¿Harry?

—Sí —dijo él. Estaba un tanto ausente.

El público del estreno se agolpaba en la plaza del Teatro Nacional, ahora a la sombra. Los famosos conversaban con otros famosos mientras los periodistas pululaban entre el zumbar de las cámaras. Aparte de los rumores sobre algún que otro romance veraniego, el tema de conversación era el mismo para todos, la detención del mensajero asesino el día anterior.

Harry llevaba la mano discretamente posada en la región lumbar de Rakel mientras se dirigían hacia la entrada. Ella notaba el calor de sus dedos a través del fino tejido. De repente, una cara apareció delante de ellos.

—Roger Gjendem, del periódico *Aftenposten*. Perdonen, pero estamos haciendo una encuesta sobre lo que opina la gente de que por fin hayan capturado al hombre que secuestró a la mujer que iba a ser protagonista esta noche.

Se detuvieron y Rakel notó que Harry retiraba súbitamente la mano de su espalda.

El periodista sonreía con firmeza, pero la mirada expresaba indecisión.

—Ya nos conocemos, Hole. Soy reportero de sucesos criminales. Hablamos un par de veces cuando volviste después del asunto de Sidney. Una vez dijiste que yo era el único periodista que te citaba correctamente. ¿Me recuerdas ahora?

Harry miró pensativo a Roger Gjendem y asintió con la cabeza.

—Sí. ¿Has dejado los sucesos criminales?

—¡No, no! —respondió el periodista con vehemencia—. Solo estoy sustituyendo a un compañero que está de vacaciones. ¿Algún comentario del comisario de policía Harry Hole?

—No.

—¿No? ¿Ni siquiera unas palabras?

—Quiero decir que no soy comisario de policía —dijo Harry.

El periodista pareció sorprendido.

—Pero si te he visto…

Harry echó una rápida ojeada a su alrededor antes de inclinarse.

–¿Tienes tarjeta de visita?

–Sí...

Gjendem le entregó una tarjeta blanca con la letra gótica del *Aftenposten* en azul, y Harry se la guardó en el bolsillo trasero.

–Tengo *deadline* a las once.

–Ya veremos –dijo Harry.

Roger Gjendem se quedó con una expresión interrogante en la cara mientras Rakel subía los peldaños con los dedos cálidos de Harry otra vez en su lugar.

En la entrada había un hombre con una abundante barba que les sonreía con lágrimas en los ojos. Rakel reconoció la cara de haberla visto en los periódicos. Era Willy Barli.

–Me alegra tanto veros venir juntos –gruñó abriendo los brazos.

Harry titubeó, pero cayó presa del abrazo.

–Tú debes de ser Rakel.

Willy Barli le guiñó un ojo por encima del hombro de Harry mientras abrazaba a aquel hombre tan grande como si fuera un oso de peluche que acabase de recuperar.

–¿A qué ha venido eso? –preguntó Rakel una vez que hubieron encontrado sus butacas, hacia la mitad de la cuarta fila.

–Afecto masculino –dijo Harry–. Es artista.

–No me refiero a eso, sino a lo de que ya no eres comisario de policía.

–Ayer fue mi último día de trabajo en la Comisaría General.

Ella lo miró.

–¿Por qué no me has dicho nada?

–Te dije algo. El otro día, en el jardín.

–¿Y qué vas a hacer ahora?

–Otra cosa.

–¿El qué?

–Algo totalmente diferente. He recibido una oferta por medio de un amigo y la he aceptado. Se supone que tendré más tiempo libre. Ya te contaré más en otro momento.

Se levantó el telón.

Unas salvas de aplausos atronadores estallaron en el teatro cuando cayó el telón, y se mantuvieron con la misma intensidad durante cerca de diez minutos.

Los actores salían y entraban todo el rato en formaciones diversas hasta que se les acabaron las variantes ensayadas y se quedaron como estaban, recibiendo la ovación. Los gritos de «¡Bravo!» retumbaban cada vez que Toya Harang daba un paso al frente para saludar una vez más, y al final todos los que habían participado en la obra tuvieron que subir al escenario, y Willy Barli abrazó a Toya, y las lágrimas rodaban abundantes, tanto sobre el escenario como en la sala.

Hasta Rakel tuvo que sacar el pañuelo mientras apretaba la mano de Harry.

—Os veo raros —dijo Oleg—. ¿Pasa algo malo o qué?

Rakel y Harry negaron con la cabeza, como si estuviesen sincronizados.

—¿Habéis hecho las paces? ¿Es eso lo que pasa?

Rakel sonrió.

—Nunca hemos estado enfadados, Oleg.

—¿Harry?

—¿Sí, jefe? —Harry miró al retrovisor.

—¿Quiere decir que podemos volver a ir al cine? ¿A ver una película de hombres?

—Puede ser. Si de verdad es una película de hombres.

—¿Ah, sí? —preguntó Rakel—. ¿Y qué voy a hacer yo mientras?

—Puedes jugar con Olav y Søs —respondió Oleg con entusiasmo—. Es superguay, mamá. Olav me ha enseñado a jugar al ajedrez.

Habían llegado a casa y Harry detuvo el coche, pero dejó el motor en marcha. Rakel le dio a Oleg las llaves de casa y lo dejó bajarse del coche. Ambos lo siguieron con la mirada mientras el pequeño iba corriendo por la gravilla.

—Dios mío, cómo ha crecido —dijo Harry.

Rakel apoyó la cabeza en el hombro de él.

—¿Entras?

—Ahora no. Hay un último detalle que debo solucionar en el trabajo.

Ella le pasó la mano por la mejilla.

—Puedes venir más tarde. Si quieres.

—Mmm. ¿Lo has pensado bien, Rakel?

Ella suspiró, cerró los ojos y apoyó la frente en su cuello.

—No. Y sí. Es un poco como saltar desde una casa en llamas. Caer es mejor que quemarse.

—Por lo menos hasta que llegas al suelo.

—He llegado a la conclusión de que existe un gran parecido entre estar cayendo y estar vivo. Entre otras cosas, porque ambos estados son altamente transitorios.

Se miraron en silencio mientras escuchaban el ronroneo irregular del motor. Harry le puso a Rakel un dedo en la barbilla y la besó. Y ella tuvo la sensación de perder el equilibrio, la serenidad, y solo había una persona a la que podía agarrarse, y esa persona la hacía arder y caer al mismo tiempo.

Rakel no se había dado cuenta de cuánto había durado aquel beso cuando él se liberó de ella despacio.

—Dejo la puerta abierta —le susurró Rakel.

Debía haber sabido que era una estupidez.

Debía haber sabido que era peligroso.

Pero llevaba semanas pensando. Estaba harta de tanto pensar.

33

Noche del domingo. La Bendición de José

En el aparcamiento que se extendía delante de los calabozos había pocos coches y ninguna persona.

Harry giró la llave y el motor se apagó con un estertor mortecino.

Miró el reloj. Las veintitrés y diez. Tenía cincuenta minutos. Sus pasos arrancaban un eco a las paredes de hormigón de Telje, Torp y Aasen.

Harry respiró hondo antes de entrar.

No había nadie en los mostradores de recepción y en la sala reinaba un silencio absoluto. Se percató de un movimiento a su derecha. El respaldo de una silla giró despacio en la sala de guardia. Harry vio medio rostro con una cicatriz de color rojizo que manaba como una lágrima desde un ojo de mirada inexpresiva. La silla volvió a girarse y le dio la espalda.

Groth. Estaba solo. Extraño. O quizá no.

Harry encontró la llave de la celda número nueve detrás del mostrador, a la izquierda. Se dirigió a los calabozos. Se oían voces procedentes de la sala de los abogados de oficio, pero el número nueve estaba convenientemente emplazado de manera que no tuvo que pasar por ella.

Harry metió la llave en la cerradura y la giró. Esperó un segundo, oyó un movimiento allí dentro. Y abrió la puerta.

El hombre que lo miraba desde el catre no tenía pinta de ser un asesino. Harry sabía que eso no significaba nada. Unas veces la tenían. Otras no.

Este era guapo. Tenía unas facciones puras, pelo oscuro, tupido y corto, y unos ojos azules que quizá un día se parecieron a los de su madre, pero que él se había apropiado con los años. Harry rondaba los cuarenta, Sven Sivertsen tenía cincuenta cumplidos. Harry contaba con que la mayoría apostaría a que era al revés.

Por alguna razón, Sivertsen llevaba el uniforme rojo de trabajo de la cárcel.

—Buenas noches, Sivertsen. Soy el comisario Hole. Levántate y date la vuelta, por favor.

Sivertsen enarcó una ceja. Harry balanceó las esposas con gesto elocuente, antes de explicar:

—Son las normas.

Sivertsen se levantó sin mediar palabra y Harry le puso las esposas antes de pedirle que volviera a sentarse en el catre.

En la celda no había sillas, ni un objeto que pudiera utilizarse para autolesionarse o lesionar a otros. Allí dentro, el Estado de derecho tenía el monopolio del castigo. Harry se apoyó en la pared y sacó del bolsillo un paquete de cigarrillos arrugado.

—Dispararás el detector de humos —advirtió Sivertsen—. Son muy sensibles.

Tenía una voz de una claridad asombrosa.

—Es verdad, tú ya has estado en la cárcel.

Harry encendió el cigarrillo, se puso de puntillas, quitó la tapa del detector y sacó la pila.

—¿Y qué dicen las normas de eso? —preguntó Sivertsen irónicamente.

—No me acuerdo. ¿Un cigarrillo?

—¿Qué es esto? ¿El truco del poli bueno?

—No. —Harry sonrió—. Sabemos tanto sobre ti que no necesitamos interpretar ningún papel, Sivertsen. No necesitamos esclarecer los detalles, no necesitamos el cuerpo de Lisbeth Barli, no necesitamos una confesión. Sencillamente, no necesitamos tu ayuda, Sivertsen.

—Entonces ¿por qué estás aquí?

—Curiosidad. Practicamos la pesca de profundidad y quería ver qué clase de bicho había mordido el anzuelo esta vez.

Sivertsen soltó una breve risita.

—Esa metáfora es un dechado de imaginación, pero te vas a desilusionar, comisario Hole. Puede que dé la sensación de ser algo grande, pero me temo que no se trata más que de una bota de goma.

—Habla un poco más bajo, por favor.

—¿Te preocupa que nos oiga alguien?

—Tú haz lo que yo te diga. Se te ve muy tranquilo para ser un hombre al que acaban de detener por cuatro asesinatos.

—Soy inocente.

—Ya. Déjame que te ofrezca un resumen sucinto de la situación, Sivertsen. Hemos encontrado en tu maleta un diamante rojo de los que no se compran precisamente por docenas, pero que también hallamos en todas las víctimas. Además de una Česká Zbrojovka, un arma relativamente poco común en Noruega, aunque de la misma marca que la utilizada en el asesinato de Barbara Svendsen. Según tu declaración, estabas en Praga en las fechas en que se cometieron los asesinatos, pero lo hemos comprobado con las compañías aéreas y resulta que estuviste de visita en Oslo en todas las ocasiones, incluido el día de ayer. ¿Qué tal tus coartadas para alrededor de las cinco de la tarde en esas fechas, Sivertsen?

Sven Sivertsen no contestó.

—Ya me parecía a mí. Así que no me vengas con lo de «Soy inocente».

—Me da igual lo que pienses, Hole. ¿Algo más?

Harry se puso en cuclillas, todavía con la espalda contra la pared.

—Sí. ¿Conoces a Tom Waaler?

—¿Quién?

Contestó rápidamente. Demasiado rápidamente. Harry se tomó su tiempo, expulsó el humo hacia el techo. A juzgar por la expresión de su cara, Sven Sivertsen se estaba aburriendo muchísimo. Harry había conocido a asesinos con un caparazón duro, pero con una psique tan blanda como gelatina trémula por dentro. Sin embargo, también existía la variante congelada, que era caparazón hasta el núcleo. Se preguntaba cuán duro sería el que tenía delante.

—No tienes por qué fingir que no te acuerdas de la persona que te detuvo y te tomó declaración, Sivertsen. Lo que me pregunto es si lo conocías de antes.

Harry percibió una levísima vacilación en la mirada.

—Tienes una condena anterior por contrabando. Tanto el arma que hallamos en tu maleta como las demás pistolas tienen unas marcas especiales que proceden de la máquina que se utiliza para limar los números de serie. En los últimos años hemos encontrado las mismas marcas en un número siempre creciente de armas sin registrar. Creemos que, detrás de este tráfico de armas, existe una banda organizada.

—Interesante.

—¿Has estado traficando con armas para Waaler, Sivertsen?

—Anda, ¿la policía también se dedica a eso?

Sven Sivertsen ni siquiera parpadeó. Pero una gota diminuta de sudor estaba a punto de caer desde la densa raíz del pelo.

—¿Tienes calor, Sivertsen?

—Un poco.

—Ya.

Harry se levantó, se dirigió al lavabo y, de espaldas a Sivertsen, cogió un vaso de plástico blanco del dispensador y abrió el grifo del agua, que salió a borbotones.

—¿Sabes qué, Sivertsen? No se me ocurrió hasta que una colega me contó cómo te había detenido Waaler. Y me acordé de su reacción cuando le conté que Beate Lønn había averiguado tu identidad. Por lo general, Waaler es frío como un témpano, pero entonces se quedó pálido y, durante unos minutos, casi paralizado. Así que pensé que era porque se había dado cuenta de que teníamos un problema, que corríamos el riesgo de que se produjera otro asesinato. Pero cuando Lønn me dijo que Waaler tenía dos pistolas y que te gritó que no le apuntaras, empecé a atar cabos. No fue el miedo a un nuevo asesinato lo que le hizo temblar, sino haberme oído mencionar tu nombre. Él te conocía. Ya que tú eres uno de sus correos. Y, naturalmente, Waaler comprendía que, si te acusaban de asesinato, todo saldría a la luz. Todo lo relacionado con las armas que utilizaste, la razón de tus frecuentes viajes a Oslo, todas las conexiones a las que recurriste. Incluso un juez contemplaría la posibilidad de una pena más leve si mostrabas tu disposición a colaborar. Por eso planeó pegarte un tiro.

—¿Pegarme un ti…?

Harry llenó el vaso de agua, se dio la vuelta y se acercó a Sven Sivertsen. Le puso el vaso delante y abrió la cerradura de las esposas. Sivertsen se frotó las muñecas.

—Bebe —dijo Harry—. Y te puedes fumar un pitillo antes de que te las vuelva a poner.

Sven vaciló. Harry miró el reloj. Aún le quedaba media hora.

—Venga, Sivertsen.

Sven cogió el vaso, echó la cabeza hacia atrás y lo apuró sin dejar de mirar a Harry.

Harry se puso un cigarrillo entre los labios y lo encendió antes de pasárselo a Sivertsen.

—No me crees, ¿verdad? —preguntó Harry—. Al contrario, crees que Waaler será quien te saque de esta… ¿cómo llamarla…?, lamentable situación, ¿verdad? Que él va a correr algún riesgo por ti, en compensación por el fiel y prolongado servicio prestado a su cartera. En el peor de los casos, piensas que con todo lo que sabes sobre él puedes obligarlo a que te ayude.

Harry negó despacio con la cabeza, antes de continuar:

—Creí que eras más listo, Sivertsen. Los acertijos que preparaste, la puesta en escena, esa forma tuya de ir un paso por delante todo el tiempo. Todo me llevó a imaginar a un tío que sabía exactamente lo que íbamos a pensar y lo que íbamos a hacer. Y ni siquiera eres capaz de entender cómo opera un tiburón como Tom Waaler.

—Tienes razón —dijo Sivertsen echando el humo hacia el techo con los ojos entornados—. No te creo.

Sivertsen sacudió el cigarrillo. La ceniza cayó fuera del vaso vacío que sostenía debajo.

Harry se preguntaba si no estaría presenciando un derrumbe. Pero los había presenciado antes y se había equivocado.

—¿Sabías que han anunciado un descenso de las temperaturas? —preguntó Harry.

—No sigo las noticias noruegas —respondió Sivertsen con una sonrisa burlona, como si se viera vencedor.

—Lluvia —dijo Harry—. ¿Qué tal sabía el agua?

—Sabía a agua.

—O sea que la Bendición de José satisface las expectativas.

—¿La qué de José?

—Bendición. *Blessing.* Insípido e inodoro. Se diría que has oído hablar del producto. ¿Quizá incluso has sido tú quien se lo ha pasado de contrabando? ¿Chechenia, Praga, Oslo? —Harry sonrió—. Qué ironía del destino, ¿no?

—¿De qué estás hablando?

Harry le arrojó un objeto que describió un gran arco en el aire, Sivertsen lo cazó al vuelo y se quedó mirándolo. Parecía una larva. Era una cápsula blanca.

—Está vacía… —constató mirando a Harry extrañado.

—Que te aproveche.

—¿Qué?

—Saludos de nuestro jefe común, Tom Waaler.

Harry dejó escapar el humo por la nariz mientras observaba a Sivertsen. Advirtió la contracción involuntaria de la frente. La nuez que subía y bajaba nerviosa. Los dedos, que, de repente, se vieron en la necesidad de moverse y rascar la barbilla.

—Como sospechoso de cuatro asesinatos, deberías estar en una cárcel de máxima seguridad, Sivertsen. ¿Has pensado en ello? Y resulta que te encuentras en un calabozo normal de arresto provisional, donde cualquiera que esté en posesión de una placa policial puede entrar y salir como quiera. Como investigador, podría sacarte de aquí, decirle al guardia que debo llevarte a un interrogatorio, firmar tu salida con un garabato y después darte un billete de avión para Praga. O, como ha sido el caso, para el infierno. ¿Quién crees que ha manejado los hilos para que vinieses a parar aquí, Sivertsen? Por cierto, ¿qué tal te encuentras?

Sivertsen tragó saliva. Derrota. Derrumbe. Derrumbe total.

—¿Por qué me cuentas todo esto? —preguntó en un susurro.

Harry se encogió de hombros.

—Waaler restringe la información que ofrece a sus súbditos y, como comprenderás, yo soy curioso por naturaleza. ¿No te gustaría a ti también ver el cuadro completo, Sivertsen? ¿O eres de los que creen que conocerán toda la verdad al morir? Bueno. Mi problema es que, en mi caso, todavía falta mucho para eso…

Sivertsen se había puesto pálido.

—¿Otro cigarrillo? —preguntó Harry—. ¿O estás empezando a marearte?

Sivertsen abrió la boca como por una consigna, sacudió la cabeza y, un segundo después, una bocanada de vómito amarillo se estrellaba contra el suelo. Se quedó jadeando.

Harry miró displicente algunas gotas que le habían salpicado en la pernera. Se acercó al lavabo, cogió un trozo de papel higiénico, limpió el pantalón, cogió otro trozo y se lo ofreció a Sivertsen, que se limpió la boca con él, hundió la cabeza y escondió la cara entre las manos. Con la voz quebrada por el llanto, se vino abajo y lo contó todo.

—Cuando entré en el pasillo… me quedé perplejo, pero comprendí que estaba actuando. Me guiñó el ojo y giró la cabeza de manera que yo entendiera que sus gritos iban dirigidos a otra persona. Pasaron unos segundos antes de que comprendiera lo que estaba sucediendo. Creí… creí que quería que pareciera que yo iba armado para poder explicar luego que me hubiese dejado escapar. Él tenía dos pistolas. Y yo pensé que una era para mí, para que estuviera armado si alguien nos veía. Así que me quedé esperando a que me diera la pistola. Entonces apareció esa mujer y lo estropeó todo.

Harry había vuelto a apoyar la espalda en la pared.

—O sea que lo reconoces: sabías que la policía te estaba buscando en relación con los asesinatos del mensajero ciclista, ¿no?

Sivertsen negó vehemente con la cabeza.

—No, no, yo no soy un asesino. Creía que me perseguían por el tráfico de armas. Y por los diamantes. Sabía que Waaler estaba detrás de ello, por eso todo iba sobre ruedas. Y por eso, creía yo, estaba intentando que me escapase. Tengo que…

Volvió a arrojar una bocanada de vómito, aunque de color verdoso en esta ocasión.

Harry le dio más papel.

Sivertsen empezó a llorar.

—¿Cuánto tiempo me queda?

—Depende —dijo Harry.

—¿De qué?

Harry pisó la colilla en el suelo, metió la mano en el bolsillo y jugó el as que tenía en la manga.

—¿Ves esto?

Entre los dedos pulgar e índice sujetaba una píldora de color blanco. Sivertsen asintió con la cabeza.

—Si lo consumes durante los primeros diez minutos después de haber tomado Joseph's Blessing, hay bastantes probabilidades de que sobrevivas. Me lo ha facilitado un amigo que se dedica al sector farmacéutico. Te preguntarás por qué. Bueno. Porque quiero hacer un trato contigo. Quiero que testifiques contra Tom Waaler. Que cuentes todo lo que sabes sobre su conexión con el tráfico de armas.

—Sí, sí, claro. Tú dame la píldora.

—Pero ¿puedo fiarme de ti, Sivertsen?

—Lo juro.

—Necesito una respuesta meditada, Sivertsen. ¿Cómo puedo estar seguro de que no cambiarás de bando otra vez en cuanto yo salga de aquí?

—¿Cómo?

Harry volvió a guardarse la píldora en el bolsillo.

—Los segundos pasan. ¿Por qué debo confiar en ti, Sivertsen? Convénceme.

—¿Ahora?

—La Bendición de José paraliza la respiración. Muy doloroso, según aquellos que han sido testigos del fin de algunos que la han tomado.

Sivertsen pestañeó nervioso un par de veces, antes de empezar a hablar.

—Puedes confiar en mí porque es lógico. Si no me muero esta noche, Tom Waaler comprenderá que he revelado su plan de matarme. Entonces no hay vuelta atrás y él tiene que acabar conmigo antes de que yo acabe con él. Sencillamente, no tengo elección.

—Bien, Sivertsen. Continúa.

—Aquí dentro no tengo escapatoria, estaré acabado mucho antes de que vengan a buscarme mañana por la mañana. Mi única oportunidad es desenmascarar a Waaler y que lo detengan lo antes posible. Y la única persona que puede ayudarme en ese sentido eres... tú.

—Enhorabuena, acierto total —dijo Harry, y se levantó—. Las manos en la espalda, por favor.

—Pero...

—Haz lo que te digo, vamos a salir de aquí.

—Dame la píldora...

—La píldora se llama Flunipam y no cura mucho más que el insomnio.

Sven miró incrédulo a Harry.

—Eres un...

Harry estaba preparado para el ataque, se apartó a un lado y le propinó un golpe bajo y contundente.

Sivertsen emitió un sonido similar al que se produce al abrir la válvula de una pelota de playa y se encogió.

Harry lo sujetó con una mano y le puso las esposas con la otra.

—Yo no me preocuparía demasiado, Sivertsen. Anoche vacié el contenido de la ampolla de Waaler. Tendrás que hablar de un posible mal sabor del agua con la compañía de servicio de agua Oslo Vannverk.

—Pero yo...

Ambos miraron el vómito.

—Tienes un estómago sensible —dijo Harry—. No se lo contaré a nadie.

El respaldo de la sala de guardia giró despacio y dejó a la vista un ojo a medio cerrar. El ojo reaccionó al verlos y los pliegues de piel flácida retrocedieron sobre el globo ocular, que resultó ser enorme y que los miraba fijamente. Groth, apodado Gråten, levantó de la silla aquel descomunal cuerpo con una rapidez sorprendente.

—¿A qué viene esto? —preguntó con un ladrido.

—El detenido del calabozo nueve —dijo Harry señalando a Sivertsen con la cabeza—. Lo vamos a interrogar en la sexta. ¿Dónde firmo?

—¿Que lo vais a interrogar? No sé nada de un interrogatorio.

Gråten se había colocado a cierta distancia del mostrador, con los brazos cruzados y las piernas separadas.

—Según tengo entendido, no solemos informaros de eso, Groth —dijo Harry.

Gråten miraba alternativamente a Harry y a Sivertsen, lleno de desconcierto.

—Relájate —dijo Harry—. Solo es un cambio de planes. El detenido no quiere tomarse la medicina. Haremos otra cosa.

—No sé de qué me estás hablando.

—Ya, y si no tienes ganas de saber más, te sugiero que pongas el libro de firmas en el mostrador *ahora*, Groth —dijo Harry—. Tenemos prisa.

Gråten los miró fijamente con el ojo lloroso, mientras cerraba el otro.

Harry se concentraba en respirar con la esperanza de que fuera no se oyesen los latidos de su corazón. Todo el plan podía derrumbarse en aquel lugar y en aquel momento como un castillo de naipes. Buena imagen. Un puñetero castillo de naipes. Sin un solo as. La única esperanza era que el cerebro de rata de Groth reaccionara como él había supuesto. Una suposición superficialmente basada en el postulado de Aune de que, cuando está en juego el interés propio, la capacidad de las personas de pensar racionalmente es inversamente proporcional a su inteligencia.

Gråten gruñía.

Harry confiaba en que eso significara que lo había entendido. Que, para él, conllevaba menor riesgo que Harry firmase la salida del detenido según las reglas. De ese modo, podría explicarles más tarde a los investigadores exactamente lo que había sucedido. En lugar de arriesgarse a que lo cogieran en una mentira cuando dijera que nadie había entrado o salido hacia la hora en que se produjo el extraño fallecimiento en el calabozo nueve. Cabía esperar que, en aquel momento, Groth estuviese pensando que Harry podía solucionarle de un plumazo aquel dolor de cabeza, que aquello era una buena cosa. No existía motivo alguno para comprobaciones, el propio Waaler le había dicho que aquel idiota estaba ahora de su lado.

Gråten carraspeó.

Harry escribió el nombre en la línea de puntos.

—En marcha —ordenó empujando a Sivertsen por detrás.

El aire nocturno del aparcamiento le produjo en la garganta la misma sensación que una cerveza fría.

34

Noche del domingo. Ultimátum

Rakel se despertó.

Alguien había abierto la puerta de abajo.

Se dio la vuelta en la cama y miró el reloj. La una y cuarto.

Se estiró y se quedó escuchando. Notó cómo la sensación de somnoliento bienestar iba cediendo poco a poco a un hormigueo expectante. Decidió fingir que estaba dormida cuando él se metiera en la cama. Sabía que era un juego pueril, pero le gustaba. Él estaría quieto, respirando. Y cuando ella se diese la vuelta en sueños y le pusiera la mano como al azar en el estómago, oiría cómo empezaba a respirar más rápido y profundo. Y se quedarían así, tumbados, sin moverse, para ver quién aguantaba más, como una competición. Y él perdería.

Tal vez.

Cerró los ojos.

Y volvió a abrirlos al cabo de un rato. La inquietud se le había agazapado debajo de la epidermis.

Se levantó, abrió la puerta del dormitorio y prestó atención.

Silencio absoluto.

Fue a la escalera.

—¿Harry?

La preocupación que le resonó en la voz le agudizó el miedo.

Se armó de valor y bajó.

No había nadie.

Se dijo que la puerta principal, que no había cerrado con llave, no había quedado bien encajada y que seguramente se despertó cuando el viento la cerró de golpe.

Echó la llave y se sentó en la cocina a tomarse un vaso de leche. Oyó el crujir de las vigas de madera, como si las viejas paredes de la casa hablaran entre sí.

A la una y media se levantó de la silla. Harry se había marchado a casa. Y nunca sabría que, aquella noche, él habría ganado la competición.

De camino al dormitorio, un pensamiento aciago se le pasó por la cabeza provocándole un instante de blanco pánico. Se dio la vuelta. Y respiró aliviada al ver desde el umbral de la habitación de Oleg que el pequeño dormía en su cama.

Aun así, se despertó otra vez una hora más tarde a causa de una pesadilla y se quedó dando vueltas en la cama el resto de la noche.

El Ford Escort blanco se deslizaba en la noche estival con el ronroneo de un submarino viejo.

–La calle Økernveien –iba murmurando Harry–. La calle de Son.

–¿Cómo? –preguntó Sivertsen.

–Solo estaba practicando.

–¿El qué?

–El camino más corto.

–¿Adónde?

–Pronto lo verás.

Aparcaron en una callecita de dirección única con algunos chalés perdidos en medio de los bloques de pisos. Harry se inclinó por encima de Sivertsen y abrió la puerta del acompañante. Después del robo sufrido hacía varios años, no se podía abrir desde fuera. Rakel le había tomado el pelo por eso, relacionando los coches y la personalidad de sus dueños. No estaba del todo seguro de haber entendido «el sentido oculto». Harry dio la vuelta al coche hasta el lado del pasajero, sacó a Sivertsen y le ordenó que se pusiera de espaldas a él.

—¿Eres *southpaw*? —preguntó Harry mientras abría las esposas.

—¿Cómo?

—¿Pegas mejor con la izquierda o con la derecha?

—Quién sabe. En realidad, no pego.

—Bien.

Harry le puso una de las esposas en la muñeca derecha y se puso él la otra en la izquierda. Sivertsen lo miró inquisitivamente.

—No te quiero perder, querido —dijo Harry.

—¿No habría sido más fácil apuntarme con una pistola?

—Seguramente, pero tuve que devolverla hace un par de semanas. Nos vamos.

Fueron campo a través hacia un grupo de bloques cuyo perfil se recortaba pesado y negro en el cielo nocturno.

—¿Te gusta volver a los lugares de antaño? —preguntó Harry cuando hubieron llegado a la puerta del bloque de apartamentos.

Sivertsen se encogió de hombros.

Ya dentro, Harry oyó algo que habría preferido no oír. Pasos en la escalera. Miró a su alrededor y vio luz en el pequeño ojo de buey de la puerta del ascensor. Dio unos pasos a un lado y arrastró a Sivertsen consigo. El ascensor se balanceaba por el peso de los dos hombres.

—Puedes adivinar a qué piso vamos —dijo Harry.

Sivertsen alzó la vista y puso los ojos en blanco cuando vio a Harry agitar delante de su cara un manojo de llaves en un llavero con una calavera de plástico.

—¿No estás de humor para jugar? De acuerdo, llévanos al cuarto piso, Sivertsen.

Sivertsen pulsó el botón del número cuatro y miró hacia arriba como se suele hacer cuando uno espera que un ascensor se ponga en marcha. Harry estudió la cara de Sivertsen. Una actuación cojonuda, tuvo que reconocerlo.

—La cancela corredera —dijo Harry.

—¿Qué?

—El ascensor no arranca si la corredera no está cerrada. Lo sabes muy bien.

—¿Esta?

Harry asintió. Sivertsen corrió la cancela hacia la derecha, que se desplazó con un chirrido. El ascensor seguía sin moverse. Harry notó que una gota de sudor le corría por la frente.

—Empújala hasta el final —dijo Harry.

—¿Así?

—Deja de actuar —insistió Harry tragando saliva—. Debe estar tensa del todo. Si no entra en conexión con el punto de contacto que hay en el suelo, donde está el marco, el ascensor no funciona.

Sivertsen sonrió.

Harry cerró el puño derecho.

El ascensor dio un tirón y la pared blanca empezó a moverse detrás de la reluciente verja de hierro negro. Pasaron una puerta de ascensor y a través del ojo de buey Harry pudo ver la nuca de alguien que bajaba las escaleras. Probablemente, uno de los inquilinos. Bjørn Holm le había dicho que la científica ya había terminado su trabajo allí.

—No te gustan los ascensores, ¿verdad?

Harry no contestó, solo miraba la pared que discurría piso tras piso.

—¿Una fobia tuya?

El ascensor se detuvo tan de repente que Harry tuvo que dar un paso para no caerse. El suelo se movía bajo sus pies. Harry se quedó mirando la pared fijamente.

—¿Qué coño estás haciendo? —susurró.

—Estás empapado en sudor, comisario Hole. He pensado que era un buen momento para aclararte las cosas.

—Este no es buen momento para nada. Muévete o...

Sivertsen se había colocado delante de los botones del ascensor y no parecía tener intención de moverse. Harry levantó la mano derecha. Entonces lo vio. Sivertsen tenía el cincel en la mano izquierda. Con el mango verde.

–Lo encontré entre el respaldo y el asiento –dijo Sivertsen sonriendo casi como si lo lamentara–. Debes mantener tu coche más ordenado. ¿Me escucharás ahora?

El acero brillaba. Harry intentó pensar. Intentó mantener el pánico a raya.

–Escucho.

–Bien, porque lo que voy a decir requiere un poco de concentración. Soy inocente. Es decir, he traficado con armas y diamantes. Llevo años haciéndolo. Pero nunca he matado a nadie.

Sivertsen levantó el cincel cuando Harry movió la mano. Harry la dejó caer.

–El tráfico de armas lo organiza un tipo que se hace llamar el Príncipe, y hace un tiempo me di cuenta de que se trata del comisario Tom Waaler. Y, lo que es más interesante, puedo probar que se trata del comisario Tom Waaler. Y si he comprendido bien la situación, tú necesitas mi testimonio y mis pruebas para coger a Tom Waaler. Si tú no lo coges a él, él te cogerá a ti. ¿Verdad?

Harry estaba pendiente del cincel.

–¿Hole?

Harry asintió con la cabeza.

La risa de Sivertsen era clara como la de una chica.

–¿No es una paradoja preciosa, Hole? Aquí estamos, un traficante de armas y un madero, encadenados y totalmente dependientes el uno del otro, y aun así, pensando en cómo nos podemos matar.

–No hay paradojas verdaderas –sentenció Harry–. ¿Qué quieres?

–Quiero… –dijo Sivertsen, y lanzó el cincel al aire para recogerlo de forma que el mango quedara señalando a Harry–. Quiero que averigües quién ha hecho que parezca que yo he matado a cuatro personas. Si lo consigues, te ofreceré la cabeza de Waaler en bandeja de plata. Tú me ayudas a mí, yo te ayudo a ti.

Harry observó a Sivertsen con atención. Sus esposas se rozaban.

–De acuerdo –dijo Harry–. Pero vayamos por partes. Primero encerramos a Waaler. Entonces tendremos tranquilidad y yo podré ayudarte a ti.

Sivertsen negó con la cabeza.

—Soy consciente de la situación en que me encuentro. He tenido veinticuatro horas para pensar, Hole. Lo único de lo que dispongo para negociar son las pruebas contra Waaler, y tú eres el único con el que puedo negociar. La policía ya se ha adjudicado la victoria y nadie más que tú sería capaz de ver el asunto con otros ojos, arriesgándose a convertir el triunfo del siglo en el fallo del siglo. El loco que ha asesinado a esas mujeres pretende inculparme a mí. He caído en una trampa. Y si alguien no me ayuda, estoy perdido.

—¿Eres consciente de que, en estos momentos, Tom Waaler y sus colaboradores nos están buscando? ¿De que cada hora que pase estarán más cerca? ¿Y de que, cuando nos encuentren... no *si* nos encuentran, estamos acabados?

—Sí.

—Entonces ¿por qué correr ese riesgo? Dado que lo que dices de la policía es cierto: en cualquier caso, no volverán a investigar el asunto. ¿No es mejor una condena de veinte años de cárcel que perder la vida?

—Veinte años de cárcel es una opción que ya no tengo, Hole.

—¿Por qué no?

—Porque acabo de saber algo que me cambiará la vida radicalmente.

—¿Y qué es?

—Voy a ser padre, comisario Hole.

Harry parpadeó atónito.

—Tienes que encontrar al verdadero asesino antes de que Waaler nos encuentre a nosotros, Hole. Así de simple.

Sivertsen le entregó el cincel a Harry.

—¿Me crees?

—Sí —mintió Harry metiéndose el cincel en el bolsillo de la chaqueta.

Los cables de acero chirriaron cuando el ascensor reanudó la subida.

35

Noche del domingo. Delicioso absurdo

–Espero que te guste Iggy Pop –dijo Harry, y encadenó a Sven Sivertsen al radiador que había debajo de la ventana del 406–. Es la única vista que tendremos durante un buen rato.

–Podría haber sido peor –dijo Sven , y echó un vistazo al póster–. Vi a Iggy y The Stooges en Berlín. Probablemente antes de que hubiera nacido el joven que vivía aquí.

Harry miró el reloj. La una y diez. Seguramente Waaler y sus hombres habrían registrado su apartamento de la calle Sofie y estarían haciendo la ronda de rigor por los hoteles. Era imposible saber de cuánto tiempo disponían. Harry se dejó caer en el sofá y se frotó la cara con las palmas de las manos.

«¡Al diablo con Sivertsen!»

Era un plan tan sencillo… No tenía más que llegar a un lugar seguro y luego llamar a Bjarne Møller y al comisario jefe de la policía judicial para que escucharan el testimonio de Sven Sivertsen a través del teléfono. Contarles que tenían tres horas para detener a Tom Waaler antes de que Harry llamara a la prensa e hiciera estallar la bomba. Una elección sencilla. Luego no tendrían más que aguardar sin hacer nada hasta que se hubiese confirmado la detención de Tom Waaler. A continuación, Harry marcaría el número de Roger Gjendem, el periodista del *Aftenposten*, y le pediría que llamase al comisario jefe para que comentara la deten-

351

ción. Entonces, cuando fuera oficial, Harry y Sivertsen podrían salir de su agujero.

Una jugada bastante segura si Sivertsen no le hubiese dado un ultimátum.

—¿Y si...?

—Ni lo intentes, Hole.

Sivertsen ni siquiera lo miró.

«¡Mierda!»

Harry volvió a echarle una ojeada al reloj. Sabía que tenía que dejar de hacerlo, que debía olvidarse del factor tiempo y pensar, reorganizar los pensamientos, improvisar, ver las posibilidades que ofrecía la situación. ¡Joder!

—De acuerdo —dijo Harry al fin, y cerró los ojos—. Cuéntame tu historia.

Las esposas emitieron un ruidito cuando Sven Sivertsen se inclinó.

Harry estaba fumando delante de la ventana abierta mientras escuchaba la voz clara de Sven Sivertsen, que tomó como punto de partida para su relato el día en que, a los diecisiete años, se vio con su padre por primera vez.

—Mi madre creía que yo estaba en Copenhague, pero había ido a Berlín con la intención de buscarlo. Vivía en una casa enorme protegida por perros guardianes y situada en el barrio de las embajadas, junto al Tiergarten. Conseguí convencer al jardinero para que me acompañase hasta la puerta de entrada y llamé al timbre. Cuando abrió la puerta, fue como mirarme en el espejo. Nos quedamos así, mirándonos el uno al otro, no tuve ni que decir quién era. Al cabo de unos instantes, rompió a llorar y me abrazó. Me quedé en su casa cuatro semanas. Estaba casado y tenía tres hijos. No le pregunté en qué trabajaba y él tampoco me lo contó. Randi, su mujer, se recuperaba de una dolencia cardiaca muy grave en un lujoso sanatorio de los Alpes. Sonaba a novela rosa y en alguna ocasión pensé que eso era lo que lo había inspirado a enviarla allí. No cabía duda de que la quería. O quizá sea más correcto decir que estaba enamorado de ella. Cuando hablaba de la posibilidad de que ella muriera, parecía un melodrama por entregas. Una tarde recibimos la visita de una amiga de su mujer. Mientras tomábamos el té, mi padre dijo que el destino le había puesto a Randi en el camino, pero que se habían querido tanto y de forma tan desvergonzada que el destino los había castigado haciendo que ella se marchitara alejada de él, pero conservando su belleza. Esa misma noche bajé a mirar en la licorera, porque no podía conciliar el sueño. Entonces vi a la amiga salir de puntillas del dormitorio.

Harry asintió con la cabeza. ¿Eran figuraciones suyas o había refrescado al caer la noche? Sivertsen se movía nervioso.

—Durante el día, tenía la casa para mí solo. Mi padre tenía dos hijas, una de catorce años y otra de dieciséis. Bodil y Alice. Ni que decir tiene que, para ellas, yo resultaba irresistiblemente emocionante. Un medio hermano mayor desconocido que había venido de un país lejano. Ambas estaban enamoradas de mí, pero yo me decidí por Bodil, la más joven. Un día llegó pronto del colegio y la llevé al dormitorio de mi padre. Después, ella quiso quitar las sábanas manchadas de sangre, pero yo la eché, le di la llave al jardinero y le dije que se la entregara a mi padre. Al día siguiente, en el desayuno, mi padre me preguntó si quería trabajar para él. Así fue como empecé a traficar con diamantes.

Sivertsen guardó silencio.

—El reloj sigue marcando las horas —le advirtió Harry.

—Operaba desde Oslo. Aparte de un par de meteduras de pata que resultaron en sendas condenas condicionales, lo hacía muy bien. Mi especialidad era pasar la aduana en los aeropuertos. Era la mar de fácil. Solo había que vestir bien, como una persona respetable, aparentar calma y actuar sin miedo. Y yo no tenía miedo, a mí me la soplaba. Solía utilizar un alzacuello. Claro que es un truco bastante obvio que puede llamar la atención de los agentes de aduanas, pero lo importante es saber cómo caminan los sacerdotes, cómo llevan el pelo, el tipo de calzado que utilizan, cómo llevan las manos y cómo fruncen el entrecejo. Si aprendes esos detalles, casi nunca te paran. Porque, aunque un agente de aduanas sospeche de ti, las exigencias para darle el alto a un cura son altas. Si se ponen a rebuscar en la maleta de un sacerdote y no encuentran nada, y dejan pasar sin ningún inconveniente al hippy melenudo, tendrán dificultades, sin duda. Y el gremio de los agentes de aduanas es como todos, les importa que el público tenga una imagen positiva, aunque sea falsa, de que hacen un buen trabajo. Mi padre murió de cáncer en 1985. La dolencia cardiaca incurable de Randi siguió siendo incurable, pero no le impidió volver a casa y hacerse cargo del negocio. No sé si le habían contado que Bodil había perdido la virginidad conmigo. En cualquier caso, de repente me vi en el paro. Según Randi, Noruega había dejado de ser un área en la que valiese la pena invertir y tampoco me ofreció otra cosa. Después de unos años en Oslo sin hacer nada, me mudé a Praga, que, tras la caída del telón de acero, se había convertido en un paraíso del contrabando. Hablaba bastante bien el alemán y no tardé en acomodarme. Y empecé a ganar mucho dinero fácil del que me deshacía con la misma facilidad. Hice amigos, pero no intimé con ninguno. Tampoco con mujeres. No lo necesitaba. ¿Sabes por qué, Hole? Me di cuenta de que había recibido un regalo de mi padre, la facultad de estar enamorado.

Sivertsen señaló con la cabeza el póster de Iggy Pop.

—No existe afrodisiaco más fuerte para las mujeres que un hombre enamorado. Mi especialidad eran las mujeres casadas, con ellas había menos problemas. En las temporadas de poca actividad, incluso podían ser una fuente de ingresos muy bienvenida, aunque efímera. Y así fueron pasando los años, sin que me afectase mucho. A lo largo de más de treinta años, mi sonrisa fue gratuita, la cama, un lugar de reunión público, y la polla, el testigo de una carrera de relevos.

Sivertsen apoyó la cabeza en la pared y cerró los ojos.

—Puede que suene un tanto cínico pero, créeme, cada declaración de amor que salía de mi boca era tan auténtica y sincera como las que mi madrastra recibía de mi padre. Les daba todo lo que tenía. Hasta que les llegaba su hora y las echaba a la calle. Yo no podía permitirme pagar un sanatorio. Así terminaba siempre y así creí que seguiría siendo. Hasta que un día de otoño de hace dos años entré en el café del Gran Hotel Europa, en la plaza Wenceslao, y allí estaba ella, Eva. Sí, así se llamaba, y no es verdad que no existan las paradojas, Hole. Lo primero que me vino a la mente fue que no era ninguna belleza, solo se comportaba como si lo fuera. Pero las personas que están convencidas de que son bellas, se vuelven bellas. Se me dan bien las mujeres y me acerqué a ella. No me mandó a la mierda, sino que me trató con un distanciamiento que me volvió loco.

Sivertsen sonrió con amargura.

—Porque no existe afrodisiaco más fuerte para un hombre que una mujer que no está enamorada.

»Ella era veintiséis años más joven que yo, tenía más estilo del que yo tendré jamás y, lo más importante, no me necesitaba. Podría haber continuado trabajando en ese oficio que ella cree que desconozco. Azotar y hacer mamadas a ejecutivos alemanes.

—¿Y por qué no lo hizo? —dijo Harry, y dejó escapar el humo hacia el techo.

—Estaba perdida. No tenía elección. Porque yo estaba enamorado. Lo bastante enamorado para compensar por los dos. Pero la quería para mí solo, y Eva es como la mayoría de las mujeres cuando no están enamoradas, aprecia la seguridad económica. Así que, para conseguir la exclusividad, tuve que reunir el dinero suficiente. El contrabando de diamantes de sangre de Sierra Leona era de bajo riesgo, pero no dejaba el margen necesario para volverme irresistiblemente rico. Los estupefacientes implicaban un alto riesgo. Por eso entré en contacto con el tráfico de armas. Y con el Príncipe. Nos vimos dos veces en Praga para acordar el procedimiento y las condiciones. La segunda vez quedamos en la terraza de un restaurante de la plaza Wenceslao. Convencí a Eva para que hiciera de turista que estaba sacando fotos, y la mesa en la que estábamos el Príncipe y yo salía, casualmente, en la mayoría de ellas. Algunas personas que se han resistido a saldar sus deudas después de haberles prestado mis servicios han recibido copias de ese tipo de fotos en el correo, junto con un recordatorio de pago. Funciona. Pero el Príncipe es la puntualidad misma, nunca he tenido problemas con él. Y no me enteré de que era policía hasta más adelante.

Harry cerró la ventana y se sentó en el sofá cama.

—Esta primavera, un tipo se puso en contacto conmigo por teléfono —continuó Sivertsen—. Era noruego, con acento del este del país. Ignoro cómo había conseguido mi número. Daba la impresión de saberlo todo sobre mí. Era casi escalofriante. O, bueno, era totalmente escalofriante.

»Sabía quién era mi madre. Y las condenas que me habían caído. Y sabía de los diamantes en forma de pentagrama que habían constituido mi especialidad durante muchos años. Pero lo peor era que estaba al corriente de que había empezado con el tráfico de armas. Quería ambas cosas. Un diamante y una Česká con silenciador. Me ofreció una suma desorbitada. Le dije que lo del arma era imposible, que debía ir por otros canales, pero él insistió, la quería directamente, nada de intermediarios. Subió la oferta. Y Eva es, como ya he dicho, una mujer con exigencias y no podía permitirme perderla. Así que nos pusimos de acuerdo.

—¿Exactamente en qué os pusisteis de acuerdo?

—Él tenía instrucciones muy específicas en cuanto a la entrega. Debía tener lugar en el Frognerparken, al lado de la fuente, justo debajo del monolito. La primera entrega fue hace poco más de cinco semanas. Debía producirse a las cinco de la tarde, hora en la que abundan los turistas y la gente que acude al parque después del trabajo. Eso nos permitiría deambular por allí sin que nadie se fijara en nosotros, dijo. De todos modos, las probabilidades de que alguien me reconociera eran mínimas. Hace muchos años, en el bar que más frecuentaba en Praga, vi a un tío que solía darme palizas en el colegio. Me miró sin verme. Él y una tía con la que me acosté cuando ella estaba de viaje de novios en Praga son las únicas personas de Oslo que había visto desde que me fui de aquí, ¿comprendes?

Harry asintió con la cabeza.

—Como quiera que sea —dijo Sivertsen—. El cliente no quería que nos viéramos y a mí eso me parecía bien. Yo llevaría la mercancía en una bolsa de plástico marrón que debía dejar en el cubo de basura verde que hay justo delante de la fuente, y luego largarme enseguida. Era muy importante que fuera puntual. Había recibido en mi cuenta de Suiza un ingreso por el importe de la cantidad acordada. Dijo que dudaba de que yo le engañase, dado que me había localizado. Y tenía razón. ¿Me puedes dar un cigarrillo?

Harry se lo encendió.

—Al día siguiente de la primera entrega me llamó otra vez y me encargó una Glock 23 y otro diamante de sangre para la semana siguiente. En el mismo lugar, a la misma hora, según el mismo procedimiento. Era domingo, pero también había mucha gente.

—El mismo día y la misma hora que el primer asesinato, el de Marius Veland.

—¿Cómo?

—Nada. Continúa.

—Esto se repitió tres veces. Con intervalos de cinco días. Pero la última vez fue algo diferente. Me informó de dos entregas. Una el sábado y otra el domingo, es decir, ayer. El cliente me pidió que durmiera en casa de mi madre la noche del sábado, así sabría dónde contactar conmigo de producirse algún cambio de planes. A mí no me importaba, había pensado hacerlo de todos modos. Tenía ganas de ver a mi madre y, además, le traía buenas noticias.

—¿Que iba a ser abuela?

Sivertsen asintió con la cabeza.

—Y que iba a casarme.

Harry apagó el cigarrillo.

—¿Así que lo que estás diciendo es que el diamante y la pistola que encontramos en tu maleta era para la entrega del domingo?

—Sí.

—Ya.

—¿Qué te parece? —preguntó Sivertsen al cabo de un silencio que empezaba a prolongarse de más.

Harry se cruzó las manos en la nuca, se tumbó en el sofá cama y bostezó.

—Como seguidor de Iggy, supongo que has oído el *Blah-Blah-Blah*, ¿no? Buen disco. Delicioso absurdo.

—¿Delicioso absurdo?

Sven Sivertsen dio un codazo al radiador, que resonó hueco.

Harry se incorporó.

—Tengo que airear la cabeza un poco. Hay una gasolinera por aquí cerca que abre las veinticuatro horas. ¿Te traigo algo?

Sivertsen cerró los ojos.

—Escucha, Hole. El mismo barco. Un barco que se hunde. ¿De acuerdo? No solo eres feo, también eres tonto.

Harry se levantó riéndose.

—Me lo pensaré.

Veinte minutos más tarde, cuando Harry volvió de la calle, halló a Sven durmiendo en el suelo, apoyado en el radiador y con la mano encadenada levantada como en un saludo.

Harry dejó en la mesa dos hamburguesas, patatas fritas y un gran refresco de cola.

Sven ahuyentó el sueño frotándose los ojos.

—¿Has estado pensando, Hole?

—Sí.

—¿En qué?

—En las fotos que tu novia sacó de ti y de Waaler en Praga.

—¿Qué tienen que ver esas fotos con esto?

Harry le quitó las esposas.

—Las fotos no tienen nada que ver con esto. Pero he estado pensando en que ella se hizo pasar por turista. E hizo lo que hacen los turistas.

—¿O sea?

—Ya te lo he dicho. Sacar fotos.

Sivertsen se frotó las muñecas y echó una ojeada a la comida que había en la mesa.

—¿Qué tal unos vasos para la bebida, Hole?

Harry señaló la botella.

Sven destapó la botella mientras miraba a Harry con los ojos entornados.

—¿Así que te atreves a beber de la misma botella que un asesino en serie?

Harry contestó con la boca llena de hamburguesa.

—La misma botella. El mismo barco.

Olaug Sivertsen estaba en la salita con la mirada perdida. No había encendido la luz con la esperanza de que creyeran que no estaba en casa y la dejaran en paz. Había recibido infinidad de llamadas, habían aporreado la puerta, le habían gritado desde el jardín y le habían arrojado guijarros a la ventana de la cocina. «Ningún comentario», le había advertido el comisario al tiempo que arrancaba el cable del teléfono. Al final, se quedaron fuera esperando, armados con sus objetivos largos y negros. En un momento en que se acercó a una de las ventanas para correr las cortinas, oyó los sonidos de insecto de sus aparatos. Bsssss-clic. Bsssss-clic.

Habían transcurrido cerca de veinticuatro horas y la policía aún no había detectado el error. Era fin de semana. Tal vez esperasen hasta el lunes para arreglar el asunto en horario laboral normal.

Si por lo menos hubiese tenido a alguien con quien hablar... Pero Ina no había vuelto de la excursión a la cabaña con aquel misterioso caballero. ¿A lo mejor podía llamar a esa agente de policía, Beate? No era culpa suya que hubiesen detenido a Sven. Le dio la impresión de que ella sabía que su hijo no podía ser una persona que anduviese matando gente. Incluso le dio a Olaug su número de teléfono para que la llamara si quería contarles algo. Lo que fuera.

Olaug miró por la ventana. La silueta del peral muerto simulaba unos dedos gigantes extendidos hacia la luna, que parecía suspendida a muy poca altura sobre el jardín y el edificio de la estación. Nunca había visto la luna así. Era como la cara de un muerto. Venas azules perfiladas sobre una piel blanca.

¿Dónde estaría Ina? Le dijo el domingo por la tarde, a más tardar. Y Olaug pensó que sería agradable, que entonces tomarían el té e Ina tendría ocasión de conocer a Sven. Ina, tan cumplidora y fiable cuando se trataba de horarios y esas cosas.

Olaug esperó hasta que el reloj de pared dio dos campanadas. Luego buscó el número de teléfono.

Contestaron a la tercera señal.

—Aquí Beate —resonó una voz somnolienta.

—Buenas noches, soy Olaug Sivertsen. Te ruego que me perdones por llamar tan tarde.

—No importa, señorita Sivertsen.

—Olaug.

—Olaug. Lo siento, aún estoy medio dormida.

—Llamo porque estoy preocupada por Ina, mi inquilina. Debía haber llegado a casa hace mucho y con todo lo que ha pasado… pues eso, estoy preocupada.

Al no obtener respuesta inmediatamente, Olaug se dijo que Beate se habría vuelto a dormir. Sin embargo, la agente le contestó al cabo de unos segundos. Ya no sonaba somnolienta.

—¿Me estás diciendo que tienes una inquilina, Olaug?

—Claro. Ina. Ocupa la habitación de la criada. Ah, no te la enseñé. Claro, como se encuentra al otro lado de la escalera de servicio… Ina lleva fuera todo el fin de semana.

—¿Dónde? ¿Con quién?

–Eso me gustaría saber a mí. Se trata de un señor al que acaba de conocer hace poco y al que aún no me ha presentado. Lo único que sé es que se iban a su cabaña.

–Deberías habernos contado eso antes, Olaug.

–¿Debería? Ya, pues…, lo siento mucho… yo…

Olaug notó que el llanto afloraba a su voz, pero no logró detenerlo.

–No, no quería decir eso, Olaug –se apresuró a calmarla Beate–. No estoy enfadada. Es mi trabajo controlar ese tipo de detalles, tú no podías saber que esa información era relevante para nosotros. Voy a avisar a la central de emergencias, ellos te llamarán para pedirte los datos personales de Ina, así podrán emitir una orden de búsqueda. Lo más probable es que no le haya pasado nada, pero queremos asegurarnos, ¿verdad? Y creo que, después, deberías dormir un poco. Te llamaré por la mañana. ¿Te parece bien, Olaug?

–Sí –respondió Olaug esforzándose por adoptar un tono risueño.

Le habría gustado preguntarle si sabía algo de Sven, pero no tuvo valor.

–Sí, me parece bien. Adiós, Beate.

Colgó el teléfono con los ojos anegados en llanto.

Beate intentó volver a conciliar el sueño. Prestó atención a los sonidos de la casa. Hablaba. Su madre había apagado el televisor a las once y ahora reinaba un silencio absoluto. Se preguntó si su madre también se acordaba de su padre. Casi nunca hablaban de él. Requería demasiado esfuerzo. Beate había empezado a buscar un apartamento en el centro. El último año le había empezado a resultar agobiante vivir en el piso de arriba, en la casa de su madre. Sobre todo desde que empezó a verse con Halvorsen, ese agente de Steinkjer que tan de fiar le parecía, que la llamaba por su apellido y que la trataba con una suerte de respeto alerta que, por alguna razón, ella apreciaba. Tendría menos espacio cuando se mudase al centro. Y echaría de menos los sonidos de aquella casa, los monólogos sin palabras con los que se había dormido toda su vida.

El teléfono volvió a sonar. Beate exhaló un suspiro y cogió el auricular.

—Sí, Olaug.

—Soy Harry. Parece que estás despierta.

Beate se sentó en la cama.

—Sí, esta noche estoy recibiendo más de una llamada. ¿Qué pasa?

—Necesito ayuda. Y tú eres la única persona en la que puedo confiar.

—¿Ah, sí? Si no me equivoco, y por lo que te conozco, eso significa problemas para mí.

—Muchos problemas. ¿Quieres ayudarme?

—¿Y si digo que no?

—Escucha primero y dime que no después, si quieres.

36

Lunes. Fotografía

A las seis menos cuarto de la mañana del lunes, los rayos del sol incidían oblicuamente sobre la ciudad desde la colina de Ekeberg. El guardia de Securitas que había en la recepción de la Comisaría General bostezó ruidosamente y levantó la vista del *Aftenposten* cuando el primer trabajador metió la tarjeta de identificación en el lector.

–Dicen que va a llover –dijo el guardia, contento de ver a alguien por fin.

El hombre alto de aspecto sombrío le echó una rápida ojeada, pero no respondió.

En los tres minutos siguientes llegaron otros tres hombres igualmente sombríos y taciturnos.

A las seis en punto estaban los cuatro en el despacho del comisario jefe superior, en la sexta planta.

–Veamos –comenzó el comisario jefe superior–. Uno de nuestros comisarios ha sacado del calabozo a un posible asesino y ahora nadie sabe dónde están.

Una de las cosas que convertía al comisario jefe superior en un hombre relativamente idóneo para el puesto era su capacidad de sintetizar al máximo los problemas. Otra de sus habilidades consistía en formular brevemente lo que debía hacerse.

–Propongo que los encontremos a toda hostia. ¿Qué se ha hecho hasta ahora?

El comisario jefe de la policía judicial miró a Møller y a Waaler y emitió un breve carraspeo antes de contestar:

—Hemos formado un grupo de investigadores, pequeño pero con mucha experiencia, para que se ocupen del caso. Seleccionados por el comisario Waaler, responsable de la búsqueda. Tres de los Servicios de Inteligencia. Dos de la sección de Delitos Violentos. Empezaron anoche, tan solo una hora después de que el responsable de los calabozos informase de que Sivertsen no había vuelto a su encierro.

—Rápido y bien trabajado. Pero ¿por qué no se ha informado a las patrullas de Seguridad Ciudadana? ¿Y a la policía judicial de guardia?

—Queríamos esperar a calibrar la situación después de esta reunión, Lars. Y oír tu opinión.

—¿Mi opinión?

El comisario jefe de la policía judicial se pasó un dedo por el bigote.

—El comisario Waaler ha prometido que habrán encontrado a Hole y a Sivertsen antes de que termine la noche. Además, hasta el momento, tenemos controlada la información. Solo Groth, el responsable de los calabozos, y nosotros cuatro sabemos que Sivertsen ha desaparecido. También hemos llamado a la cárcel de Ullersmo para anular la solicitud de celda y transporte, aduciendo que hemos recibido información que nos induce a pensar que Sivertsen podría correr peligro allí, por lo que, hasta nueva orden, estará recluido en un lugar secreto. En resumen, tenemos todas las posibilidades de mantener esto en secreto hasta que Waaler y su grupo lo solucionen. Pero, por supuesto, eso es algo que tú, Lars, tienes que decidir.

El comisario jefe superior juntó las yemas de los dedos e hizo un gesto de reflexivo asentimiento. Luego se levantó y se acercó a la ventana, donde se quedó de espaldas a ellos.

—Veréis. La semana pasada tomé un taxi. El conductor tenía un periódico abierto en el asiento del copiloto. Le pregunté qué pensaba del mensajero ciclista asesino. Siempre es interesante saber lo que opina la gente de la calle. Y me contestó que con el mensajero asesino pasaba como con el World Trade Center, las preguntas se formulaban en el orden equivocado. Todo el mundo se preguntaba «quién» y «cómo». Pero para resolver un enigma, decía, es preciso hacerse primero otra pregunta. ¿Y sabes cuál es, Torleif?

El comisario jefe de la policía judicial no contestó.

–Es «por qué», Torleif. Aquel taxista no era tonto. Señores, ¿alguno de ustedes se ha hecho esa pregunta?

El comisario jefe superior se balanceaba expectante sobre las suelas de los zapatos.

–Con todos mis respetos hacia el taxista –dijo finalmente el comisario jefe de la policía judicial–, yo no estoy tan seguro de que exista un «por qué» racional. Todo el mundo sabe que Hole es un agente alcoholizado y psíquicamente inestable. Ese es el motivo de su despido.

–Hasta los locos tienen motivos, Torleif.

Se oyó un discreto carraspeo.

–¿Sí, Waaler?

–Batouti.

–¿Batouti?

–El aviador egipcio que estrelló intencionadamente un avión lleno de pasajeros para vengarse de la compañía aérea que lo había degradado.

–¿Adónde quieres ir a parar, Waaler?

–Alcancé a Harry y hablé con él en el aparcamiento después de la detención de Sivertsen el sábado por la noche. No quería participar en la celebración. Era obvio que estaba resentido. Tanto por el despido como porque, en su opinión, le habíamos negado el reconocimiento de haber cogido al mensajero asesino.

–Batouti…

El comisario jefe superior se protegió los ojos de los primeros rayos de sol que alcanzaban la ventana.

–Bjarne, todavía no has dicho nada. ¿Qué piensas?

Bjarne Møller contempló la silueta que se perfilaba delante de la ventana. Le dolía tanto el estómago que no solo sentía que le iba a reventar, sino que deseaba que lo hiciera. Y desde que lo despertaron por la noche para informarlo del secuestro del sospechoso, esperaba que alguien lo despertara de verdad para decirle que se trataba de una pesadilla.

–No lo sé –suspiró–. De verdad, no entiendo lo que está pasando.

El comisario jefe superior asintió despacio con la cabeza.

–Si se sabe que hemos ocultado esto, nos van a crucificar –dijo.

–Un resumen muy preciso, Lars –dijo el comisario jefe de la policía judicial–. Pero si llega a saberse que se nos ha extraviado un asesino en serie, nos crucificarán igualmente. Aunque luego volvamos a dar con él. Todavía tenemos una posibilidad de resolver este problema en silencio. Waaler tiene un plan, según creo.

–¿Y qué plan es ese?

Tom Waaler se rodeó el puño derecho con la mano izquierda.

–Digámoslo de esta manera –dijo Waaler–. Soy consciente de que no podemos permitirnos fallar. Puede que recurra a métodos poco convencionales. Pensando en las posibles consecuencias, propongo que no conozcáis mis planes.

El comisario jefe superior se dio la vuelta con una expresión de ligera sorpresa.

–Es muy generoso por tu parte, Waaler. Pero me temo que no podemos aceptar…

–Insisto.

El comisario jefe superior frunció el entrecejo.

–¿Insistes? ¿Eres consciente de lo que hay en juego, Waaler?

Waaler abrió las palmas de las manos y se las observó con detenimiento.

–Sí, pero eso es responsabilidad mía. Yo estoy al frente de la investigación y trabajo en estrecha colaboración con Hole. Como jefe, debí advertir las señales y haber puesto remedio con antelación. Si no antes, al menos después de la conversación del aparcamiento.

El comisario jefe lo observó inquisitivo. Se volvió de nuevo hacia la ventana y permaneció así mientras un rectángulo de luz se deslizaba por el suelo. Luego encogió los hombros y tiritó como si tuviera frío.

—Te doy hasta la medianoche —dijo mirando al cristal de la ventana—. Entonces se emitirá el comunicado de prensa sobre la desaparición. Y esta reunión no se ha celebrado.

Al salir, Møller se percató de que el comisario jefe superior estrechaba la mano a Waaler con una cálida sonrisa de agradecimiento. Como se dan las gracias a un colaborador por su lealtad, pensó Møller. Como se premia a una víctima con una promesa. Como se nombra tácitamente a un príncipe heredero.

El agente Bjørn Holm de la científica se sentía como un perfecto idiota micrófono en mano delante de aquellos rostros japoneses que lo miraban con expectación. Tenía las palmas de las manos húmedas y sudorosas, y no se debía al calor. Al contrario, la temperatura en el autobús de lujo aparcado delante del hotel Bristol era bastante más baja que la que imponía fuera el sol de la mañana. Era aquello de hablar por un micrófono. Y en inglés.

La joven guía lo había presentado como a «Norwegian police officer», y un hombre mayor y sonriente sacó enseguida la cámara como si Bjørn Holm formara parte del circuito turístico. Miró el reloj. Las siete. Tenía varios grupos, así que no había más remedio que lanzarse. Tomó aire y comenzó con las frases que había ido practicando durante el camino:

—*We have checked the schedules with all the tour operators here in Oslo* —dijo Holm—. *And this is one of the groups that visited Frognerparken around five o'clock on Saturday. What I want to know is: who of you took pictures there?*

Ninguna reacción.

Holm miró a la chica, sin saber qué hacer.

Ella inclinó la cabeza y le sonrió, lo liberó del micrófono y anunció a los pasajeros lo que Holm imaginaba que sería más o menos el mismo mensaje. Pero en japonés. Terminó con una pequeña inclinación de cabeza. Holm contó las manos levantadas. El día en el laboratorio fotográfico sería de lo más agitado.

Roger Gjendem tarareaba una canción sobre el desempleo del grupo Tre Små Kinesere mientras cerraba el coche. No era mucha la distancia que separaba el aparcamiento de los nuevos locales del *Aftenposten*, alojados en el edificio Postgiro, pero él sabía que la recorrería rápidamente. No porque llegara tarde, al contrario, sino porque Roger Gjendem era uno de los pocos afortunados que se alegraban de empezar una nueva jornada laboral cada día, al que le costaba esperar a verse rodeado de todo aquello a lo que estaba acostumbrado y que le recordaba al trabajo: el despacho con el teléfono y el ordenador, la pila de periódicos del día, el murmullo de las voces de los compañeros de trabajo, el parloteo del cuarto de fumadores, el ambiente intenso de las reuniones matinales. Había pasado el día anterior delante de la puerta de la casa de Olaug Sivertsen sin mayor resultado que una foto de la mujer junto a la ventana. Pero aquello bastaba. Era aficionado a lo difícil. Y retos difíciles había de sobra en la sección de Crímenes. Adicto al crimen. Así lo llamaba Devi. A él no le gustaba el término. Thomas, su hermano menor, era adicto. Roger era un tío normal, licenciado en políticas, al que le gustaba trabajar en el periodismo policial. Con independencia de ello, Devi tenía parte de razón, ciertos aspectos de su trabajo podían parecerse a una adicción. Después de un tiempo trabajando en Política, hizo una breve sustitución en la sección de Crímenes y, pocas semanas más tarde, experimentó un ansia que solo podía saciar la dosis diaria de adrenalina que provocan las historias sobre la vida y la muerte. Ese mismo día habló con el redactor jefe, quien lo trasladó sin problemas de forma permanente. Con toda probabilidad, el redactor habría observado aquella reacción con anterioridad en otras personas. Y desde entonces, Roger empezó a correr del coche al despacho.

Sin embargo, ese día lo detuvieron antes de que llegara a su destino.

—Buenos días —lo saludó un hombre que, aparecido de la nada, se había plantado delante de Roger.

Llevaba una cazadora negra y gafas de sol de piloto, pese a que el aparcamiento se hallaba en penumbra. Roger había visto suficientes policías como para saber cuándo tenía a uno delante.

—Buenos días —dijo Roger.

—Tengo un mensaje para ti, Gjendem.

El hombre tenía los brazos caídos a ambos lados del cuerpo. Vio que tenía vello negro en las manos. Roger pensó que habría sido más normal que las llevara en los bolsillos de la chupa. O a la espalda. O entrelazadas delante. Tal como estaba, daba la impresión de ir a utilizar las manos para algo, aunque resultaba imposible entender para qué.

—¿Sí? —dijo Roger.

Oyó cómo el eco de su propia «i» vibraba un momento entre los muros, el sonido de un signo de interrogación.

El hombre se inclinó hacia delante.

—Tu hermano menor está en la cárcel de Ullersmo —dijo el hombre.

—¿Y qué?

Roger sabía que, fuera, el sol de la mañana brillaba sobre la ciudad, pero allí, en el interior de aquellas catacumbas de coches, de pronto sintió un frío helador.

—Si él te importa, tienes que hacernos un favor. ¿Me has oído, Gjendem?

Roger asintió con la cabeza, sorprendido.

—Si te llama el comisario Harry Hole, queremos que hagas lo siguiente. Pregúntale dónde está. Si no quiere decírtelo, intenta conseguir una cita con él. Di que no quieres arriesgarte a imprimir su historia sin verlo cara a cara. La reunión debe celebrarse antes de la medianoche de hoy.

—¿Qué historia?

—Posiblemente, verterá acusaciones infundadas contra un comisario cuyo nombre no quiero revelar, pero no debes preocuparte por eso. De todas formas, nunca saldrá en los periódicos.

—Pero...

—¿Me has oído? Cuando te haya llamado, marcarás este número e informarás de dónde se encuentra Hole o de la hora a la que hayáis quedado en veros. ¿Comprendido?

Metió la mano izquierda en el bolsillo y le dio a Roger un trozo de papel.

Roger miró el papelito y meneó la cabeza. A pesar del miedo que sentía, notaba que la risa quería aflorarle a la garganta. ¿O quizá era precisamente por el miedo?

—Sé que eres policía —dijo Roger haciendo un esfuerzo por no sonreír—. Entenderás que es imposible. Soy periodista, no puedo...

—Gjendem. —El hombre se había quitado las gafas de sol. A pesar de la oscuridad, sus pupilas no eran más que unos puntos diminutos en el iris gris—. Tu hermano menor está en la celda A107. Le pasan su dosis todos los martes, como a los demás drogatas que tienen allí. Se la mete directamente en la vena, nunca controla la droga. Hasta ahora todo ha ido bien. ¿Entiendes?

Roger no se preguntaba si lo había oído bien. Sabía que lo había oído bien.

—Bien —dijo el hombre—. ¿Alguna pregunta?

Roger tuvo que humedecerse los labios antes de contestar.

—¿Por qué pensáis que Harry Hole va a llamarme a mí?

—Porque está desesperado —dijo el hombre poniéndose de nuevo las gafas de sol—. Y porque ayer le diste tu tarjeta de visita delante del Teatro Nacional. Que tengas un buen día, Gjendem.

Roger permaneció donde estaba hasta que el hombre hubo desaparecido. Inspiró el húmedo aire polvoriento de catacumba del aparcamiento. Y cuando echó a andar para recorrer la corta distancia que lo separaba del edificio Postgiro, lo hizo con paso lento y desganado.

Los números de teléfono saltaban y bailaban en la pantalla que Klaus Torkildsen tenía delante, en la sala de control de la central de operaciones de Telenor para la ciudad de Oslo. Les había dicho a sus compañeros que no quería que nadie lo molestara y había cerrado la puerta con llave.

Tenía la camisa totalmente empapada en sudor. No porque hubiese acudido al trabajo corriendo. Llegó andando, ni muy rápido ni muy despacio, y ya enfilaba hacia el despacho cuando la recepcionista gritó su nombre para que se detuviese. Bueno, su apellido. Él lo prefería.

–Tienes visita –le había dicho la joven al tiempo que señalaba a un hombre que aguardaba sentado en el sofá de la recepción.

Klaus Torkildsen se quedó boquiabierto, ya que ocupaba un puesto que no implicaba recibir visitas. No era una casualidad, su elección de profesión y su vida privada estaban gobernadas por el deseo de no tener más contacto directo con otras personas que el estrictamente necesario.

El hombre del sofá se levantó, le dijo que era policía y le pidió que se sentara. Y Klaus se dejó caer en un sillón, donde se quedó cada vez más hundido mientras notaba que el sudor le brotaba por todos los poros. La policía. No había tenido que ver con ellos en quince años y, pese a que solo se había tratado de una multa, el mero hecho de ver un uniforme en la calle desencadenaba en él la paranoia. Las glándulas sudoríparas de Klaus permanecieron abiertas desde que el hombre empezó a hablar.

El hombre fue directamente al grano y le dijo que lo necesitaban para rastrear un teléfono móvil. Klaus había realizado un trabajo similar para la policía en otra ocasión. Era relativamente sencillo. Un móvil que está encendido emite cada media hora una señal que queda registrada en las estaciones base distribuidas por diversos lugares de la ciudad. Las estaciones base captan y registran también, por supuesto, todas las llamadas entrantes y salientes del abonado. Así pues, partiendo del área de cobertura de cada estación base, podía hacerse una localización cruzada y llegar al punto de la ciudad donde se encontraba el teléfono, situado normalmente dentro de un área inferior a un kilómetro cuadrado. Por eso se había armado tanto jaleo la única vez que él participó en algo así, en el caso de asesinato de Baneheia, en Kristiansand.

Klaus le aclaró que era preciso pedir permiso al jefe para una posible intervención telefónica, pero el hombre argumentó que se trataba de un asunto urgente, que no había tiempo de utilizar el conducto oficial. Además de un número de móvil determinado (que Klaus había averiguado que pertenecía a un tal Harry Hole), el hombre quería que Klaus vigilase las llamadas entrantes y salientes de varias de las personas con las que se podía pensar que contactaría el hombre buscado. Y le facilitó a Klaus una lista de números de teléfono y direcciones de correo electrónico.

Klaus preguntó por qué venían a pedírselo a él precisamente, ya que había otras personas con más experiencia que él en ese tipo de acciones. El sudor se le había solidificado en la espalda y empezaba a sentir frío a causa del aire acondicionado de la recepción.

—Porque sabemos que tú no vas a largar sobre el asunto, Torkildsen. Igual que nosotros no vamos a largarles a tus jefes ni a tus colegas que prácticamente te cogieron con el culo al aire en el Stensparken en enero de 1987. La agente de policía que hacía la ronda dijo que no llevabas absolutamente nada debajo de la gabardina. Pasarías un frío de cojones…

Torkildsen tragó saliva. Le habían dicho que se borraría del registro de sanciones después de unos años.

Y luego siguió tragando saliva.

Porque era completamente imposible rastrear ese móvil. Estaba encendido y, en efecto, él recibía una señal cada media hora. Pero cada vez desde un sitio diferente de la ciudad, como si le estuviera tomando el pelo.

Se centró en los otros destinatarios de la lista. Uno era un número interno de la calle Kjølberggata 21. Comprobó el número. Correspondía a la policía científica.

Beate cogió el teléfono enseguida.

—¿Qué pasa? —preguntó la voz al otro lado del hilo.

—Hasta ahora, nada —dijo ella.

—Ya.

—Tengo a dos hombres revelando fotos y me las ponen en la mesa a medida que las van terminando.

—¿Y Sven Sivertsen no aparece?

—Si estuvo en la fuente del Frognerparken cuando mataron a Barbara Svendsen, ha tenido mala suerte. Por lo menos no está en ninguna de las fotos que he visto hasta ahora, y estamos hablando de cerca de cien fotos.

—Blanco, camisa de manga corta y pantalón...

—Harry, todo eso ya me lo has dicho.

—¿Ni siquiera una cara que se le parezca?

—Tengo buen ojo para las caras, Harry. No está en las fotos.

—Ya.

Le hizo un gesto a Bjørn Holm para que entrara con otro montón de fotos que aún apestaban a los productos químicos del revelado. El colega las dejó en la mesa, señaló una de ellas, levantó el pulgar y desapareció.

—Espera —dijo Beate—. Me acaban de traer algo. Son fotos del grupo que estuvo allí el sábado alrededor de las cinco. Veamos...

—Venga.

—Sí. Vaya... ¿Adivina a quién estoy viendo en estos momentos?

—¿De verdad?

—Sí. Sven Sivertsen en persona. De perfil, justo delante de los seis gigantes de Vigeland. Parece que lo han captado justo cuando pasaba por allí.

—¿Lleva una bolsa de plástico marrón en la mano?

—La foto está cortada demasiado arriba para poder verlo.

—Vale, pero por lo menos estuvo allí.

—Sí, Harry, pero el sábado no asesinaron a nadie. Así que no es una coartada.

—Pero al menos significa que parte de lo que dice es verdad.

—Bueno, las mejores mentiras contienen un noventa por ciento de verdad.

Beate notó cómo se le calentaban los lóbulos de las orejas cuando, de pronto, cayó en la cuenta de que aquellas palabras eran una cita del evangelio de Harry. Incluso había utilizado su tono.

—¿Dónde estás? —dijo enseguida.

—Como ya he dicho, es mejor para ambos que no lo sepas.

—Lo siento, se me había olvidado.

Pausa.

—Nosotros... bueno, vamos a seguir repasando fotos —dijo Beate—. Bjørn se hará con las listas de los grupos de turistas que hayan estado en el Frognerparken cuando se cometieron los otros asesinatos.

Harry colgó con un gruñido que Beate interpretó como un «Gracias».

El comisario se presionó la base de la nariz con los dedos índice y pulgar y cerró los ojos con fuerza. Contando las dos horas de aquella mañana, había disfrutado de seis horas de sueño en los últimos tres días. Y sabía que podía pasar mucho tiempo antes de que tuviera oportunidad de dormir alguna más. Había soñado con calles. Vio el mapa de su despacho pasar ante su mirada mientras soñaba con los nombres de las calles de Oslo. La calle Son, Nittedal, Sørum, Skedsmo y todas aquellas calles de Kampen, tan difíciles de recordar. Luego se convirtió en otro sueño en el que era de noche y había nevado y él iba caminando por una calle de Grünerløkka (¿la calle Markveien, Tofte?) y había un coche rojo deportivo aparcado con dos personas dentro. Y cuando se acercó, comprobó que una de ellas era una mujer con cabeza de cerdo que llevaba un vestido anticuado y él gritó su nombre, llamó a Ellen, pero cuando ella se volvió hacia él con la intención de responder, vio que tenía la boca llena de grava que se derramaba. Harry estiró el cuello anquilosado primero hacia un lado, luego hacia el otro.

—Escucha —dijo intentando fijar la vista en Sven Sivertsen, que estaba acostado en el colchón que había en el suelo—. La chica con la que acabo de hablar por teléfono ha puesto en marcha, por ti y por mí, un asunto que no solo puede costarle el empleo, sino también que la encierren por complicidad. Necesito algo que pueda tranquilizarla un poco.

—¿A qué te refieres?

—Quiero que vea una copia de las fotos que tienes de Waaler y tú en Praga.

Sivertsen se rió.

—¿Eres un poco corto, Harry? Te he dicho que es la única carta de la que dispongo para negociar. Si me la juego ahora, puedes ir dando por terminada la acción de rescate de Sivertsen.

—Puede que lo hagamos antes de lo que imaginas. Han encontrado una foto tuya en el Frognerparken, una foto del sábado. Pero ninguna del día que asesinaron a Barbara Svendsen. Bastante extraño, ya que los japoneses llevan todo el verano bombardeándolo con sus flashes, ¿no te parece? Como mínimo, son malas noticias para la historia que me has contado. Por eso quiero que llames a tu chica y le pidas que le envíe esa foto por correo electrónico o por fax a Beate Lønn, de la policía científica. Ella puede difuminar la cara de Waaler si piensas que necesitas conservar tu supuesta carta de triunfo. Pero quiero ver una foto tuya y de otro tío en esa plaza. Un tío que quizá sea Waaler.

—La plaza Wenceslao.

—Lo que sea. Tu chica tiene una hora a partir de este momento. Si no, nuestro acuerdo es historia. ¿Entiendes?

Sivertsen se quedó mirándolo un buen rato antes de contestar:

—No sé si estará en casa.

—No está trabajando —dijo Harry—. Una pareja sentimental preocupada y embarazada. Está en casa esperando tu llamada, ¿verdad? Espero por tu bien que así sea. Quedan cincuenta y nueve minutos.

La mirada de Sivertsen mariposeaba por toda la habitación hasta que, finalmente, volvió a aterrizar en Harry. Negó con la cabeza.

–No puedo, Hole. No puedo mezclarla en esto. Ella es inocente. De momento, Waaler no sabe de su existencia ni dónde vivimos en Praga, pero si esto nos sale mal, sé que lo averiguará. Y entonces también irá a por ella.

–¿Y qué crees que le parecerá a ella verse sola con un niño cuyo padre está cumpliendo cadena perpetua por cuatro asesinatos? La peste o el cólera, Sivertsen. Cincuenta y ocho.

Sivertsen apoyó la cara en las manos.

–Joder…

Cuando levantó la vista, vio que Harry estaba ofreciéndole el móvil.

Se mordió el labio. Cogió el teléfono. Marcó un número. Se llevó el aparato a la oreja. Harry miró el reloj. El segundero avanzaba incansable. Sivertsen se movía intranquilo. Harry contó veinte segundos.

–¿Bueno?

–Puede que se haya ido a ver a su madre, que vive en Brno –dijo Sivertsen.

–Peor para ti –respondió Harry con la mirada todavía puesta en el reloj–. Cincuenta y siete.

Entonces oyó que el teléfono caía al suelo, levantó la vista y le dio tiempo a ver la cara desencajada de Sivertsen antes de sentir la mano que se le aferraba al cuello. Harry levantó ambos brazos con fuerza alcanzando las muñecas de Sivertsen, que se vio obligado a soltarlo. Harry estampó el puño en la cara que tenía delante, dio con algo, notó cómo cedía. Pegó otra vez, sintió la sangre que le corría caliente y viscosa por entre los dedos e hizo una extraña asociación: era mermelada de fresa recién hecha que caía en las rebanadas de pan blanco en casa de la abuela. Levantó la mano para golpear otra vez. Vio a aquel hombre que, encadenado e indefenso, intentaba cubrirse, pero tal visión le hizo sentir aún más ira. Cansado, asustado e iracundo.

—*Wer ist da?*

Harry se quedó de piedra. Sivertsen y él se miraron. Ninguno de los dos había pronunciado una sola palabra. La voz gutural procedía del teléfono móvil que estaba en el suelo.

—*Sven? Bist du es, Sven?*

Harry cogió el teléfono y se lo puso en la oreja.

—*Sven is here* —dijo despacio—. *Who are you?*

—*Eva* —respondió una voz de mujer que sonó nerviosa—. *Bitte, was ist passiert?*

—Beate Lønn.

—Harry. Yo…

—Cuelga y llámame al móvil.

Ella colgó.

Diez segundos más tarde la tenía en lo que él seguía insistiendo en llamar el hilo.

—¿Qué pasa?

—Nos están vigilando.

—¿Cómo?

—Tenemos un programa de detección de pirateo informático que nos alerta si alguien interviene el tráfico en nuestro teléfono y correo electrónico. Se supone que es para protegernos de los delincuentes, pero Bjørn asegura que en este caso parece ser el mismo operador de la red.

—¿Son escuchas?

—No lo creo. Pero, como quiera que sea, alguien está registrando todas las llamadas y los correos entrantes y salientes.

—Se trata de Waaler y sus chicos.

—Lo sé. Y ahora están al tanto de que me has llamado, lo que a su vez significa que no puedo seguir ayudándote, Harry.

—La chica de Sivertsen va a enviar una foto de una cita que Sivertsen tuvo con Waaler en Praga. La foto muestra a Waaler de espaldas y no puede ser utilizada como prueba de nada en absoluto, pero quiero que la mires y me digas si parece fiable. Ella tiene la foto en el ordenador así que te la puede enviar por correo. ¿Cuál es la dirección de correo electrónico?

—¿No me estás escuchando, Harry? Ellos ven todos los remitentes y los números de todos los que llaman. ¿Qué crees que pasará si recibimos un correo o un fax de Praga, precisamente en estos momentos? No puedo hacerlo, Harry. Y tengo que inventarme una explicación plausible de por qué me has llamado y yo no soy tan rápida pensando como tú. Dios mío, ¿qué le voy a decir?

—Tranquila, Beate. No tienes que decir nada. Yo no te he llamado.

—¿Qué dices? Me has llamado ya tres veces.

—Sí, pero no lo saben. Estoy utilizando un móvil que me ha prestado un amigo.

—¿Así que te esperabas esto?

—No, esto no. Lo hice porque los teléfonos móviles envían señales a las estaciones base que indican el área de la ciudad donde se encuentra quien realiza la llamada. Si Waaler tiene gente en la red de telefonía móvil intentando rastrear el mío, van a tenerlo bastante difícil, porque no para de moverse por toda la ciudad.

—Quiero saber lo menos posible sobre todo esto, Harry. Pero no envíes nada aquí. ¿Vale?

—Vale.

—Lo siento, Harry.

—Ya me has dado el brazo derecho, Beate. No tienes que pedir perdón por querer conservar el izquierdo.

Llamó a la puerta. Cinco golpes rápidos justo debajo de la placa donde ponía 303. Era de esperar, lo bastante fuertes como para resonar por encima de la música. Esperó. Iba a aporrear la puerta otra vez cuando oyó que bajaban el volumen y, enseguida, el sonido de unos pies descalzos que caminaban por el interior. Se abrió la puerta. Parecía recién levantada.

—¿Sí?

Le enseñó su identificación, que, en rigor, era falsa, ya que había dejado de ser policía.

—Una vez más, perdón por lo ocurrido el sábado —dijo Harry—. Espero que no os asustarais mucho cuando entraron con tanta violencia.

—No pasa nada —dijo ella con una mueca—. Supongo que solo estabais haciendo vuestro trabajo.

—Sí. —Harry se balanceaba sobre los talones y echó una ojeada rápida a lo largo del pasillo—. Un colega de la científica y yo estamos buscando huellas en el apartamento de Marius Veland. Estaban a punto de enviarnos un documento, pero se me ha fastidiado el portátil. Es muy importante, y como tú estabas navegando por internet el sábado, he pensado que…

Ella le dio a entender con un gesto que sobraba la explicación y lo invitó a pasar.

—El ordenador está encendido. Supongo que debería disculparme por el desorden o algo así, pero espero que te parezca bien; en realidad, me importa una mierda.

Se sentó delante de la pantalla, abrió el programa de correo electrónico, desplegó el trozo de papel con la dirección de Eva Marvanova y la tecleó en un teclado grasiento. Fue un mensaje breve. «Ready. This address.» Enviar.

Se giró en la silla y miró a la chica, que se había sentado en el sofá y se estaba poniendo unos vaqueros ajustados. Él ni siquiera se había percatado de que no llevaba más que unas bragas, probablemente a causa de la camiseta estampada con una gran planta de cannabis.

—¿Estás sola hoy? —preguntó, más que nada para decir algo mientras esperaba a Eva.

Por la expresión de su cara comprendió que no era una buena excusa para entablar conversación.

—Solo follo el fin de semana —le respondió la chica oliendo un calcetín antes de ponérselo.

Y sonrió satisfecha al constatar que Harry no tenía intención de seguirle el juego. Harry, por su parte, constató que la chica debía hacer una visita al dentista.

—Tienes un mensaje —dijo ella.

Él se volvió hacia la pantalla. Era de Eva. Ningún texto, solo un archivo adjunto. Hizo doble clic en el archivo. La pantalla se volvió negra.

—Es viejo y va lento —dijo la chica sonriendo más aún—. Se le levantará, solo tienes que esperar un poco.

Ante la vista de Harry empezaba a desplegarse una imagen en la pantalla, primero como un esmalte azul y luego, cuando no había más cielo, un muro gris y un monumento de color negro verdoso. Entonces apareció la plaza. Y luego, lo que la rodeaba. Sven Sivertsen. Y un tipo con una cazadora de cuero que daba la espalda a la cámara. Pelo oscuro. Nuca robusta. Por supuesto, no valdría como prueba, pero Harry no abrigaba la menor duda de que se trataba de Tom Waaler. Aun así, algo lo hizo seguir mirando la foto.

—Oye, tengo que ir al váter —dijo la chica. Harry no tenía ni idea de cuánto tiempo llevaba mirando—. Y se oye todo y yo soy bastante vergonzosa, ¿vale? Así que si pudieras…

Harry se levantó, murmuró un «Gracias» y se marchó.

Ya en la escalera, en el rellano entre el tercero y el cuarto, se detuvo de pronto.

La foto.

No podía ser. Era teóricamente imposible.

¿O sí?

De todas formas, no podía ser verdad. Nadie haría una cosa así. Nadie.

37

Lunes. Confesión

Los dos hombres que se miraban en la sala de la Congregación de la Santa Princesa Apostólica Olga eran de la misma estatura. El aire húmedo y caliente tenía un olor dulce y agrio, a incienso y tabaco. El sol llevaba cinco semanas brillando sobre Oslo a diario y el sudor corría abundante bajo la sotana de lana de Nikolái Loeb, mientras este leía la plegaria que iniciaba la confesión.

—«Ve que ya has llegado al lugar de la curación, aquí está Cristo invisible dispuesto a recibir tu confesión.»

Había intentado conseguir una sotana más fina y moderna en la calle Welhaven, pero le dijeron que no tenían modelos para sacerdotes ortodoxos. Terminada la plegaria, dejó el libro junto a la cruz, sobre la mesa a la que estaban sentados. El hombre que tenía enfrente no tardaría en carraspear. Todos carraspeaban antes de la confesión, como si los pecados viniesen encapsulados en saliva y mucosidad. Nikolái creía haber visto a aquel hombre con anterioridad, pero no recordaba dónde. Y su nombre no le decía nada. El hombre se mostró un tanto sorprendido cuando comprendió que la confesión se celebraría cara a cara y que, además, tendría que dar su nombre. Y Nikolái sospechaba que el hombre no le había dado su verdadero nombre. Tal vez viniese de otra congregación. A veces acudían a él con sus secretos porque la suya era una iglesia pequeña y anónima donde no conocían a nadie. Nikolái había absuelto en varias ocasiones a miembros de la Iglesia Estatal noruega. Si lo pedían, él les daba la absolución, la misericordia del Señor es grande.

El hombre carraspeó. Nikolái cerró los ojos y se prometió a sí mismo que, tan pronto como llegase a casa, limpiaría su cuerpo con un baño y sus oídos con Chaikovski.

—Dice la Biblia que el deseo, como el agua, busca el fondo más abyecto, padre. Si existe una abertura, una fisura o una grieta en tu carácter, el deseo la encontrará.

—Todos somos pecadores, hijo mío. ¿Quieres confesar algún pecado?

—Sí. He sido infiel a la mujer que amo. He estado con una mujer de vida disipada. Pese a que no la amo, he sido incapaz de dejar de verla.

Nikolái ahogó un bostezo.

—Continúa.

—Yo… Esa mujer llegó a ser una obsesión.

—Llegó a ser, dices. ¿Significa que has dejado de buscar su compañía?

—Fallecieron.

Nikolái se sentía intrigado no solo por lo que decía, sino también por el tono de voz.

—¿Quiénes?

—Ella estaba embarazada. Creo.

—Siento mucho tu pérdida, hijo mío. ¿Sabe tu mujer algo al respecto?

—Nadie sabe nada.

—¿Cómo murió?

—De un tiro en la cabeza, padre.

De repente, fue como si el sudor se le hubiera congelado a Nikólai Loeb en la piel. El sacerdote tragó saliva.

—¿Quieres confesar algún otro pecado, hijo mío?

—Sí. Hay una persona. Un policía. He visto que la mujer que amo va a verle a él. Tengo pensamientos… Pienso que querría…

—¿Sí?

—Pecar. Eso es todo, padre. ¿Puedes darme la absolución?

La habitación se quedó en silencio.

—Yo… —balbució Nikolái.

—Tengo que irme, padre. Por favor.

Nikolái volvió a cerrar los ojos. Luego empezó a salmodiar la oración. Y no abrió los ojos hasta que llegó a «Yo te absuelvo de todos tus pecados en el nombre del Padre, del Hijo y del Espíritu Santo».

Concluida la plegaria, hizo la señal de la cruz sobre la cabeza del pecador.

—Gracias —susurró el hombre.

Luego se dio la vuelta y salió raudo de la minúscula sala.

Nikolái permaneció inmóvil, con el eco de sus palabras aún resonando entre las paredes. Creía recordar dónde lo había visto antes. En la casa parroquial de Gamle Aker. Llevó una estrella de Belén nueva, para sustituir la que se había roto.

Su condición de sacerdote imponía a Nikolái el secreto de confesión, que no tenía intención alguna de violar pese a lo que había oído. Sin embargo, había algo en la voz de aquel hombre, la forma en que había dicho que iba a… ¿Iba a hacer qué?

Nikolái se asomó a la ventana. ¿Dónde se habían metido las nubes? Era tal el bochorno que tendría que ocurrir algo muy pronto. Lluvia. Pero antes, truenos y relámpagos.

Cerró la puerta, se arrodilló ante el pequeño altar y rezó. Rezó con un fervor que llevaba años sin sentir. Pidió consejo y fuerza. Y pidió perdón.

Bjørn Holm se presentó en la puerta del despacho de Beate a las dos de la tarde para anunciarle que tenían algo que debía ver.

Beate se levantó y lo siguió hasta el laboratorio fotográfico, donde Holm señaló una foto que aún se estaba secando.

–Es del lunes pasado –dijo Bjørn–. Tomada sobre las cinco y media, es decir, aproximadamente media hora después de que disparasen a Barbara Svendsen en la plaza Carl Berner. A esa hora se puede llegar en poco tiempo al Frognerparken.

En la foto había una chica que sonreía frente a la fuente. A su lado podía verse parte de una estatua. Beate sabía cuál era. La de la muchacha saltando en el árbol. Un día de domingo, cuando era pequeña, fue al Frognerparken con sus padres a dar un paseo. Ella se detuvo delante de la estatua y su padre le contó que la intención del escultor Gustav Vigeland era que la muchacha simbolizara el temor de una joven ante la maternidad y la vida adulta.

Ahora, en cambio, Beate no se quedó mirando a la muchacha, sino la espalda de un hombre que aparecía en la periferia de la foto. Estaba delante de un cubo de basura verde. Y sostenía en la mano una bolsa de plástico de color marrón. Llevaba un maillot amarillo ajustado y pantalones negros de ciclista. Se protegía la cabeza con un casco negro y llevaba gafas de sol y mascarilla.

–El mensajero ciclista –susurró Beate.

–Puede –dijo Bjørn Holm–. Pero, por desgracia, va enmascarado.

–Puede.

La voz de Beate sonó como un eco. Extendió el brazo sin apartar la mirada de la foto.

–La lupa...

Holm la encontró en la mesa, entre las bolsas de productos químicos, y se la dio.

Ella guiñó ligeramente un ojo mientras pasaba el cristal convexo por la instantánea.

Bjørn Holm observaba a su superior. Ni que decir tiene que había oído historias sobre Beate Lønn cuando trabajaba en Delitos Violentos. Rumores según los cuales se había pasado días enteros encerrada en House of Pain, la sala de vídeo herméticamente cerrada, estudiando los vídeos de atracos secuencia tras secuencia, y descubriendo detalle tras detalle de la constitución, el lenguaje corporal, los contornos del rostro que se ocultaba detrás de la máscara, hasta que, al final, descubría la identidad del atracador porque lo había visto en otra toma, por ejemplo de un atraco a Correos de hacía quince años, antes de que ella fuera adolescente siquiera, una toma que estaba guardada en el disco duro que contenía un millón de caras y todos y cada uno de los atracos cometidos en Noruega desde que existía la vigilancia con cámaras de vídeo. Había quien aseguraba que esa capacidad de Beate se debía a la singular constitución de su giro fusiforme, esa parte del cerebro que reconoce rostros, que era más bien un talento natural. De ahí que Bjørn Holm no mirase la foto, sino los ojos de Beate Lønn, que examinaban minuciosamente la instantánea que tenían delante en busca de todos aquellos detalles nimios que él mismo nunca sería capaz de apreciar, porque carecía de esa sensibilidad específica para las identidades.

Y observándola se percató de que lo que Beate Lønn examinaba a través de la lupa no era la cara del hombre.

—La rodilla —dijo—. ¿Lo ves?

Bjørn Holm se acercó.

—¿A qué te refieres?

—En la izquierda. Parece una tirita.

—¿Insinúas que hemos de buscar a personas con una tirita en la rodilla?

—Muy gracioso, Holm. Antes de averiguar de quién es la foto, tenemos que comprobar si cabe la posibilidad de que ese sea el asesino de la bicicleta.

—¿Y cómo hacemos eso?

—Vamos a visitar al único hombre que sabemos que ha visto de cerca al mensajero asesino. Haz una copia de la foto mientras yo saco el coche.

Sven Sivertsen miró perplejo a Harry, que acababa de explicarle su teoría. Una teoría imposible.

—De verdad que no tenía ni idea —murmuró Sivertsen—. Nunca vi ni una foto de las víctimas en los periódicos. Citaron los nombres en los interrogatorios, pero no me decían nada.

—De momento solo es una teoría —dijo Harry—. No sabemos si se trata del mensajero asesino. Necesitamos pruebas concretas.

Sivertsen exhibió una mueca.

—Más valdría que intentaras convencerme de que ya tienes suficiente para que me declaren inocente, de que acceda a que nos entreguemos, así tendrás las pruebas contra Waaler.

Harry se encogió de hombros.

—Puedo llamar a mi jefe, Bjarne Møller, y pedirle que venga a sacarnos de aquí con un coche patrulla.

Sivertsen negó, vehemente, con la cabeza.

—Dentro del cuerpo de policía ha de haber implicados que estén por encima de Waaler. No me fio de nadie. Primero tendrás que conseguir las pruebas.

Harry cerraba y abría la mano sin parar.

—Tenemos una alternativa. Una que nos puede proteger a los dos.

—¿Cuál?

—Ir a la prensa y darles lo que tenemos. Tanto sobre el mensajero asesino como sobre Waaler. Cuando salga en los medios, será demasiado tarde para que puedan actuar.

Sivertsen lo miró dudoso.

—Se nos agota el tiempo —advirtió Harry—. Se está acercando. ¿No lo notas?

Sivertsen se frotó la muñeca.

—De acuerdo —dijo al fin—. Hazlo.

Harry metió la mano en el bolsillo trasero y sacó una tarjeta de visita doblada. Tal vez porque imaginaba las consecuencias de lo que estaba a punto de hacer. O porque no podía ni imaginarlas. Marcó el número del trabajo. Contestaron con una rapidez sorprendente.

—Aquí Roger Gjendem.

Harry oyó de fondo el rumor de voces, el teclear de ordenadores y el timbre de los teléfonos.

–Soy Harry Hole. Quiero que prestes atención, Gjendem. Tengo información relativa a los asesinatos del mensajero ciclista. Y a un asunto de tráfico de armas que involucra a un colega mío de la policía. ¿Comprendes?

–Creo que sí.

–Bien. Te doy la exclusiva si lo publicas en el *Aftenposten* online lo antes posible.

–Por supuesto. ¿Desde dónde llamas, Hole?

Gjendem sonó menos sorprendido de lo que Harry esperaba.

–Eso no importa. Tengo información que demostrará que Sven Sivertsen no es el mensajero asesino y que un destacado oficial de policía está involucrado en una banda que lleva años dedicándose al tráfico de armas en Noruega.

–Es fantástico. Pero doy por hecho que lo comprenderás: no puedo escribir todo eso basándome exclusivamente en una conversación telefónica.

–¿A qué te refieres?

–Ningún periódico serio publicaría una acusación contra un comisario de policía implicado en el tráfico de armas sin haber verificado que la fuente es fiable. No es que dude de que seas quien dices ser, pero ¿cómo sé que no estás borracho o loco o ambas cosas? Si no lo verifico, pueden demandar al periódico. Será mejor que nos veamos, Hole. Y escribiré lo que me digas y como me lo digas. Te lo prometo.

Se produjo una pausa durante la cual Harry oyó reír a alguien. Una risa despreocupada y alegre.

–Y olvídate de llamar a otros periódicos, te darán la misma respuesta. Confía en mí, Hole.

Harry suspiró.

–De acuerdo –accedió al fin–. En el Underwater, calle Dalsbergstien. A las cinco. Tú solo. Si no, me largo. Y ni una palabra de esto a nadie, ¿entendido?

—Entendido.

—Nos vemos.

Harry pulsó el botón de apagado y se mordió el labio.

—Espero que haya sido una buena idea —dijo Sven.

Bjørn Holm y Beate Lønn dejaron la transitada avenida Bygdøy y, un segundo después, entraron en otra más tranquila, ribeteada de chalés de madera descomunales a un lado y de elegantes bloques de ladrillo al otro. La calle estaba salpicada de coches de marcas alemanas.

—Un barrio de ricachones —dijo Bjørn.

Se detuvieron ante un bloque que tenía el mismo color amarillo que las casas de muñecas.

Al segundo timbrazo, se oyó una voz en el portero automático.

—¿Sí?

—¿André Clausen?

—Yo diría que sí.

—Beate Lønn, de la policía. ¿Podemos entrar?

André Clausen los esperaba en la puerta enfundado en un batín corto.

Se rascaba la costra de una herida que tenía en la mejilla mientras hacía un tibio intento de ahogar un bostezo.

—Lo siento —se excusó—. Anoche llegué tarde a casa.

—¿De Suiza, quizá?

—No, he estado en mi cabaña. Adelante, adelante.

El salón de Clausen era demasiado pequeño para su colección de arte y Bjørn Holm constató de una ojeada que su gusto se decantaba más por Liberace que por el minimalismo. Había allí fuentes susurrantes y en una de las esquinas una diosa desnuda se estiraba hacia los frescos sixtinos del techo.

—En primer lugar, quiero que te concentres y pienses en el día que viste al mensajero asesino en la recepción del despacho de abogados —dijo Beate—. Y luego mira esto.

Clausen cogió la foto y la estudió mientras se pasaba la yema del dedo por la herida de la mejilla. Entretanto, Bjørn Holm echaba un vistazo al salón.

Oyó los pasos de un perro detrás de una puerta y, enseguida, el sonido de unas garras rascando la madera.

—Podría ser —dijo Clausen.

—¿Podría ser? —Beate estaba sentada en el borde de la silla.

—Es muy posible. La indumentaria es la misma. El casco y las gafas de sol también.

—Bien. Y la tirita en la rodilla, ¿la llevaba ese día?

Clausen soltó una risita.

—Como ya he dicho, no tengo por costumbre estudiar los cuerpos de los hombres con tanto detenimiento. Pero si eso os hace felices, puedo decir que tengo la sensación inmediata de que este es el hombre que vi. Más detalles...

Hizo un gesto de resignación.

—Gracias —dijo Beate poniéndose de pie.

—Ha sido un placer —dijo Clausen imitándola para acompañarlos a la puerta, donde les estrechó la mano.

A Holm le resultó un gesto un tanto extraño, pero lo secundó. En cambio, cuando Clausen fue a dársela a Beate, ella negó con la cabeza y, con una sonrisa, dijo:

—Perdona, pero tienes sangre en los dedos. Y te está sangrando la mejilla.

Clausen se tocó la cara.

—Vaya, es verdad —dijo sonriendo—. Es Truls. Mi perro. Jugamos con más ímpetu de la cuenta en la cabaña este fin de semana.

Miró a Beate con una sonrisa cada vez más amplia.

—Adiós —dijo Beate.

Bjørn Holm ignoraba la razón, pero al salir otra vez al calor estival sintió un escalofrío.

Klaus Torkildsen se había enfocado a la cara los dos ventiladores pero, al parecer, lo único que conseguía con ello era que le devolviesen el aire caliente de las máquinas. Golpeó con el dedo el grueso cristal de la pantalla. Debajo del número interno de la calle Kjølberggata. El abonado acababa de colgar. Era la cuarta vez que aquella persona hablaba justo con aquel número de móvil. Siempre conversaciones breves.

Hizo doble clic en el número de teléfono para comprobar el nombre del abonado. Un nombre apareció en la pantalla. Hizo doble clic en el nombre, con la idea de ver la dirección y la profesión. Hecho esto, marcó el número al que debía llamar cuando tuviera cualquier información.

Alguien levantó un auricular.

—Soy Torkildsen, de Telenor. ¿Con quién hablo?

—No te preocupes por eso, Torkildsen. ¿Qué tienes para nosotros?

Torkildsen notaba que los brazos mojados se le pegaban al cuerpo.

—He comprobado algunas cosas —dijo—. El teléfono móvil de Hole está en constante movimiento y es imposible de localizar. Pero hay otro móvil desde el que han llamado varias veces al número de la calle Kjølberggata.

—De acuerdo. ¿Quién es?

—El abonado es Øystein Eikeland. Está registrado como taxista.

—¿Y qué?

Torkildsen sacó el labio e intentó soplar por debajo de las gafas empañadas.

—Pensé que podía haber una conexión entre un teléfono que se mueve por toda la ciudad constantemente y un taxista.

Hubo un silencio al otro lado del hilo telefónico.

—¿Hola? —dijo Torkildsen.

—Recibido —dijo la voz—. Sigue con el rastreo, Torkildsen.

Justo cuando Bjørn Holm entraba en la recepción de la calle Kjølberggata, sonó el móvil de Beate.

Ella lo sacó del cinturón, miró la pantalla y se llevó el aparato
a la oreja describiendo un arco en el aire con la mano.

—¿Harry? Dile a Sivertsen que se suba la pernera izquierda.
Tenemos una foto de un ciclista enmascarado con una tirita en la
rodilla. Tomada delante de la fuente del parque, a las cinco y media
del pasado lunes. Y el tipo lleva una bolsa de plástico marrón.

Bjørn tuvo que dar varias zancadas para seguir el ritmo al que
caminaba por el pasillo aquella mujer tan menuda. Oyó el repiqueteo de una voz por el teléfono.

Beate entró en el despacho.

—¿Ni tirita ni herida? Ya, bueno, sé que eso no prueba nada.
Pero para tu información te diré que André Clausen poco menos
que acaba de identificar al ciclista de la foto como el que vio en el
despacho de Halle, Thune y Wetterlid.

Beate se sentó ante su escritorio.

—¿Qué?

Bjørn Holm vio que el asombro le dibujaba en la frente un par
de ángulos de alférez.

—De acuerdo.

Dejó el teléfono y miró al colega fijamente, como si no supiera si creerse lo que acababa de oír.

—Harry cree que sabe quién es el mensajero asesino —le reveló.

Bjørn no contestó.

—Pregunta si el laboratorio está libre —dijo Beate—. Nos ha
dado una nueva tarea.

—¿Qué clase de tarea?

—Una verdadera mierda de tarea.

Øystein Eikeland estaba en el taxi, en la parada al pie de la colina
de St. Hanshaugen, con los ojos medio cerrados pero mirando al
otro lado de la calle, donde una chica de largas piernas ingería su

dosis de cafeína sentada en una silla, en la acera, delante del Java. La música country que surgía de los altavoces ahogó el zumbido del aire acondicionado.

«Faith has been broken, tears must be cried...»

Decían las malas lenguas que el tema era de Gram Parsons y que Keith y los Stones se lo habían birlado para *Sticky Fingers* mientras estuvieron en Francia cuando los sesenta se habían acabado y ellos intentaban doparse para conseguir la genialidad.

«Wild, wild horses couldn't drag me away...»

Una de las puertas traseras se abrió de repente. Øystein se sobresaltó. Aquel hombre debía de haber llegado por detrás, desde el parque. El retrovisor le mostró una cara bronceada por el sol, unas mandíbulas poderosas y gafas de sol opacas.

—Al lago de Maridalsvannet.

Lo dijo con una voz suave que, no obstante, dejó traslucir un tono imperioso.

—Si no es mucha molestia... —añadió el cliente.

—No, no —murmuró Øystein antes de bajar la música y dar una última calada al cigarrillo, que acto seguido arrojó por la ventanilla abierta.

—¿A qué parte del lago?

—Tú conduce. Ya te avisaré.

Se deslizaron por la calle Ullevålsveien.

—Han dicho que va a llover —comentó Øystein.

—Ya te avisaré —repitió la voz.

«Adiós, propina», pensó Øystein.

Diez minutos más tarde salieron de las zonas residenciales y, de repente, se vieron rodeados exclusivamente por campos y fincas, con el lago Maridalsvannet de fondo, un cambio tan brusco de la zona urbana a la rural que un pasajero americano le preguntó una vez si habían entrado en un parque temático.

—Puedes girar a la izquierda allí delante —dijo la voz.

—¿Adentrarme en el bosque? —preguntó Øystein.

—Sí. ¿Te pone nervioso?

A Øystein no se le había ocurrido ponerse nervioso. No hasta ese momento. Volvió a mirar por el retrovisor, pero el hombre se había movido hacia la ventana y solo se le veía la mitad de la cara.

Øystein redujo, puso el intermitente izquierdo y cruzó la carretera. El camino de gravilla que se extendía ante ellos era estrecho y estaba lleno de baches donde crecía la hierba.

Øystein vaciló un instante.

Hacia la mitad del camino se veían unas ramas cuyas verdes hojas se movían al trasluz como invitándolos a que siguieran adentrándose en la fronda. Øystein pisó el freno. La gravilla crujía bajo los neumáticos. El coche se detuvo.

—*Sorry* —le dijo mirando al retrovisor—. Acabo de arreglar los bajos del coche por cuarenta mil. Y no tenemos obligación de ir por estos caminos. Puedo llamar a otro taxi, si quieres.

El hombre del asiento trasero parecía sonreír, por lo menos, su mitad visible.

—¿Y qué teléfono pensabas usar para hacer esa llamada, Eikeland?

Øystein notó que se le erizaban los pelos de la nuca.

—¿El tuyo? —susurró la voz.

El cerebro de Øystein buscaba desesperadamente una salida.

—¿O el de Harry Hole? —continuó el hombre.

—No estoy del todo seguro de saber de qué estás hablando, mister, pero nuestro recorrido termina aquí.

El hombre soltó una risotada.

—¿Mister? No lo creo, Eikeland.

Øystein sintió la necesidad de tragar saliva, pero consiguió dominar el impulso.

—Escucha, no te voy a cobrar, ya que no te he podido llevar hasta tu destino. Bájate y espera aquí mientras te consigo otro taxi.

—Según tus antecedentes, eres bastante listo, Eikeland. Así que supongo que entiendes qué es lo que estoy buscando. Odio tener que recurrir a frases hechas, pero ¿qué vía elegimos, la fácil o la difícil? Tú decides.

—¡De verdad que no entiendo que…! ¡Ay!

El hombre le atizó una bofetada justo por encima del reposacabezas y, al inclinarse instintivamente hacia delante, Øystein notó con sorpresa que se le llenaban los ojos de lágrimas. No porque le hubiese dolido. Fue un golpe como los que daban en primaria, ligero, como una iniciación a la humillación. Sin embargo, era obvio que sus glándulas lacrimales ya habían captado lo que el resto del cerebro se negaba a comprender: que se encontraba en un aprieto muy serio.

—¿Dónde tienes el teléfono de Harry, Eikeland? ¿En la guantera? ¿En el maletero? ¿En el bolsillo, quizá?

Øystein no contestó. Estaba sentado mientras la vista le alimentaba el cerebro. Bosque a ambos lados. Algo le decía que el hombre del asiento trasero estaba en buena forma, que lo alcanzaría en cuestión de segundos. ¿Operaba solo? ¿Debería pulsar la alarma que alertaba a los demás taxis? ¿Iría en contra de sus intereses involucrar en aquello a otras personas?

—Comprendo —dijo el hombre—. Eliges la vía difícil, ¿no? ¿Y sabes?

Øystein no tuvo tiempo de reaccionar cuando notó el brazo alrededor del cuello presionándole la cabeza contra el asiento.

—En realidad, confiaba en que así fuera.

A Øystein se le cayeron las gafas. Quiso echar mano al volante, pero no consiguió alcanzarlo.

—Si pulsas la alarma te mato —le masculló el hombre al oído—. Y no estoy hablando en sentido figurado, Eikeland, sino en el literal de «quitar la vida».

A pesar de que el cerebro no recibía oxígeno, Øystein Eikeland oía, veía y olía excepcionalmente bien. Podía ver la red de venas en el interior de sus propios párpados, oler la loción de después del afeitado del hombre y, al mismo tiempo, escuchar el leve tono penetrante de regocijo que resonaba en la voz del hombre como una correa de transmisión que estuviese floja.

—¿Dónde está, Eikeland? ¿Dónde está Harry Hole?

Øystein abrió la boca y el hombre lo soltó un poco.

–No tengo ni idea de lo que…

El brazo volvió a atenazarlo.

–Último intento, Eikeland. ¿Dónde está tu compañero de cogorzas?

Øystein sintió el dolor, el doloroso deseo de vivir. Pero sabía que se le pasaría enseguida. Ya había vivido antes situaciones parecidas, esto solo era una transición, un estadio previo a la indiferencia, mucho más grata. Los segundos transcurrían. Su cerebro empezaba a cerrar sucursales. Lo primero que perdió fue la visión.

El tipo lo soltó otra vez y el oxígeno afluyó al cerebro. Recuperó la visión y volvieron los dolores.

–Lo encontraremos de todos modos –dijo la voz–. Puedes elegir si antes o después de que tú nos hayas dejado.

Øystein sintió un objeto frío y duro que le acariciaba la sien. Luego la nariz. Había visto un buen repertorio de películas del Oeste, pero nunca un revólver del 45 tan de cerca.

–Abre la boca.

Y mucho menos lo había saboreado.

–Cuento hasta cinco y disparo. Asiente con la cabeza si quieres decirme algo. Preferiblemente, antes de cinco. Uno…

Øystein trataba de combatir su miedo a la muerte. Intentó decirse a sí mismo que el ser humano es racional y que aquel hombre no conseguiría nada matándolo a él.

–Dos…

«La lógica está de mi parte», se dijo Øystein. El cañón tenía un sabor nauseabundo a metal y sangre.

–Tres. Y no te preocupes por la funda del asiento, Eikeland. Pienso recoger y limpiar a fondo… después.

El cuerpo entero empezó a temblarle en una reacción incontrolada de la que solo podía ser espectador y pensó en un misil que había visto en la tele y que tembló de la misma forma segundos antes de que lo lanzaran a un espacio sideral helado y vacío.

–Cuatro.

Øystein asintió con la cabeza. Enérgicamente y varias veces. La pistola desapareció.

—Está en la guantera —dijo respirando con dificultad—. Me dijo que lo dejase encendido y que no lo cogiera si sonaba. Yo le di el mío.

—No me interesan los teléfonos —dijo la voz—. Me interesa saber dónde está Hole.

—No lo sé. No me dijo nada. Sí, bueno, me dijo que era mejor para ambos que yo no lo supiera.

—Mintió —afirmó el hombre.

Dijo aquellas palabras con calma y serenidad. Øystein no era capaz de discernir si el hombre estaba enfadado o si encontraba divertida la situación.

—Solo mejor para él, Eikeland, no para ti.

Øystein sentía el cañón frío de la pistola como una plancha incandescente en la mejilla.

—Espera. Sí que me dijo algo. Ahora lo recuerdo. Que pensaba esconderse en su casa.

Las palabras salieron de su boca con tal celeridad que, más que pronunciarlas, tuvo la sensación de haberlas bombeado.

—Ya hemos estado allí, idiota.

—No me refería a la casa donde vive, sino en Oppsal, donde se crió.

El hombre se echó a reír y Øystein notó un dolor penetrante en la nariz: el cañón de la pistola intentaba abrirse paso por uno de los orificios.

—Hemos estado rastreando tu teléfono las últimas horas, Eikeland. Sabemos en qué parte de la ciudad se encuentra. Y no es en Oppsal. Simplemente, estás mintiendo. O dicho de otro modo: cinco.

Se oyó un silbido. Øystein cerró los ojos. El silbido no cesaba. ¿Ya estaba muerto? Los silbidos dieron origen a una melodía. Algo conocido. «Purple rain.» Prince. Era el tono de llamada de un móvil.

—¿Sí? ¿Qué pasa? —preguntó la voz a su espalda.

Øystein no se atrevía a abrir los ojos.

—¿En el Underwater? ¿A las cinco? De acuerdo, reúne a todos enseguida, voy ahora mismo.

Øystein oyó detrás el crujir de un tejido. Había llegado la hora. Oyó también el canto de un pajarillo. Un gorjeo claro y maravilloso. No sabía de qué especie de pájaro se trataba. Debería saberlo. Y por qué. Debería haber aprendido por qué cantaban. Ahora no lo sabría nunca. Sintió una mano en el hombro.

Øystein abrió los ojos despacio y miró el retrovisor.

El destello de unos dientes relucientes y luego la voz con aquel timbre jubiloso:

—Al centro. Tengo prisa.

38

Lunes. La nube

Rakel abrió los ojos de repente. El corazón le latía rápido y desbocado. Se había dormido. Oyó el jaleo monótono de niños bañándose en la piscina Frognerbadet. Tenía un sabor algo amargo de hierba en la boca y el calor le pesaba en la espalda como un edredón. ¿Había soñado algo? ¿Sería eso lo que la había despertado? Una inesperada ráfaga de viento le levantó el edredón y le erizó la piel.

«Es curioso cómo a veces los sueños se escapan como pastillas de jabón», pensó dándose la vuelta. Advirtió que Oleg había desaparecido. Se incorporó apoyándose en los codos y miró a su alrededor.

Pero enseguida se puso de pie.

—¡Oleg!

Salió corriendo.

Lo encontró cerca de la piscina del trampolín. Estaba sentado en el borde hablando con un chico al que creía haber visto con anterioridad. Un chico de su clase, tal vez.

—Hola, mamá. —Le sonrió.

Rakel lo cogió del brazo con más fuerza de la que pretendía.

—¡Te he dicho mil veces que no puedes desaparecer así, sin avisarme!

—Pero, mamá, estabas durmiendo. No quería despertarte.

Oleg parecía sorprendido y un tanto apenado. El amigo se apartó un poco.

Ella soltó a Oleg. Dejó escapar un suspiro y miró hacia el horizonte. El cielo estaba azul, a excepción de una nube blanca que apuntaba hacia arriba, como si alguien acabara de lanzar un misil.

—Son cerca de las cinco, nos vamos a casa —dijo con voz ausente—. Hay que cenar.

Ya en el coche, camino a casa, Oleg preguntó si vendría Harry. Rakel negó con la cabeza.

Mientras esperaban a que el semáforo del cruce de Smestad se pusiera verde, se agachó para ver la nube otra vez. No se había movido, pero estaba más alargada y tenía un toque de gris en el fondo.

Se recordó a sí misma que, cuando llegaran a casa, debía cerrar la puerta con llave.

39

Lunes. Reuniones

Roger Gjendem se detuvo y observó el agua que burbujeaba en el acuario del Underwater. Una imagen pasó titilando. Un niño de siete años se le acercaba nadando a brazadas rápidas y entrecortadas y el pánico claramente estampado en el semblante, como si él, Roger, el hermano mayor, fuese la única persona del mundo entero capaz de salvarlo. Roger gritó entre risas, pero Thomas no había comprendido que hacía ya rato que hacía pie y que solo tenía que estirar las piernas. Roger había pensado en alguna ocasión que había enseñado a su hermano menor a nadar en agua, pero que, en realidad, se había hundido en tierra.

Se quedó unos segundos de pie al otro lado de la puerta del Underwater para que sus ojos se habituasen a la penumbra. Aparte del camarero, solo vio a una persona en el local, una mujer pelirroja que estaba sentada medio de espaldas a él, con un vaso de cerveza y un cigarrillo entre los dedos. Roger bajó las escaleras hasta la planta baja y entró. Las tablas del suelo crujieron bajo sus pies y la pelirroja levantó la vista. La cara quedaba oculta entre las sombras, pero había algo en la postura que lo inclinó a pensar que sería guapa. O que lo había sido. Se fijó en que había una bolsa junto a la mesa. Quizá ella también estuviese esperando a alguien.

Pidió una cerveza y miró el reloj.

Había dado unas vueltas por el vecindario para no llegar antes de las cinco, que era la hora acordada. No quería dar la impresión de tener demasiado interés, podía levantar sospechas. Ahora bien, ¿quién desconfiaría de un periodista por estar interesado en una información que significaba un giro copernicano en el asunto más importante de los meses estivales? Si es que aquella información era cierta...

Roger había intentado localizarlos mientras paseaba por las calles. Fue mirando si había algún coche aparcado donde no debía, alguien leyendo el periódico en una esquina, un indigente durmiendo en un banco. Pero no vio nada. Por supuesto, serían profesionales. Eso era lo que más miedo le daba. Saber que podían llevarlo a cabo sin ser descubiertos. En una ocasión, oyó a un colega borracho murmurar que en los últimos años habían ocurrido en la Comisaría General cosas tan extrañas que, de haber aparecido en la prensa, el público no se las habría creído, pero Roger habría compartido la opinión del público.

Miró el reloj de nuevo. Las cinco y siete minutos.

¿Se precipitarían al interior del local en cuanto llegase Harry Hole? No le habían facilitado los pormenores, solo le dijeron que debía presentarse a la hora convenida y comportarse como si estuviese trabajando. Roger dio un trago con la esperanza de que el alcohol le calmara los nervios.

Las cinco y diez. El camarero leía la revista *Fjords* sentado en una esquina de la barra.

—Perdón —dijo Roger.

El camarero apenas levantó la vista.

—¿Por casualidad no habrá venido por aquí un tío alto y rubio con...?

—*Sorry* —lo interrumpió el camarero lamiéndose el pulgar para pasar la hoja—. Mi turno acababa de empezar cuando has llegado tú. Pregúntale a esa mujer, la que está ahí sentada.

Roger dudó, dio otro trago de cerveza hasta dejar el nivel justo por debajo del logo de Rignes y se levantó.

—Perdón…

La mujer levantó la vista y lo miró con una suerte de media sonrisa.

—¿Sí?

Entonces lo vio. No eran sombras lo que oscurecía su cara. Eran cardenales. En la frente. En los pómulos. Y en el cuello.

—Me iba a ver aquí con un tío, pero me temo que se ha marchado antes de que yo llegara. Más de uno noventa de estatura, pelo rubio muy corto.

—¿Ah, sí? ¿Joven?

—Bueno. Ronda los treinta y cinco, creo. Tiene un aspecto algo… deteriorado.

—¿Nariz roja y ojos azules con expresión jovial y envejecida al mismo tiempo?

La mujer seguía sonriendo, pero con una sonrisa introvertida, y Roger comprendió que no sonreía para él.

—Sí, podría ser él —respondió Roger algo inseguro—. ¿Ha estado…?

—No, yo también lo estoy esperando.

Roger la miró. ¿Sería una de ellos? ¿Una treintañera maltratada y borrachina? No le parecía muy probable.

—¿Tú crees que vendrá? —preguntó Roger.

—No —respondió la mujer, y levantó el vaso—. Los que quieres que vengan no vienen nunca. Los que vienen son los otros.

Roger volvió a la barra. Le habían retirado el vaso y pidió otra cerveza.

El camarero puso música. La melodía de Gluecifer hizo lo que pudo por arrojar luz en aquella oscuridad.

«I got a war, baby, I got a war with you!»

No acudiría. Harry Hole no iba a presentarse en el Underwater. ¿Qué consecuencias tendría aquello? Joder, no era culpa suya.

A las cinco y media se abrió la puerta.

Roger levantó la vista esperanzado.

Vio en el umbral a un hombre con una cazadora de cuero.

Roger hizo un gesto de negación con la cabeza.

El hombre echó una ojeada al local. Se pasó la mano por el cuello en posición horizontal. Y salió por la puerta.

El primer impulso de Roger fue seguirlo. Preguntarle qué significaba esa mano. ¿Que anulaban la operación? ¿O que Thomas...? En ese momento, su móvil empezó a sonar. Lo cogió.

—*No show?* —dijo una voz.

No era el hombre de la cazadora y, definitivamente, tampoco era Harry. Sin embargo, había un tono vagamente familiar en aquella voz.

—¿Qué hago ahora? —preguntó Roger bajito.

—Te quedas ahí hasta las ocho —ordenó la voz—. Si se presenta por ahí, llamas al número que te dieron. Nosotros tenemos que continuar.

—Thomas...

—A tu hermano no le ocurrirá nada mientras tú hagas lo que se te ordena. Y nada de esto saldrá a la luz.

—Por supuesto que no. Yo...

—Que tengas una buena noche, Gjendem.

Roger guardó el teléfono en el bolsillo y se abalanzó sobre la cerveza.

Al salir, respiraba con dificultad. Eran las ocho. Dos horas y media.

—¿Qué te dije?

Roger se dio la vuelta. Allí estaba la mujer, justo a su espalda, llamando con el dedo índice al camarero, que se levantó desganado.

—¿Qué querías decir con eso de los otros? —dijo.

—¿Cómo que «los otros»?

—Antes has dicho que no son los que quieres, sino los otros, los que vienen.

—¡Ah! Los otros son aquellos con los que te has de conformar, querido.

—¿Ajá?

—Como tú y como yo.

Roger se giró del todo. Había algo en la forma en que lo dijo. Sin dramatismo, sin seriedad, aunque con un timbre de leve resignación en la voz. Percibió en todo ello algo que reconocía, una especie de parentesco. Y ahora que la miraba a la cara advirtió también otros detalles. Los ojos. Los labios rojos. Seguro que había sido guapa.

—¿Te ha pegado tu pareja? —preguntó.

Ella levantó la cabeza apuntándole con la barbilla, miró al camarero, que ya se acercaba con su cerveza.

—Sinceramente, no creo que sea de tu incumbencia, joven.

Roger cerró los ojos un momento. Aquel había sido un día muy raro desde el principio. Uno de los más raros de su vida. No existía motivo alguno para que dejase de serlo ahora.

—Podría llegar a ser de mi incumbencia —sugirió Roger.

Ella se dio la vuelta y clavó en él una mirada penetrante.

Él señaló con la cabeza hacia su mesa.

—A juzgar por el tamaño de la bolsa que llevas, lo que ahora tienes es un ex. Si necesitas un sitio esta noche para un aterrizaje de emergencia, tengo un apartamento muy grande con un dormitorio extra.

—¿De verdad?

Respondió con un tono hostil, pero Roger observó que la expresión de su cara se había tornado inquisitiva, curiosa.

—Sí. De repente, este invierno, el apartamento se volvió enorme —dijo Roger—. Por cierto, pago con mucho gusto esa cerveza si me haces compañía. Pienso quedarme un rato.

—Bueno. Supongo que podemos quedarnos un rato a esperar juntos.

—¿A alguien que no vendrá?

Rió con una risa triste, pero risa al fin.

Sven contemplaba desde la silla el campo que se extendía al otro lado de la ventana.

—Quizá deberías haber ido —dijo—. Puede que el periodista no tuviese la intención de…

—No lo creo —dijo Harry.

Estaba tumbado en el sofá, escrutando las volutas de humo que se elevaban en espiral hacia el techo gris.

—Creo que, sin ser muy consciente de ello, me dio un aviso.

—El hecho de que tú aludieras a Waaler como «un destacado oficial de policía» y el periodista se refiriese a él como «comisario» no significa necesariamente que él ya supiera quién era Waaler. Quizá lo adivinó por casualidad.

—En ese caso, metió la pata. A no ser que le tuviesen intervenido el teléfono y que él intentase avisarme.

—Estás paranoico, Harry.

—Puede, pero eso no significa necesariamente que…

—… que no vayan a por ti. Ya lo has dicho. ¿No hay otros periodistas a los que llamar?

—Ninguno en quien confíe. Además, creo que no debemos hacer muchas más llamadas con este móvil. En realidad, creo que voy a apagarlo. Pueden utilizar las señales para localizarnos.

—¿Cómo? Es imposible que Waaler sepa qué teléfono estás utilizando.

Harry apagó el Ericsson, cuya luz verde se extinguió, y se lo guardó en el bolsillo de la chaqueta.

—Sivertsen, es obvio que aún no has comprendido de lo que es capaz Tom Waaler. Mi amigo el taxista y yo habíamos acordado que, si todo iba bien, me llamaría desde una cabina entre las cinco y las seis. Son las seis y diez. ¿Has oído que sonara el teléfono?

—No.

—Es decir, cabe la posibilidad de que lo sepan todo sobre este teléfono. Se están acercando.

Sven suspiró.

—¿Te han dicho alguna vez que tienes una marcada tendencia a repetirte, Harry? Además, veo que no te estás esforzando demasiado para sacarnos de este embrollo.

Harry respondió formando un denso anillo de humo que se elevó hacia el techo.

–Casi tengo la sensación de que *deseas* que nos encuentre. Y de que todo lo demás es puro teatro. Quieres que parezca que estamos intentando escondernos por todos los medios, solo para asegurarte de que se deja engañar y nos sigue.

–Interesante teoría –murmuró Harry.

–El experto de Norske Møller ha confirmado tu sospecha –dijo Beate en el auricular al tiempo que le indicaba a Bjørn Holm que saliera del despacho.

Comprendió, por los chasquidos, que Harry la llamaba desde una cabina.

–Gracias por la ayuda –respondió Harry–. Era justo lo que necesitaba.

–¿Seguro?

–Eso espero.

–Acabo de llamar a Olaug Sivertsen, Harry. Está fuera de sí de preocupación.

–Ya.

–No solo por su hijo. También por su inquilina, que se fue a pasar el fin de semana a una cabaña y no ha vuelto. No sé qué decirle.

–Lo menos posible. Pronto habrá terminado todo.

–¿Puedes prometerlo?

La risa de Harry resonó como una metralleta con tos seca de fondo.

–Sí, eso sí que puedo prometerlo.

En ese momento, se oyó el chisporroteo del teléfono interno.

–Tienes visita –anunció una voz nasal de recepción.

Sería una guardia de Securitas, pues ya eran más de las cuatro, pero Beate se había dado cuenta de que hasta el personal de Securitas empezaba a hablar por la nariz después de cierto tiempo en la recepción.

Beate pulsó el botón de la centralita algo pasada de moda que tenía delante.

–Dile a quien sea que espere un momento, estoy ocupada.

–Sí, pero…

Beate cortó la comunicación.

–No paran de dar la lata –se lamentó.

Junto con la respiración entrecortada de Harry en el auricular, oyó el ruido de un coche que frenaba hasta que se apagó el motor. Al mismo tiempo, percibió un cambio en el modo en que la luz iluminaba el despacho.

–Tengo que irme –dijo Harry–. Empezamos a tener prisa. Quizá te llame más tarde. Si las cosas salen como yo espero. ¿De acuerdo, Beate?

Beate colgó. Se había quedado mirando el umbral.

–Vaya –dijo Tom Waaler–. ¿No te despides de nuestro buen amigo?

–¿No te han dicho en recepción que esperes?

–Sí, claro.

Tom Waaler cerró la puerta, tiró de un cordoncillo y las persianas blancas se desplomaron de golpe ante la ventana que daba al resto de las oficinas. Luego rodeó la mesa y se colocó junto a la silla, de cara al escritorio.

–¿Qué es eso? –preguntó mientras señalaba los dos portaobjetos.

Beate respiraba nerviosamente por la nariz.

–Según el laboratorio, una semilla.

Waaler le puso la mano en la nuca suavemente. Beate se sobrecogió.

–¿Estabas hablando con Harry?

Le rozó la piel con un dedo.

–Déjalo –respondió ella haciendo un esfuerzo por aparentar tranquilidad–. Quita la mano.

–Vaya, ¿no te ha gustado?

Waaler levantó ambas manos sonriendo.

–Pero antes sí que te gustaba, ¿verdad, Lønn?

—¿Qué quieres?

—Darte una oportunidad. Creo que te lo debo.

—¿Así que eso piensas? ¿Por qué?

Beate levantó la cabeza y lo miró. Él se humedeció los labios y se inclinó hacia ella.

—Por tu diligencia. Y tu sumisión. Y por ese coño estrecho y frío.

Ella quiso golpearle, pero él le atrapó la muñeca en el aire y, sin soltarla, le torció el brazo hacia la espalda empujándolo hacia arriba. Beate cayó hacia delante jadeando y casi dio con la frente en la mesa. La voz de Waaler le resonó en el oído.

—Te brindo la oportunidad de conservar tu puesto de trabajo, Lønn. Sabemos que Harry te ha llamado desde el teléfono de su amigo el taxista. ¿Dónde está?

Beate respiraba con esfuerzo. Waaler siguió empujando el brazo hacia arriba.

—Ya sé que duele —dijo—. Y sé que el dolor no te persuadirá de que me cuentes nada. Es decir, esto es solo para mi satisfacción personal. Y para la tuya.

Al decir esto, se frotó la bragueta con el costado de Beate, que sentía la sangre zumbándole en los oídos. Finalmente, se dejó caer hacia delante. Dio con la cabeza en la centralita del teléfono interno y le arrancó un crujido.

—¿Sí? —preguntó una voz nasal.

—Dile a Holm que venga enseguida —resopló Beate con la mejilla pegada al cartapacio.

—De acuerdo.

Waaler le soltó el brazo despacio. Beate se enderezó.

—Eres un cabrón —le dijo—. No sé dónde está Harry. Jamás se le ocurriría ponerme en una situación tan difícil.

Tom Waaler se la quedó mirando un buen rato. Escrutándola. Y mientras lo hacía, Beate se percató de algo extraño: ya no le tenía miedo. La razón le decía que era más peligroso que nunca, pero vio en su mirada un destello nuevo. Waaler acababa de perder el control de sí mismo. Solo unos segundos, pero era la primera vez que lo veía perder la compostura.

—Volveré a por ti —susurró—. Es una promesa. Y ya sabes que cumplo mis promesas.

—¿Qué pasa...? —comenzó a preguntar Bjørn Holm apartándose rápidamente a un lado mientras Tom Waaler salía raudo por la puerta.

40

Lunes. La lluvia

Eran las siete y media, el sol apuntaba hacia la colina de Ullernåsen y, desde su balcón de la calle Thomas Heftye, la viuda Danielsen constató que por el fiordo de Oslo seguían entrando nubes blancas. Abajo, en la calle, vio pasar a André Clausen con Truls. No conocía por su nombre al individuo ni a su golden retriever, pero los había visto a menudo cuando venían caminando desde la calle Gimle Terrasse. Se detuvieron ante el semáforo en rojo en el cruce que había junto a la parada de taxis de la avenida Bygdøy. La viuda Danielsen suponía que se dirigían al Frognerparken.

Le pareció que ambos presentaban un aspecto un tanto desastroso. Además, era obvio que el perro necesitaba un baño.

Arrugó la nariz con expresión displicente al ver que el perro, sentado medio paso detrás de su dueño, extendía las patas traseras y descargaba sus necesidades en la acera. Al comprobar que el dueño no hacía ademán de ir a recoger la porquería, sino que, al contrario, cruzó el paso de cebra tirando del perro en cuanto apareció el hombrecillo verde, la viuda Danielsen se indignó, pero, al mismo tiempo, se alegró un poco. Se indignó porque siempre la había preocupado el aspecto de la ciudad. Bueno, por lo menos, el aspecto de aquella parte de la ciudad. Y se alegró porque ya tenía tema para una nueva carta al director del *Aftenposten*, donde hacía algún tiempo que no publicaban nada suyo.

Se quedó contemplando la escena del crimen mientras perro y amo se movían deprisa y con un claro sentimiento de culpabilidad por la calle Frognerveien. Y por ese motivo y de forma involuntaria, se convirtió en testigo de la escena en que una mujer que iba corriendo en dirección contraria para cruzar con la luz verde era víctima de la falta de sentido de responsabilidad de que adolecían algunos ciudadanos. La mujer estaba, al parecer, tan concentrada en llamar la atención del único taxi de la parada que no reparó en dónde pisaba.

La viuda Danielsen resopló ruidosamente, echó una última ojeada al ejército de nubes y volvió al interior del apartamento con la intención de comenzar su carta al director.

Pasó un tren, como un soplo suave y prolongado. Olaug abrió los ojos y cayó en la cuenta de que estaba en el jardín.

Qué raro. No recordaba haber salido de la casa. Pero allí estaba, entre vías de tren y con el último aroma dulzón a cadáver de rosas y lilas en la nariz. La presión que sentía en la sien no había remitido, todo lo contrario. Miró al cielo. Estaba lleno de nubes. De ahí tanta oscuridad. Olaug se miró los pies desnudos. Piel blanca, venas violáceas, los pies de una persona mayor. Sabía por qué se había sentado justo allí. Era allí, justo allí, donde se sentaban ellos. Ernst y Randi. Un día que ella estaba en la ventana del cuarto del servicio los vio allí abajo, en la penumbra, junto al ya desaparecido rododendro. El sol estaba a punto de ponerse y él le murmuró algo en alemán, cogió una rosa y se la puso a su mujer en la oreja. Y ella se rió y acercó la cara a su cuello. Entonces se giraron hacia el oeste, abrazados y en silencio. Ella apoyó la cabeza en el hombro del marido mientras los tres contemplaban la puesta de sol. Olaug no sabía en qué estarían pensando ellos dos, pero ella imaginaba que quizá, algún día, el sol volvería a salir. Era tan joven…

Olaug miró automáticamente hacia la ventana del cuarto de la chica. Ni Ina ni la joven Olaug, solo una superficie negra que reflejaba nubes como palomitas.

Estaría llorando hasta el fin del verano. Tal vez un poco más. Y luego, el resto de su vida, empezaría de nuevo, tal y como había hecho siempre. Ese era su plan. Porque había que tener un plan.

Notó un movimiento a su espalda. Olaug se dio la vuelta despacio y con dificultad. Notó también cómo la fresca hierba se soltaba del suelo cuando ella movió las plantas de los pies. De pronto se quedó petrificada.

Era un perro.

El animal la miraba como pidiendo perdón por algo que aún no había sucedido. En el mismo instante, algo apareció deslizándose desde las sombras, debajo de los frutales, y se colocó junto al perro. Era un hombre. De ojos grandes y negros como los del perro. Olaug no podía respirar bien, como si alguien le hubiese metido un animalito en la garganta.

—Hemos mirado en la casa, pero no estabas —dijo el hombre ladeando la cabeza y observándola como si se tratara de un insecto interesante—. Tú no sabes quién soy, señora Sivertsen, pero yo tenía muchas ganas de conocerte.

Olaug abrió la boca, la volvió a cerrar. El hombre se acercó. Olaug miró detrás de él.

—Dios mío —susurró con los brazos extendidos.

La joven bajó las escaleras y recorrió entre risas el camino de gravilla en dirección a los brazos abiertos de Olaug.

—Estaba muy preocupada por ti —dijo Olaug.

—¿Y eso? —preguntó Ina sorprendida—. Es que nos hemos quedado en la cabaña un poco más de lo planeado. Es verano, ya sabes.

—Sí, claro —dijo Olaug abrazándola fuerte.

El perro, un setter inglés, se contagió de la alegría del reencuentro y empezó a saltar y a subir las patas a la espalda de Olaug.

—¡Thea! —gritó el hombre—. ¡Siéntate!

Thea obedeció.

—¿Y quién es este señor? —preguntó Olaug, y liberó por fin a Ina de su abrazo.

–Es Terje Rye. –Las mejillas de Ina ardían en el crepúsculo–. Mi prometido.

–Dios mío –dijo Olaug juntando las palmas de las manos.

El hombre le estrechó la mano con una amplia sonrisa. No era un modelo de belleza. La nariz respingona, el pelo ralo y los ojos demasiado juntos. Pero tenía una mirada abierta y directa que Olaug apreciaba.

–Mucho gusto –dijo él.

–Lo mismo digo –respondió Olaug, con la esperanza de que la oscuridad disimulara las lágrimas.

Toya Harang no percibió el olor hasta después de haber recorrido un buen trecho de la calle Josefine.

Miró al taxista con desconfianza. Era de tez morena, pero por lo menos no era africano. En tal caso, no se habría atrevido a subirse en el taxi. No porque ella fuera racista, no, sino por una cuestión de cálculos de porcentajes.

Pero ¿de dónde venía aquel olor?

Notaba la mirada del taxista por el retrovisor. ¿Llevaría una indumentaria demasiado provocativa? ¿Sería el escote rojo demasiado bajo, la falda demasiado corta, y las botas camperas? Pensó en una explicación más agradable. Seguramente la habría reconocido de los primeros planos que sacaba hoy el periódico. «Toya Harang. Heredera del trono de la reina del musical», decía el titular. A decir verdad, el crítico del *Dagbladet* la había calificado de «torpemente encantadora» y aseguraba que tenía más credibilidad en el papel de la vendedora de flores Eliza que como la dama de la alta sociedad en que la convertía el profesor Higgins. Pero todos los críticos habían coincidido en que cantaba y bailaba mejor que nadie. Eso. ¿Qué habría dicho Lisbeth a eso?

–¿De fiesta? –preguntó el taxista.

–En cierto modo –dijo Toya.

«Una fiesta para dos», se dijo. Para Venus y... ¿cómo era el otro

413

nombre que le había dicho? Bueno, en cualquier caso, ella era Venus. Se le había acercado el día anterior durante la fiesta del estreno y le susurró al oído que era su admirador secreto. Luego la invitó a ir a su casa a la noche siguiente sin molestarse en ocultar sus intenciones y ella debería haber dicho que no. Por decencia, debería haber dicho que no.

—Seguro que lo pasarás bien —comentó el taxista.

Decencia. Y un no. Aún recordaba el olor a silo y a polvo de paja, y aún veía el cinturón oscilante del padre cortando los rayos de luz que se filtraban por las ranuras, por entre los maderos del hórreo, cuando intentaba hacérselo entender a base de golpes. Decencia y un no. Aún era capaz de sentir la mano de su madre acariciándole el pelo en la cocina después, mientras preguntaba por qué no podía ser como su hermana Lisbeth. Buena y aplicada. Y un día, Toya se soltó y dijo que así era ella, que quizá se pareciese a su padre, porque lo había visto cubrir a Lisbeth en el establo como si fuera una puerca. ¿O acaso su madre no lo sabía? Toya vio entonces que a su madre le cambiaba la cara, no porque pensara que era mentira, sino porque comprendió que su hija no se detendría ante ningún medio con tal de herirlos. Y Toya gritó, gritó lo más alto que pudo, que los odiaba a todos. Entonces llegó su padre del salón, con el periódico en la mano; y ella les vio en la cara que sabían que, al decir aquello, no mentía.

¿Seguía odiándolos después de muertos? Lo ignoraba. No. Hoy no odiaba a nadie. No era esa la razón por la que hacía lo que estaba haciendo. Era por diversión, sí. Y por la indecencia. Y porque la gente lo consideraba irresistiblemente prohibido.

Le pagó al taxista con doscientas coronas y una sonrisa y le dijo que se quedara con el cambio, pese al hedor que había en el coche. Y hasta que el taxi no se fue, no cayó en la cuenta de por qué el taxista la miraba tanto por el retrovisor. No era el coche el que apestaba, sino ella.

¡Mierda!

Raspó la suela de cuero de la bota campera de tacón alto en el borde de la acera, donde aparecieron unas rayas marrones. Echó una ojeada a su alrededor en busca de un charco, pero en Oslo llevaban casi cinco semanas sin charcos.

Se dio por vencida, se fue hasta la puerta y llamó al timbre.

—¿Sí?

—Soy Venus —anunció melosa.

Sonrió para sus adentros.

—Y aquí está Pigmalión —respondió la voz desde dentro.

¡Ese era el nombre!

La cerradura emitió un zumbido metálico. Ella vaciló un instante. Última posibilidad de retirada. Con un golpe de melena, tiró de la puerta.

Él estaba esperándola en el umbral con una copa en la mano.

—¿Hiciste lo que te dije? —preguntó él—. ¿No le dijiste a nadie dónde ibas?

—Pues claro, ¿estás loco?

Toya alzó la vista al cielo con los ojos en blanco.

—Puede —respondió él abriendo la puerta del todo—. Entra y saluda a Galatea.

Toya se rió, pese a que no entendía lo que quería decir. Se rió aun a sabiendas de que algo terrible iba a suceder.

Harry encontró aparcamiento bajando por la calle Markveien, apagó el motor y salió del coche.

Encendió un cigarrillo y miró a su alrededor. No había nadie por las calles, se diría que todos se habían resguardado en sus casas. Las nubes de la tarde, de un blanco inocente, se habían desdoblado en el cielo y se habían convertido en una moqueta azul grisáceo.

Siguió las pintadas de las fachadas de los edificios hasta que llegó a la altura de la puerta. Se dio cuenta de que no le quedaba del cigarrillo más que el filtro y lo tiró. Llamó y aguardó un instante. Era tal el bochorno que le sudaban las manos. ¿O sería el miedo? Miró el reloj y tomó nota de la hora.

–¿Sí? –La voz parecía irritada.

–Buenas noches, soy Harry Hole.

Ninguna respuesta.

–De la policía –añadió.

–Por supuesto. Lo siento, tenía la cabeza en otro sitio. Adelante.

Sonó el portero automático.

Harry subió las escaleras a grandes zancadas lentas.

Ambas lo esperaban en la puerta.

–Madre mía –dijo Ruth–. Está a punto de empezar.

Harry se detuvo delante de ellas en el rellano.

–La lluvia –añadió el Águila de Trondheim a modo de explicación.

–Ah, bien –respondió Harry frotándose las manos en los pantalones.

–¿En qué podemos ayudarte, Hole?

–A atrapar al mensajero asesino –respondió Harry.

Toya se hallaba tumbada en la cama, en posición fetal, contemplándose a sí misma en la puerta de espejo suelta que había apoyada en la pared. Se oía la ducha en el piso de abajo. Él la estaba eliminando de su cuerpo. Se dio la vuelta. El colchón se adaptaba con suavidad a su cuerpo. Observó la foto. Sonreían a la cámara. De vacaciones. En Francia, posiblemente. Acarició la funda fresca del edredón. Su cuerpo también estaba frío. Frío y duro y musculoso, para ser tan viejo. Sobre todo el culo y los muslos. Según le dijo, se debía a que había sido bailarín. Y se pasó quince años entrenando aquellos muslos a diario, los músculos nunca desaparecerían.

Toya miró el cinturón negro de sus pantalones que estaban en el suelo.

Quince años. Nunca desaparecerían.

Se dio la vuelta, se tumbó de espaldas y se colocó un poco más arriba en la cama. Se oía el burbujeo del agua en el interior del colchón de goma. Sin embargo, a partir de ahora, todo sería diferente. Toya se había vuelto aplicada. Buena. Justo como querían mamá y papá. Se había convertido en Lisbeth.

Toya apoyó la cabeza en la pared y se hundió más en el colchón. Algo le hacía cosquillas entre los omoplatos. Era como estar tumbada en un barco que navegaba por un río. A saber de dónde le había venido aquel pensamiento.

Willy le había preguntado si no le importaría usar un consolador mientras él miraba. Ella se encogió de hombros. Ser buena. Él abrió la caja de las herramientas. Toya tenía los ojos cerrados y, aun así, vio los jirones de luz filtrándose por las paredes del granero. Y cuando él se corrió en su boca, le supo a silo. Pero no dijo nada. Ser aplicada.

Igualmente, fue una chica aplicada mientras Willy la instruía para que aprendiera a hablar y a cantar como su hermana. A caminar y a sonreír como ella. Willy les dio a los maquilladores una foto de Lisbeth y les dijo que quería que Toya tuviese el mismo aspecto. Lo único que no había conseguido era reír como Lisbeth, así que Willy le había pedido que no riera. En alguna ocasión se preguntó cuánto de aquel esfuerzo eran exigencias del guión y del papel de Eliza Doolittle y cuánto respondía al anhelo desesperado de Willy por Lisbeth. Y ahora que estaba acostada en aquella cama, se preguntaba si aquello no tendría que ver también con Lisbeth, tanto para Willy como para ella. ¿Qué fue lo que dijo Willy? El deseo busca el nivel más bajo.

Notaba una presión entre los omoplatos otra vez y se retorció molesta.

Para ser sincera, Toya no echaba mucho de menos a Lisbeth. No es que no le hubiera impresionado como a todo el mundo la noticia de la desaparición, pero el suceso le había abierto alguna que otra puerta. La habían entrevistado y su grupo, Spinnin' Wheel, acababa de recibir la oferta de dar una serie de conciertos en memoria de Lisbeth. Y después, el papel principal de *My Fair Lady*. Que, además, prometía ser un éxito. En la fiesta del estreno, Willy dijo que debía prepararse para ser famosa. Una estrella. Una diva. Se metió la mano por la espalda. ¿Qué era aquello que la molestaba? Allí había un bulto. Debajo de la sábana. Si apretaba, desaparecía, pero cuando soltaba, allí estaba otra vez. Tenía que averiguar qué era.

—¿Willy?

Iba a gritar más alto para hacerse oír pese al ruido de la ducha, cuando recordó que Willy le había insistido en que debía descansar la voz. Porque después de aquel día libre, tendrían que actuar todas las noches de la semana. Cuando llegó, él le dijo que no hablara. A pesar de que, antes de la cita, le advirtió que quería repasar un par de frases que no habían salido perfectas y le pidió que se maquillara como Eliza, por lo del realismo.

Toya sacó la sábana de debajo del colchón de agua y la retiró. No había ningún protector debajo, solo el colchón azul de goma semitransparente. Pero ¿qué era lo que le presionaba la espalda? Puso la mano sobre el colchón. Allí estaba, debajo de la goma. Solo que no se veía nada. Extendió el brazo, encendió la lámpara de la mesilla y la orientó para que enfocara el lugar exacto. El bulto había desaparecido. Puso la mano sobre la goma y esperó. Y, en efecto, volvió a emerger muy despacio al cabo de un instante. Toya comprendió que debía de ser algo que se hundía cuando lo empujaba y que luego subía de nuevo. Deslizó la mano por la superficie.

Al principio solo vio el contorno que se recortaba debajo de la goma. Como un perfil. No, no *como* un perfil. *Era* un perfil. Toya estaba boca abajo. Se le cortó la respiración. Porque ahora lo notaba. A lo largo de todo el estómago y hasta los pies. Había un cuerpo entero allí dentro. Un cuerpo que la fuerza de flotación empujaba hacia ella al mismo tiempo que la gravedad tiraba de ella hacia abajo, como si fueran dos personas intentando convertirse en una sola. Y a lo mejor ya lo eran. Porque mirar aquello era como mirar en un espejo.

Quería gritar. Quería estropear la voz. No quería ser buena. Quería volver a ser Toya. Pero no lo consiguió. Solo alcanzaba a ver la cara pálida y azul de su hermana que la miraba con unos ojos sin pupilas. Y oía la ducha, que sonaba como una tele al acabar la emisión. Y el repiqueteo de las gotas en el parqué, a su espalda, a los pies de la cama, que le decía que Willy ya no estaba en la ducha.

–No puede ser él –dijo Ruth–. No... no puede ser.

–La última vez que estuve aquí dijisteis que habíais pensado en andar por el tejado hasta la casa de Barli para espiarlo –recordó Harry–. Y que deja abierta la puerta de la terraza todo el verano. ¿Estáis seguras de eso?

–Sí, pero ¿no puedes llamar simplemente al timbre? –preguntó el Águila de Trondheim.

Harry negó con la cabeza.

–Sospecharía. Y no podemos arriesgarnos a que se escape. Tengo que cogerlo esta noche, si no es demasiado tarde.

–¿Demasiado tarde para qué? –preguntó el Águila de Trondheim entornando un ojo.

–Escucha, todo lo que os pido es que me prestéis vuestra terraza para subir al tejado.

–¿De verdad que serás solo tú, sin más colegas? –quiso saber el Águila de Trondheim–. ¿Y no tienes una orden de registro o algo así?

Harry negó con la cabeza.

–Sospecha fundada –dijo–. No es necesaria la orden.

Sobre la cabeza de Harry resonó agorero un trueno discreto. El canalón que discurría por encima de la terraza estuvo un día pintado de amarillo, pero la mayor parte de la pintura se había descascarillado y había dejado al descubierto grandes áreas oxidadas. Harry se agarró con las dos manos y tiró con cuidado para ver si estaba bien sujeto. El canalón cedió con un sonido quejumbroso, un tornillo se soltó del hormigón y cayó al patio interior. Harry lo soltó con una imprecación. Como quiera que fuese, no tenía elección, de modo que puso los pies en la barandilla de la terraza y se irguió. Miró hacia abajo. Automáticamente, empezó a hiperventilar. La sábana que había tendida allá abajo parecía un pequeño sello blanco mecido por el viento.

Dio un salto y consiguió mantener el equilibrio y, pese a lo empinado del tejado, las gruesas suelas de sus Dr. Martens se agarraron bien a las tejas y pudo recorrer los dos pasos que lo separaban de la chimenea, a la que se abrazó como a un amigo añorado. Se puso derecho y miró a su alrededor. Vio el destello de un relámpago sobre la península de Nesoddlandet. Y el aire, que no soplaba cuando llegó, empezaba a levantarle levemente la chaqueta. Una sombra negra le pasó de repente por delante de la cara y se sobresaltó. La sombra se dirigió al patio. Una golondrina. Harry tuvo el tiempo justo de ver cómo se cobijaba debajo del alero.

Gateó hasta la cima del tejado y, con el objetivo puesto en una veleta negra que se hallaba a unos quince metros, respiró hondo y empezó a caminar balanceándose por el caballete con los brazos extendidos como un funambulista.

Había recorrido la mitad del trayecto cuando ocurrió.

Harry oyó un zumbido que, en un primer momento, creyó procedente de las copas de los árboles que se alzaban a sus pies. El sonido aumentó en intensidad al mismo tiempo que el tendedero del patio empezaba a girar con estruendo. Pero Harry aún no notaba el viento. Al cabo de un instante, lo alcanzó. Había concluido la etapa de sequía. Un golpe de viento le azotó el pecho como un alud de aire empujado por la gran cantidad de agua que caía. Se tambaleó, dio un paso atrás y se quedó haciendo equilibrios. Oía algo que se precipitaba hacia él sobre el tamborilear de las tejas. La lluvia. El diluvio universal. Caía a mares y, en un segundo, todo quedó anegado. Harry intentó recuperar el equilibrio, pero las suelas habían perdido la adherencia, era como pisar jabón. Resbaló y se abalanzó desesperado hacia la veleta. Los brazos extendidos, los dedos separados. La mano derecha arañaba las tejas mojadas en busca de algo a lo que aferrarse, pero no encontró nada. La gravedad se apoderó de él, las uñas arrancaban a las tejas el mismo sonido rugoso que emitía la hoja de una guadaña al pasarle la piedra de afilar: Harry se deslizaba hacia abajo. Oyó el chirrido agonizante del tendedero, notó el canalón en las rodillas, sabía que estaba a punto de salirse del borde y estiró el cuerpo en un intento desesperado de alargarlo, como si quisiera convertirse en una antena. Una antena. Consiguió agarrar algo con la mano izquierda. El metal cedió, se inclinó, se dobló. Amenazaba con acompañarlo en su caída hasta el patio. Pero aguantó.

Harry pudo sujetarse con ambas manos y tiró hacia arriba para subir. Se las arregló para enderezarse sobre las suelas de goma, pisó el tejado con fuerza y logró agarrarse. Con la lluvia enfurecida azotándole la cara, consiguió subirse al caballete del tejado, se sentó a horcajadas y respiró aliviado. El mástil de metal apuntaba en oblicuo hacia abajo. Algún vecino tendría dificultades para ver esa noche la reposición de *Beat for Beat*.

Harry aguardó a que el pulso recobrara el ritmo normal. Luego se levantó y continuó haciendo equilibrios. Le dio un beso a la veleta.

La terraza de Barli estaba empotrada en el tejado, por lo que resultaba fácil llegar de un salto a las baldosas rojas. Los pies aterrizaron con un chapoteo ahogado por el susurro del viento, por el burbujeo de los canalones a rebosar.

Habían metido las sillas dentro. La barbacoa se veía negra y muerta en un rincón. Pero la puerta de la terraza estaba entornada.

Harry se acercó de puntillas y aguzó el oído.

Al principio no oyó más que el repiqueteo de la lluvia en el tejado. Sin embargo, cuando entró sigiloso en el apartamento, percibió otro ruido, también de agua. Venía del baño del piso de abajo. La ducha. Por fin un poco de suerte. Harry se palpó el bolsillo de la chaqueta mojada donde tenía el cincel. Decididamente, sería preferible enfrentarse a un Barli desnudo y desarmado, sobre todo si aún conservaba la pistola que Sven le entregó el sábado en el Frognerparken.

Constató que la puerta del dormitorio estaba abierta. Sabía que, en la caja de herramientas que se hallaba junto a la cama, había una navaja lapona. Avanzó de puntillas hasta la puerta y entró rápidamente.

La habitación estaba a oscuras, solo iluminada por la lámpara de lectura de la mesilla. Harry se colocó a los pies de la cama y dirigió la mirada a la pared donde colgaba la foto de Willy y de una Lisbeth sonriente en el viaje de novios, delante de un edificio antiguo y majestuoso y de una estatua ecuestre. Una foto que, como Harry ya sabía, no se hicieron en Francia. Según Sven, cualquier persona con estudios medios debería reconocer la estatua del héroe nacional checo Václav, que se yergue delante del Museo Nacional, en la plaza Wenceslao de Praga.

Ya se le había habituado la vista a la oscuridad. Miró hacia la cama y se quedó de piedra. Contuvo la respiración y permaneció estático, como un muñeco de nieve. El edredón estaba en el suelo y la sábana medio retirada dejaba al descubierto la goma azul del colchón. Encima había una persona desnuda, apoyada en los codos. Parecía dirigir la mirada hacia el punto del colchón sobre el que incidía el haz de luz de la lamparita.

La lluvia del tejado ejecutó unos compases finales antes de cesar de repente. Era obvio que aquella persona no había oído entrar a Harry en la habitación, pero este tenía el mismo problema que un muñeco de nieve en el mes de julio: goteaba. El agua le caía de la chaqueta para estrellarse contra el suelo de parqué, con lo que a Harry se le antojaba como un estruendo terrible.

La persona que yacía en la cama se quedó rígida. Y se dio la vuelta. En primer lugar, la cabeza. Luego el resto del cuerpo desnudo.

Lo primero en lo que Harry reparó fue en el pene erguido que oscilaba de un lado a otro como un metrónomo.

—¡Dios mío! ¿Harry?

La voz de Willy Barli sonó atemorizada y aliviada al mismo tiempo.

41

Lunes. *Happy ending*

–Buenas noches.

Rakel besó a Oleg en la frente y lo tapó bien con el edredón. Bajó las escaleras, se sentó en la cocina y se puso a contemplar la lluvia.

A Rakel le gustaba la lluvia. Refrescaba el aire y limpiaba todo lo viejo. Brindaba un nuevo comienzo. Eso era lo que necesitaba. Un nuevo comienzo.

Se dirigió a la puerta de entrada y comprobó que estaba cerrada con llave. Era la tercera vez que lo hacía aquella noche. ¿De qué tenía miedo, en realidad?

Encendió la tele.

Había un programa musical o algo parecido. Tres personas sentadas al mismo piano. Se sonreían unos a otros. Como una familia, pensó Rakel.

Un trueno rasgó el aire y la sobresaltó.

–No sabes el susto que acabas de darme.

Willy Barli meneaba la cabeza. La erección continuaba, aunque iba atenuándose.

–Me lo puedo imaginar –dijo Harry–. Ya que he utilizado la puerta de la terraza, quiero decir.

—No, Harry. No te puedes hacer una idea.

Willy se asomó por el borde de la cama, cogió el edredón del suelo y se lo puso por encima.

—Parece que te estás duchando —dijo Harry.

Willy negó con la cabeza e hizo una mueca.

—Yo no —dijo.

—Entonces ¿quién?

—Tengo visita. Es… una mujer.

Sonrió con picardía y señaló con la cabeza hacia una silla donde se veía una falda de ante, un sujetador negro y una sola media negra con un borde elástico.

—La soledad vuelve débiles a los hombres. ¿No es verdad, Harry? Buscamos consuelo donde creemos que lo vamos a encontrar. Algunos en la botella. Otros… —Willy se encogió de hombros—. No nos importa equivocarnos, ¿verdad? Pues sí, Harry, tengo remordimientos.

Harry distinguió en la penumbra unas líneas en la mejilla de Willy.

—¿Me prometes que no se lo dirás a nadie, Harry? He cometido un error.

Harry se acercó a la silla, colgó la media en el respaldo y se sentó.

—¿A quién iba a decírselo, Willy? ¿A tu mujer?

De repente, un rayo inundó de luz la habitación, seguido del retumbar de un trueno.

—Pronto la tendremos encima —advirtió Willy.

—Sí. —Harry se pasó una mano por la frente mojada.

—Bueno, ¿qué querías?

—Creo que ya lo sabes, Willy.

—Dilo de todos modos.

—Hemos venido a buscarte.

—¿«Hemos»? No. Estás solo, ¿verdad? Completamente solo.

—¿Qué te hace pensar eso?

—Tu mirada. El lenguaje corporal. Harry, soy un buen conocedor del género humano. Has entrado en mi casa a hurtadillas, contando con el factor sorpresa. Así no se ataca cuando se caza en manada, Harry. ¿Por qué estás solo? ¿Dónde están los demás? ¿Alguien sabe que estás aquí?

—Eso no es relevante. Y supongamos que estoy solo. En cualquier caso, tienes que afrontar el hecho de haber matado a cuatro personas.

Barli se llevó el dedo índice a los labios, como si estuviera cavilando, mientras Harry decía los nombres:

—Marius Veland. Camilla Loen. Lisbeth Barli. Barbara Svendsen. Willy se quedó un rato absorto, con la mirada perdida. Luego asintió despacio con la cabeza y retiró el dedo de la boca.

—¿Cómo lo has averiguado, Harry?

—Cuando comprendí el porqué. Celos. Querías vengarte de ambos, ¿no es cierto? Cuando te enteraste de que Lisbeth se había visto con Sven Sivertsen durante vuestro viaje de novios a Praga.

Willy cerró los ojos e inclinó la cabeza hacia atrás. Se oyó un chapoteo debajo del colchón.

—No entendí que esa foto en que aparecéis juntos Lisbeth y tú era de Praga hasta el momento en que vi la misma estatua en una foto que me han enviado hoy por correo electrónico desde la capital checa.

—¿Y entonces lo comprendiste todo?

—Bueno. La primera vez que se me ocurrió rechacé la idea por absurda. Pero luego empezó a parecerme sensata. O todo lo sensata que puede ser la locura. Pensé que el mensajero ciclista no era un asesino con fijaciones sexuales, sino alguien que lo había escenificado todo para que lo pareciera. Y que solo había un hombre capaz de hacerlo. Un profesional. Alguien para quien fuese su oficio y su pasión.

Willy abrió un ojo.

—A ver si lo he entendido bien: ¿insinúas que ese individuo planeó matar a cuatro personas solo para vengarse de una?

—De las cinco víctimas elegidas, tres lo fueron al azar. Hiciste que los lugares de los crímenes parecieran seleccionados por la posición aleatoria del pentagrama, pero en realidad habías dibujado la cruz desde dos puntos. Tu propia dirección y el chalé de la madre de Sven Sivertsen. Una geometría interesante, aunque sencilla.

—¿De verdad crees en esa teoría tuya, Harry?

—Sven Sivertsen no había oído hablar de ninguna Lisbeth Barli. Pero ¿sabes qué, Willy? Hace un rato, cuando le dije que su nombre de soltera era Lisbeth Harang, la recordó perfectamente.

Willy no contestó.

—Lo único que no entiendo —continuó Harry— es por qué esperaste tantos años para vengarte.

Willy se sentó en la cama.

—Vamos a partir del hecho de que no entiendo qué estás insinuando, Harry. No me gustaría crear una situación comprometida para ambos proporcionándote una confesión. Pero, dado que me encuentro en la feliz tesitura de saber que te es imposible demostrar absolutamente nada, no tengo inconveniente en hablar un poco. Ya sabes que aprecio a la gente que sabe escuchar.

Harry se movió algo inquieto en la silla.

—Sí, Harry, es cierto, estoy al corriente de que Lisbeth mantuvo una relación con ese hombre. Pero no lo descubrí hasta esta primavera.

Había empezado a llover de nuevo y las gotas tamborileaban tenues sobre las ventanas del tejado.

—¿Te lo contó ella?

Willy negó con la cabeza.

—Nunca lo habría hecho. Procedía de una familia donde no tenían costumbre de hablar. Probablemente no habría salido a la luz si no hubiésemos reformado el apartamento. Encontré una carta.

—¿Y qué?

—La pared exterior de su despacho está sin aislar, es el paramento original de cuando se construyó el edificio, a finales del siglo pasado. Es sólida pero se vuelve gélida durante el invierno. Yo insistí en revestirla de madera y poner un aislamiento interior. Lisbeth protestó. Me extrañó, porque es una chica práctica que se ha criado en una granja, y no el tipo de persona que se pone sentimental por una pared vieja. Así que un día que ella estaba fuera examiné la pared. No encontré nada hasta que retiré su escritorio. A simple vista, no se apreciaba nada fuera de lo normal, pero fui empujando cada uno de los ladrillos hasta que uno de ellos cedió. Tiré de él y se soltó. Lisbeth había camuflado las grietas de alrededor con cal gris. En el hueco del ladrillo encontré dos cartas. Iban dirigidas a Lisbeth Harang, a una dirección de apartado postal cuya existencia yo ignoraba. Mi primera reacción fue que debía devolver las cartas a su sitio sin leerlas y convencerme de que nunca las había visto. Pero soy un hombre débil. No pude. «Querida, te llevo siempre en mi pensamiento. Aún siento tus labios en los míos, tu piel en mi piel.» Así comenzaban.

Un nuevo chapoteo resonó en la cama.

–Aquellas frases me herían como un látigo, pero continué leyendo. Era muy extraño porque tenía la sensación de haber escrito cada palabra yo mismo. Cuando hubo terminado de contarle lo mucho que la quería, pasó a describir con todo lujo de detalles lo que hicieron en la habitación del hotel de Praga. Sin embargo, lo que más dolor me causó no fue la descripción de la pasión, sino el hecho de que la citara en aspectos de nuestra relación que, obviamente, ella le había contado. Por ejemplo, que «para ella solo era una solución práctica a una vida sin amor». ¿Puedes imaginarte cómo te afecta una cosa así, Harry? Cuando descubres que la mujer a la que quieres no solo te ha engañado, sino que nunca te ha querido. El no ser amado, ¿no es la definición de una vida malograda?

–No –respondió Harry.

–¿No?

–Sigue, por favor.

Willy lo miraba extrañado.

–Le mandaba una foto de él. Me figuro que ella le suplicó que lo hiciera. Lo reconocí. Era el noruego que nos encontramos en el café de Perlová, una calle de Praga de reputación algo dudosa, con putas y burdeles más o menos camuflados. Estaba sentado en la barra cuando entramos. Me fijé en él porque parecía uno de esos caballeros maduros y distinguidos que la firma Boss utiliza como modelos. Vestía con elegancia y, en realidad, era algo mayor. Pero con esos ojos jóvenes y juguetones que obligan a los maridos a vigilar bien a sus mujeres. De modo que no me sorprendió demasiado cuando, al cabo de un rato, el hombre se acercó a nuestra mesa, se presentó en noruego y nos preguntó si queríamos comprarle un collar. Rechacé la oferta educadamente, pero aun así lo sacó del bolsillo y se lo enseñó a Lisbeth. Ni que decir tiene que ella por poco se desmaya y, claro está, dijo que le encantaba. El colgante era un diamante rojo en forma de estrella de cinco puntas. Le pregunté entonces cuánto pedía por la joya, pero me dio un precio tan ridículamente alto que solo se podía tomar como una provocación, así que le pedí que se marchara. Me sonrió como si acabara de ganar un premio, anotó la dirección de otro café en un trozo de papel y nos dijo que, si cambiábamos de opinión, podíamos acudir allí al día siguiente a la misma hora. El papel con la dirección se lo entregó a Lisbeth, naturalmente. Recuerdo que estuve de mal humor el resto de la mañana. Pero luego me olvidé del asunto. Lisbeth sabía hacerte olvidar. A veces lo conseguía del todo...

Willy se frotó el ojo con el dedo índice.

—... con su presencia.

—Ya. ¿Qué ponía en la otra carta?

—Era una carta que había escrito ella misma y que, obviamente, había intentado enviarle. Pero el sobre tenía un sello de devolución de Correos. Le decía que había intentado ponerse en contacto con él de todas las formas posibles, pero que nadie contestaba en el número de teléfono que él le había facilitado y que ni la información telefónica ni el registro de direcciones de Praga habían conseguido dar con él. Le decía que esperaba que la carta le llegase de alguna manera y le preguntaba si había tenido que abandonar Praga. ¿Acaso no había salido de las dificultades económicas que lo obligaron a pedirle que le prestara dinero?

Willy soltó una carcajada hueca.

—En ese caso, le decía que no dudara en ponerse en contacto con ella, que volvería a ayudarle. Porque lo quería. No pensaba en otra cosa. Aquella separación la enloquecía. Que creyó que se le pasaría con el tiempo, pero que se había extendido como una enfermedad que le causaba dolor en cada poro de la piel. Y, sin duda, algunos centímetros le dolerían más que otros porque, según decía, cuando le permitía a su marido, es decir, a mí, que hiciera el amor con ella, cerraba los ojos e imaginaba que era él. Comprenderás que me llevé un disgusto muy grande. Sí, me quedé paralizado. Pero no me caí muerto hasta ver la fecha del matasellos del sobre.

Willy cerró los ojos con fuerza.

—La había enviado en febrero. De este año.

Otro relámpago proyectó en las paredes unas sombras que se rezagaron en su superficie como espectros de luz.

—¿Qué hace uno en semejante situación? —preguntó Willy.

—Sí, ¿qué hace uno?

En la cara de Willy se dibujó una sonrisa tristona.

—Lo que yo hice fue preparar un poco de foie gras con un vino blanco dulce. Cubrí la cama de rosas e hicimos el amor toda la noche. De madrugada, cuando se durmió, me quedé mirándola. Sabía que no podía vivir sin ella. Pero también sabía que, para hacerla mía de nuevo, primero tenía que perderla.

—Y empezaste a planearlo todo. A escenificar cómo ibas a matar a tu mujer inculpando a un tiempo al hombre que ella amaba.

Willy se encogió de hombros.

—Me entregué a la tarea como si de una representación normal se tratara. Como todo hombre de teatro, sé que lo más importante es la ilusión. La mentira debe parecer tan veraz que la verdad se presente como poco probable. Puede que suene difícil de conseguir, pero, en mi profesión, uno se da cuenta enseguida de que, por lo general, resulta más fácil que lo contrario. La gente está más acostumbrada a la mentira que a la verdad.

—Ya. Cuéntame cómo lo hiciste.

—¿Por qué iba a arriesgarme a hacer eso?

—De todos modos, no puedo utilizar nada de lo que digas ante un tribunal. No tengo testigos y he entrado en tu apartamento de forma ilegal.

—No, pero eres un tío listo, Harry. No voy a decir nada que puedas utilizar en la investigación.

—Puede ser. Pero me da la impresión de que estás dispuesto a correr ese riesgo.

—¿Por qué?

—Porque tienes ganas de contarlo. Te mueres por contarlo. No tienes más que oírte.

Willy Barli soltó una carcajada.

—Así que crees que me conoces, ¿no, Harry?

Harry negó con la cabeza mientras buscaba el paquete de cigarrillos. En vano. Lo habría perdido cuando estuvo a punto de caerse en el tejado.

—No te conozco, Willy. No conozco a la gente como tú. Llevo quince años trabajando con asesinos y solo sé una cosa: todos buscan alguien a quien contárselo. ¿Te acuerdas de lo que me hiciste prometer en el teatro? Que encontrase al asesino. Bueno, pues he cumplido mi promesa. Así que te propongo un trato. Tú me cuentas cómo lo hiciste y yo te doy las pruebas que tengo contra ti.

Willy miró a Harry estudiándolo con detenimiento. Pasó una mano por encima del colchón de goma.

—Tienes razón, Harry. Quiero contarlo. Mejor dicho, quiero que tú lo comprendas. Por lo que conozco de ti, creo que serías capaz de comprender. El caso es que llevo siguiéndote desde que empezó este asunto.

Willy se rió al ver la expresión de Harry.

—Eso no lo sabías, ¿verdad?

Harry se encogió de hombros.

—Tardé más de lo que había pensado en localizar a Sven Si-vertsen —dijo Willy—. Hice una copia de la foto que le había dado a Lisbeth y me fui a Praga. Me pasé por casi todos los cafés y bares de Mustek y Perlová, iba enseñando la foto y preguntando si alguien conocía a un noruego llamado Sven Sivertsen. Sin éxito. Pero era evidente que algunas de las personas a las que pregunté sabían más de lo que querían decir. Así que, al cabo de unos días, cambié de táctica. Empecé a preguntar si conocían a alguien que pudiese procurarme unos diamantes rojos que, según tenía entendido, era fácil conseguir en Praga. Me presenté como un danés coleccionista de diamantes de nombre Peter Sandmann, y di a entender que estaba dispuesto a pagar muy bien por una variante tallada como un pentágono. Facilité el nombre del hotel donde me hospedaba. A los dos días sonó el teléfono de mi habitación. Reconocí su voz enseguida. Distorsioné la mía y le hablé en inglés. Dije que estaba negociando otra compra de diamantes y le pregunté si podía llamarlo más tarde aquella misma noche. Si me daba un número donde pudiera localizarlo… Noté que se esforzaba por aparentar menos interés del que tenía en realidad y comprendí lo fácil que sería quedar con él esa misma noche en un callejón oscuro. Pero tuve que dominarme, como el cazador cuando tiene la pieza en la mira, pero debe esperar a que todo sea perfecto. ¿Comprendes?

Harry asintió despacio.

—Comprendo.

—Me dio un número de móvil. Al día siguiente volví a Oslo. Tardé una semana en saber cuanto necesitaba sobre Sven Sivertsen. Lo más fácil fue identificarlo. Había veintinueve Sivertsen en el censo, nueve de ellos tenían la edad adecuada y, de esos nueve, solo uno no tenía domicilio fijo en Noruega. Anoté la última dirección conocida, me facilitaron el número en el servicio de información telefónica y llamé. Contestó al teléfono una señora mayor. Me dijo que Sven era su hijo, pero que hacía muchos años que no vivía con ella. Le dije que yo, junto con otros compañeros de su clase de primaria, estábamos intentando localizar a todo el mundo para celebrar un aniversario. La mujer me dijo que Sven vivía en Praga, pero que viajaba mucho y que no tenía domicilio ni teléfono fijo. Además, dudaba de que tuviera ganas de ver a sus compañeros de clase. ¿Cómo había dicho que me llamaba? Le contesté que solo había estado en su clase medio curso y que no era seguro que se acordara de mí. Y que, de acordarse, sería porque yo, en aquella época, tuve algún problema con la policía. ¿Era cierto el rumor de que Sven también los tuvo? La voz de la mujer resonó algo chillona cuando me contestó que de eso hacía ya mucho tiempo y que no era de extrañar que Sven fuera entonces tan rebelde teniendo en cuenta cómo lo tratábamos. Pedí perdón de parte de la clase, colgué y llamé al juzgado. Dije que era periodista y pregunté si podían buscar las sentencias contra Sven Sivertsen. Una hora más tarde ya tenía una idea bastante clara de a qué se dedicaba Sivertsen en Praga. Tráfico de diamantes y de armas. Y en mi cabeza empezó a fraguarse un plan construido en torno a lo que acababa de averiguar: que era contrabandista. Los diamantes en forma de pentágono. Las armas. Y la dirección de su madre. ¿Empiezas a ver las conexiones?

Harry no contestó.

—Cuando volví a llamar a Sven Sivertsen, habían pasado tres semanas desde mi visita a Praga. Hablé noruego con mi voz normal, fui derecho al grano. Le dije que llevaba tiempo buscando a una persona capaz de suministrarme armas y diamantes sin intermediarios y que creía haberla encontrado en él. Me preguntó cómo había conseguido su nombre y su número, pero le contesté que mi discreción también le sería útil a él y propuse que no nos hiciéramos preguntas innecesarias. No le pareció del todo bien y nuestra conversación estuvo a punto de naufragar hasta que mencioné la suma que estaba dispuesto a pagar por la mercancía. Por anticipado y a una cuenta suiza si así lo quería. Incluso tuvimos ese intercambio de frases de cine donde él preguntaba si hablaba de coronas noruegas, y yo, con un tono de leve sorpresa, le decía que, por supuesto, hablábamos de euros. Sabía que la suma excluiría por sí sola la sospecha de que yo fuera agente de policía. Los gorriones como Sivertsen no se cazan con cañones tan caros. Dijo que quizá fuera factible y yo le dije que volvería a ponerme en contacto con él.

»Así que mientras estábamos en pleno apogeo de los ensayos de *My Fair Lady*, me puse manos a la obra con los últimos retoques. ¿Es suficiente, Harry?

Harry negó con la cabeza. El rumor de la ducha. ¿Cuánto tiempo pensaba quedarse allí esa mujer?

—Quiero conocer los detalles.

—Se trata de detalles técnicos, más que nada —dijo Willy—. ¿No te resultarán aburridos?

—A mí no.

—*Very well*. Ante todo, tenía que crear un personaje para Sven Sivertsen. Lo más importante cuando se va a desenmascarar un carácter ante el público es mostrar lo que motiva a ese personaje, cuáles son sus deseos y sus sueños. En resumen, qué lo mueve. Decidí que tenía que mostrarme como un asesino sin un motivo racional, pero sí con un deseo sexual de cometer asesinatos rituales. Algo banal, quizá, pero aquí lo fundamental era que todas las víctimas excepto la madre de Sivertsen debían parecer elegidas al azar. Leí un montón sobre asesinatos en serie y encontré un par de detalles curiosos que decidí utilizar. Por ejemplo, lo de la fijación maternal de los asesinos en serie y la elección de los lugares de los crímenes de Jack el Destripador, que los investigadores tomaron por una clave. Así que me fui a la oficina de planificación urbana y compré un plano fiel del centro de Oslo. Cuando llegué a casa dibujé una línea recta desde nuestro edificio de la calle Sannergata hasta la casa de la madre de Sven Sivertsen. A partir de esta única línea dibujé un pentagrama exacto y encontré las direcciones que se hallaban más cerca de las puntas de la estrella. Y reconozco que me daba una subida de adrenalina poner la punta del lápiz en el mapa y saber que allí, precisamente allí, vivía una persona cuyo destino yo acababa de sellar.

»Las primeras noches fantaseaba sobre quiénes serían, qué aspecto tendrían y cómo habría sido su vida hasta aquel momento. Pero pronto me olvidé de ellos, porque no eran importantes, estaban entre bastidores, eran extras sin diálogos.

—Material de construcción.

—¿Cómo dices?

—Nada. Continúa.

—Ya sabía que los diamantes de sangre y las armas podían rastrearse hasta la persona de Sven Sivertsen cuando lo hubieran cogido. Para reforzar la impresión del asesinato ritual, metí los señuelos de los dedos cortados, fijé cinco días entre cada asesinato, la hora, a las cinco, y el piso, el quinto.

Willy sonrió.

—No quería ponerlo demasiado fácil, pero tampoco demasiado difícil. Y debía ser un poco divertido. Las buenas tragedias siempre tienen humor, Harry.

Harry se dijo que más valía quedarse quieto.

—Recibiste la primera arma unos días antes del primer asesinato, ¿verdad? El de Marius Veland.

—Sí. Hallé la pistola en el cubo de basura del Frognerparken, tal como habíamos acordado.

Harry respiró hondo.

—¿Y cómo fue, Willy? ¿Cómo fue eso de matar?

Willy arrugó los labios en ademán reflexivo.

—Pues… tienen razón quienes afirman que la primera vez es la más difícil. Entrar en el bloque de apartamentos no me planteó ningún problema, pero tardé mucho más de lo calculado con el soplete para soldar la bolsa de goma en la que lo metí. Y aunque me había pasado media vida levantando bailarinas noruegas bien alimentadas, fue un trabajo duro llevar el cadáver del chico al desván.

Pausa. Harry carraspeó.

—¿Y después?

—Después me fui en bicicleta hasta el Frognerparken para recoger la otra pistola y el diamante. Sven Sivertsen, ese medio alemán, resultó ser tan avaricioso y puntual como yo esperaba. El detalle de situarlo en el Frognerparken a la hora de cada asesinato estaba muy bien ingeniado, ¿no te parece? Al fin y al cabo, él también cometía un delito, de modo que era natural que procurase que no lo reconocieran y que nadie supiera dónde había estado. Simplemente, dejé que él mismo se encargase de no tener coartada.

—Estupendo —dijo Harry pasándose el dedo índice por las cejas aún mojadas.

Tenía la sensación de que todo exhalaba vaho y humedad, como si el agua entrase desde la terraza y la ducha a través de las paredes y el techo.

—Solo que todo eso ya lo había pensado yo, Willy. Cuéntame algo que no sepa. Háblame de tu mujer. ¿Qué hiciste con ella? Los vecinos te vieron salir a la terraza en repetidas ocasiones, así que ¿cómo lograste sacarla del apartamento y esconderla antes de que llegásemos?

Willy sonrió.

—No lo contarás —dijo Harry.

—Para que una obra maestra conserve parte de su misterio, su autor no debe revelar los detalles.

Harry dejó escapar un suspiro.

—De acuerdo, pero, por favor, cuéntame por qué lo complicaste tanto. ¿Por qué no matar sencillamente a Sven Sivertsen? Tuviste la oportunidad en Praga. Habría sido mucho más simple y menos arriesgado que asesinar a tres personas inocentes, además de a tu mujer.

—En primer lugar, porque necesitaba un chivo expiatorio. Si Lisbeth hubiera desaparecido y el caso hubiera quedado sin resolver, todo el mundo habría sospechado de mí. Porque siempre es el marido, ¿no es cierto? Pero la razón principal es que el amor es sediento, Harry. Necesita beber. Agua. Sed de venganza. Es una buena expresión, ¿no? Tú comprendes de qué hablo, Harry. La muerte no es una venganza. La muerte es una liberación, un *happy ending*. Lo que yo quería para Sven Sivertsen era una auténtica tragedia, un sufrimiento sin punto final. Y lo he conseguido. Sven Sivertsen se ha convertido en una de esas almas en pena que deambulan por las orillas de la laguna Estigia, y yo soy Caronte, el barquero que se negó a trasladarlo al reino de los muertos. ¿Es esto griego para ti? Lo he condenado a vivir, Harry. Debe consumirlo el odio como me ha consumido a mí. Odiar sin saber a quién dirigir ese sentimiento al final nos aboca a odiarnos a nosotros mismos, nuestro propio destino maldito. Eso es lo que pasa cuando te traiciona la persona que amas. O estar encerrado de por vida, condenado por algo que sabes que no has hecho. ¿Puedes imaginarte una venganza mejor, Harry?

Harry se aseguró de que aún tenía el cincel en el bolsillo.

Willy se rió. La siguiente frase le produjo a Harry una sensación de *déjà vu*.

—No es preciso que contestes, Harry, te lo veo en la cara.

Harry cerró los ojos y oyó la voz de Willy, que siguió hablando.

—No eres diferente a mí, también a ti te mueve ese deseo. Y el deseo siempre busca…

—… el nivel más bajo.

—El nivel más bajo. En fin, Harry, creo que ahora te toca a ti. ¿De qué prueba hablas? ¿Es algo que deba preocuparme?

Harry volvió a abrir los ojos.

—Antes tienes que decirme dónde está, Willy.

Willy soltó una risita y se llevó la mano al corazón.

—Está aquí.

—No digas tonterías —dijo Harry.

—Si Pigmalión fue capaz de amar a Galatea, la estatua de una mujer a la que nunca había visto, ¿por qué no iba yo a amar una estatua de mi mujer?

—No te sigo, Willy.

—No hace falta, Harry. Sé que no es fácil de entender para los demás.

En el silencio que siguió, Harry oyó el agua de la ducha correr con la misma fuerza. ¿Cómo iba a sacar del apartamento a aquella mujer sin perder el control de la situación?

La voz velada de Willy se mezcló con el rumor de los sonidos.

—Mi error fue creer que era posible hacer revivir a la estatua. Pero la responsable de ello no quería comprender que la ilusión es más intensa que lo que llamamos realidad.

—¿De quién estás hablando ahora?

—De la otra. De la Galatea viva, la nueva Lisbeth. Reconozco que debo conformarme y vivir con la estatua. Pero no importa.

Harry notó una sensación fría que le subía desde el estómago.

—¿Has tocado una estatua alguna vez, Harry? Es bastante fascinante sentir la piel de una persona muerta. Ni caliente ni fría.

Willy pasó la mano por el colchón azul.

Harry sintió que el frío lo paralizaba por dentro, como si alguien le hubiese puesto una inyección de agua helada. Y masculló con voz áspera:

—Sabes que estás acabado, ¿verdad?

Willy se estiró en la cama.

—¿Por qué iba a estarlo, Harry? Solo soy un cuentista que acaba de contarte una historia. No puedes probar absolutamente nada.

Extendió el brazo para alcanzar algo de la mesilla de noche. Harry se encogió al ver el destello de un objeto de metal. Willy lo alzó en el aire. Un reloj de pulsera.

—Es tarde, Harry. Digamos que ha terminado el horario de visitas. Será mejor que te marches antes de que ella termine de ducharse.

Harry se quedó sentado.

—Encontrar al asesino era solo la mitad de la promesa que me pediste que te hiciera, Willy. La otra mitad era que le diera el castigo que merecía. Que lo castigase duro. Y yo diría que me lo pediste en serio. Porque una parte de ti anhela el castigo, ¿no es así?

—Freud ya ha caducado, Harry. Igual que esta visita.

—¿No quieres oír cuál es la prueba que tengo?

Willy suspiró irritado.

—Si así consigo que te vayas…

—Realmente, debí comprenderlo cuando recibimos por correo el dedo de Lisbeth con el anillo de diamantes. El tercer dedo de la mano izquierda. *Vena amoris.* Ella era alguien cuyo amor ansiaba el asesino. Paradójicamente, resulta que fue ese dedo el que te descubrió.

—¿Me descubrió...?

—O, para ser exactos, los excrementos que había debajo de la uña.

—Con mi sangre. Sí, pero esas son noticias viejas, Harry. Y ya he explicado que nos gustaba...

—Sí, y cuando lo comprendimos, no se investigaron los excrementos más a fondo. Normalmente, tampoco hay mucho que encontrar en esas cosas. La comida que ingerimos tarda entre doce y veinticuatro horas en pasar desde la boca hasta el recto y, durante ese tiempo, el estómago y los intestinos la convierten en un residuo biológico irreconocible. Tanto que incluso a través del microscopio resulta difícil averiguar lo que ha comido una persona después de tantas horas. Aun así, hay algo que logra pasar sin ser destruido por el sistema digestivo. Las pepitas de uva y las...

—Por favor, ¿podrías ahorrarme la conferencia, Harry?

—... semillas. Encontramos dos semillas. Nada excepcional. De ahí que hasta hoy no haya pedido al laboratorio que analice las semillas más a fondo. Lo hice en cuanto comprendí quién podría ser el asesino. ¿Y sabes lo que han encontrado?

—Ni idea.

—Era una semilla entera de hinojo.

—¿Y qué?

—Hablé con el cocinero jefe del restaurante Theatercaféen. Tenías razón, es el único sitio de Noruega donde hacen el pan de hinojo con semillas enteras. Combina tan bien con...

—... con el arenque —dijo Willy—. Como ya sabes, suelo comerlo allí. ¿Adónde quieres ir a parar?

—Me dijiste que el miércoles que desapareció Lisbeth desayunaste arenque, como de costumbre, en el Theatercaféen. Entre las nueve y las diez de la mañana. Lo que me preocupa es cómo tuvo tiempo la semilla de llegar desde tu estómago hasta debajo de la uña de Lisbeth.

Harry aguardó hasta asegurarse de que Willy lo entendía.

–Según tu testimonio, Lisbeth salió del apartamento en torno a las cinco. En otras palabras, unas ocho horas después de tu desayuno. Supongamos que lo último que hicisteis antes de que ella saliera fue acostaros, y supongamos que ella te penetró con el dedo. Pero, con independencia de lo eficaces que puedan ser tus intestinos, no habrían conseguido transportar la semilla de hinojo a tu recto en ocho horas. Es una imposibilidad médica.

Harry pudo ver un ligero tic en el rostro incrédulo de Willy cuando pronunció la palabra «imposibilidad».

–La semilla de hinojo pudo haber llegado al recto a las nueve de la noche, como muy pronto –continuó Harry–. Así que el dedo de Lisbeth tuvo que entrar en tu recto en algún momento de aquella tarde o de aquella noche, si no al día siguiente, pero, como quiera que sea, después de que la denunciaras como desaparecida. ¿Comprendes lo que estoy diciendo, Willy?

Willy miró fijamente a Harry. O, más bien, miraba hacia Harry, pero tenía la vista pendiente de algún punto remoto.

–Es lo que llamamos una prueba técnica –dijo Harry.

–Comprendo. –Willy asintió despacio con la cabeza–. Una prueba técnica.

–Sí.

–¿Un hecho concreto e irrefutable?

–Correcto.

–Al juez y al jurado les encantan esas cosas, ¿no es así? Es mejor que una confesión, ¿verdad, Harry?

El policía asintió con la cabeza.

–Una farsa, Harry. Lo veo todo como una farsa. Con gente que entra y sale por las puertas. Yo procuré salir con ella a la terraza para que los vecinos nos vieran antes de pedirle que me acompañara al dormitorio. Una vez allí, saqué la pistola de la caja de herramientas y ella se quedó mirando el arma fijamente, sí, justo como en una farsa; con los ojos muy abiertos, miró el largo cañón del silenciador.

Willy había sacado la mano de debajo del edredón. Harry observó la pistola, el accesorio negro del cañón con que Willy le apuntaba.

—Vuelve a sentarte, Harry.

Al sentarse de nuevo en la silla, Harry sintió que el cincel se le clavaba en la espalda.

—Ella lo interpretó por el lado cómico. Y, verdaderamente, habría sido de un gran lirismo. Tenerla montando en mi mano mientras yo eyaculaba plomo caliente en el agujero donde ella había permitido que se corriera el otro.

Willy se levantó de la cama, que chapoteó a su espalda.

—Pero la farsa exige velocidad, velocidad, así que me vi obligado a un breve adiós.

Se colocó desnudo delante de Harry y levantó la pistola.

—Le puse la boca del cañón en la frente, que ella arrugó extrañada, como solía hacer cuando le parecía que el mundo era injusto o desconcertante. Como la noche en que le hablé del *Pigmalión* de Bernard Shaw, obra en la que se basa la de *My Fair Lady*. En ella, Eliza Doolittle no se casa con el profesor Higgins, el hombre que la educa y que transforma a la furcia que era en una mujer instruida, sino que se fuga con el joven Freddy. Lisbeth se indignó, porque, en su opinión, Eliza se lo debía al profesor y Freddy era un peso pluma sin interés. ¿Sabes qué, Harry? Lloré al oírla.

—Estás loco —susurró Harry.

—Obviamente —dijo Willy muy serio—. He cometido una acción monstruosa, por completo carente del control que poseen las personas cuya guía es el odio. Yo soy un hombre sencillo y no he hecho más que lo que me dictaba el corazón. Y me dictaba amor, ese amor que nos ha sido otorgado por Dios y que nos convierte en su herramienta. ¿No tildaron también de locos a Jesús y a los profetas? Por supuesto que estamos locos, Harry. Somos unos locos, y también los más cuerdos del mundo. Porque la gente dice que lo que he hecho es una locura y que debo tener el corazón enfermo, pero yo pregunto: ¿qué corazón está más enfermo, el que no puede parar de amar o el que, siendo amado, no es capaz de devolver amor?

Siguió un largo silencio. Harry carraspeó.

—Y luego le disparaste.

Willy asintió despacio con la cabeza.

—Se le hizo una pequeña abolladura en la frente —respondió con sorpresa en la voz—. Y un pequeño agujero negro. Como cuando se clava un clavo en una superficie de hojalata.

—Y después la escondiste. En el único lugar donde sabías que ni un perro policía daría con ella.

—Hacía calor en el apartamento —continuó Willy con la mirada perdida en un punto lejano, por encima de la cabeza de Harry—. Una mosca revoloteaba alrededor del marco de la ventana y me quité toda la ropa para no mancharla de sangre. Todo estaba listo en la caja de herramientas. Utilicé los alicates para cortarle el dedo corazón izquierdo. Luego la desnudé, saqué el aerosol con la espuma de silicona que utilicé para tapar rápidamente el agujero de la bala, la herida del dedo y otros orificios de su cuerpo. Ya había sacado parte del agua del colchón, así que solo estaba medio lleno. Apenas salieron unas gotas cuando la introduje por la abertura que había practicado previamente. Lo cerré enseguida con pegamento, goma y el soplete. Fue más fácil que la primera vez.

—¿Y la has tenido aquí todo el tiempo? ¿Enterrada en su propia cama de agua?

—No, no —respondió Willy pensativo, con la mirada siempre clavada en un punto impreciso—. No la he enterrado. Al contrario, la he introducido en un útero. Era el comienzo de su renacimiento.

Harry sabía que debía tener miedo. Que sería peligroso no tener miedo en aquel momento, que debería tener la boca seca y notar los latidos del corazón. No debía sentir aquel cansancio que empezaba a adueñarse de él.

—Y te metiste el dedo amputado en el ano —concluyó Harry.

—Ajá –asintió Willy–. Un escondite perfecto. Sabía que pensabais recurrir a los perros.

—Existen otros escondites que no huelen. Pero a lo mejor te proporcionó un deleite perverso, ¿no? ¿Qué hiciste con el dedo de Camilla Loen? El que le cortaste antes de matarla.

—Ah, sí, Camilla…

Willy asintió sonriente con la cabeza, como si Harry le hubiese traído a la memoria un recuerdo agradable.

—Eso debe permanecer en secreto entre ella y yo, Harry.

Willy soltó el seguro. Harry tragó saliva.

—Dame la pistola, Willy. Se terminó. No tiene sentido.

—Por supuesto que tiene sentido.

—¿Como cuál?

—El mismo de siempre, Harry. Que la obra tenga un final apropiado. No creerás que el público se contentará con que yo me deje detener tranquilamente, ¿verdad? Necesitamos un gran final, Harry. *Happy ending*. Si no existe un *happy ending*, me lo invento. Ese es mi…

—… lema en la vida –susurró Harry.

Willy sonrió y le puso a Harry la pistola en la frente.

—Iba a decir mi lema en la muerte.

Harry cerró los ojos. Solo quería dormir. Y que lo llevasen por una laguna ondulante. Hasta la otra orilla.

Rakel se sobresaltó y abrió los ojos.

Había soñado con Harry. Iban en un barco.

El dormitorio estaba a oscuras. ¿Había oído algo? ¿Habría ocurrido algo?

Oyó el repiqueteo de la lluvia que caía reconfortante sobre el tejado. A fin de asegurarse, miró el móvil que tenía encendido sobre la mesilla. Por si él llamaba.

Volvió a cerrar los ojos. Y continuó flotando.

Harry había perdido la noción del tiempo. Cuando abrió los ojos de nuevo, tuvo la impresión de que la luz incidía de un modo distinto sobre la habitación vacía y no habría sabido decir si había transcurrido un segundo o un minuto.

La cama estaba vacía. Willy había desaparecido.

Volvió el sonido de agua. La lluvia. La ducha.

Harry se levantó tambaleándose y se fijó en el colchón azul. Sentía como si tuviera algo moviéndose por debajo de la ropa. A la luz de la lámpara de la mesilla, divisó en el interior el contorno de un cuerpo humano. La cara había flotado hacia la superficie y se perfilaba como un molde de yeso.

Salió del dormitorio. La puerta de la terraza estaba abierta del todo. Se acercó a la barandilla y miró al fondo del patio. Descendió hasta la planta baja y fue dejando un rastro de pisadas mojadas en los escalones blancos. Abrió la puerta del baño. La silueta de un cuerpo de mujer se distinguía detrás de la cortina de ducha gris. Harry la apartó. Toya Harang tenía el cuello torcido hacia el chorro de agua, y la barbilla casi rozándole el pecho. La media negra atada alrededor del cuello se lo sujetaba al extremo de la ducha. Tenía los ojos cerrados y el agua se rezagaba en grandes gotas prendidas de sus largas pestañas negras. La boca medio abierta y llena de una masa amarilla que parecía espuma solidificada. La misma masa que le obstruía las fosas nasales, los oídos y el pequeño agujero de la sien.

Cerró la ducha antes de salir.

No había nadie en la entrada.

Harry iba dando un paso tras otro con cuidado. Se sentía entumecido, como si tuviera el cuerpo a punto de solidificarse.

Bjarne Møller.

Tenía que llamar a Bjarne Møller.

Harry se encaminó al patio interior. La lluvia le aterrizaba suavemente en la cabeza, pero él no la notaba. No tardaría en verse paralizado por completo. El tendedero había dejado de chirriar. Evitó mirarlo. Vio el paquete amarillo sobre el asfalto y fue a cogerlo. Lo abrió, sacó un cigarrillo y se lo puso entre los labios. Intentó encenderlo con el mechero, pero descubrió que tenía el extremo mojado. Seguramente había entrado agua en el paquete.

Llamar a Bjarne Møller. Conseguir que vinieran. Ir con Møller al edificio de apartamentos de alquiler. Tomar declaración a Sven Sivertsen allí mismo. Grabar el testimonio contra Tom Waaler enseguida. Oír cómo Møller daba la orden de que detuvieran al comisario Waaler. Y luego, irse a casa. Con Rakel.

Atisbaba el tendedero en el límite de su campo de visión.

Lanzó una maldición, partió el cigarrillo en dos, metió el filtro entre los labios y logró encenderlo al segundo intento. ¿Por qué se preocupaba tanto? Ya no había nada por lo que apresurarse. Todo había terminado, era el fin.

Se giró hacia el tendedero.

Estaba un poco ladeado, pero lo peor del impacto se lo había llevado, al parecer, el poste central, que estaba clavado en el asfalto. De los hilos de los que colgaba Willy Barli tan solo uno se había roto. Los brazos colgaban inertes a ambos lados, el cabello mojado se le había adherido a la cara y tenía la mirada vuelta hacia el cielo, como si estuviera rezando. Harry se dijo que era una escena de una extraña belleza. Con el cuerpo desnudo envuelto a medias en la sábana mojada, parecía el mascarón de proa de una embarcación. Willy había conseguido lo que quería. Un gran final.

Harry sacó el móvil del bolsillo e introdujo el código PIN. Los dedos apenas le obedecían. Pronto sería piedra. Marcó el número de Bjarne Møller. Estaba a punto de pulsar el botón de llamada cuando el teléfono le avisó, chillón, de que tenía un mensaje. Harry se llevó tal sobresalto que estuvo a punto de soltar el aparato. Según la leyenda de la pantalla, había un mensaje en el contestador. ¿Y qué? Aquel teléfono no era suyo. Vaciló. Una voz interior le decía que debía llamar primero a Møller. Cerró los ojos. Y pulsó.

La consabida voz femenina le anunció que tenía un mensaje. Oyó un pitido seguido de unos segundos de silencio. Y luego, alguien que le susurraba:

—Hola, Harry. Soy yo.

Era Tom Waaler.

—Has apagado el móvil, Harry. Eso no es buena idea. Porque tengo que hablar contigo, ¿sabes?

Tom hablaba tan cerca del auricular que Harry pensó que era como tenerlo a su lado.

—Siento tener que susurrar, pero no queremos despertarlo, ¿verdad? ¿Eres capaz de adivinar dónde estoy? Creo que sí. Creo incluso que deberías haberlo previsto.

Harry seguía dando caladas al cigarrillo sin percatarse de que se había apagado.

—Está un poco oscuro, pero, colgada encima de la cama, tiene la foto de un equipo de fútbol. Veamos. ¿El Tottenham? En la mesilla de noche hay una de esas máquinas. Una Gameboy. Y ahora escucha, voy a mantener el teléfono a pocos centímetros de la cama.

Harry se pegaba el auricular a la oreja con tal ahínco que le dolía la cabeza.

Oyó la respiración regular de un niño pequeño que dormía en la calle Holmenkollveien, en un chalé de oscuros maderos.

—Tenemos ojos y oídos en todas partes, Harry, así que no intentes llamar a otro sitio, ni hablar con otra persona. Tú haz exactamente lo que yo te diga. Llama a este número y habla conmigo. Si haces alguna otra cosa, el pequeño morirá. ¿Comprendes?

El corazón empezó a bombear sangre dentro del cuerpo petrificado de Harry y, poco a poco, el entumecimiento fue dando paso a un dolor casi imposible de soportar.

42

Lunes. La estrella del diablo

Los limpiaparabrisas susurraban y los neumáticos los mandaban callar.

El Escort patinó al pasar el cruce. Harry conducía tan deprisa como podía, pero la lluvia daba en el asfalto como una línea pintada a lápiz y él sabía que el dibujo de sus neumáticos era ya pura cosmética.

Aceleró y pasó el siguiente cruce en ámbar. Menos mal que las calles estaban vacías de coches. Logró echar un vistazo al reloj.

Quedaban doce minutos. Habían pasado ocho minutos desde que, aún en el patio interior de la calle Sannergata, con el teléfono en la mano, marcó el número que tenía que marcar. Ocho minutos desde que la voz le susurró al oído:

—Por fin.

Y Harry dijo aquello que no quería decir, pero no pudo contenerse:

—Si lo tocas, te mato.

—Bueno, bueno. ¿Dónde estáis tú y Sivertsen?

—No tengo ni idea —respondió Harry mirando al tendedero—. ¿Qué quieres?

—Solo quiero verte. Que me digas por qué quieres romper el acuerdo al que llegamos. Si hay algo que te disguste y que podamos arreglar. Todavía no es demasiado tarde, Harry. Estoy dispuesto a acogerte en el equipo.

—De acuerdo —accedió Harry—. Vamos a vernos. Salgo hacia allí ahora mismo.

Tom Waaler se rió.

—También quiero ver a Sven Sivertsen. Y será mejor que yo vaya a donde estáis vosotros. Así que dame la dirección. Ahora.

Harry vaciló un instante.

—¿Has oído el sonido que se produce cuando se corta el cuello a una persona, Harry? Primero, ese leve crujido que produce el acero al cortar la piel y el cartílago, y luego, un sonido similar al del succionador de saliva del dentista. Viene de la tráquea. O del esófago. Yo no los distingo.

—El bloque de apartamentos. Apartamento 406.

—Vaya. ¿El lugar del crimen? Debí suponerlo.

—Sí, debiste suponerlo.

—De acuerdo. Pero si estás pensando en llamar a alguien o en tenderme una trampa, más vale que lo olvides, Harry. Me llevo al niño.

—¡No! No... Tom... por favor.

—¿Por favor? ¿Has dicho por favor?

Harry no contestó.

—Te recogí de la alcantarilla y te brindé una nueva oportunidad. Y tú fuiste tan bueno que me apuñalaste por la espalda. No es culpa mía que ahora me vea obligado a hacer lo que hago. La culpa es tuya. Recuérdalo, Harry.

—Escucha...

—Dentro de veinte minutos. Deja la puerta abierta de par en par y quédate sentado en el suelo para que os pueda ver, con las manos por encima de la cabeza.

—¡Tom!

Y Waaler colgó.

Harry giró el volante y notó que los neumáticos se despegaban del piso. Flotaron deslizándose lateralmente sobre el agua y, por un momento, le pareció que él y el coche hubiesen emprendido un vuelo de ensueño donde se hubiesen derogado las leyes de la física.

Solo duró un instante, pero fue suficiente para infundirle una sensación liberadora, la sensación de que todo había terminado, de que era demasiado tarde para remediar nada. Pero entonces los neumáticos volvieron a aferrarse al asfalto y él volvió a concentrarse.

Llegó al edificio de apartamentos y aparcó ante la puerta. Apagó el motor. Faltaban nueve minutos. Se bajó y se dirigió a la parte trasera del coche. Abrió el maletero, tiró unas latas medio vacías de líquido para el limpiaparabrisas y unos paños sucios y se llevó un rollo de cinta adhesiva negra. Mientras subía las escaleras, sacó la pistola del cinturón y desenroscó el silenciador. No había tenido tiempo de revisarla, pero habría que partir de la base de que la calidad checa aguantaría alguna que otra caída desde una terraza a quince metros de altura. Se detuvo delante de la puerta del ascensor en el cuarto piso. Tal y como él recordaba, la manivela era de metal, con un remate redondeado de sólida madera. Exactamente lo bastante grande para sujetar con cinta adhesiva una pistola sin silenciador en la parte interior de la puerta, de forma que no se notara. Cargó el arma y la sujetó con dos trozos de cinta. Si las cosas iban como había planeado, no tendría que usarla. Las bisagras de la portezuela del vertedero de basura que había junto al ascensor chirriaron cuando Harry la abrió, pero el silenciador cayó sin hacer ruido en la oscuridad. Faltaban cuatro minutos.

Abrió la puerta del 406 con la llave.

El metal de las esposas resonó al dar con el radiador.

—¿Buenas noticias?

Sven sonaba casi suplicante. Harry se le acercó para liberarlo del radiador. Le apestaba el aliento.

—No —dijo Harry.

—¿No?

—Viene con Oleg.

Harry y Sven estaban esperando sentados en el suelo del pasillo.

—Se retrasa —dijo Sven.

—Sí.

Silencio.

—Canciones de Iggy Pop que empiecen por ce —dijo Sven—. Tú empiezas.

—Déjalo.

—«China Girl.»

—No es el momento.

—Aliviará la espera. «Candy.»

—«Cry for love.»

—«China Girl.»

—Esa ya la has dicho, Sivertsen.

—Hay dos versiones.

—«Cold Metal.»

—¿Tienes miedo, Harry?

—Un miedo mortal.

—Yo también.

—Bien. Eso aumenta las posibilidades de sobrevivir.

—¿En qué porcentaje? ¿Diez sobre cien? ¿Vein…?

—¡Calla! —lo cortó Harry.

—¿Es el ascensor que…? —susurró Sivertsen.

—Están subiendo. Respira hondo y pausado.

El ascensor se detuvo con un leve suspiro. Pasaron dos segundos. Luego sonó el ruido de la corredera. Un chirrido largo que le indicó a Harry que Waaler la había abierto con cuidado. Un suave murmullo. El chirrido de la portezuela del vertedero de basura al abrirse. Sven miró a Harry inquisitivo.

—Levanta las manos para que las vea —le susurró Harry.

Las esposas resonaron cuando ambos levantaron las manos en un movimiento sincronizado. Y se abrió la puerta de cristal que daba al pasillo.

Oleg llevaba zapatillas y una sudadera encima del pijama. De repente, las imágenes se sucedieron en el cerebro de Harry a un ritmo vertiginoso. El pasillo. El pijama. El arrastrar de unas zapatillas por el suelo. Mamá. El hospital.

Tom Waaler iba justo detrás de Oleg. Llevaba las manos en los bolsillos de la cazadora, pero Harry adivinó el cañón de la pistola detrás de la napa negra.

—Alto —dijo Waaler cuando estaban a cinco metros de Harry y de Sven.

Oleg miraba a Harry con el pavor en los ojos. Harry le devolvió lo que esperaba que fuese una mirada tranquila y confiada.

—¿Por qué estáis encadenados el uno al otro, chicos? ¿Ya os habéis vuelto inseparables?

La voz de Waaler retumbó entre las paredes de hormigón y Harry comprendió que Waaler había repasado la lista que hicieron antes de la operación y que había averiguado lo que Harry ya sabía: que no había nadie en el cuarto piso.

—Hemos llegado a la conclusión de que, en realidad, estamos en el mismo barco —dijo Harry.

—¿Y por qué no estáis en el interior del apartamento, como os ordené?

Waaler se había colocado de modo que Oleg quedaba entre ellos.

—¿Por qué querías que nos quedáramos ahí dentro? —preguntó Harry.

—No te toca a ti preguntar ahora, Hole. Entra en el apartamento. Ya.

—*Sorry*, Tom.

Harry giró la mano que no estaba encadenada a Sven. Entre sus dedos colgaban dos llaves. Una de la marca Yale y otra más pequeña.

—La del apartamento y la de las esposas —dijo.

Harry abrió la boca, puso las dos llaves sobre la lengua y cerró la boca. Le guiñó un ojo a Oleg y tragó saliva.

Tom Waaler miraba incrédulo la nuez de Harry, que se movía de arriba abajo.

—Tendrás que cambiar de plan —dijo Harry con un suspiro.

—¿De qué plan hablas?

Harry flexionó las piernas y se levantó a medias con el cuerpo apoyado en la pared. Waaler sacó la mano del bolsillo de la cazadora. Y le apuntó con la pistola. Harry hizo una mueca y se golpeó el pecho un par de veces, antes de hablar:

—Recuerda que llevo ya unos años observándote, Tom. Y sé cómo funcionas. Sé cómo mataste a Sverre Olsen en su casa y te las arreglaste para que pareciera un disparo en defensa propia. Y otro tanto ocurrió aquella vez en el almacén del puerto. Así que apuesto a que el plan era pegarnos un tiro a mí y a Sven Sivertsen dentro del apartamento y hacer que pareciera que yo le había disparado a él y luego a mí mismo; después, abandonarías el lugar del crimen y dejarías que nos encontraran los colegas. Puede que les dieras un aviso anónimo de que alguien había oído disparos en el bloque de apartamentos, ¿no?

Tom Waaler echó una ojeada impaciente a ambos extremos del pasillo.

Harry continuó:

—Y la explicación es obvia. Al final, Harry Hole, ese policía psicótico y alcoholizado, no pudo más. Abandonado por su novia, destituido de su puesto como agente de policía, secuestra a un prisionero. Ira autodestructiva que termina en desastre. Una tragedia personal. Casi, pero solo casi, incomprensible. ¿No habías pensado algo así?

Waaler sonrió vagamente.

—No está mal. Pero te has olvidado de la parte en la que, impelido por el mal de amores, te vas por la noche hasta la casa de tu ex novia, entras sin ser descubierto y secuestras a su hijo. Al que encuentran junto a vuestros cadáveres.

Harry se concentraba en respirar.

—¿De verdad crees que se tragarían esa historia? ¿Møller? ¿El comisario jefe? ¿Los medios de comunicación?

—Por supuesto —dijo Waaler—. ¿No lees los periódicos? ¿No ves la tele? Lo comentarán unos días, máximo una semana. Si no sucede algo entretanto. Algo realmente sensacional.

Harry no contestó.

Waaler sonrió.

—Lo único sensacional aquí es que tú creías que no te iba a encontrar.

—¿Estás seguro de eso?

—¿De qué?

—¿De que yo no sabía que darías con nosotros?

—De ser así, yo en tu lugar me habría largado. Ahora ya no hay salida, Hole.

—Eso es cierto —dijo Harry metiendo la mano en el bolsillo de la chaqueta.

Waaler levantó la pistola. Harry sacó un paquete de cigarrillos mojado.

—Estoy atrapado. Pero la cuestión es: ¿para quién es la trampa?

Sacó un cigarrillo del paquete.

Waaler entornó los ojos.

—¿Qué quieres decir?

—Bueno —dijo Harry mientras partía el cigarrillo por la mitad y se lo colocaba entre los labios—. ¿No te parece que lo de las vacaciones conjuntas es una mierda? Nunca hay gente suficiente para hacer las cosas, así que todo se aplaza. Como, por ejemplo, instalar una cámara de vigilancia en un edificio de apartamentos. O desmontarla.

Harry vio una ligera vibración en los párpados del colega. Señaló con el pulgar sobre su hombro.

—Mira la esquina de la derecha, Tom. ¿Lo ves?

La mirada de Waaler saltó hasta donde Harry indicaba para recobrar enseguida su objetivo inicial.

—Como he dicho, sé lo que te hace funcionar, Tom. Sabía que antes o después nos encontrarías aquí. Solo tenía que ponértelo lo bastante difícil como para que no sospecharas que te estaba tendiendo una trampa. El domingo por la mañana mantuve una larga conversación con un tío que conoces. Y lleva desde entonces esperando en el autobús para grabar esta función. Dile hola a Otto Tangen.

Tom Waaler parpadeó varias veces, como si le hubiera entrado una mota en el ojo.

—Te estás tirando un farol, Harry. Conozco a Tangen, nunca se atrevería a participar en algo así.

—Le concedí todos los derechos para vender la grabación. Piénsalo, Tom. Una grabación de *the big showdown* con el presunto mensajero asesino, el investigador loco y el comisario corrupto. Las cadenas de televisión de todo el mundo harán cola.

Harry dio un paso hacia delante.

—Quizá sería mejor que me dieras esa pistola antes de que empeores las cosas, Tom.

—Quédate donde estás, Harry —susurró Waaler.

Harry vio que el cañón de la pistola se había girado imperceptiblemente hacia la espalda de Oleg. Se detuvo. Tom Waaler había dejado de parpadear. La musculatura de la mandíbula se concentraba en trabajar duro. Ninguno de los dos se movía lo más mínimo. El silencio del bloque de apartamentos era tal que Harry creyó oír el sonido de las paredes de hormigón, una vibración honda, larga, mínima, que el oído registraba como ínfimas alteraciones en la presión atmosférica. Y mientras las paredes entonaban su melodía, transcurrieron diez segundos. Diez segundos infinitos sin que Waaler parpadease una sola vez. Øystein le había explicado a Harry en una ocasión la cantidad de datos que el cerebro humano era capaz de procesar durante un segundo. No se acordaba de la cifra, pero Øystein le había dicho que una persona podría escanear fácilmente una biblioteca pública de tamaño medio en diez de esos segundos.

Waaler parpadeó por fin y Harry vio que lo invadía una extraña calma.

No entendía lo que podía significar aquello, probablemente nada bueno.

—Lo interesante cuando se trata de casos de asesinato —dijo Waaler— es que uno es inocente hasta que se demuestre lo contrario. Y, de momento, no creo que ninguna cámara me haya grabado haciendo nada ilegal.

Se acercó a Harry y a Sven y tiró tan fuertemente de las esposas que Sven tuvo que ponerse en pie. Waaler los cacheó pasando la mano libre rápidamente por la chaqueta y los pantalones, sin apartar la vista de Harry.

—Todo lo contrario, solo hago mi trabajo deteniendo a un agente de policía que ha secuestrado a un detenido.

—Acabas de confesar delante de una cámara —apuntó Harry.

—A vosotros —sonrió Waaler—. Según recuerdo, estas cámaras graban imágenes, pero no sonido. Esto es una detención en toda regla. Empieza a andar hacia el ascensor.

—¿Y lo de secuestrar a un niño de diez años? —dijo Harry—. Tangen tiene una grabación donde apuntas al niño con una pistola.

—Ah, el niño… —dijo Waaler dándole a Harry tal empujón en la espalda que le hizo perder el equilibrio y arrastrar a Sven consigo—. Evidentemente, se ha levantado en mitad de la noche y se ha ido a la Comisaría General sin decírselo a su madre. No es la primera vez, ¿no es cierto? Digamos que me encontré con el pequeño justo cuando salía a buscaros a ti y a Sven. Parece que el niño había entendido que pasaba algo. Cuando le expliqué la situación, dijo que quería ayudar. En realidad, fue él quien propuso el juego de que yo lo utilizara como rehén para que tú no hicieras una tontería y resultaras herido, Harry.

—¿Un niño de diez años? —preguntó Harry—. ¿De verdad piensas que alguien se va a creer semejante historia?

—Ya veremos —dijo Waaler—. Venga, chicos, salimos y nos detenemos delante del ascensor. El que intente algo raro se lleva la primera bala.

Waaler enfiló el pasillo hacia la puerta del ascensor y pulsó el botón de llamada. Un ruido sordo resonó procedente del hueco.

—¿No es extraño el silencio que reina en este edificio durante las vacaciones? —preguntó sonriendo a Sven—. Casi como una casa encantada —añadió.

—Déjalo, Tom.

Harry tuvo que concentrarse para pronunciar aquellas palabras, pues sentía como si tuviera la boca llena de arena.

—Es demasiado tarde —continuó—. Debes comprender que nadie te creerá.

—Estás empezando a repetirte, querido colega —dijo Waaler, y echó una ojeada a la aguja torcida que se movía despacio, como la de una brújula—. Me creerán, Harry. Por la sencilla razón —se pasó un dedo por los labios— de que no quedará nadie que pueda contradecirme.

Harry había comprendido cuál era el plan. El ascensor. Allí no había cámaras. Y lo haría allí, en el ascensor. Ignoraba cómo pensaba explicarlo después, si diría que había estallado una reyerta o que Harry se había hecho con la pistola, pero no le cabía ninguna duda, todos iban a morir allí, en el ascensor.

—Papá... —empezó Oleg.

—No pasa nada, pequeño —dijo Harry intentando sonreír.

—Sí —afirmó Waaler—. No pasa nada.

Oyeron un chasquido metálico. El ascensor se acercaba. Harry miró la manivela de madera de la puerta. Había sujetado la pistola de manera que podría agarrar el mango, meter el dedo en el gatillo y despegarla en un único movimiento.

El ascensor se detuvo delante de ellos con un golpe y tembló ligeramente.

Harry tomó aire y alargó la mano. Los dedos se deslizaron alrededor y hacia el interior de la superficie astillada. Esperaba notar el acero frío y duro en las yemas de los dedos. Nada. Absolutamente nada. Solo más madera. Y un trozo de cinta adhesiva suelta.

Tom Waaler dejó escapar un suspiro.

—Me temo que la tiré por el vertedero, Harry. ¿De verdad pensaste que no buscaría un arma escondida?

Waaler abrió la puerta de hierro con una mano mientras los encañonaba con la pistola.

—El niño entra primero.

Oleg miró a Harry, que apartó la vista. No podía encontrarse con la mirada inquisitiva que sabía que suplicaba una nueva promesa, así que le señaló la puerta con la cabeza sin pronunciar palabra. Oleg entró y se quedó al fondo del ascensor. Del techo emanaba una luz pálida que iluminaba las paredes marrones de imitación a palisandro con un mosaico de declaraciones de amor, consignas, órganos sexuales y saludos rayados en la superficie.

SCREW U, rezaba una de las leyendas justo encima de la cabeza de Oleg.

Una tumba, se dijo Harry. Aquello era una tumba.

Metió la mano libre en el bolsillo de la chaqueta. No le gustaban los ascensores. Harry tiró de la mano izquierda de Sven, que perdió el equilibrio y cayó de lado hacia Waaler. Este se giró hacia Sven al mismo tiempo que Harry levantaba la mano derecha por encima de la cabeza. Apuntó como un torero con la espada, sabía que solo dispondría de un intento y que la precisión era más importante que la fuerza.

Dejó caer la mano.

La punta del cincel atravesó la piel de la cazadora con un ruido desgarrador. El metal se deslizó dentro del tejido blando justo por encima de la clavícula derecha, agujereó la vena yugular, penetró en el trenzado de nervios del *plexus brachialis* y paralizó los nervios motores que van al brazo. La pistola cayó con estruendo al suelo de mármol y siguió rodando escaleras abajo. Waaler se miró el hombro derecho con una expresión de sorpresa en la cara. Debajo del pequeño mango verde colgaba, flácido, su propio brazo.

Aquel había sido un día largo y horrendo para Tom Waaler. Los horrores comenzaron cuando lo despertaron con la noticia de que Harry se había fugado con Sivertsen. Y continuó cuando dar con Harry resultó ser más difícil de lo que esperaba. Tom dijo a los demás de la banda que tendrían que utilizar al niño y ellos se negaron. Era demasiado arriesgado, dijeron. En el fondo, él supo en todo momento que tendría que recorrer solo el último tramo del camino. Siempre pasaba lo mismo. Nadie lo detendría ni le ayudaría. La lealtad era una cuestión de rentabilidad y todo el mundo velaba por sus propios intereses. Y los horrores habían continuado. Ya no se sentía el brazo. Lo único que notaba era aquella corriente cálida que le bajaba por el pecho anunciándole que algo que contenía mucha sangre se había pinchado.

Se volvió otra vez hacia Harry justo a tiempo de ver cómo su cara crecía ante sus ojos y, un segundo después, Harry le dio un cabezazo en el puente de la nariz que le resonó en el cerebro con un crujido. Tom Waaler se tambaleó hacia atrás. Harry fue a darle un derechazo que Waaler logró esquivar. Harry quiso seguirlo, pero Sven Sivertsen lo retuvo por el brazo izquierdo. Tom tomó aire por la boca y notó que el dolor le bombeaba por las venas en forma de blanca furia fortificante. Había recobrado el equilibrio. En todos los sentidos. Calculó la distancia, flexionó las rodillas, dio un breve salto y giró como un remolino sobre un solo pie con el otro levantado en alto. Era un *oou tek* perfecto. Le dio a Harry en la sien y este cayó de lado arrastrando consigo a Sven Sivertsen.

Tom se dio la vuelta en busca de la pistola. Estaba en el rellano del piso de abajo. Agarró la barandilla y bajó en dos zancadas. El brazo derecho seguía sin obedecer. Soltó una maldición, cogió la pistola con la mano izquierda y corrió hacia arriba.

Harry y Sven habían desaparecido.

Se giró justo a tiempo de ver cómo la puerta del ascensor se cerraba silenciosamente. Se metió la pistola entre los dientes, logró agarrar la manilla con la mano izquierda y tiró. Sintió como si se le fuera a descoyuntar el brazo. Cerrada. Tom pegó el ojo al ventanuco de la puerta. Habían cerrado la cancela corredera y se oían voces nerviosas procedentes del habitáculo.

Un día verdaderamente horrendo. Pero aquello se iba a acabar. Ahora empezaría a ser perfecto. Tom levantó la pistola.

Harry se apoyó en la pared del fondo, respiró y aguardó a que el ascensor se pusiera en marcha. Acababa de cerrar la corredera y pulsar el botón de SÓTANO cuando sintió un tirón en la puerta y Waaler lanzó una maldición al otro lado.

—¡Este cacharro de mierda no quiere andar! —rugió Sven.

Se había puesto de rodillas al lado de Harry.

El ascensor dio un respingo, como un gran hipido, pero no se movió.

—¡Este ascensor de mierda es tan lento! ¡Solo tiene que bajar las escaleras corriendo y darnos la bienvenida cuando lleguemos!

—Cállate —susurró Harry—. La puerta entre la entrada y el sótano no está cerrada con llave.

Harry vio una sombra que se movía detrás del ojo de buey de la puerta.

—¡Agáchate! —gritó empujando a Oleg hacia la corredera.

La bala sonó como cuando se descorcha una botella al incrustarse en el panel de palisandro falso, justo encima de la cabeza de Harry.

Empujó a Sven hacia donde se encontraba Oleg.

En ese momento, el ascensor volvió a dar un respingo y se puso en movimiento chirriando.

—Joder —susurró Sven.

—Harry... —comenzó Oleg

Entonces sonó un ruido muy fuerte y Harry tuvo tiempo de ver el puño entre los barrotes de la cancela corredera encima de la cabeza de Oleg antes de cerrar los ojos automáticamente para protegerse de la lluvia de fragmentos de cristal.

—¡Harry!

El grito de Oleg le inundó la cabeza. Le anegó los oídos, la boca, la garganta. Lo ahogó. Harry volvió a abrir los ojos y los clavó en las órbitas atónitas de Oleg, vio la boca abierta, lo vio descompuesto por el dolor y el pánico, el pelo negro y largo atrapado por aquella gran mano blanca. Vio que la mano lo levantaba y los pies dejaron de tocar el suelo.

Harry se quedó ciego. Abrió los ojos, pero no veía nada. Solo un manto blanco de pánico. Pero oía. Oía gritar a Søs.

—¡Harry!

Oía gritar a Ellen. A Rakel. Todo el mundo gritaba su nombre.

—¡Harry!

Siguió viendo el manto blanco que paulatinamente fue ennegreciéndose. ¿Se habría desmayado? Los gritos fueron atenuándose, como un eco que se extingue. Se desvaneció. Tenían razón. Siempre se largaba cuando más falta hacía. Procuraba no estar presente. Hacía la maleta. Abría la botella. Cerraba la puerta. Se rendía al miedo. Se quedaba ciego. Siempre tenían razón. Y si no la tienen, la tendrán.

—¡Papá!

Un pie le dio a Harry en el pecho. Había recobrado la visión. Oleg colgaba pataleando delante de su cara, con la cabeza como arraigada en la mano de Waaler. Pero el ascensor se había detenido. Enseguida vio por qué. La corredera estaba fuera de la guía. Harry vio a Sven sentado en el suelo, a su lado, con la mirada de hielo.

—¡Harry! —Era la voz de Waaler desde fuera—. Lleva el ascensor arriba o le pego un tiro al niño.

Harry se levantó un segundo, pero se agachó de nuevo en el acto: había visto lo que necesitaba ver. La puerta del cuarto piso se encontraba medio metro más alta que el ascensor.

—Si disparas desde ahí, Tangen grabará el asesinato —le advirtió Harry.

Escuchó la silenciosa risa de Waaler.

—Dime, Harry, si esa caballería tuya de verdad existe, ¿no debería haber entrado cabalgando ya hace rato?

—Papá —suspiró Oleg.

Harry cerró los ojos.

—Escucha, Tom. El ascensor no se pondrá en marcha mientras la corredera no esté bien cerrada. Tienes el brazo entre los barrotes, así que tienes que soltar a Oleg para que podamos ponerlo en su sitio.

Waaler volvió a reírse.

—¿Crees que soy tonto, Harry? Solo tenéis que mover esa cancela unos centímetros. Lo podéis hacer sin que yo suelte al pequeño.

Harry miró a Sven, pero este solo le devolvió una mirada desenfocada y lejana.

—De acuerdo —dijo Harry—. Pero estamos esposados, necesito que Sven me ayude. Y en estos momentos está como ausente.

—¡Sven! —gritó Waaler—. ¿Me oyes?

Sven levantó un poco la cabeza.

—¿Te acuerdas de Lodin, Sven? ¿Tu predecesor en Praga?

El eco rodaba escaleras abajo. Sven tragó saliva.

—La cabeza en el torno, Sven. ¿Te apetece probarlo?

Sven se levantó tambaleándose. Harry lo cogió del cuello de la chaqueta y se lo acercó de un tirón.

—¿Comprendes lo que tienes que hacer, Sven? —le gritó a aquella cara pálida y sonámbula mientras metía la mano en el bolsillo trasero y sacaba una llave—. Tienes que procurar que la cancela no se abra de nuevo. ¿Me oyes? Tienes que sujetarla cuando esto se ponga en marcha.

Harry señaló uno de los botones negros, redondos y desgastados del panel del ascensor.

Sven se quedó mirando a Harry, que introdujo la llave en la cerradura de las esposas y la giró. Luego asintió con la cabeza.

—Vale —gritó Harry—. Estamos listos. Ponemos la cancela en su sitio.

Sven se colocó de espaldas a la cancela. La agarró y tiró hacia la derecha. Los puntos de contacto del suelo y de la cancela se encontraron con un clic.

—¡Ya! —gritó Harry.

Esperaron. Harry dio un paso hacia el exterior y miró arriba. Un par de ojos lo observaba desde una pequeña rendija entre el ojo de buey y el hombro de Waaler. Uno atento y enfurecido, el de Waaler; y otro negro y ciego, el de la pistola.

—Subid —dijo Waaler.

—Si dejas en paz al niño —propuso Harry.

—De acuerdo.

Harry asintió lentamente con la cabeza. Luego pulsó el botón del ascensor.

—Sabía que al final harías lo correcto, Harry.

—Es lo que se suele hacer —dijo Harry.

Entonces vio que una de las cejas de Waaler descendía de repente. Quizá porque acababa de darse cuenta de que las esposas colgaban solo de la muñeca de Harry. Quizá porque había notado algo en su tono de voz. O quizá porque también él se había dado cuenta. Había llegado la hora.

El ascensor dio un tirón y el cable de acero avisó con un chirrido. Al mismo tiempo, Harry dio un paso rápido hacia delante y se puso de puntillas. Las esposas se cerraron con un chasquido alrededor de la muñeca de Waaler.

—Jod… —empezó Waaler.

Harry levantó los pies. Las esposas se les clavaban a ambos en las muñecas con los noventa y cinco kilos de Hole tirando de Waaler hacia abajo. Waaler intentó resistir, pero su brazo entró por el ojo de buey hasta que lo detuvo el hombro.

Un día horrendo.

—¡Joder, sácame de aquí!

Tom vociferó aquellas palabras con la mejilla pegada a la fría puerta de hierro. Intentaba sacar el brazo, pero el peso era demasiado. Gritando de rabia, aporreó la puerta con el arma tan fuerte como pudo. Las cosas no tenían que ser así. Destrozaban sus planes. Destrozaban a puntapiés el castillo de arena y luego se reían. Pero se iban a enterar, un día se iban a enterar todos. Entonces se dio cuenta. Los barrotes de la cancela se le clavaban en el antebrazo, el ascensor se había puesto en marcha. Pero en la dirección equivocada. Hacia abajo. En cuanto se percató de ello, la angustia le bloqueó la garganta. Comprendió que quedaría aplastado. Que el ascensor se había convertido en una guillotina en movimiento a cámara lenta. Que la maldición estaba a punto de alcanzarlo a él también.

—¡Sujeta la cancela, Sven! —Era Harry quien gritaba.

Tom soltó a Oleg e intentó sacar el brazo de entre los barrotes. Pero Harry pesaba demasiado. Le entró el pánico. Dio otro tirón desesperado. Y otro. Ya se le resbalaban los pies en el suelo. Y empezaba a notar el interior del techo del ascensor tocándole el hombro. Perdió la razón.

—No, Harry. Para.

Quería gritar aquellas palabras, pero las ahogó el llanto.

—Te lo suplico… Clemencia…

43

Noche del lunes. Rolex

Tictac.

Sentado, con los ojos cerrados, Harry escuchaba el segundero y contaba. Pensó que, ya que el sonido procedía de un Rolex de oro, indicaría la hora con bastante exactitud.

Tictac.

Si había calculado correctamente, llevaban un cuarto de hora sentados en el ascensor. Quince minutos. Novecientos segundos desde que Harry pulsó el botón de parada entre el bajo y el sótano y anunció que estaban fuera de peligro y que tenían que esperar. Durante aquellos novecientos segundos, guardaron silencio y aguzaron el oído. Un paso. Voces. Puertas que se abrían o cerraban. Mientras Harry, con los ojos cerrados, contaba los novecientos tictac del Rolex que llevaba la muñeca del brazo ensangrentado que había en el suelo del ascensor, y al que seguía esposado.

Tictac.

Harry abrió los ojos. Abrió las esposas con la llave mientras se preguntaba cómo accedería al maletero del coche, cuya llave se había tragado.

—Oleg —susurró sacudiendo despacio el hombro del niño dormido—. Necesito tu ayuda.

Oleg se levantó.

—¿Para qué haces eso? —preguntó Sven mirando a Oleg, que, encaramado a los hombros de Harry, desenroscaba los tubos fluorescentes del techo.

—Cógelo —dijo Harry.

Sven alargó el brazo hacia Oleg, que le dio uno de los tubos.

—En primer lugar, para que los ojos se habitúen a la oscuridad del sótano antes de que salgamos —dijo Harry—. Y segundo, para que no seamos un blanco iluminado cuando se abra la puerta del ascensor.

—¿Waaler? ¿En el sótano? —La voz de Sven destilaba incredulidad—. Venga, nadie puede sobrevivir a eso.

Señaló con el tubo el brazo, ya pálido como la cera.

—Imagínate la pérdida de sangre. Y el choque.

—Descuida, intento imaginarme cualquier cosa —dijo Harry.

Tictac.

Harry salió del ascensor, dio un paso lateral y se agachó. Oyó la puerta cerrarse a su espalda. Esperó hasta oír que el ascensor se ponía en marcha. Habían acordado que detendrían el ascensor entre el sótano y el bajo, donde Sven y Oleg estarían a salvo.

Harry contuvo la respiración y aguzó el oído. Ninguna señal espectral, de momento. Se levantó. Una lucecilla entraba por el ventanuco de una puerta en el otro extremo del sótano. Vislumbró unos muebles de jardín, cómodas viejas y extremos de esquís detrás de la malla. Harry anduvo a tientas a lo largo de la pared. Encontró una puerta y la abrió. Se notaba un olor dulzón a basura. Justo el lugar que buscaba. Fue pisando bolsas de basura rasgadas, cáscaras de huevo y cartones de leche vacíos mientras se movía a tientas por la pegajosa humedad de la putrefacción. La pistola había caído cerca de la pared. Aún llevaba uno de los trozos de cinta adhesiva. Se aseguró de que seguía cargada antes de salir de nuevo.

Se agachó y se acercó agazapado a la puerta por donde entraba la luz. Debía de tratarse de la puerta que daba a la entrada.

Hasta que no se acercó no logró ver la oscura silueta pegada al cristal. Era una cara. Harry se acuclilló instintivamente antes de comprender que, quienquiera que fuese, no lo veía en la oscuridad. Sostuvo la pistola con las dos manos al tiempo que se acercaba unos pasos, muy despacio. La cara parecía aplastada contra el cristal de forma que las facciones se veían desdibujadas. Harry tenía la cara pegada a la mira. Era Tom. Con los ojos desorbitados, miraba fijamente a lo lejos, a la oscuridad.

Era tal la violencia con que le latía el corazón que no conseguía mantener la cara firme en la mira de la pistola.

Esperó. Pasaban los segundos. No sucedía nada.

Bajó el arma y se irguió.

Se acercó al cristal y observó con detenimiento la mirada quebrada de Tom Waaler. Una película blancuzca le empañaba los ojos. Harry se giró y contempló el espacio tenebroso. Fuese lo que fuese lo que Tom hubiera visto allí ya no estaba.

Harry se quedó inmóvil sintiendo el latir terco y persistente de su propio pulso. Tictac, decía. No sabía exactamente lo que significaba. Salvo que estaba vivo. Porque el hombre que había al otro lado de la puerta estaba muerto. Y significaba que podía abrir la puerta, colocar la mano sobre él y sentir cómo lo abandonaba el calor, notar cómo la piel cambiaba de carácter, perdía la materia vital y se convertía en envoltorio.

Harry pegó la frente a la de Tom Waaler. El frío cristal quemaba la piel como el hielo.

44

Noche del martes. El murmullo

Aguardaban ante el semáforo en rojo de la plaza Alexander Kielland.

Los limpiaparabrisas golpeaban a derecha e izquierda. Al cabo de una hora y media, el alba daría sus primeras pinceladas. Pero de momento era de noche y las nubes cubrían la ciudad como una lona gris.

Harry iba en el asiento trasero rodeando a Oleg con el brazo.

Una mujer y un hombre se les acercaban dando tumbos por una acera desierta de la calle Waldemar Thrane. Había transcurrido una hora desde que Harry, Sven y Oleg salieron del ascensor a la calle lluviosa, al campo, al gran roble que Harry había visto desde la ventana y a cuyo abrigo se sentaron sobre la hierba reseca. Desde allí llamó Harry, en primer lugar, al periódico *Dagbladet*, para hablar con el responsable de turno. Después marcó el número de Bjarne Møller, le contó lo sucedido y le pidió que localizara a Øystein Eikeland. Y por último llamó a Rakel para despertarla. Veinte minutos más tarde, la explanada que se extendía ante el bloque de apartamentos se vio iluminada por flashes y luces de emergencia y abarrotada de representantes de la policía y la prensa, en la buena armonía de siempre.

Harry, Oleg y Sven se quedaron sentados debajo del roble observando mientras todos entraban y salían precipitadamente del bloque de apartamentos.

Harry apagó el cigarrillo.

–Bueno, bueno –comentó Sven.

–«Character» –dijo Harry.

Y Sven asintió diciendo:

–De esa no me acordaba.

Luego fueron a la explanada y Bjarne Møller acudió a la carrera para meterlos en uno de los coches policiales.

Primero fueron a la Comisaría General para someterse a un breve interrogatorio. O un *debriefing*, como lo llamó Møller con la intención de ser amable. Cuando llevaron a Sven al calabozo, Harry insistió en que dos agentes de la policía judicial lo mantuviesen bajo vigilancia las veinticuatro horas. Algo sorprendido, Møller le preguntó si de verdad consideraba que fuese tanto el peligro de fuga. Harry negó con la cabeza por toda respuesta y Møller ordenó que cumplieran su petición sin hacer más preguntas.

Luego llamaron a Seguridad Ciudadana para pedir un coche patrulla que llevase a Oleg a casa.

El semáforo emitía un sonido agudo en la tranquilidad de la noche mientras la pareja cruzaba la calle Ueland. Era obvio que la mujer le había pedido prestada al hombre la chaqueta, que sostenía en alto para cubrirse la cabeza. El hombre llevaba la camisa pegada al cuerpo y se reía ruidosamente. A Harry le resultaban familiares, quizá los hubiese visto en otra ocasión.

El semáforo cambió a verde.

Antes de que la pareja desapareciera, atisbó fugazmente una melena rojiza debajo de la chaqueta.

La lluvia cesó de pronto cuando pasaban por Vindern. Las nubes se esfumaron deslizándose como un telón y la luna nueva los iluminaba desde el negro cielo sobre el fiordo de Oslo.

–Por fin –dijo Møller volviéndose sonriente en el asiento del copiloto.

Harry supuso que se refería a la lluvia.

–Por fin –repitió sin apartar la vista de la luna.

—Eres un chico muy valiente —dijo Møller dándole a Oleg unas palmaditas en la rodilla.

El niño sonrió débilmente y miró a Harry.

Møller se volvió hacia delante.

—Los dolores de estómago han desaparecido —continuó el jefe—. Como si se hubieran evaporado.

Habían encontrado a Øystein Eikeland en el mismo lugar al que llevaron a Sven Sivertsen. Los calabozos. Según los documentos de Groth «Gråten», Tom Waaler había llevado a Øystein como sospechoso de conducir un taxi en estado de embriaguez. Los análisis de sangre realizados arrojaron un pequeño porcentaje de alcohol. Pero Møller dio orden de interrumpir las formalidades y de soltar a Eikeland de inmediato, y, curiosamente, Gråten no opuso objeción alguna, al contrario, obedeció de lo más solícito.

Cuando el coche policial entró en la gravilla crujiente que había delante de la casa, se encontraron a Rakel esperando en la entrada.

Harry se inclinó por encima de Oleg y abrió la puerta del coche. El pequeño salió de un salto y echó a correr hacia Rakel.

Møller y Harry se quedaron viendo cómo se abrazaban en silencio en la escalinata.

Entonces sonó el móvil de Møller, que contestó enseguida. Dijo dos veces «Sí» y un «Eso es» y colgó.

—Era Beate. Han encontrado una bolsa con el traje completo de mensajero ciclista en el contenedor de basura del patio interior de Barli.

—Ya.

—Se va a armar la de Dios —dijo Møller—. Todos querrán su parte de ti, Harry. La prensa de la calle Akersgata, la emisora NRK, el canal TV2. Y en el extranjero también. Imagínate, hasta en España han oído hablar del mensajero asesino. Bueno, has pasado por todo esto antes, así que ya lo sabes.

—Sobreviviré.

—Seguramente. También tenemos fotos de lo sucedido esta noche en el bloque de apartamentos. Solo que me pregunto cómo pudo Tangen poner en marcha las grabadoras en su autobús en la tarde del domingo, olvidarse de apagarlas y luego coger el tren para Hønefoss.

Møller miró a Harry inquisitivamente, pero él no contestó.

—Y es una gran suerte para ti que acabase de borrar el espacio suficiente en el disco duro como para que cupieran varios días de grabación. Realmente increíble. Casi podría pensarse que estaba planeado de antemano.

—Casi —murmuró Harry.

—Se va a poner en marcha una investigación interna. He contactado con Asuntos Internos y los he puesto al corriente de las actividades de Waaler. No podemos descartar que este asunto tenga ramificaciones en el seno del cuerpo. Mañana se celebrará la primera reunión. Iremos al fondo de todo esto, Harry.

—Vale, jefe.

—¿Vale? No pareces muy convencido.

—Bueno. ¿Tú lo estás?

—¿Por qué no iba a estarlo?

—Porque tú tampoco sabes en quién puedes confiar.

Møller parpadeó sorprendido y echó una ojeada fugaz al agente que iba al volante. No podía responder al comentario de Harry.

—Espera un poco, jefe.

Harry salió del coche. Rakel soltó a Oleg, que corrió al interior de la casa.

Tenía los brazos cruzados y se fijó en la camisa de Harry.

—Estás mojado —dijo.

—Bueno. Cuando llueve…

—… me mojo —remató Rakel sonriendo con tristeza y acariciando la mejilla de Harry—. ¿Se ha acabado ya? —susurró.

—Se ha acabado por ahora.

Ella cerró los ojos y se inclinó. Él la abrazó.

—Oleg estará bien —dijo Harry.

—Lo sé. Me ha dicho que no tuvo miedo. Porque tú estabas allí.

—Ya.

—¿Qué tal estás tú?

—Bien.

—¿Y es verdad? ¿Es cierto que se acabó?

—Sí, se acabó —murmuró con la cara hundida en su pelo—. El último día de trabajo.

—Bien —respondió ella.

Harry notó que el cuerpo de Rakel se acercaba y llenaba todos los pequeños intersticios que había entre ellos.

—La semana próxima empiezo en el nuevo trabajo. Estará bien.

—¿El que has conseguido a través de un amigo? —preguntó ella acariciándole la nuca.

—Sí. —El olor de Rakel le inundaba el cerebro—. Øystein. ¿Te acuerdas de Øystein?

—¿El taxista?

—Sí. Hay un examen el martes para conseguir la licencia de taxista. Me he pasado estos días memorizando todas las calles de Oslo.

Ella se rió y lo besó en la boca.

—¿Qué te parece? —preguntó él.

—Me parece que estás loco.

Su risa le resonaba en los oídos como el rumor de un riachuelo. Le secó una lágrima que le corría por la mejilla.

—Tengo que irme —dijo él.

Ella intentó sonreír, pero Harry vio que no lo conseguiría.

—No puedo —dijo Rakel antes de que el llanto le quebrase la voz.

—Podrás —dijo Harry.

—No voy a poder... sin ti.

—No es verdad —dijo Harry abrazándola otra vez—. Te arreglas perfectamente sin mí. La cuestión es si te arreglarías conmigo.

—¿Es esa la cuestión? —murmuró ella.

—Sé que tienes que pensártelo.

—No sabes nada.

—Piénsatelo primero, Rakel.

Ella se apartó un poco y él notó cómo se le arqueaba la espalda. Rakel le observó la cara. «En busca de algún cambio», pensó Harry.

—No te vayas, Harry.

—Tengo una cita. Si quieres, puedo venir mañana por la mañana. Podríamos...

—¿Sí?

—No lo sé. No tengo planes. Ni ideas. ¿Te parece bien?

Ella sonrió.

—Me parece perfecto.

Él le miró los labios. Dudó. Luego los besó y se fue.

—¿Aquí? —preguntó mirando al retrovisor el agente de policía que iba al volante—. ¿No está cerrado?

—Abierto de doce a tres de la mañana en días laborables —aclaró Harry.

El conductor giró hasta el borde de la acera de enfrente del Boxer.

—¿Te vienes, jefe?

Møller negó con la cabeza.

—Quiere hablar contigo a solas.

Hacía un rato que ya no servían bebidas y los últimos parroquianos empezaban a abandonar el local.

El comisario jefe de la policía judicial se encontraba en la misma mesa que la vez anterior. Las cuencas profundas de sus ojos quedaban en la penumbra. Tenía delante un vaso de cerveza casi vacío. En la cara se le abrió de pronto una grieta.

—Enhorabuena, Harry.

Harry se metió entre el banco y la mesa y se sentó.

—Realmente, muy buen trabajo —continuó el comisario jefe—. Pero tienes que contarme cómo llegaste a la conclusión de que Sven Sivertsen no era el mensajero asesino.

—Vi una foto de Sivertsen en Praga y recordé que había visto una foto de Willy y Lisbeth tomada en el mismo lugar. Además, los de la científica analizaron los restos de excrementos hallados en la uña de...

El comisario jefe se inclinó sobre la mesa y le puso a Harry la mano en el brazo. Le olía el aliento a cerveza y a tabaco.

—No me refiero a las pruebas, Harry. Hablo de la idea. La sospecha. Lo que hizo que relacionaras las pruebas con el hombre adecuado. Cuál fue el momento de inspiración, lo que te hizo pensar por esos cauces.

Harry se encogió de hombros.

—Uno discurre toda clase de pensamientos todo el tiempo, pero...

—¿Sí?

—Todo encajaba demasiado bien.

—¿A qué te refieres?

Harry se rascó la barbilla.

—¿Sabías que Duke Ellington solía pedir a los afinadores que no le afinasen el piano del todo?

—No.

—Cuando la afinación de un piano es clínicamente perfecta, no suena bien. No se producen desajustes, pero pierde parte del calor, la sensación de autenticidad.

Harry hablaba mientras hurgaba en un trozo de laca que se había soltado de la mesa.

—El mensajero asesino nos dio un código perfecto que nos indicaba exactamente dónde y cuándo. Pero no por qué. De este modo, nos indujo a centrarnos en el hecho, en lugar de en el móvil. Y cualquier cazador sabe que, si quieres ver la presa en la oscuridad, no debes enfocarla directamente, sino que hay que iluminar la zona adyacente. Y hasta que no dejé de mirar directamente a los hechos, no lo oí.

—¿Lo oíste?

—Sí. Oí que aquellos supuestos asesinatos en serie eran demasiado perfectos. Sonaban muy bien, pero no sonaban auténticos. Los asesinatos seguían una pauta rigurosa, nos procuraban una explicación tan plausible como una mentira, pero la verdad rara vez lo es.

—¿Y entonces lo comprendiste?

—No. Pero dejé de focalizar. Y recuperé la visión global.

El comisario jefe asintió con la cabeza mientras observaba el vaso de cerveza que estaba haciendo girar sobre la mesa. Sonaba como una piedra de molino en el silencio de aquel local casi vacío.

Carraspeó.

—Juzgué mal a Tom Waaler, Harry. Lo siento.

Harry no contestó.

—Lo que quería decirte es que no voy a firmar los documentos de tu despido. Quiero que sigas en tu puesto. Quiero que sepas que tienes mi completa confianza. Absolutamente, toda mi confianza. Y espero, Harry... —levantó la cara, y una abertura, una especie de sonrisa, se dibujó en la parte inferior—, que yo tendré la tuya.

—Tengo que pensarlo —dijo Harry.

La abertura desapareció.

—Lo del trabajo —añadió.

El comisario jefe volvió a sonreír. En esta ocasión, la sonrisa se reflejó también en los ojos.

—Por supuesto. Deja que te invite a una cerveza, Harry. Han cerrado, pero si lo pido yo...

—Soy alcohólico.

El comisario se quedó perplejo un instante. Luego rió algo apurado.

—Lo siento. Una falta de consideración por mi parte. Pero hablemos de algo completamente diferente, Harry. ¿Has...?

Harry esperó mientras el vaso de cerveza terminaba de completar otra vuelta.

—¿Has pensado en cómo vas a presentar este asunto?

—¿A presentarlo?

—Sí. En el informe. Y ante la prensa. Querrán hablar contigo. Y pondrán a todo el cuerpo bajo el microscopio si lo del tráfico de armas de Waaler llega a saberse. Por eso es importante que no digas...

Mientras el comisario jefe buscaba las palabras, Harry buscaba el paquete de tabaco.

—Bueno, que no les des una versión que induzca a interpretaciones erróneas.

Harry sonrió mirando el último cigarrillo.

El comisario jefe pareció tomar una decisión, apuró resuelto su cerveza y se limpió la boca con el dorso de la mano.

—¿Dijo algo?

Harry enarcó una ceja.

—¿Te refieres a Waaler?

—Sí. ¿Dijo algo antes de morir? ¿Algo de quiénes eran sus colaboradores? ¿Quién más estaba involucrado?

Harry decidió guardarse el último cigarrillo.

—No. No dijo nada. Absolutamente nada.

—Qué lástima. —El comisario jefe lo miraba inexpresivo—. ¿Y qué hay de las cintas que grabaron? ¿Revelan algo en ese sentido?

Harry se encontró con la mirada azul del comisario jefe. Por lo que Harry sabía, el comisario jefe llevaba toda su vida laboral en la policía. Tenía la nariz afilada como la hoja de un hacha, la boca recta y huraña y las manos grandes y gruesas. Constituía una parte de los sólidos cimientos del cuerpo policial; el granito duro pero seguro.

—¿Quién sabe? —contestó Harry—. En cualquier caso, no hay que preocuparse demasiado, ya que la versión de la grabación no daría lugar a... —Harry acababa de conseguir arrancar el trozo seco de laca— interpretaciones erróneas.

Ya titilaban las luces del local.

Harry se levantó.

Se miraron el uno al otro.

—¿Necesitas transporte? —preguntó el comisario jefe.

Harry negó con la cabeza.

—Iré andando.

El comisario le estrechó la mano con firmeza y durante un rato, al cabo del cual Harry se encaminó a la puerta. Pero, antes de llegar, se detuvo y se volvió.

—Me acuerdo de una cosa que dijo Waaler.

Las cejas blancas del comisario jefe descendieron ceñudas.

—¿Ah, sí? —preguntó con serenidad.

—Sí. Suplicó clemencia.

Atajó por el cementerio de Nuestro Salvador. Caían gotas de los árboles. Bajaban rodando por las hojas como pequeños suspiros, antes de llegar a la tierra, que las absorbía sedienta. Anduvo por el sendero que discurría entre las tumbas oyendo cómo los muertos se hablaban entre murmullos. Se detuvo y prestó atención. La casa pastoral de Gamle Aker dormía a oscuras ante él. Los muertos susurraban y chasqueaban con la lengua y las mejillas húmedas. Giró a la izquierda y salió por la verja que daba a la pendiente de Telthusbakken.

Cuando entró en el apartamento, se quitó la ropa, se metió en la ducha y abrió el grifo del agua caliente. El vaho se extendió en el acto por las paredes y él se quedó allí hasta que se sintió la piel roja y dolorida. Se fue al dormitorio. El agua iba evaporándose y se tumbó en la cama sin secarse. Cerró los ojos y esperó. El sueño. O las imágenes. Lo que llegara primero.

Pero lo que vino fue el murmullo.

Prestó atención.

¿Qué estarían murmurando?

¿Cuáles serían sus planes?

Hablaban en clave.

Se sentó en la cama. Apoyó la cabeza en la pared y notó el trazado de la estrella del diablo en el cuero cabelludo.

Miró el reloj. El día no tardaría en llegar.

Se levantó y salió al pasillo. Buscó en la chaqueta y encontró el último cigarrillo. Lo partió por el extremo y lo encendió. Sentado en el sillón de orejas de la salita, se preparó para aguardar la llegada del día.

La luz de la luna entraba en la habitación.

Pensó en Tom Waaler y en su mirada a la eternidad. Y en el hombre con el que habló en Gamlebyen, después de la conversación con Waaler en la terraza de la cantina. Resultó fácil dar con él, porque había mantenido el apodo y todavía seguía trabajando en el quiosco familiar.

—¿Tom Brun? —respondió el hombre desde el otro lado del mostrador astillado al tiempo que se pasaba la mano por el cabello grasiento—. Sí, lo recuerdo. Pobre hombre. Su padre lo mataba a palizas. Era albañil, pero estaba en el paro. Bebía. ¿Amigos? No, yo no era amigo de Tom Brun. Sí, a mí me llamaban Solo. ¿En Interraíl?

El hombre se rió.

—Nunca he ido en tren más allá de Moss —dijo—. Y no creo que Tom Brun tuviera muchos amigos. Lo recuerdo como un tío amable, uno de los que ayudaban a las señoras mayores a cruzar la calle, un poco buenazo. Pero, en realidad, un tío raro. Por cierto que circularon algunos rumores en relación con la muerte de su padre. Un accidente muy extraño.

Harry pasó el dedo anular por la superficie lisa de la mesa. Notó unas partículas diminutas que se le adherían a la piel. Sabía que era el polvo amarillo del cincel. En el contestador parpadeaba la luz roja. Periodistas, probablemente. Empezarían al día siguiente. Harry se llevó la yema del dedo a la lengua. Sabía amargo. A cemento. Ya lo había pensado, que procedería de la pared de cemento que había encima de la puerta del 406, de cuando Willy Barli talló la estrella del diablo. Harry chasqueó la lengua. De ser así, el albañil debió de utilizar una mezcla muy rara, porque también sabía diferente. No tenía un sabor metálico. Sabía a huevos.

Título original: *Marekors*
Primera edición: junio de 2017

© 2003, Jo Nesbø.
Publicado por acuerdo con Salomonsson Agency
© 2017, Penguin Random House Grupo Editorial, S. A. U.
Travessera de Gràcia, 47-49. 08021 Barcelona
© 2016, Carmen Montes Cano y Ada Berntsen, por la traducción
Traducción cedida por acuerdo con RBA Libros, S. A.

La traducción de este libro ha recibido el apoyo de NORLA

Printed in Spain – Impreso en España

ISBN: 978-84-16709-53-3
Depósito legal: B-8.698-2017

Compuesto en M. I. Maquetación, S. L.
Impreso en Liberdúplex
Sant Llorenç d'Hortons (Barcelona)

RK09533

Penguin
Random House
Grupo Editorial